KB150997

지혜서

몹시

비틀거리는 그대에게

Part 3

2/4 여름
a 시인 묵상 시 에세이집

시와정신

지혜서

몹시
비틀거리는 그대에게
Part 3

2/4 여름

a 시인 묵상 시 에세이집

시와 정신

프롤로그

그대 삶을 돌아보시지요.
그대의 흑역사. 비틀거렸던 수많은 누런 기억들.

뒤를 돌아본다
그 곳
그 일
그 인간

뒤를 돌아본다

그 곳에 없었다면
그 일을 안했다면
그 인간 아니라면
　　－「그때 비틀거리지 않았을 것을」

그런데, 과거에 그리 많이 비틀거려놓고도 지금도, 비틀거리고 있습니다.
　　　　　　　　　　　　　　　　　　　　　　　몹시.
이렇게 살다가는 당연히 ☞ 미래도 계속 비틀거릴 것입니다.

　　　　　　　　　　　　　　　　　　　　　　　몹시.

◉ 이유는

1.지금 그대가 알거나, 믿고 있는 것이 잘못되었기 때문이고

2. 장소, 일, 사람, 시간을 잘못 보는 그대의 판단 수준 때문입니다.

◉ 그대가 그릇된 판단으로 몹시 비틀거리며 잘못 살고 있음을 바로 잡기 위하여

▶ 이 책은

1. 그대가 '맞다고 생각하는'

　예를 들면, 데카르트의 오류를 근거 있게 제시합니다. 그리고

　　매슬로 욕구단계설의 오류

　　폴린 효과의 오류

　　임제 선사의 오류

　　아리스토텔레스의 오류

　　헬렌 켈러의 오류

　　프로이트 꿈 이론의 오류

　　심리학자 데이비드 루이스(David Lewis) 교수의 오류

　　푸시킨 시 '삶이 그대를 속일지라도'의 오류

　　식물분류학자 칼 폰 린네(Carl von Linné)의 오류

　　쇼펜하우어의 오류

　　에이브러햄 링컨의 오류

　　적극적 사고방식의 오류 등에다가

　　여러 종교 지도자들의 오류 들을 논리적으로 지적합니다.

　2. 그대에게 좋은 사람, 좋은 일, 좋은 장소, 시간을 제대로 보는 지혜를 줍니다. 이 책에 수록된 방대하고도 기록적인 '2,100편의 짧은 묵상시들이

1) 깊은 묵상에 이르게 합니다.

2) 외우기 쉽게 중복되어서 읽어나가다 보면 '반복 각인 효과' 가 있습니다.

3) 그대의 나쁜 습관이 저절로 교정됩니다.

4) 그대는 신중하고 담담하며 평온한 성격의 현자가 됩니다.

◉ 사람이 살아가는 것은 장애물 경주와 같습니다.

소리도 겁주는 총소리에
일제히 튀어 나가 달린다

누구는 금신발로 달리고
누구는 맨발바닥 달린다

그냥 달리기도 벅차건만
높은 장애물 낮은 장애물

장애물 넘어 딛는 땅은
수렁도 있고 낭떠러지도

사력 다했는데 꼴찌 되고
포기하려 하다 선두 서고

온몸 성한 데 없게 달려
왔더니 종착지 없으니
　　－「삶은 장애물 경주」

그리고 전쟁터입니다.

학교
직장
이웃
저들과 전쟁

시간
장소
그일
이들과 전쟁
　　-「가만히 보면
　　　실제로 보면 전쟁터에서 살아남기」

◉ 그대는 잘못된 길 위에서, 엉뚱한 판단을 하며 살아가고 있습
니다.

이 길 걷다가 보니
저 길이어야 했다
　　　　　　다시 걷다 돌아보니
　　　　　그 길 그냥 있을 걸
　　-「휘휘 돌아가는 이정표」

거기에다가 이정표가 잘못되어 있으니 삶의 미로에서
담벼락을　　　　　　　　　　만나고,
툭하면 절벽에 서게 되는 것　입니다.

내가 문제가 있고, 내 문제에 더하여 이정표 문제까지 있으니
내가 비틀거립니다.   몹시 비틀거립니다.

비틀거리니 어찌 행복할까요?
비틀거리니 계속 불행하지요. 걱정과 문제가 끊이지 않습니다.

우왕좌왕.
은들 비틀 은들 비틀
어질어질.
아이들도 비틀거리고, 청년들, 장년들 그리고 노인들까지
모두 몹시 비틀거립니다.

국내에서, 국제적으로
산전, 수전, 공중전, 사막전, 상륙작전, 화생방전, 시가전 그리고
대테러전까지 겪고 이 수많은 전쟁에서 얻은, 깊고도 깊은 상처들
을 간직한 채
처절히 살아남은 백전노장의 글.

어떻게 많은 전쟁을 실제로 겪어보지 않은 사람이
전쟁터에서 살아남는 법을 전수할 수가 있겠습니까.

그리고 사막 유목민/노마드 같은 미국 이민 40년 넘은 생활 동안,
손가락으로 꼽기에도 넘치는 절대 위기 상황/장애물을 넘고.
국제적으로   장렬하고도 찬란히 살아남은 노련한 선수의
가슴으로 쓴 글을 읽으시고 묵상하시면서
삶의 반짝거리는 지혜를 터득하시길 바랍니다.

〈거꾸로 거꾸로 행복 혁명〉을 발간한 지, 10년이 넘었습니다. 312편의 시를 엮어 소설같이 써 내려간 희귀한 **'시 소설책'**입니다.

책 발간 이후, **중앙일보(미주)에 행복 성찰 고정 칼럼**을 써오면서, 지면 관계상 쓰지 못하였던 내용과 신문에 싣지 못한 내용들을 묶어 〈 진정 살아남고 싶은 그대에게 – Part 3 〉 지혜서 – * 몹시 비틀거리는 그대에게 * 를 책으로 내게 되었습니다. 〈거꾸로 거꾸로 행복 혁명〉에서 썼던 시도 인용하며 해설을 붙여 에세이로도 써 보았고요. 책의 성격은 시와 묵상을 혼합한 흔치 않은 **〈시 묵상 에세이집〉**입니다.

이 책의 많은 부분이 코로나 바이러스 19 팬데믹 기간에 쓰였습니다. 팬데믹은 전 세계, 온 인류에게 닥친 최대의 위기였습니다. 바이러스 앞에 인간이 그동안 추구해온 모든 것은 먼지 같아 보였습니다. 인간들은 티끌이었고요. 현대과학은 무기력했고, 인간이 그동안 매달려 왔던 모든 종교는 자기 종단의 선량한 사람들이 비참하게 죽어 가는데도 속수무책이었습니다. 이 기간에 인류 약 6백 9십만 명의 소중한 목숨이 처참히 꺾여 나가는 동안 사람들은 '우왕좌왕하고 비틀거리는 모습'만 보여 주었습니다. 동서양 세계 모두에서 몹시 비틀거리는 사람들을 보며 그동안 생각한 것을 정리하여야겠다며 책을 쓰기 시작하였는데, 나쁜 시력으로 글을 쓰다 보니 시간이 오래 걸렸습니다. 글을 쓰면 쓸수록 두 눈에 맺혀지는 Image들은 점점 흔들리고 보이지를 않아서 책 쓰는 것을 도중에 여러 번 그만두어야 할 정도였습니다.

하지만, 마음을 다스리고 몸을 추슬러 책상에 앉아 시를 쓰고, 수필을 쓰며 기존 글들을 정리하였습니다. 고통을 속옷같이 입고 생활

해 왔기에 가능한 일이었습니다. 책이 완성되었습니다.

▶지혜서의 2,100편의 묵상시를 가슴에 품고 사는 이와 그렇지 않은 이의 차이는

<blockquote>
행복과 불행

현자와 우자

평온과 불안　　　　정도 됩니다.
</blockquote>

봄, 여름, 가을, 겨울로 되어 있는 이 책의 한 페이지 한 페이지를 읽어 나가시다 보면, **자연이 보이실 것입니다.** 그 자연 속에서 **짧은 시 2,100편을 곰곰이 묵상하시다가 보면, 서서히 마음속에 지혜가** 등불로 밝게 빛나게 되는 것을 느끼실 것입니다.

▲ 지예로운 사람이 되는 놀라운 경험 ▲

비법이라면 비법이라고 할 수 있는 그 경험의 이야기를
지금 책장에 고운 눈길을 주시는
사랑하는 그대에게 바칩니다.

a 시인
낮게 엎드림

＊ 이 책 저자의 모든 책 수익은 검증할 수 있게
100% 불우이웃에게 기부됩니다. ＊

여름

그대 녹색 눈망울 속
바람 결 나비 한 마리

꽃 흉터 그 자리 달린
작기만 한 아가 열매들
　-「오월 열매는 누굴 보려 하는가」

세상은 어둡습니다.

　그렇지 않다. '세상을 너무 부정적으로 보는 것'이라는 분도 계시겠네요.　　세상의 모습을 시시각각 보여 주는 뉴스.　그것을 하나씩 읽어 나가 보면 마음이 점점 검게 물들어 가는 것을 느끼면서도 '세상은 밝기만 하고 아름답다'고 하는 것은 무리가 아닐까요?

　나쁘게 보면 정신 건강상 좋지 않다고 하니 억지로, 긍정적으로 보아주려고 해도, 자세히 들여다보면, 맑은 샘물이 나와야 하는 곳에서도 구정물이 수시로 나와 그나마 있었던, 작은 희망의 심지까지 까맣게 태워지고 마는 것이 현실입니다.

세상은 급변합니다.

세상의 물정도 회오리바람을 타고 있지만, 내 곁에 있는 사람들. 그 사람들 하나하나를 자세히 보아도, 사람들이 서서히 또는 급격하게 변하고 있습니다. 자기도 조석으로 변하면서

남들이 변하지 않길 바라고 있는 현상까지 더하여

온통 빙빙 돌아가고 있으니, 현기증이 가실 날이 없습니다.

이렇게 어질하고, 컴컴 칙칙한 세상의 색상이 짙어질수록,

별처럼 빛나는 사람도 어쩌면 있을 것 같기에 급물살에 휘감기는 세상이지만, 가끔은 물살을 역류하는 원시인도 있을 것 같기에 계절의 여왕이라는 오월에 유난히 사람다운 사람이 그립습니다.

사람 같은 사람.   진정성이 뚝뚝 묻어나는 사람.

겉과 속이 똑같고 변하지 않는 사람.

웃어도 믿을 수가 없고   울어도 신뢰가 안 가는

그런 사람들 말고요.

나무의 녹색 눈망울 같은 모습을 하는 사람이 그립습니다.

가슴이 떨리도록

눈물이 솟구치도록   그립습니다.

그런 마음으로, 변하지 않는 한결같은 녹색 눈망울 나무를 부러워하며 "나무야. 나무야." 하고 있는데

노란 나비 한 마리가 나무의 꽃이 이미 떨어진 자리에

모진 바람을 역류하며 아슬아슬하게

타고 내려오다가 가만이 앉았습니다.

꽃을 잃고만 자리는 나무의 상처 자리입니다. 그렇지만 나무의 생채기 자리에는 이제부터 풋풋한 오월의 열매가 맺기 시작합니다.

치유와 결실의 열매.   상처 ☞ 치유 ☞ 흉터 ☞ 열매

오월에는, 적어도 오월만큼은   사람들도 나무가 생채기에서
쿡쿡 웃음이 저절로 나오는 녹색 아가 열매를 맺는 모습을
알아보았으면 얼마나 좋을까요. 세상 곳곳에서 말이지요.
　　한 해도 빠지지 않고, 꽃은 왜 피고 떨어지는지,
　　열매는 어디에 맺어지고 있는지
　　그런 우주의 기본적 기초질서를 사람들은 알아보지 못하니
　사람들은 녹색의 정반대 색, 회색 사람들이 되었고 이런 회색 인
간들이 모여 칙칙한, 검정도시에서 바글거리고 있습니다. 어찌 보
면, 시궁창 바퀴벌레들처럼 우글거리고 있습니다.

가시 없는 장미가 있었다
유리병 물 안 넣어도 되는

향기 없는 장미가 있었다
꽂은 병속 파도 일지 않는
　-「그대는 조화」(장미 I)

비명이 깊숙이 찔려서 가시 되었다지
빨간 울음 꽃잎 한 장 한 장 되었듯이

가시 숭숭숭숭 난 것은
꽃 겹겹이 피어난 것은

어차피 미워하며 사랑하다
바람에 날려 먼지 되라는
　-「Dust in the wind」(장미 II)

무릎 멍 져져이 되었으니
이제 꽃잎 피어나겠구나

가시 속 암호 어지러우니
이제 향기 찬란하겠구나
　－「왜 여왕이겠느냐」(장미III)

Ⅰ. 장미는 밤에만 피는가.
　음산하게 추운 나의 밤에도 5월 여왕은 가시 옷만 입고 나서는가.
이리도 날이 찬란하기만 한데, 가지 꺾여 담긴 유리병 물속마저도
돌돌 말리기만 하는 회오리가 일고, 폭풍우 소리 수런거리나
　　　　과연 그대는 가시의 여왕

　　　　삶이 암호해독이고
　　　　　비밀번호 풀기이니
　　－「계속 틀려도 또 또 하다 보면」

　　　당신 까인 무릎이 아물기도 전에 또 걷어차이는구나.
　　　그래도 향기는 겹겹이 나고
　　이력이 나서 가시도 끌어안고 살만하니

Ⅱ. 5월을 계절의 여왕이라고 하지요.
　장미를 꽃의 여왕이라고 하고요. 5월 장미는 Royal Family입니
다. 빨강 성나라 여왕, 하양 성 나라 여왕, 주황 성 나라, 파란 성 나
라, 노랑 성 나라, 보라 성, 검은 성 나라 여왕 친지들이 지배하는 화
려 찬란한 나라들. 이 수려한 분위기는 사실은 한 부분 으스스합니

14

다. 사람들이 화학 색소를 장미 모세관을 통하여 빨아들이게 해서, 예전에는 보기 힘든 색의 장미들과 여러 가지 색을 동시에 가진 장미를 만들어내고 있습니다.

으스스 무시무시한 세상 분위기에 잘도 어울립니다.

Ⅲ. 다른 꽃들은 대개 한 번 꽃이 피고 지는데, 장미꽃은 피고 지고 또 피기를 현란하게 하여 주어서, 봄꽃들이 가고 만 허전함/섭섭함을 달래기에 충분합니다.　　　　장미꽃이 아름다울까요?

장미의 가시가 더 아름다울까요?

자기 몸을 뚫고 가시 하나 내기에도 비명을 한참이나 질러야 하고
비명보다 더 아프도록, 깊숙이 찔린 것이 가시이고
그 많은 가시를 솟구쳐 내면서 엄청나게
해合ㅜ ㅁ뻐ㅇㅎㅠ 어씨ㅍ란쪼에ㅌ .

아마도 가시가 솟아난 것은, 아무도 보아주지 않는 - 분명히 가식의 눈동자 번득임 꺼져버린 목구멍에 거미줄이라도 쳐 주면 좋을 Lip Service가 모두 사라진 뿔 달린 짐승들마저도 모두가 맥 놓고 잠든 캄캄한 밤이었을 것입니다.

Ⅳ. 누가 장미꽃을 꺾어서 투명한 유리병에 담은 것을 보셨나요?
금세 유리병 물이 출렁이면서 회오리치는 것을 보게 됩니다. 가시를 그렇게나 많이 만들면서 아파했을 터인데 그 정도의 회오리야 당연한 것이겠지요.

장미는 찬란합니다.　　그래서 향기가 연란합니다.

Ⅴ. 이런 장미 오월에 나무들은 새 이파리를 내기 시작합니다. 나무의 연초록을 보고 있으면 쿡쿡 웃음이 납니다. 저절로. 그렇게 웃을 일이 없는 세상인데도 말이지요. '쿡 쿠 쿡'

만나는 사람마다, 그들의 눈동자에서 연초록을 볼 수 있으면 좋겠는데, 그렇지 못하지요.   **연초록을 알아보는 사람**

　　연초록 그리고   **꽃잎이 하나하나 자기 살을 펴는 것**   을 볼 줄 아는 사람　　　그 사람들 눈동자에서만 향기가 어른거립니다.

　그런 사람들을 보고 있으면, 또 쿡쿡 웃음이 절로 납니다. '쿡 쿡 쿡' - 그런 사람들은 나무들에 아주 작게 열리기 시작하는 풋풋한 과일들이 　　　공룡보다 한참이나 태초인 자기 모습을 보이는 것　　　우주의 기본, 그것을 알아보는 사람들이기 때문입니다.

　또 그런 사람들은 나무가 믿었던 꽃이 '투둑' 떨어진 그 아픈 자리에 강렬하여지기만 하는 태양이 자기의 뜨거운 기운을 몇 달이나 계속하여 부어대면, **그 무게만큼 열매들이 무거워지는 것**   을 볼 수 있는 사람들이고요. **우주의 결정체 열매는 그 까칠한 융터에**

**　　　　자리를 잡고 향기를 낸다는 것**

　　　을 이미 알아차려 버린 멋진 사람들이기도 합니다.

　그런데, 꽃도 피고 열매도 맺혀주는, 사계절 중 으뜸 여왕의 계절에 이다지도 외롭기만 한 것은 왜일까요? 유난히 보고 싶은 사람이 있기 때문일까요? 　　　　　이런 계절에는

　고향의 향기로운 집이 보이는 길목에서 친구들이 손짓하는 그것이 보입니다. 가난하고 피부는 까맣고 거칠지만, 맑은 눈망울들이 고운 그 속에 나도 손짓하네요. 　　누구를 향하여.

　어린 우리 머리 위로 노란 나비가 흰 나비와 같이 날아가는 것이

　　　　　　　선명하게 보입니다.

발돋움 해보자
발끝 힘 꽉 주어서

누구 밟고 올라
한껏 자기 높여보자   ⇒   요람에서 무덤까지

웬만한 나무들
크기도 못 되면서
 -「그래 보았자」

사람들이 열심히 하는 것이 있습니다.
          당신 그리고 그 옆의 당신들 모두가 열심히 하는 것.
발끝에 온통 힘을 모아서   〈발돋움하기〉
하도 많이 아여서 자연스럽기만 한   〈남 밟고 올라서기〉
너무나 오래 아여서 문화가 되고 만 〈밟은 이 또 밟기〉

자 - 어린이 여러분 조기 교육이 평생 갑니다
       발끝에 온통 힘을 모아서 발돋움해 보세요
자 - 청장년 여러분 습관이 바로 경쟁력입니다
     하도 많이 하여서 자연스럽지요 남 밟고 올라서 보세요
자 - 사랑하는 국민 여러분 인간은 꾸준해야 합니다 너무
  나 오래 하여서 문화가 되고 만 밟은 이 또 밟기 해 볼까요
     -「국민교육헌장/현장/형장」

　나무 목木 자는 나무가 땅에 뿌리를 깊게 내린 모습을 형상화한 글
자입니다. 나무들이 모여 있는 수풀은 나무 목, 두 자를 겹쳐서 나무
들 림(林)으로 표기하고요. 이 나무들을 산에 가서 봅니다.
　웬만한 나무들은 사람들의 키를 훌쩍 뛰어넘는 높이를 하고 있지
요. 인간들이 아무리,

〈발돋움 하기〉〈남 밟고 올라서기〉〈밟은 이 또 밟기〉해 보았자,

이름 없는 잡목들보다도 높아지지 못하면서
한 줌의 재로 * 잡목들 거름이 될 것이면서
무엇을 그렇게 보려고 발돋움 하고 자꾸 어디로 올라가는지.
* 수목장이 유행이라지요. 나무가 괴로워합니다. 악취 난다고요.
신성한 산의 신령한 나무들 괴롭히지 말고 그냥 재 되어, 바람에 날
려 가시지요. 죽어서라도 자유롭게 날려가야지요.

은적도 없이

물어라
사람 앞에 설 때마다 살을 내어 주는지
물어라
더러움과 함께 하여 자신 녹이고 있는지

돈 권력 명예 거품 비비고 있는지
물고
자기 오만 깎아 가며 향기 나는지
물고
점점 작아지다가 없어지고 있는지
물고
　－「聖 비누 앞 설 때마다
　　물고 또 물어라」

친한 친구가 CPA인데, LA 큰 교회의 재정 담당 장로입니다. 목사
님이 새로 부임했는데, 친구를 부르더니 간단한 인사말이 형식적으

로 오가자마자 제일 먼저 하는 말이 "헌금 많이 하는 사람 상위 30명의 명단을 달라."라고 하더랍니다.

시인도 이 지경의 나이 되도록, 가톨릭교회에서 주일학교 교사 20년, 남가주 20개 성당 청년 연합회고문(영어권, 한국어권; 대학부, 청년부, 성령 쇄신 청년봉사회, 성서모임), 전례 해설 40년, 청소년 분과위원장, ME, 꾸르실료 봉사를 깊숙이 하면서 교회가 돈, 권력, 명예 앞에 손 비비고 입 거품 푸는 광경을 참으로 많이 보아 왔습니다. 먹고 사느라/ 숨 가쁘게 애들 뒷바라지하느라/ 집에 기막힌 사정이 꼬리를 물어서 성직자에게 음식 대접 한번 못하는 사람들에게는 따스한 눈길 한번 안 주는 수도자들 모습 어렵지 않게 볼 수가 있었고요.   **자기 스승 모습, 가르침하고는   정반대로**

일요일 마이크 잡을 때와   아주 딴판으로 행동하는 –

성직자, 수도자들에게 묻습니다. 그대들은 도대체 누구의 제자입니까? 성직자, 수도자들에게 권고합니다. 그리 비싸지 않은 비누로 그대들 손 닦고 몸 구석구석 닦을 때마다   **그대들보다**

훨씬 그대들 스승을 닮은–그 비누 안 짱에서 나오는 영성을 –

그대가 지금 아부하는 돈, 명예, 권력 그리고 그대의 탐욕은 그저 거품임을 / 교만과 오만을 내어 줄수록 자기 자신에게서 향기가 남을 / 더러움과 함께 할수록 그대가 깨끗하여짐을/   –「비누 거품 묵상」

성직자들 보기를 싸구려 비누 본 듯하여라/ 여호와 예수 알라 부처 보이리니 / 스승님이 거품에 가려 보이지 않는지 오래되었다 / 싸구려 비누 더미가 만드는 거품에/
      –「싸구려 비누 거품」

모든 사람에게 해당하는 시이지만

특히 성직자, 수도자라고 불리는 높고 고귀한 분들께 이 시를 봉헌하며, 그대들이 기도할 때 그대들 신의 모습 앞에, 비누 한 장 놓고 묵상하시기를 권고합니다. **싸구려 비누 안 장보다 못안 삶 안 되려면.**

거기가 아니면 어쩌지
모두가 가리키는 그곳

저기가 정말 아니라면
모두 다 향하는 저곳
　－「아닌 것이 사실이라는 가설이 정말이라면」

당신도 나도 그이도 저이도, 향하고 걸어갔던 그곳이 정말 － 좋지도, 향기롭지도, 가치 있거나 아름답지도 않은 그것, 그곳이라면 어쩌지요? **마음 단단이 먹고 '아니다'라는 가정을 애보고 곱씹어 보면 정말 아닙니다. 그곳에서 샘물이 솟습니다.**

마냥 걸어본다
나는

그냥 날아간다
새가
　－「나는 왜 날아가는가」 ＃1

길 위에서, 달랑 배낭 메고 － 속을 꽉 채울 것도 없어 그저 헐렁한 달랑 배낭 메고　마냥　　　　　　　　길거리에 있을 때가 그냥   그렇게 행복하기만 합니다.

사람들은 새를 보고 부러워하지요. 새가 자유로움의 상징이기 때문입니다. 자기가 자유롭지 못한 것은 남 때문이 아닙니다.

            남이   다른 무엇이   나를 꼭 붙잡고 있다고 하여도

꿈적 달싹 1도 않는 쇠창살 교도소라고 할지라도 내 마음이 새와 같다면   사람은 얼마든지 자유로울 수가 있습니다. **새는 왜 저렇게 날아다닐까?**   마냥 길 위에서 걸어보면 알게 됩니다.

나는 왜 이렇게 자유롭지 못하게, 답답하게, 숨 막히게 살아만 갈까. 그냥 길을 걸어보면 마냥 하늘을 나는 새가 답을 주게 됩니다.

멀리 날아가는 새가 있었다
상처가 깊기에

영영 떠나버린 아름다움이여
날개가 돋는다
   -「날개는 그냥 돋는 것이 아니다」   #2

상처가 깊은 것들은 모두 날개가 있다
멀리 멀리 날아가야 하기에
영영 떠나 버려야 했던 이들이 있었다
그때부터 아름다워야 하기에
   -「날개 그리고 아름다움」   #3

상처가 깊음에도 날개가 없는 것들이 있다
내상이 깊숙함에도 날지 못하는 이들 있고
멀리 멀리 날아가 버려야 하는데 그 자리에

여생의 아름다움을 포기한 채 맴맴 돌면서
　-「참담함 앞에」　　#4

이 # 1-4시를 읽으시고도 떠나지 못하시는 분
　　　　　자기 상처를 보지 못하시는 분이고요.
이 # 1-4시를 묵상하시고도 그 자리에 맴맴 도시는 분
　　　　　자유롭지도 행복하지도 않으신 분이니
이 참담한 제전에 무엇을 바쳐야 안단 말입니까

재빠르게 곁눈질

얼마 안 지나
또
더 빠르게 게 눈길
　-「그대, 옆으로만 기는 이유」

'마파람에 게눈 감추다.'라는 말이 있지요. 마파람은 남풍이고요.
남풍이 불면 비가 함께 오는 경우가 많으므로 마파람이 불면 게가
미리 겁을 먹고 재빠르게 두 눈을 감추어 버린다는 뜻이지요.
　　게는 옆으로 기어 걷습니다. 앞으로 전진하지 못하고요.
　인간들을 만나면, 사람을 인간이 물건처럼 머리끝부터 발끝까지
재빠르게 SCAN하는 모습이 보입니다.
　머리 맵시, 화장, 장신구, 옷 명품 구분, 시계, 구두, 핸드백 등.

　　　　　인간 게눈이다
　　　　　사람 만나면 머리끝부터 발바닥까지

재빠르게 스캔하고 견적 낸다

인간 게발이다
사람을 견적으로 등급을 내어 버리니
앞으로 못 나가고 옆으로 기는
　 　 －「현대 인간은 게다」

다른 곳을 보는 척, 관심 없는 척하지만, 게 눈처럼 재빠르게 '지지
직 드르륵'　 SSSSSSSSSSSSSSSSSS CCCCCCCCCCCCCC
　 　 　 AAAAAAAAAAAAAA　 NNNNNNNNNNNN
끝내고 금액계산이 나옵니다. SCAN된 사람의 가격이 매겨지는
것이지요. ~~WWWW~~ $$$$$$ 그러지 마세요. 슬퍼집니다. **그대**
가 나를 Scan하는 모습이 소리까지 더하여 보입니다. 나는 그런 당신의
인격을 서서히 Scan하기는 마찬가지이긴 합니다.
　 　 Scanning은 비교하기 위함이지요.
　 　 　 비교하면 알수록
　 　 　 그대가 그렇게 찾아 헤매는
　 　 　 행복은 점점 멀어집니다.
비교하는 행위는
　 　 　 자기 고문 악대 행위　 　 입니다.
　 　 　 자기 자살 말살 행위　 　 이고요.

무심코 습관이 되어서 하는
　 　 　 비교행위가 나의 행복에 결정적 장애 요인　 이 된다는 것을
　 　 　 깨달은 사람만 이
　 　 이 비교의 수렁 악습에서 벗어날 수가 있습니다.

사람이 물었다
왜 높은 산 오르느냐고
시인은 답했다
시조새 보려면 그곳에
 -「자유 그리고 날개」

　　　시조새에서 왜 날개가 돋아나기 시작했을까
　　　인간은 왜 날개 없이 그렇게 진화되어 왔을까
　　　 -「간절한 자유갈망」

산에 자주 오르는 이유를 묻는 것은 어리석은 물음이지요.
그 질문에 대한 어떠한 답도 당연히 우답이기 마련입니다.
　　　　　심심하니 대답한다 치고, 우답 중에서 우답을 하나 하면
높은 산에 올라서 내려다보면 새들이 아래로 보이기 때문이라고
나 할까요.
그냥 평지에서는 고개를 들어서 올려 보아야 하는데, 긴 날개를 가
진 새들이 유유히 날갯짓하는 그것이 발아래에 펼쳐집니다. 새를 우
리가 부러워하는 이유는 단 하나. 자유의 상징이기 때문이겠지요.
　그 자유를 즐길 수 있는 이유는
　　　거세게 몰아치는 바람을 오히려
　　　이용할 줄 아는 날개가 있기 때문　입니다.
　그 자유의 상징이 발아래 보이는 것은　'나는 자유롭고 싶다!'
라고 높디높은 산에 있을 그때라도 외치고 싶기 때문입니다.
　1억 5천만 년 전 새들의 조상 시조새, 아르카이옵테릭스(Archae-
opteryx)가　자유에 대한 간절한 소망으로 신화의 날개를 만들어
가며 고고하게 날았듯이.

24

◆　미국은 미국 본토의 5분의 1 정도의 크기(153만 694㎢. 한반도의 7배 정도)의 툰드라 대륙 알래스카를 1867년 3월 23일, 러시아로부터 720만 달러에 매입합니다. 당시에는 필요 없는 아이스박스를 너무 비싸게 샀다고 비난받았지만, 1880년에 상당한 금이 발견되었고 1968년에는 원유까지 찾아내게 되었습니다. 전략적 요충지는 물론이고, 세계인들에게 사랑받는 유명관광지(The Last Frontier on Earth)가 되어, 그 가치는 그야말로 가늠하기 힘들 정도이지요.

어두워졌으면
까맣게 안 보이게
시간이 지나면서라도 서서히
어두워졌으면

깜깜해졌으면
흔적도 사라지게
발길 위로 허연 밤 늘어져서
깜깜해졌으면
　－「북극으로 향한 발길은 보이지 않는다」

알　래스카 여행은 여행객들에게 색다른 체험을 주기에 충분합니다. 겨울에는 섭씨 영하 15도~30도를 넘나들기 때문에 여행하기가 쉽지 않지요. 그래서 여름 계절에 여행객들이 제일 많이 알래스카를 찾습니다. 연중 가장 좋은 방문 시간은 6월 말쯤에서 8월초 정도까지입니다. 연어가 돌아오는 계절이기도 한 여름에는 낮이 길기만 한 백야(白夜) 현상이 일어나는데, 밤 12시경 해가 지기 시작하다가 새벽 3-4시경에 해가 다시 뜹니다. 깜깜한 밤이 몇 시간 되지 않는 경험을 하다가 보면 밤에 잠을 못 자고 고생하게 되지요.

편안 낮에 일어났던 편안 일들이

까만 밤에는 까맣게 지워지기를 바라면서

밤을 기다려 보지만, 하루를 지지던 해도 쉬려고 서쪽 자기 집으로 들어가 버렸건만, 나의 밤은 찾아주지를 않습니다. 자정이건 새벽이건 상관없이 밤은 까맣지 않고 하얗기만 하지요. 엄밀히 말하자면 백야는 아닙니다. 까만 밤의 반대로 하얀 밤이라고는 하지만 잠 못 이루는 밤은 그저 뿌옇고 식은땀 계속 나고 뒤척이기만 하는 괴로운 시간의 연속일 따름입니다.

알래스카 하얀 밤
까맣게 되지 않는 밤
나의 밤은 언제 오려나

높이 멀리 가다가
뿌연 무야에 갇히어
뒤척일수록 밝아지는데
- 「알래스카 무야(霧夜)」

멀쩡하게 눈 뜨고 있는데
코를 베어 가면서
입에 재갈 물리는
대낮에 벌어지는 살벌함

까맣게 잊혀야 하는데

26

긴 밤 하얀 채로
힘주어 노려보고
북극까지 쫓아와 무야로
 － 「알래스카 무야(霧夜)에 묻혀」

 위 북쪽에서는 왜 이런 뿌연 무야(霧夜) 현상이 일어날까요?
 위로, 위로 － 그렇게 위로만, 높은 곳을 찾아서 올라가다 보면 마주치는 현상.
 지구 생성의 이치이기도 하고, 사람 삶의 이치이기도 합니다.

 휘이익
 방향 바꾼 바람에 모자 날아가네
 허둥지둥 쫓아 간신히 다시 썼지만

 휘리릭
 그 바람 다시 돌아와 또 덮치니
 날린 것 찾으려 또 허겁지겁 하네
 － 「붙잡아 매지 않으면 다 날아가네」

 방향을 예측할 수가 있으면
 나의 소중한 것을 순식간에 빼앗아, 내동댕이치지 않으면
 황급히 덮쳐서 넘어트려 간신히 일어났으나, 금세 다시 돌아와 또
걸어 고꾸라지게 하고, 정신 차리기 전에 또 패대기쳐 버리지 않으면
 그것이 바람이기나 하겠습니까?
 나의 소중한 것들은 꼭 붙들어 매지 않으면
 바람에 다 날아 가 버리고 다시 찾을 수 없게 됩니다.

나의 소중한 것들은 무엇, 무엇입니까?

　　　그것을 먼저 확실이 알아야 합니다.

　이것들은 무슨 한이 있어도 놓치지 않겠다고 붙들어 매시지요.

그렇게 해도 갑자기 덮치어서 빼앗아 가는 것이 바람이기는 하지

만요. **꽁꽁 붙들어 매지 않은 것들은**

　　　　　　너무 쉽게 다 날아 가 버리는 세상　입니다.

이 사람 저 사람 차례로
실낱 희망마저도 삼키는 일
잠시도 쉬어본 적 없는 파도

파도 포말 같은 하얀 노인

조그만 회색 널빤지 엎디어
그 무서운 파도 기다리다
노련하게 두 발 올려놓고
파도 감아가며 올라탄다

　　이제
구름까지 타려나 보다
　-「노인 파도 올라타다」
　　<노인 서퍼 되다>

여름입니다. 여름이니 더운 것인지 - 세상살이가 찬물 마시듯 시
원하지 않아 더워진 지, 잘 모르겠습니다.

　많은 사람이 더위를 피하려고, 하얀 입김 내뿜는 에어컨 냉기를 찾

28

아다닙니다. 하지만 파란 생각을 좋아하시는 분들은, 기계 바람보다는 자연 바람이 있는 바다를 찾아 나서지요. 바다를 보고 싶으면, 비행기를 타고 또 차를 타고 나가야 바다를 볼 수 있는 곳에 사는 사람들이 대부분인 것이 미국입니다. 지도를 보면 알 수가 있지요. 그렇지만 남가주에 사는 사람들은 조금만 운전하고 나가면 갈매기와 펠리컨이 망망대해의 공간을 세레나데처럼 오르내리는 시원한 바다를 볼 수 있습니다.

사막의 노마드에게는 이 얼마나 감사한 일인지요.

바다라 하면 파도의 모습을 먼저 상상하시는 분들 많으십니다.

파도는 어떻게 생길까요?

극지방과 적도지방의 온도 차이로 공기가 서로 움직여서 바람이 일어나게 되는데, 바람이 불 때 바다 표면과 바람 사이에는 마찰이 생깁니다. 마찰로 바닷물은 밀리게 되지요. 바람이 세게 불거나, 바람이 약하더라도 지속해서 불면, 이 밀린 물은 점점 커지게 됩니다.

또한 바다 해류는 항상 일정 방향으로 흐르고 있는데, 바다는 하루 2차례씩 달이 끄는 힘으로 밀물과 썰물을 반복합니다. 이때 해류와 부딪치면 더욱 큰 마찰로 높은 파도가 되는 것이지요.

파도의 높이, 최고 파고는 34m까지 측정된 것으로 알려져 있습니다. 사람들의 키를 가늠해서 상상하면 그 무서움을 느낄 수 있고요. 더군다나 해저 지진으로 인한 파도의 파괴력은 쓰나미를 가져와 참혹한 재해가 되기도 합니다.

바다를 한참 보고 있으면 잠시도 쉬지 않고 밀려오고 나가는 파도가 인생의 고난하고 똑같기에, 사람들은 그 파도를 보며 자기가 겪어온 수많은 난관을 생각해보게 됩니다.

이 무시무시한 파도를 오히려 즐겨 올라타는 사람들이 있습니다.

서퍼(Surfer)입니다.

하와이어 "히에 날루" 서핑(Surfing)은 나무판자 보드 위에 몸을 싣고 파도를 타는 스포츠입니다. 보드는 롱 보드와 숏 보드가 있고 보드 밑에는 서퍼가 방향 전환과 속도 조절을 하기 위한 핀이 설치되어 있지요.　　　　　　　시의 내용은

희끗희끗한 노인이 파도를 타는 장면입니다. 평생, 시도 때도 없이 속 울렁거리게 만드는 파도에 시달려온 노인이 남은 인생만큼은, 피할 수 없는 파도를 오히려 즐기며 타기로 결심합니다.

살아오며 겪은 신념의 보드에 몸을 엎디어, 날름거리는 **파도를 노려보며** 파도의 성질을 분석해 봅니다. 그리고 그 파도를 당당히 기다리다가 훌쩍 올라탑니다. 노인은 나이가 들면서 몸의 균형을 맞추는 평형 능력이 점점 떨어지고 있지만

마음의 평영 능력은 점점 좋아지고 있습니다.

파도를 탈 것인가 파도에 삼켜지며 남은 인생을 살아갈 것인가 는,

순전이 나에게 달려 있다며

닥치는 파도를 휘휘 감아가며 올라타는 노인이 보이십니까. 노인은 이제 남은 인생만큼은 구름까지 탈 정도로 행복하려나 봅니다.

□ 모래는 바위가 잘게 부서져서 만들어졌습니다. 잠시도 쉬지 않고 들락날락하는 파도의 무서운 파괴력입니다. **그럼 나의 인생을 잘게 부숴 버렸던 것은 무엇들/누구이었습니까?**

사람들이, 삶이 고단하고 처절할 때는 파도를 생각하고 바람을 생각합니다. 바람이 파도를 더욱더 사납게 하지요. 바람이 몹시 부는 날, 바닷가에 서 있어 보면 파도가 얼마나 무서운지 실감하게 됩니다.　　서퍼(Suffer)들은 파도를 숨죽여 기다리는 사람들입니다.

파도를 탈 때 제일 행복해하는 사람들이고요. 거의 모든 사람이 피하려 하고, 무서워하는 파도를 오히려 기다립니다. 그 파도를 타기

위하여 많은 준비 과정이 있어야 하지요. 파도가 있는 곳에 차를 타서 바닷가에 가고, 파도가 일기를 기다리고 또 기다리다가 파도가 일면 슈트를 입고 파도가 있는 곳을 향하여, 작은 보드에 몸을 엎드려서 팔을 노처럼 계속 져서 나아갑니다.

　　파도를 타려면 이렇게 인내를 갖고 기다려야 합니다.

　　파도에 대한 두려움은 당연히 없어야 하고,

　　파도를 탈 때 오히려 즐거워하여야 합니다.

　　파도를 올라타서 몸의 균형을 잡고 이리저리 몸을 놀려 나아가는 서퍼들을 멍하니 쳐다보고 있노라면, 확신이 듭니다.

　　바위 잔모래 만들어 버린
　　　　파도
　　모든 걸 뒤집어엎어 버린
　　　　파도

　　그걸 노려보며 기다리는
　　엎드려 숨죽여 찾아가는
　　　-「인생 정복자 서퍼」

파도는 피할 대상이 아니고

올라타 정복하고 즐겨야 할 대상이다　　　　라고요.

　　세상 쥐어 잡고 뒤흔들던 태풍 지나가고
　　하늘 구름들 유유히 태풍 꼬리 따라 간다
　　모두들 사라진 파란 하늘에
　　하얀 구름 하나 남아 있는데

이것이 나일까
　　남일까
－「석양에도 구름 잡던」

'구름 잡는 소리 하네.' '뜬구름 잡네.'라는 말이 있습니다. 영어로는 'head in the clouds'라고 하지요. '땅에 다리를 딛고 머리는 구름 속에 있다.'라는 뜻으로 'living in a fantasy(환상 속에 산다)'라는 표현이 됩니다.

　여름 태풍이 갑자기 대낮에 덮쳤습니다. 태풍이 오는 지역도 아니고 그런 계절은 더군다나 아닌데 말이지요. 마치 세상살이 같이 갑자기 기습하여 큰 피해를 줬습니다. 그리고는 저녁 되기 전에 하늘이 말끔합니다. 언제 태풍이 왔었냐는 듯이 말이지요. 그 시침 '뚝' 한 파란 하늘에, 태풍의 꼬리 바람 따라 하얀 구름이 몰려갑니다. 아주 천천히 말이지요. 그렇게 모두가 물러간 하늘에 이상하게 구름 하나가 달랑 남았는데 석양에 서서히 붉게 물들고 있습니다. 평생을 구름 타고 다니는 꿈을 꾸며 자신을 채찍질하고 남보다 앞서려, 걷지 않고 뛰어다녔던 구름 같은 노인이

　　　그　　**남겨진 아니면 버려진 구름**　을 쳐다봅니다.
　　　　　　구름 잡던 노인
　　　　　어제까지도 구름 잡던 노인　　　　**남이 구름 따라**
다니는 것은 보여도, 뜬 구름 쫓아다니는 자기는 못 보는 노인

　▲ 바닷가의 짠 소금기가 바람에 가깝게 실려 오기 때문에, 다른 곳 보다는 자주 집에 페인트칠하여 주어야 하는데 그러질 못해서 집한테 미안합니다. 낡은 한 집에서 40년 정도 살았으니, 게을러진 탓도 있고, 늙어서 그런지 집 전체 페인트 작업 같은 큰일 앞에 자꾸

망설여지게 됩니다.

　　며칠 준비 작업하며
　　창 통해 집안 들여다보던
　　새벽 저녁 페인터

　　드디어 판자를 칠하려고
　　비닐로 창 막아 버렸다

　　아늑함 몰려오는 것은
　　얇은 유리창 때문인가
　　단절된 마음 때문인가
　　-「유리창과 마음」

　5년이 훌쩍 넘어서, 칠이 벗겨진 지 1년이 지난 후에야 페인터 견적이라는 곤란한 과정을 거쳐서, 드디어 칠을 하게 되었습니다. 업체를 선정하고 칠을 할 때마다 다른 색을 선택하여야 하는데, 이것도 쉽지 않은 일입니다.

　페인팅 작업은 강한 물길로 집의 외벽을 청소하고, 손으로 일일이 칠을 잘 할 수 있도록 벽면을 긁어내어 버리는 작업을 먼저 하게 되지요. 이런 작업을 하면서 페인터들이 유리 창문을 통하여 집안을 들여다보게 됩니다.

　　　　불편합니다.　　　　　　　새벽부터 해 질 무렵까지

　그분들이 안을 정말로 들여다볼 의향으로 그런 것은 아니지만 그래도 외부의 사람들의 눈길과 발길이 있으면 공연히 편안하지 않지요. 이 작업이 끝난 이후, 드디어 창문을 비닐로 모두 가리는 작업이 시작되었습니다. 비닐로 가리고 그 주위를 테이프로 고정하는 작업입니다. 유리 창문이 하나, 둘 가려 집니다. 이제 모든 창문이 가려졌습니다.   **아늑합니다. 평화이지요.**

창가에 나란히 있던 화분들의 꽃들도 더 눈에 들어옵니다.

꽃들도 오랜만에, 조용한 사색을 하려나 봅니다.

꽃눈을 모두 감고 깊숙한 명상에 들려나 봅니다.

지금 현대인들은 자기를 너무 노출하는 노출증 환자들이지 않나 싶습니다. SNS를 통하여 자기의 일상을 모두

공개하고   경쟁합니다.

띄엄띄엄 TV를 보는 데도 연예인들이 자기 거실을 보여 주고, 침실 심지어는 화장실까지 보여주며 잠옷 바람으로 많은 사람 앞에서 활보하고, 자기의 사생활을 노골적으로   *공개하는* 장면이 나옵니다. 이런 방송을 방송사들끼리   *경쟁합니다.*

이런 모습을 보고 대중들은 자기들의 사생활도 아무렇지도 않게

공개합니다.   그리고 사사건건 다른 사람 사생활과

경쟁합니다.

당연히 아늑하지 않고, 평화롭지도 못합니다.

이렇게 일상생활을 하니 당연히 미친 증상들이 다양하게 표출됩니다. 더 심각한 문제는 자기 자신이   **정신 질환** 이 없다고 생각하는 것이   정말 **미친 증세** 아닐까요.

탁

불 켜진다

막장마저도 금세 환하다

틱

불 꺼진다

밖 분명 환한데 어둡기만

　-「행복 발전소 ON-OFF 스위치」

이 세상에 이것이 없으면 내가 어떻게 될까 하는 것이 어디 한둘이겠습니까. 그중에 전기를 생각해 봅니다. 전기 (electricity)라는 용어는 호박을 뜻하는 그리스어 'elektron'에서 유래하였습니다. 기원전 600년경 그리스 철학자 탈레스가 양털에 문지른 호박이 가벼운 종이나 털 등을 끌어당기는 현상을 발견하고, 이를 마찰 전기라 이름 지었다고 하지요. 하지만, 이런 단순한 정전기 현상이 아닌 전류를 발견하고, 세계 최초의 전지를 발명한 사람은 이탈리아의 물리학과 교수 볼타였습니다. 전압의 단위 볼트(V)는 그의 이름을 딴 것이고요.

현대의 전류 하면 떠오르는 것은 에디슨과 니콜라입니다. 에디슨은 '멘로파크의 마법사'라고 불리며 직류를 바탕으로 백열전구 발명을 비롯한 GE의 설립에, 천재 과학자 니콜라 테슬라는 교류를 발명하여 웨스팅하우스의 발전을 이끌었습니다. 에디슨은 죄수들의 사형에 교류 전기 충격을 사용하자는 주장을 펴는 등의 파란 스파크 일어나는 음모를 동원하여 '전류전쟁'으로 불리는 전기 경쟁에서 테슬라를 몰아붙였다고 합니다. 현대인들은 테슬라의 맑은 영혼 덕분에 간단한 스위치 조작으로 방안의 어두움을 물리치며 살아가지요.

축축한 일, 마저 해결하고 가라며 왼쪽 팔 잡는 이들과 인연 질기게 사나운 일이 오른팔 잡아끌어 늘어지는 귀갓길. 삶의 끝자락마저 모두 빛을 잃어 가로등 불빛도 모두 꺼져, 집 앞은 더 이상 어두울 수 없을 것 같지요. 그런 삶의 검은 그림자로 구석구석 눅눅해진 집도,

파르르 떨리는 손가락 하나로 '탁' 스위치를 올리면 '언제 어두웠던 가?' 하며 금세 밝아지지 않습니까. 어두움은 오랜 장마로 물 잔뜩 먹은 천막같이 무겁고 마르지 않을 것 같지만,

사실 뒤집어 보면 별것 아닙니다.

조그만 스위치 조작 하나로 물러나니까요.

그런데 우리 마음의 어두움은 어떻습니까? 자기 마음 불빛이 어두운지 밝은지 모르는 사람들은 스위치 조절할 일이 없겠지요. 그래서 항상 마음이 어둡습니다. 잠시 누가 스위치를 올려주어 밝았다가도 금방 다시 어두워지지 않습니까.

수시로 자신의 마음 밝기 즉 심조도(心照度)를 알아채야 합니다.

그리고는 자기 스스로 스위치를 올려야 하고요.

세상 따끔한 일로 레이저 빛내던 눈길을 부드럽게 하고, 길길이 뛰는 폭풍우 같은 숨소리를 다스립니다.

그 다음 '살아 있음'부터 시작해 '감사할 거리'를 하나하나 찾아 '탁' 스위치를 올려 보시지요. 금세 환하여집니다. 광산 땅속 갱도의 마지막 막장같이 어두운 마음도 말이지요. 반면에, 낮이라 세상이 분명 온통 환한데 스위치를 내리고 있으면 마음은 칙칙하게 어둡기 그지없지요. 마음 깊은 곳에 조도를 서서히 조절하는 '디머 스위치' 하나 달아 두시지요. 감사하는 안, 행복을 전달해 주는

행복발전소아고 연결된 스위치   말입니다.

▲

봄꽃은 갔습니다.   지고 말았습니다.
나무들은 꽃이 지면 그 나무가 무슨 나무였든지
                    알기가 쉽지 않습니다.
나무들은 오로지   꽃이 필 때 꽃이 피며
                    향기가 하늘을 뒤에 덮을 때

그 나무가 무슨 나무인지 금세 알 수가 있습니다.

여기도 녹색
저기도 암녹색
푸르기만 한 계절에

푸르지 않을 이
언제 까지나 푸르지 않을 이
- 「그가 나라면」

이 나무도 이파리가 파랗게 무성하고, 또 저 나무도 이파리가 암녹색으로 울창해져 가니, 이 나무하고 저 나무하고 구별이 잘 안 되는 여름이 왔습니다.   더위가 땀을 송송 흘리며 찾아옵니다.
현란한 봄꽃들이 자기네들끼리 약속한 대로 홀연히 가버리고 말면 답답한/갑갑한 더위가
저다지도 넓은 하늘과 땅을 가득 메우는 여름이 오더라도 고국은 가끔은 시원한 소낙비가 있지 않습니까…. 장마도 있고요.
남가주는   소낙비도 거의 없고 장마도 없습니다.
여름에는 말이지요.   긴 여름이 될 것입니다.
목이 갑갑하니, 한국 수박 크기의 2배나 크지만 못생긴 들고 오기에도 힘에 벅찬 미국 수박이나 한 통 사러 가야 하겠습니다.

강아지 눈망울
들여다 볼 때마다

물어 보고

또
물어보라
　　어떻게 살았기에
　－「강아지보다 못한 눈망울인지」

눈 시력 검사를 할 때 쓰는 도표입니다.

눈은 마음의 창이라고 하지요. 그럼 마음을 측정하려고 하면 눈을 보면 되겠네요.

지금 그대의 눈 -　　　눈망울을 보시지요.

자세히요.　　　-　　　냉철하게 보아야 합니다.

사나운지. 너그러운지. - 고약한지. 자비로운지.

진실한지. 가식적인지.　　그리고요. 강아지의 눈망울을 보시지요. 저리도 선하기만 한 눈동자.

이렇게 눈동자로 마음을 측정하여 본다 치면. 할 말이 없어집니다.

개보다 못하다는 측정 결과가 안 나온다는 보장이 없지요.

▲

알렉산드르 푸시킨의 '삶이 그대를 속일지라도'라는 시를 모르는 사람은 없을 정도로 유명하지요. 푸시킨 (Александр Сергеевич Пушкин)은 러시아 국민 문학의 아버지로 지칭되는 유명한 문인이고요. 모든 장르에서 천재적 재능을 보여 러시아 문학은 푸시킨을 빼놓고는 이야기가 힘든 정도의 영향력을 갖고 있습니다. 하지만 그의 제일 유명한 시 '삶'이라는 시는 삶의 실천적 관점에서 고찰해보면 오류가 있습니다.

그의 시 'Should This Life Sometime Deceive You'

Should this life sometime deceive you,

Don't be sad or mad at it!

On a gloomy day, submit:

Trust -- fair day will come, why grieve you?

Heart lives in the future, so

What if gloom pervades the present?

All is fleeting, all will go;

What is gone will then be pleasant

〈삶이 그대를 속일지라도/슬퍼하거나 노여워하지 말라/우울한 날을 견디면 /믿으라, 기쁨의 날이 오리니/마음은 미래에 사는 것,/현재는 슬픈 것, 모든 것은 순간적인 것, 지나가는 것이니/그리고 지나가는 것은 훗날 소중하게 되리니〉는 아래와 같이 정정되어야 합니다.

삶은 그대를 언제나 속인다
그렇다고
슬퍼하거나 노여워 하면
우울한 나날이 될 것이고

미래에 기쁨의 날은 올 수도 있지만
그것도 잠시 뿐 일 것이니
미래에 사는 것은 어리석은 것

현재가 슬픈 것은 과거 미래로
수시로 끌고 다니는 마음 장난이니
순간적인 것, 지나가는 것도
그것의 실체가 무엇인지
묻고 또 물어 알아채라

그래야 먼 훗날 후회하지 않으리니
　-「삶」

　살다 보면 나의 기대대로 되는 것보다 안 되는 것이 훨씬 많게 되지요. 나이가 들어갈수록 이것은 점점 늘어나게 되어 있습니다. 그러니, 삶이 나를 속이는 것으로 보입니다. 그렇다고 그때마다, 화를 낸다거나 슬퍼한다면 그 나쁜 기분은 증폭이 되어서 우울한 기분이 오래 지속되게 되지요.

　미래에 좋은 일이 있을 것을 믿고 열심히 노력하면, 그 결과는 주위 환경에 따라 나오게 되지만, 그것에 따른 기쁨은 오래가질 못합니다. 왜냐하면, 사람들이 주로 추구하는

　　　돈, 명예, 권력의 속성은 끝이 없기 때문　　입니다.

　속성은 무엇입니까? 속성은 어떤 것이 없다면 그 실체를 생각할 수 없는 것이지요. 명사/물체가 다른 것과 차별되는 성질, 그리고 어떤 것인가를 나타내어 주는 것입니다. 연필, 종이, 하늘, 땅, 물, 불, 바람, 파도, 꽃, 나비, 벌 등을 생각하면 '딱' 하고 떠오르는 모습이 있습니다. 바로 그 '딱'을 떠나서는 그 연필, 종이, 하늘, 땅, 물, 불, 바람, 파도, 꽃, 나비, 벌 등등을 생각할 수가 없는 것이 바로 속성입니다.

　돈, 명예, 권력의 겉모습은 '화려'합니다. 그래서 사람들이 그 속성을 제대로 파악하지 못하고 일생을 마칩니다. 권력, 명예, 돈의 속성을 '화려'한 것으로 보는 것이 바로 화근입니다. '화려'한 것은 번쩍거립니다. 눈이 부십니다. 눈이 부시니 제대로 볼 수가 없지요. 겉은 번쩍거리나 안은 쓰레기입니다. 쓰레기는 보기에도 역겹지만, 냄새도 고약하고, 온갖 바이러스와 세균을 보유하고 있어 사람을 병들게 합니다.

사람이, 어느 정도 돈을 벌면 만족하고 그 정도에서 Stop할 것 같지만, 그렇게 되지 않습니다. '조금 더' '조금만 더'하며 사람을 채찍질하는 것이 돈의 진정한 속성이고 속살이지요. 명예나 권력도 마찬가지입니다. 그래서 잠시 이룬, 부/명예/권력의 기쁨은 오래가지 못하고 ' More'를 외치게 되어 있습니다. 유통기간이 짧다는 것 - 그러니 당연히 거품이 가진 속성을 닮은 '곧 사라지는 만족' 이 되고 말지요.

인간이 돈, 권력, 명예를 얻으려면, 희생하여야 하는 것들이 있습니다. 많은 시간과 노력을 집중하여야 이것들을 쟁취할 수 있고요.

제일 많이 희생되는 것은 '가족'이기 마련입니다. 사람에게는 누구에게나 공평하게 하루 24시간 일 년 365일이 쥐어지지요. 이 시간의 거의를 돈, 명예, 권력의 언저리에서 서성이다가 보면, 참으로 소중한 가족과의 관계가 희생됩니다. 이 희생의 속성은 또 어떨까요? **가족관계의 희생은 외복이 쉽지 않다는 속성**이 있습니다. 돈, 권력, 명예를 어느 정도 얻고서 나중에 가족을 돌볼 수 있다고 생각할 수 있지만, 한번 떠난 가족의 마음은 돌아오기가 쉽지 않지요.

쟁취는 또 무엇입니까? 싸워서 얻는 것이지요. 자기가 금수저로 태어나지 않는 한, 돈, 권력, 명예를 얻으려면 남과 싸워야 합니다. 싸워서 남이 가진 것을 내 것으로 하여야 세상의 권력, 명예, 부를 가져올 수가 있습니다. 이 싸움의 과정에서 사람의 속성인 '인성'이 공중 파괴되고 말게 되어 있고요.

돈, 명예, 권력의 속성은 미래를 추구

해서 사람을 현재에 머무르지 못하게 합니다. 마음이 언제나 앞으로 쏠려 있으니, 현재는 당연히 불만이고 슬프기만 합니다. 이것도 결국은 마음의 장난이지만 말이지요. 그래서 내 마음에 지금 순간적으로 머무는 것 그리고 슬쩍 지나가는 것의 속성/속살을 정확히 알아야 합니다.   **이게 뭐지?**

　를 계속하다가 보면 자꾸 깊어집니다. 이게 뭐지? 를 날려 보면 '슥' 떠오르는 것이 있습니다. 그럼 그 '슥'을 다시 더 깊게 들여다보아서, '그럼 이건 또 뭐야?' 해보시지요. 이런 과정을 끊임없이 하여 파고 들어가다가 보면 '0'이 나옵니다. 아무것도 아닌 것. '아무것도 아니야.'라는 것을 깨닫게 됩니다. 이 깨달은 대로 그냥 따라가며 살아야 죽을 때, 후회하지 않게 되고요.

　　사람이 죽을 때 자기 삶을 후회한다는 것은 한마디로

　　　　잘못 살았다는 것이고

　　　큰 실수 아였다는 것이며

　　　　다시 살면 그렇게 하지 않을 겨 이라는 것입니다.

　사람들은 자기가 죽으리라는 것을 그저 '막연하게 그럴 것이다.' 정도로만 압니다.　　　　　　**이것이 바로 큰 실수** 입니다.

　죽음은 피할 수 없지만, 그저 먼 훗날의 것이고 내 일이 아닌 것으로 생각하며 살아갑니다. 인간의 어리석음은, 특히 노인의 아둔함은, 이런 생각을 시발점으로 두고 있습니다. 노인에게 치명적인 결함도 되고요. 왜냐하면, 이런 사고방식은 '중요한 것.'과 '중요하지 않은 것.'을 분별 못하게 만들기 때문입니다. '중요한 것을 별것 아닌 것으로, 쓸데없는 것을 가치 있는 일로 살아간다.'라는 것은 인간 삶을 피폐하게 만들지요.

　　사람은 죽는다. 막연하게 죽는 것이 아니고 반드시

　　나는 죽는다. 언제나/당장 죽을 수 있다. 삶이 얼마 안 남았다.

　라는 자각은 사람을 현명하게 만듭니다. 그래서 '조금 더'의 미래에서 '그래, 바로 오늘 지금 나에게 중요한 것.'으로 모든 사고와 행동이 집중되게 하지요. 그래서 **소중한 일만 골라서 하게** 됩니다. 사랑스러운 일, 평화스러운 일. 가치 있는 일. 기쁜 일. 이런 사고와 그렇지 않은 사고의 차이는 바로 불행과 행복의 차이 입니다.

▲사람들이 쓰는 언어를 보면, '정말 저러면 안 되는데' 하는 말 들
이 있습니다. 그중에 꼭 고쳐 써야 하는 말이 있습니다.
  ☞
   응 – 그 사람, 못 사는 사람 말이지?
   어 – 거기 있잖아, 못 사는 동네.
   맞아 – 그 가족 말이야. 못 사는 가족.
  ☞
   어휴 – 그 가족, 잘 살지. 엄청나게 잘 살아.
   와 – 그 사람이 그렇게나 잘 살아?
   그래 – 그 동네야. 엄청나게 잘 사는 동네.

 자기네들 기준으로 돈을 좀 덜 갖고 있다고 하여서 '못 사는 사람'
'못 사는 동네' '못 사는 가족' 이렇게 일컫는 사회언어는 지금 당장
고쳐져야 합니다. 또 자기네들 기준으로 돈/명예/권력을 갖고 있다
고 하여서 '잘 사는 사람' '잘 사는 동네' '잘 사는 가족'으로 스스로 부
르는 것도 정정되어야 하고요.
 돈이 없어도 '잘 사는 사람' '잘 사는 가족' '잘 사는 동네' 는
존재합니다. 존재를 넘어서 **야생화 영토처럼 광활** 하고요.
 돈이 있어도 '못 사는 사람' '못 사는 가족' '못 사는 동네' 도,
독버섯 군락처럼 널리 퍼져 있고요.

그런 말 마세요
말 같지도 않은 말

그런 말 마세요
못 사는 사람

그런 말 그만 하세요
못 사는 동네
못 사는 가족

그런 말 마세요
말도 안 되는 그말

그런 말 마세요
잘 사는 사람

제발 그런 말 마세요
잘 사는 동네
잘 사는 가족

없어도 잘 사는 사람 많고요
많이 있어도 못 사는 사람 많지요.
　　-「그런 말 마세요」

　돈이 없으면 '지금은 돈이 비교적 없는 사람' '동네' '가족'이지 결코
못 사는 사람, 가족, 동네가 아니라는 것이지요. 돈/권력/명예가 많
으면' 지금은 돈/명예/권력이 어느 정도 있을 뿐이지, 결코 잘 사는
사람, 가족, 동네가 되지는 못한다는 것이고요.　그러니 이제부터는
부/명예/권력을 기준으로　못 사는 사람/잘 사는 사람

이러지 좀 마시지요. 세상 숨쉬기 좀 편하게요.

유월 진녹색 발걸음
뜨겁게 다가오는가

넝쿨장미 횃불 들고
가시 박힌 마음들에
아직 서럽고 서러워
열매 파랗고 작은데
　－「마음 익어가는 유월이다. 정말?」

그대와 나를 가로막은
담벼락에
가시 장미 횃불 들었네

꽃 떨어지기 전
벽돌 허물라고
　－「화해 혁명횃불 꺼지기 전에」

　　　6월이 되면, 여름의 짠 비린내가 나기 시작하면
나무 그리고 풀들이 봄의 연한 초록색에서
가을의 갈 때를 생각해서 그런지, 열매를 맺어야 하기 때문인지
검은색을 품어 암녹색(진한 녹색)을 하게 됩니다
　　　연초록보다는 훨씬 성숙한 모습이지요.
6월 꽃 하면 장미입니다. 교회에서는 5월의 장미로 여러 행사들을
하지만 5월 장미보다는 6월의 장미가 더 풍성하기도 하여

모든 장미가 지고 또 피는 순환의 6월

1년이 반이나 축이 나는 시기에, 뜨거운 장미들 축제가 장관을 이룹니다. 이 중에서도 넝쿨 장미는 '그대 나에게 가까이 오지 말라'면서도, 따가운 가시를 두르고 올라가면 갈수록

가시에 감긴 것들조차도

감싸 어울리게 만들며 그 주위의 것들 모두를 운치 있게 만들어

줍니다.　　　사람과 사람을 막고 있는 담장도

넝쿨 장미가 붉게 타오르는 횃불을 들고 올라가면, 차단의 어두운 모습 - 그 차단의 깊은 그림자까지도, 포용하는 모습으로 아름답게 바뀌게 됩니다. 덩굴장미처럼 '수없이 가시 박혀 빠지지 않는 처절한 마음'까지도요.

아직 가시가 빠지지 않아 서럽고 서러운 삶의 나날이지만

그래서 이런 계절 - 열매가 아직 파랗고, 작고, 딱딱하고. 떫기만 하지만　　　6월이 시작하였으니, 마음만이라도 떫거나

딱딱하지 않고 서서히 익어가는 하루하루가 되었으면 합니다.

화해에는 때가 있답니다
내일 내일 하루하루 미루다가
그만 그가
영영 가 버리는 것이 세상 삶이고요
어이쿠 하며
내가 다시는 돌아가지 못하는 것도
아주 흔한 세상살이의 모습이랍니다.
　　　-「그렇답니다」

그렇답니다. 무엇이던지 때가 있답니다.
　　꽃이 피는 때　꽃이 지는 때　　사랑하는 때　이별하는 때
　　그리고　용서하는 때　화해하는 때
　　다음에 다음에　내일 내일 하다가 때를 놓치면 그 이는
　　　　영영 떠나가 버린답니다.
　　　　　　　　　다시는 돌아가지 못하는 것이 삶이랍니다.
　　그렇답니다. 그것이 인생살이랍니다.

반짝 반짝
그대는 별
이 세상 태어나면 이미 별

반짝 반짝
별 중 하나
별 더 빛나려 애쓰지 않듯
　-「너무 빛나려 애쓰지 마」

　　　　반짝 반짝
　　　　너도 반짝 나도 반짝
　　　　반짝이려고

　　　　번쩍 번쩍
　　　　이리도 저리도 애쓰다
　　　　그늘 속으로
　　　　-「생명줄 엮인 것은 반짝이지 않는다」

사람들은 너무 애를 씁니다. 반짝반짝 빛나려고

청년들도 안쓰럽게 애를 씁니다. 그저 조금 더 반짝여 보려고. 머리부터 발끝까지.

머리에 반짝이 핀   눈가에도 반짝이 화장   입술도 번들번들 반짝
귀걸이 대롱대롱 반짝   top   번쩍   bottom   번쩍
손톱에도   번쩍   발톱에도   번쩍

이렇게 몸이 반짝거리라고 노력하면 할수록 반짝여 지지 않는답니다. 왜냐하면 현대인 누구나 몸을 반짝이려고 해서,

어수선한 반짝임들 범람   으로 그대와 모두의 반짝임은 서로 서로의 빛에 묻혀 버린 지 오래되었기 때문입니다.

아무에게서도 반짝임을 느낄 수가 없지요.

그러니 더 이상 반짝이지 못하는 것에 애를 쓰며 반짝이려 하지 마시지요. 돈/명예/권력이 반짝이는 줄 알고, 애쓰지 마시지요. 특히 SNS 가상공간에서 조금이라도 반짝이려고 바둥거리지 마시고요. 시간이 지나면 '파박 – ' 느끼시겠지만, 그것들 반짝이지 않습니다. 그 빛 같지도 않은 것은 사람의 영성을 그늘로 질질 이끌고 들어간 지 한참이나 되었습니다.

사람이 이 세상에 태어나면 이미 빛입니다.

인간이 일단 살고 있으면 별보다 더 귀하게 반짝입니다. 반짝이려고 애쓰면 애쓸수록 그대는 어두워집니다. 그러니 인제 그만 애쓰세요.

생명 신화

나무에도
그늘 있다

새도 쉬어가고

사람도 안아주는
그 모든 나무에도
- 「그늘 없길 바라는 그대에게」

"사람이 살다 보면…."이라며 넘기기에는 너무도 참기가 힘든 부분이 있지요.　　여기저기에서, 이 사람 저 사람에게

어제 그제 깊이 찔린 상처 그리고 오늘 얻은 상처를 쓰라리게 보고 있는데　오늘이 가기 전에 또 그 아픔 위에, 다른 쓰라린 상처를 또 입게 됩니다.　그러면 사람들은 어떻게 합니까?

　　　　　울지요. 아파합니다. 쩔쩔매고요.

이러지도 못하고 저러지도 못하고, 울어도 변하는 것은 없고
아파해도 바뀌는 것은 하나도 없습니다.

그래도 사람들은 울면서, 아파하면서 상처를 치유하려고 합니다.

상처를 치유하려 사람들은 어디를 향합니까? 많은 사람이 종교 단체를 찾습니다.　　　하지만 그 종교 단체에는　　예수의 가르침, 부처의 가르침과는 다른 사람들이 있게 마련입니다.

　　그래서 처음에는 그렇지 않으나 시간이 지나면서

　　그곳에서 더 큰 상처를 얻는 경우가 생기기도 하지요.

그렇게 되면　　　　**그쯤 되면**　　　**그 지경이 되면**

그런 사람들이 고개를 절레절레 '휙 – 휙-' 흔들며 치유를 위해 찾는 곳은 어디가 될까요?

　　　　　자연. 자연입니다. 자연을 찾습니다.

자연이란 단어는, 서양에서는 라틴어 '낳아진 것'이라는 뜻의 natura에서 발생되었다고 하고요. 동양에서는 '스스로 그러하다'라는 뜻으로, 도덕경에서 자연이란 단어가 쓰인 것이 시초라고 보고 있지요. '자연은 스스로 그러함에 있다' - 우주나 식물, 동물, 인간의

본질 그리고 생명의 본질을 찾을 수 있는 실마리를 가리키는 자연.

그 자연의 중심부에는 나무가 있습니다.

아늘 나는 자유의 새들도 쉬어가는 나무

나무가 없으면 자연이 없고 자연이 없으면 인간도 존재할 수가 없습니다.   인간 생성의 고향인 그 나무들.

그래서 사람이 나무를 보면 마음이 포근해지고 안정을 찾는 것은 사람의 생성 근원이, 나무가 모인 숲이기 때문일 것입니다.

나무가 생성해 주는 산소. 그리고 나무가 숨 쉬는 우주 생성의 맥박은 숲에서 이루어집니다.

나무   숲은   분명 사람을 치유하지요.

마음의 깊은 상처가 나무숲에서 서서히 치유되는 것은

누구나 인정하는 과학적 현상입니다.

인간이 찾는 그 나무들에도 그늘이 있습니다.

그 나무들도 깊은 그늘이 있건만 사람들 얼굴에서 그늘을 찾을 수 없다니요.   **얼굴에 그늘이 있는 사람이 사람다운 사람입니다.**

나무 같은 사람이고요.

얼굴에 그들이 없는 사람은 세 종류의 하나일 것입니다.

1. 금수저 2. 성직자 3. 그늘을 감추기 위해 온갖 화학 화장품으로, 성형으로 그늘을 감춘 사람

첫째의 사람들은 가까이하고 싶지 않습니다. 이들은 많은 흙수저의 그늘을 먹고 그늘이 없어진 사람들입니다.

둘째의 사람들도 금수저이기는 마찬가지입니다. 역사적으로 성직자들은 귀족계급 금수저 신분 급에 속했습니다. 사회 피라미드 구조 최고 상층부에 속해 있었지요. 그러다가 보니 부패하기 좋은 위치에 있게 되었고요. 일주일에 몇 시간 노동하는지 가늠해 보면 압니다. 힘들여서 몸으로 노동하지 않고 그저 입으로만 짧은 노동을 하니

수많은 사람의 그늘을 먹고 살아온 집단들이기는 마찬가지입니다.

기독교의 경우, 그들의 스승인 예수도 청년기를 험한 막노동 목수 일하다가, 3년간 즉 일생의 10% 공생활을 하였는데 말이지요. 스승과는 전혀 다른 생활 Pattern을 하는 자들이 스승을 따른다고 합니다. 스승의 삶과는 다른 이들이 스승을 따른다니 어불성설입니다. 성직자라는 Title을 가지려면, 적어도 스승처럼 청년 일생의 대부분은 노동일을 하여야 합니다. 공사판에 나가서 수년을 무거운 돌도 나르고 힘든 노동 후, 땀이 툭툭 떨어지는 식은 국그릇에, 고단함을 매일 매일 말아 먹어야 하고요. 낡은 작은 배를 타고 험한 파도를 헤치고 멀미를 참아가며 성서에 나온 장면처럼 파도 속으로 그물을 던져 보아야 하고, 곡식 낱알 한 알갱이를 얻기 위해, 봄, 여름, 가을, 그리고 겨울까지 허리를 펴지 못하는 일을 수년간 하여 적어도 청년 예수 시절처럼은 못할지언정, 비슷하지도 못하지만 직어도 신학교 7년은 노동일을 하여만 하는 과정이 신학교 Curriculum 과정으로 들어가야 합니다.

그리고, 신학교의 교육과목이 전면 개편되어야 합니다.

인성을 가꾸는 과목에 치중되어야 합니다.

성직자의 인성이 제대로 되어 신학교에서 배출되는 사람이 예수 삶을 닮게 되면, 강론 잘 못 해도 사람들이 따르게 되어 있습니다. 성직자의 인성이 입만 번지르르해서, Lip Service만 잘하게 되면, 설교 잘해도 사람들은 결국 그 정체를 알게 됩니다.

철학과 신학 그리고 약간의 어학(국어, 영어, 라틴어)에 치중된 가톨릭 신학대학의 교과과목은 전면적으로 개편되어야 합니다. 불교와 개신교보다 교과과목이 많이 뒤진다는 것은 누구나 아는 사실입니다. 사회봉사와 참여, 사회복지 관계는 그저 방학 때만 각자 알아서 하는 정도에서 벗어나, 학년별로 학점 취득에 중요한 중심축이 되도록 하여야 하고요.

사제가 평생 하는 일은 결국 사람과의 관계입니다. 그것도 사회에서 소외되고, 가난하고 몸/마음/영이 병든 사람들과의 관계여야 합니다. 그런데 이런 고통 계층과의 만남도 없고 이들을 위로하는 방법도 모르니, 예수님이 평생 가까이했던 이분들에게, 그저 Lip Service 관계로 대하는 정도밖에 못 하고 있습니다. 예수하였던 말은 하고 있지만 행동은 정반대로 하고 있으니 아무리 거룩한 척해도

탄로납니다.

정체가 탄로나니 사람들이 떠나가지요.

구원을 위한 직업이 바로 사제직/수도직인데 고통 속에 있는 사람들을 구원하기는커녕, 구원을 받아야 할 진짜 대상으로 전락하게 되는 이 기막힌 현실에 많은 사람이 교회를 등지고 있는 것입니다.

신학생/성직자/수도자는 거리로 나서야 합니다. 비싼 원단 수도복 유니폼을 벗어 던지고 힘든 낡은 노동 작업복으로 갈아입고, 예수가 하신 그 거룩한 삶을 실질적으로 살아야, 교회가 살고 예수님의 가르침도 부활합니다.

예수 공생활 기간 내내 **예수의 손가락질 대상 집단이 성직자 집단** 이었음을 잊지 말아야 하지요. 예수님이 보살피던 사람들의 그늘에서 교육받고, 그늘에서 봉사하고, 그늘에서 삶을 마감하여야 성직자들 자신을 살릴 수 있습니다.

스승이   그늘에서 살았고   스승처럼 그늘에서 살아야 할 이들
그 얼굴에   그늘이 없다니

셋째 사람들의 얼굴은 이미 자연적이지 못합니다. 자기의 얼굴이 아니니 당연히 자연스럽지 않습니다. 사람 아름다움의 기준이 얼굴에 모두 있다는 듯이 자기의 얼굴을 뜯고 갈아엎어 다른 사람으로 만들어 버립니다. 자기가 공중분해되는 것이지요. 이 세상에 자기가

없어지는 일을 '영혼 없이 자행'합니다. 거기에다가 얼굴의 그늘을 없애려고 온갖 화학약품으로 Care를 하니 얼굴이 번쩍거립니다. 사람의 얼굴을 들여다보고 있으면, 그 사람이 살아온 어려운 시기도 같이 느끼고, 나의 어려움과 함께 동질감도 느껴야 사람 사는 맛이 있는데, '얼굴에 그 사람의 흔적'이 전혀 없습니다.

자연적이지 못한 것은 아름답지도 않고 '생명'하고는 거리가 멀기만 합니다.   그늘은 자연입니다. 그늘은 생명이고 아름다움입니다. **그늘에 영성이 있습니다.**

▲

화가 날 때마다 보복하려는 사람들이 '여기도 우글우글 저기도 우글우글'입니다. 억울할 때마다 앙갚음하려, 별의별 골머리를 하는 사람들로 와글와글이고요. 그래서 이 세상에는 행복한 사람이 얼마 되지 않는 것이지요. 사람이 오래 살아보니 - 아찔한 나이가 되면서, 온갖 종류의 사람들 속을 낱낱이 들여다보니 남에게 해를 끼치는 사람, 좋은 모임에 악영향을 행사하는 인간들은 반드시 도태되게 되어 있습니다.

자기의 악행에 결국은 자기의 발등들을 찍게 되는 것이지요.

믿었던 이가 등 뒤 비수 꽂거든
창 뽑아 들지 말라
남 덤벼들 때마다 칼집 손 가면
얼마 되지 못하여

그대 시체 강가에 둥둥 떠내려가는 모습
유유히 낚시하는 원수에게 보이게 되나니
　-「강가에 누가 앉아 있을 것인가」

해를 입은 내가 화를 내고, 잠시를 못 참아서 – 자기가 억울하다며 변명하느라 바쁘게 돌아다니고 그래보았자, 다른 이들이 내 일에 관심도 없고요. 교활한 원수가 바뀔 리도 없습니다. 그냥 내버려두시지요. 세상의 정의로운 Force가 결국 심판해 줄 것입니다.

이 세상은 넓습니다. 엄청 넓습니다. 정말 넓고도 넓습니다.

이곳에서 배반당하면 저곳에서 유유이 지내면 됩니다.

왜 그 더러운 흙탕물에서 소중한 삶을 탕진하며 하루하루 암세포를 키우시나요? 원수가 원하는 것은 내가 빨리 이런저런 병으로 넘어지는 것 아닙니까? 그냥 그곳에서 신발의 흙을 탁탁 털고 아무 말하지 말고 떠나십시오. 그리고 강가에서 한가하게 낚시도 하시고, 야생화가 피고 지는 것도 보시노라면

반드시

그 원수가 사체로 둥둥 강물에 쓸려 내려오는 것을
두 눈으로 목격하시게 됩니다.   그러나

만약 사사건건이 원수들에게 앙갚음하려 드신다면,

원수가 강가에서 여유롭게 낚시나 하며 즐기고 있는데– 기가 막히게도

나의 시체가 강물에 엎어졌다가 뒤집혔다가 하며 물에 휘둘려
내려오는 모습을 원수에게 참옥하게 보이게 됩니다.

이렇게 섬뜩한 장면을 이야기하는 것은

오래전 영화라 기억이 가물가물하지만, 사람들의 시체가 출렁이는 강물에 하나둘 떠내려오다가, 나중에는 다수의 시신이 유유한 강물에 떠밀려 내려오는 장면을 보고는 충격을 받은 기억이 있기 때문입니다.

이런 충격적인 요법을 이야기하는 것은

이렇게 하여야 정신을 차리는 사람들이 있기 때문입니다.

그래서라도 돌아설 수가 있다면 얼마나 행복할까요. 나머지 여생이라도 말이지요. 이런 험한 충고에도 마음을 돌이키지 못하는 사람도 분명 있을 터이니　　　어쩌면 좋단 말입니까.

한치의 의심 없이 믿어온 사람이 내 좁은 등에 칼을 '푸욱' 찌른 적이 있으신지요? 여러 번 실수도 하였기에 신중을 다한 일이 갑자기 무너져 버린 적은요? 이런 일을 당하면 넋이 나갑니다. 사람한테서 넋이 나가면 얼이 빠져 중얼중얼합니다.

넋두리.

사람들한테 하도 당해서, 피해다니다가 정말 믿어 본 사람이 또 배신합니다. 이번 일이 망하면, 절벽이기에 잠도 안 자고 열심히 했는데 결국 또 실패입니다. 인간에게서 넋이 나가면 얼이 날아가, 같은 말만 되풀이합니다.　　　넋두리.

혼자 점점 멀어져 가는 하늘의 구름을 보며 홀로 땅을 보며 하소연해 봅니다. 하늘은 어차피 들어 주지 않으니, 땅만을 쳐다보며 고개 꺾어 같은 말 중얼중얼.

넋두리.

그 사람을 진정 믿었어요
모든 것을 주었을 정도로

이번만은 될 줄 알았어요
모든 희생하여 준비했기에
　　　　　멍하니 같은 말 또 하고 또 하고
　　　　넋두리야

넋이 나갑니다. 나의 혼이
넋이 빠져나가. 넋을 잃어

그이만은 정말 믿었어요
정말 좋은 사람였거든요

이번 일은 꼭 잘 되리라
더 이상 물러날 곳 없기에
        멍하니 같은 말 또 하고 또 하고
           넋두리야
넋이 나갑니다. 나의 혼이
넋이 빠져나가. 넋을 잃어

잡힐 것 같던 구름마저
점점 멀어져 안 보이니
        멍하니 같은 말 또 하고 또 하고
           넋두리야
　　-「넋두리」

■ 더없는 행복은 무엇인가
탐욕, 화, 교만, 급함, 집착에서 벗어나는 것
과거나 미래에 전혀 있지 않고 현재에만 있는
Bliss는 과연 무엇인가
모든 것에서 자유로워지는 것. 의, 식, 주에서도
그리고 자연에 최대한 가까이 하나가 되는 것

56

그렇게 살다가 아무 미련 없이 한 줌의 재로서
　-「성공한 삶이란」

실패한 삶이 있나요?　　단연코, 없습니다.　　그냥,　나름대로
이 세상에서 살다가 가면 잘 산 삶이고, 성공한 삶이지요.
　사람들이 추구하는, 돈/명예/권력이 많든 적든 - 과거에 내가 무
엇을 하였거나 말거나, 미래에 무슨 일을 할 것이거나 말거나
　현재 오늘 지금에 전념하는 그 Portion 정도, 잘 사는 것이지요.
　■ 사람이나 일에 오적(五賊/五惡 : 탐욕, 화, 교만, 급함, 집착)을
피하여 언제나 자유로운 사람이 '더없는 행복'을 누린 성공한 삶을
산 사람입니다. 높은 빌딩 숲 보다는 바다, 강, 산, 들판에서 많은 시
간을 보내고, 자연의 섭리와 항상 같이하다가 때가 되어 자연이 부르
면, 한 줌의 재가 되는데 아무 미련이 없는 사람이 **진정한** "Bliss'
' **더없는 행복**' '**성공한 삶**' 을 산 사람　　이 됩니다.

　A 길이 끝나는 곳에서도
　　길이 되는 사람이 있다　　　　　B 말을 잃어버린 구름

　C 구름 잡으려나/　바람 속 내가 낸 길만이　/ 길이고

　시인들끼리 연락한 내용입니다.
　S시인은 한국의 유명, 도 닦는 프로그램에도 열심히 참여하고 이
를 수행에 옮겨 전념할 정도로 도를 닦는데 모든 신경이 가 있는 분
입니다.
　제가 신문에 행복칼럼을 연재하면서, 이를 보고, 연락해 온 분이
지요. 이 시인은 열심히 수련하면서도 무엇이 문제인지 모르겠다며

고민의 뿌리를 뽑지 못하여 번민합니다. 수도를 하는 방법도 나름대로 여러 가지 알려 드렸지요. 그런데 그 이후에도 이런저런 노력을 하였는데도 경지에 이르지를 못한다면서 답답해하였습니다. 깊은 뿌리를 뽑지 못하기 때문에 진리가 Implant되지 못한 경우이지요.

구름에 뿌리내리고 살면 열매는 당연이 구름입니다.

제가 카톡 프로필 사진에 * 스코틀랜드 바다에서 찍은, 무지개가 곁에 뜬 짙은 구름사진을 올렸는데, 이것을 보고는 며칠 안 있어 B의 내용으로 카톡을 보내고, 바로 이어서, A의 내용으로 유명시인의 글을 인용하여 카톡을 보내왔지요. 저는 C의 내용으로 답신하였습니다. 그 속의 뜻은… 구름 잡으려 하시나요?

바람이 조금만 불어도 모양이 바뀌고 사라지고 마는 구름.

세상에는 여러 길이 있습니다.　　　도를 닦는 길도 여러 길이 있고 수련의 방법들도 다양하게 있습니다.

　　　　　　그 방법 중에서　　　　그 길 중에서

나의 문제에 맞아서, 나의 실정에 맞아서, 나의 신념과 맞아서

내가 갈 수 있는 길이어서, 내가 편안한 길이어서, 내가 닦다 보니

내가 스스로 만든 길 많이 나는 구원하는 길 이 되는 것입니다.

남들이 알려 주어서 찾아진 길도 내가 스스로 그것을 바탕으로 나의 독특한 길을 창조하고 그 수행의 방법이 **나를 구원알 수 있는 길이라고 확신을 안 것만 이**

나의 길이요 진리요 생명이 될 수 있는 것입니다.

* British Isles의 슬픔

영국제도를 여행 중 그동안 몰랐던 것을 알게 되었습니다. 브리티시, 아이리시, 스카티시 사이의 서로 안 좋은 감정은 대한민국과 일본의 나쁜 감정보다도 어떤 면에서는 더욱 좋지 않

앉습니다. 시퍼런 역사가 이를 말해 주지요. 그 악감정은 아직 팽팽한 진행형이었고요. 하나의 큰 섬과 그 주위의 섬들 주민 사이에 무슨 일이 있었길래 이렇게 서로 미워할까요?

가톨릭, 성공회, 장로교의 종교 분쟁 현장.

이 종교 분쟁이 기독교인과 비기독교인 사이의 분쟁일까요?

이 세 종교가 신약 예수를 부정하는 종교와 구약만 인정하는 종교와의 분쟁일까요? 이 세 종교의 신인 예수는 서로 다른 예수인가요?

이 세 종교가 쓰는 성서가 얼마나 서로 다르기에 서로 죽이기까지 했을까요?

역사를 들추어 보면 볼수록 눈에 힘을 주게 되고, 양미간이 찌푸려집니다. 이런저런 종교 전쟁을 평신도들이 자발적으로 자기의 가족들을 떠나서 참여했다고 생각하시나요? 아니면 누구의 획책/제도의 협박으로 할 수 없이 끌려 나갔다고 생각하시나요? 자발적이 아니라면 누가 이들의 단 하나밖에 없는 생명을 Orthodox 모함 구렁텅이에 처넣어 산화되게 하였을까요?

원단 중에 제일 비싼 원단으로 만든 옷에 온갖 근엄한 표정으로 무장한 교회의 지도자들이 이런 끔찍한 짓의 원인을 제공한 것은 아닌가요. 교회의 지도자 격에 있는 사람들은 역사를 돌아보고 회개하여야 합니다. 참회와 함께 지금도 자기가 자기 교인들을 〈자기 밥그릇 사수〉에 '선량한 예수 제자들을 내몰고 있지 않나'를 반성하고 성찰하여야 합니다. 그대들, 그리고 그대들 선배들은 인류에 참으로 칙칙하게 막중한 죄를 지었습니다. 이제라도 그대 스승들 가르침을 부끄럽게 만드는 만행을 중지하여야 합니다.

교회, 사찰, 사원 높은 곳에 앉아 계시는 여러분께 단순한/우둔한 질문해봅니다. 하늘에 있는 것이 천국이고 하늘에 본부를 두고 있는 것이 극락이며 하늘 높은 곳에 있는 그것이 낙원이라면 그 하늘에 천국, 극락, 낙원이 따로따로 있습니까? 아니면 같은 곳인데 이름만 다르게 쓰고 있습니까? 모두 하늘을 보고 기도하는데 하늘에 계실 그대들의 스승들께서는 이웃입니까? 이분들이 서로 살을 찢고 피를 뿜어내고 극심한 고통 외마디에 죽어가는 전쟁을 원하신다고 보십니까?

그대들 종교의 스승/창시자/리더만 진짜이고 나머지들은 다 가짜라면, 전지전능하신 그대 스승은 왜 이교도들이 그대 백성들은 죽이는데 아직도 타 종교인들을 가만히 방치하시는 이유가 무엇입니까?

'천국에 성직자들은 얼마 안 된다.'라는 말 들어보셨지요.

따끔하고 엄중하게 명심하여야 합니다.

그저 내 종교만 옳고 다른 종교는 다 사악하거나 틀리고 거짓 덩어리라며, 전쟁을 오래 하면서 이교도들을 죽여 보았자, 절대로 상대 종교는 쇠퇴하거나 사라지지 않습니다. 상대 종교인들이 다 죽어 없어지는 것도 아니고요. 이것은 역사적으로 생생히 증명되고 있으니 인제 그만/이쯤해서 제발 그만

타 종교/종교인들을 인정은 못하더라도 그냥 놓아둡시다.

그들은 악마도 아니고, 악인도 아니니 그냥 놓아둡시다.

그들 하나하나를 보시지요. 나름대로 선량한 삶을 사는 사람들입니다. 상대방에 대하여 욕하고, 상대방을 설득하려 들지 많고 그냥 놓아둡시다. 상대방 종교인들을 내 종교로 끌어들여야 그들을 구원한다고 하지 마십시다. 타 종교인들을 선교하려는 시도는 득보다는 실이 훨씬 많았음을 역사를 통하여 똑바로 보고 선교는 그저 〈순수하게 불쌍한 이웃을 돕는 차원〉 정도에서 넘지 말고

선교가 분쟁/전쟁의 씨앗임을 냉철히 깨달아

타 종교인들에게 자기 종교를 선교하기 전에

너나 잘 하시면 어떠실까요.

내가 보기에 다른 종교는 다 황당한 미신 같지요?

다른 종교는 내 종교를 확실한 미신으로 봅니다.

그렇게 너나들이끼리 잘하다가 적당한 시기에 각 종교 최고 대표들이 모여서 〈세계종교 화합대회〉를 개최하였으면 좋겠습니다. 대회 장소로는 매년 각 종교 성지에서 돌아가면서 하면 좋겠지요. 시기는 각 종교의 최대기념일로 하고요. 상상만 해도 즐거운 일이고 좋은 일 아닙니까? 이슬람 성지에 교황, 불교, 기독교 대표들이 모여서 같이 축하해주고 또 이런 형태로 매년 돌아가며 다른 종교를 서로 축하해주고. - 이런 일을 하면 야훼, 예수, 석가모니, 알라신이 좋아하실까요? 아니면, 불같이 화를 내고는 모두를 죽여 버리는 전쟁을 일으키라고 하실까요?

사람들
답답할 때 하늘 본다
하늘엔
구름만 밀려다니는데

　　　　　사람 쫓는 모양 다 만들지만
　　　　　형상 없고
　　　　　천둥 번개들 몰고 다니지만
　　　　　실체 없고
　　　　　-「형상 없고 실체 없고」

바람이 밀려올 땐 바람에 밀려오는 구름 보라
바람이 쓸려 가면 바람에 쓸려나는 구름 보고
숨어 버리고 싶을 때 멀리 떠나 버리고 싶을 때
그냥 바람에 맡겨 흘러 다니기만 하는 구름 보고

그대 아버지 구름같이 방황하고
그대 어머니 구름같이 뭉개졌고
그대 자식들 구름같이 흩어지고

아직 그대는 구름 위에 발 디뎌
구름 꿈 잡으러 둥둥 떠다니기만

구름 지나가면 다시 오지 않고
다시 온들 그 모양 절대 아니니
이제 구름에 걸려 넘어지지 말고
그만 구름 기둥에 기대 살지 말고
　－「구름인데 구름 아니라 하니」

희한한 사람 있다
신기한 사람
재주 좋은 사람
　－「구름에 걸려 넘어지는 사람」

구름 잡는 소리 하고
자빠졌네
구름 같은 사람이야
미친 거야
구름 같은 생각이고
잡스러운
　－「구름 뒤에 붙는」

기둥은 무엇입니까. 집의 기초와 지붕을 지탱해주는 지지대입니다. 즉 집에서 제일 단단하여서 기댈 수가 있는 것입니다. 구름이 땅과 하늘을 지탱해주는 지지대입니까? 그런데, 기댈 곳이 그렇게 없어서 구름 기둥에 기대며 살다니요. 걸려 넘어질 때가 그렇게 많은데 구름에 까지, 걸려 거꾸러지며 살다니요.

구름에 무슨 실체가 있고, 형상이 있나요?

금세 달라지고 순식간에 없어지는 구름에 무슨 의미를 두시나요?

오죽했으면 발 디딜 데가 없어서 구름에 발을 디디었을까.

얼마나 답답했으면 부모가 구름 같이 살고 있는데 자식마저 구름을 쳐다볼까? 높은 산, 금은보화, 그리운 사람, 대통령, 유람선, 비행기 등 모든 형상 만들지만 곧 그 흔적을 없이하고 사라지는 구름이거늘.   그래도 쳐다봅니다. 인간들은.

그만 쳐다보시지요. 구름.

그만 쫓아다니시지요. 구름.

그만 잡으려 하시지요. 구름.

잘 지내다가 놀랐겠지   경이롭게 쳐다보던 산

그것도 꼭대기에서 불덩이가 쏟아지어

자기 사람들 먹잇감 곡식 다 태워버렸으니

그런대로 살다 겁났겠지

눈에 보이는 것 모두

갑자기 아무것도 할 수 없이 그냥 그대로

자기 식구들 동물들 식량 모두 얼음 되어

자연과 나 사이에 생긴 공포 그리고 고통

  ─「절실하면 탄생 그리고 진화」

⸱ 불로 지구는 탄생하고 얼음으로, 바람으로 성장하였지요. 화산폭발로 인하여 인간을 비롯한 동물들은 모든 것을 잃게 됩니다. 그것도 몇 차례씩이나 반복하면서요. 그것을 겪으면 얼마나 낙심하고 고통스러웠겠습니까? 그래서 불에 대하여 어느 정도 대비도 하고, 이력도 날 만한데, 이번에는 모든 것이 꽁꽁 얼어 버립니다. 먹을 것도 없고 입고 있는 것도 추위를 막아내기에는 어림도 없고, 마실 수도 없고 잠을 잘 수도 없습니다. 한마디로 죽을 고비들이지요. 동물들은 이러한 극심한 고통 속에서 전멸이라는 과정을 거쳤습니다. 완전 멸종을 피하기 위한, 처참한 투쟁의 결과가 바로 '변화'입니다. 이 변화가 더 큰 변화를 재촉하여 '진화'를 하게 됩니다.

결국, 자연이 주는 공포로 인하여 '진화'가 생긴 셈이지요. 물속에서 화산이 폭발하여 산소가 없어지고, 불덩이로 수온이 올라가니 살 수가 없습니다. 낳은 물고기가 몰살하는 과정에서 강한 일부가 필사의 몸부림으로, 먹이가 없어지고 더 이상 머물 환경이 안 되는 물을 떠나, 땅 위로 올라갑니다. 거기에서 최소의 호흡과 먹이로 견디어내는 극소수가 생명을 유지하며 '모진 체질'을 만듭니다. 이것이 '변종'이자 '진화 과정'이라고 과학자들은 보고 있지요.

살아있는 모든 것에게 '변화'는 도전이고 위협입니다. 그 변화가 작던, 크던 상관없이 말이지요. 나 또는 내 주위에 닥치는 변화는 고통이자, 시련입니다. 이 아픔/고난 앞에 흔들리면 안 됩니다. 내가 흔들리면 나도, 나의 주위도 사라집니다. 살아남으려면 흔들리지 말고, 담담하여야 합니다.

20대 중반에 당시 최고의 경제 그룹, 현대그룹에 소속된다는 것은 큰 자부심이었습니다. 까다로운 서류심사를 거쳐 선발된 전국의 상위권 대학생들이 모여, 한 날짜에, 현대, 삼성, 대우, 럭키금성, 선경, 율산 등의 그룹 중 하나를 선택하여 시험을 보는 시대였습니다.

한번 시험에 떨어지면, 대 그룹에서 근무할 수가 없으므로 자기 실력에 자신이 있는 순서대로 지원하였습니다.

국가의 기반 사업인 Heavy Industries 중심, 즉 건설, 자동차, 조선, 전자, 컨테이너 등의 분야에서 선두였던 현대그룹에 입사하기 위해서는 당시, 경희대학교 전체건물에서 그 많은 인원이 필기시험을 보았습니다. 저는 영어, 전공, 상식 세 과목 시험을 보았고요. 이 필기시험 뒤에 미국인이 물어보는 영어면접과 간부급 여러 명이 한 명을 심사하는 면접을 거쳐야 했었지요. 이 여러 시험의 최종 결과는 우편 전보를 통하여 집으로 배달되었고, 현대 광화문 본사 사옥에 합격자가 건물 전체에 벽보로 발표되었습니다. 합격자 번호만 적혀 있었는데, 전공별로 23번, 71번, 128번 이런 식으로 되어 있어서 그 경쟁의 치열함을 알 수가 있었습니다. 최종합격자들은 서울과 울산에서 한 달 동안 단체투숙 연수를 거치고 회사별로 배치받았었지요. 현대 자동차에 배치되어서, 한국경제 건설의 한몫하였다는 자부심이 아직 남아 있습니다. 가슴 떨리는 일이었지요. 처음, 계동 현대자동차 본사에 출근했을 때, 제일 먼저 눈에 들어오는 것은, 정주영 회장님의 친필이었습니다. 그 내용은 금세 쉽게 외우기 딱 좋은 양이라 그 자리에서 외우고 두고두고 마음에 새겼었습니다.

> 담담한 마음을 가집시다.
> 담담한 마음은 당신을
> 굳세고 바르고 총명하게
> 만들 것입니다.

이 담담의 한자 '淡淡'을 보면 불이 Double로 타올라 가는데 물이 곁에 같이 있는 모양새입니다. 차분한 모습. 평온하니 주관적이지 않고 객관적인 모습이지요. 그러니 당연히 사리 분별이 정확하여집니다. 판단이 현명하고요. 사람이 틀림으로 행동하지 않으니, 바르게 됩니다. 이럴까 저럴까 항상 우왕좌왕 망설이지 않으니 총명합니다. 총명하니 당연히 굳센 사람이 되는 것입니다.

겁이 덜컥 나게 변화하는 세태에 휩쓸려 다니다 보면
공포와 고통이 있게 마련 입니다.
그 고난에서 간절하게 벗어나려는 나를 진화시키고 살리는 것은
'담담한 마음수련' 입니다.

하얀 종이 위에
예쁜 그림 그리고
아름다운 글 쓰다

손아귀로 힘줘
꽈악 꾸겨 버리고
좌악 찢어 버리고

그것도 모자라
불더미 속 처넣고
재마저 발로 차는
　-「그래도 그런대로 살면 될 것을」

사람들이 사람을 대할 때, 자기에게 이익이 되면, 잘해주기 마련입니다. 하얗게 다가가는 한 사람의 마음에 '꽃 같은 글'도 써주고, ' 나비 같은 그림'도 그려주어 기쁘게 하여 줍니다.

그런데 자기에게 도움이 되지 않거나
秋배배가 용않ㅎ 즈ᄒᄒ 꺼꺼 쏫ᄴ에 ᄷᄶ 꿈꿈꿈ᄡ .
손아귀에 종이를 뭉쳐 버리듯이 말이지요. 찢어 버리기도 합니다.

꾸겨지고 찢긴 사람은 슬픕니다. 매우 –

그것도 모자라, 꾸겨지고 찢긴 사람을 활활 타오르는 아궁이에 처넣어 불타게 만들어 버립니다. 모진 이는, 이 산화된 흔적 '재'까지 끄집어내어서 발로 차버립니다.

타 버리고 재로 공중에 흩어지는 '당한 자'는 괴롭습니다. 그래도 '못된, 나쁜 가해자 충자(蟲子)'보다는 '당한 사람'이 좋습니다.   충자가 아니고 사람이니 '그런대로 그냥 사람답게 살면' 됩니다.

벌레가 있다
더럽고 기어 다녀야 하는데
아니다

벌레 맞는데
보기 좋은 사람 얼굴에다가
웃기까지
   –「벌레의 미소에 당하다」

이 지구의 주인은 누구인가? 종교에서는 당연히 인간이라고 합니다. 창세기 1장 28절에서는 '땅을 지배하여라. 정복하여라. 다스려라.'라고 하고 있어 지구의 주인은 인간임을 선언합니다. 그래서 우리는 그렇게 알고 있지요.

그런데 살아있는 양을 계통에 따라 나눈 비중으로 보면 가장 비중이 큰 건, 지구의 식물이 모든 생물의 80% 정도를 차지하고 있고요. 그 다음은 박테리아입니다. 단세포 원핵생물이지요. 그 뒤를 잇는 것이 곰팡이, 원생생물, 인간, 바이러스입니다. 3억 5천만 년부터 존재한 곤충은 80만 종이 넘는데 모든 동물 수의 75%를 차지하고요.

인간은 1%가 넘지 않고 심지어는 0.01%로 주장하는 학자가 있을 정도이니, 인간의 존재는 지구 생물 중에서 소수 중의 소수입니다.

사람이 같은 종, 인간에게 험한 일을 당하게 되면, 억울하고 원통한 마음이 조금은 가라앉을 쯤 해서 생각나는 것이 있지요 '무엇이 문제였지?'입니다. 이 질문에 내재하여 있는 '왜? 당했지?'라고 묻는 것은 억울한 자기 자신을 자책하는 것은 물론이고 자기가 남에게 속은 것은 자기가 잘못한 것이 아니고, 상대방 가해자가 교활했기 때문이라고 '잘못을 전가'하는 자기위로성, 행위가 되기도 합니다.

　생긴 대로 행동한다면 좋을텐데
　겉껍데기 반대로

　허물 벗는 뱀인 줄 알았더라면
　언저리 피했을걸
　　-「뱀이 웃는 것을 모르다니」

실제로 험한 일이 일어나는 것의 대부분은 '남에게 당한 상황'이지요. 상대방이 땅에 기는 벌레, 온갖 병균을 갖고 병들게 하는 벌레/곤충 같은 존재이면서 선한 인간의 말을 쓰고 열심한 종교인임을 가장한다면, 결국 벌레에게 당하는 경우가 됩니다.　벌레에게 당하지 않으려면 벌레를 알아보는 수련이 되어 있어야 합니다.

　　몬롱 ᄅᄲ ᅡᄀ ᅡᄒ ᄼᄽᄼ ᄑᄆ 특ᅡᄅ극 특ᅡᄅ

　지금 내가 아는 것 모두
　그걸 전혀 모르는 것으로
　　-「도인과 평민의 차이 1」

현재 아는 것들에 매달려 살아가기
지금 모든 것을 모르는 채로 살기
 -「도인과 평민 차이 2」

도인과 평민 차이
 -「고통 속 평온하게 살아가기」

모르겠다
정말 모르겠다
그동안 알던 것들 모두
 -「득도의 순간」

　그동안 내가 알고 있던 모든 것이 정말 그 실체일까요?　그대로
살아보니, 평온하던가요?　믿고 있던 모든 것이 정말 사실일까요?
　　　　그대로 지내보니, 행복하던가요?
　현재 내가 사는 행태는 내가 믿고 있는 것에 기초합니다.
　'나는 이렇게 공부하고, 일하고 있다.''나의 가치관은 이것이다.''내
가족, 친구, 친지, 지인과의 관계는 이렇다.''나의 종교는 이러이러
하다.''나는 이렇게 먹고, 마시며, 운동하고 명상하고, 취미 생활을
하고 있다.' 이런 것 모두가 나는 이렇게 사는 것이 옳다는 지각과 인
식을 바탕으로 하고 있지요.
　그래서 행복하시나요? 그래서 만족하시나요? 그래서 부족함이 없
으신가요?　　　　이 대답에 하나라도 NO가 있다면?
　　　　　　　나의 삶은 부족하고 불행합니다.
　게다가 나의 미래도 지금의 계속 연장임으로,
　　　　　절대적으로 불행일 것　입니다.

지금 내가 믿고 있고, 알고 있는 것에서 벗어나지 못하면 지금의
모습   현재의 생활   에서 반 발짝도 변화는 없지요.
　나는 지금 모른다.　　　　　　　　　　　정말 내가 생각하고
　　　　행동하는 것을 모두 모르겠다.
　　　　정말 모르겠다.
　　거기에서 시작해야 합니다. 모든 것을 부정하여야
　깨달을 수 있습니다.　　모든 것을 사랑할 수 있습니다.

성자가 있었다
자기 방 입구를 자기 키 반만큼만 만든

성인이 있었다
들어갈 때 무릎으로 나올 때 허리 굽혀
　-「이것만 해도 성자」

사람이 갖추어야 할 덕이 얼마나 될까요?
유교에서 말하는 인의예지신(仁義禮智信) 오상(五常)은 인간이 지
켜야 할 5가지 기본 덕목을 말하고 있지요. 이는 오륜(五倫)과 함께
유교윤리의 근본입니다.
맹자(孟子)가 주창한 인(仁)·의(義)·예(禮)·지(智) 네 가지 사덕(四德)
에 한대(漢代)의 유학자 동중서(董仲舒)가 한 가지 신(信)의 덕(德)을
보태어 인간의 기본적인 덕목이 오대덕목(五大德目)이 되었지요. 또
한 인의예지신을 오상의 덕이라고도 하는데 한자로는 오상지덕(五常
之德)이라 하고요.
인(仁)은 측은지심(惻隱至心) : 불쌍한 것을 가엾게 여기는 마음.
의(義)는 수오지심(羞惡至心) : 불의를 수치스러워 하고 악을 미워

하는 마음.

예(禮)는 사양지심(辭讓至心) : 남을 위해 배려하고 사양하는 마음.

지(智)는 시비지심(是非至心) : 옳고 그름을 가리는 마음.

신(信)은 광명지심(光名至心) : 밝은 빛으로 믿음을 주는 마음을 말합니다. 불교를 국교로 한 고려와는 달리, 조선왕조는 유교를 근본 사상으로 하였지요. 그래서 경복궁 신축 때, 성축을 쌓고 네 개의 대문, 사대문(四大門)을 만들면서 오대덕목(五大德目)으로 이름지었습니다. 백성이 오대덕목을 섬기라는 의미였고요. 해가 뜨는 동쪽이 으뜸이니, 동쪽 문을 인(仁)을 넣어 '흥인지문(興仁之門)' : 어진 마음이 흥하라. 해가 지는 서쪽을 다음으로, 서쪽 문을 의(義)를 넣어 '돈의문(敦義門)' : 의를 돈독히 하여라. 다음은, 남쪽 문을 예(禮)를 넣어 '숭례문(崇禮門)' : 예를 숭상하거라. 다음은, 북쪽 문을 지(智)를 넣어 '홍지문(弘智門)' : 지혜를 크게 넓혀라. 라고 명명하고, 나머지 하나는 종각에 신(信)을 넣어 '보신각(普信閣)' : 신의를 넓히거라. 하였습니다.

그런데, 조금 더 묵상해 보았어야 하는 것이 하나 있습니다. 5대 덕목 인(仁)의(義)예(禮)지(智)신(信)에서 **정말 중요한 것이 빠진 것**이 있습니다. 이 덕목이 없으면, 5대 덕목 하나에도 이를 수도 없는 덕목 중에서 덕목. 아무리 5대 덕목을 이루었다고 하여도, 이 덕이 없으면 그저 꽹과리의 요란한 소리일 뿐이 되고 마는 덕목. – **그것은 바로 겸손의 덕목입니다.** 예(禮) : 사양지심(辭讓至心)에 어느 정도 겸손의 뜻이 있기는 하나, 자기를 낮추어 어려움에 부닥친 백성을 섬기는 마음을 표현하기에는 부족하지요. 겸손의 덕목이 빠졌기에, 장유유서(長幼有序), 남존여비(男尊女卑), 권위주의(權威主義), 상명하복(上命下服) 같은 수퍼 갑질 문화가 국민 다수, 선량한 백성들을 괴롭혔습니다.

겸손 없이 인, 겸손 없이 의, 겸손 없는 예, 겸손 없이 지, 겸손 없이 신은 진정성이 없습니다. 오래 갈 수가 없습니다. **겸손은 덕의 알파이고 오메가 - 오상(五常)은 깊은 묵상이 부족한 사상.**

실제로, 자기 방 또는 서재의 문을 반 정도로 낮추어 보시지요. 수시로 드나들어야 하는 방의 문을 이렇게 해 놓으면 불편할 것 같지만, 1도 불편하지 않습니다. 방으로 들어갈 때는 무릎을 꿇어 기어 들어 가시고요, 나올 때는 허리를 90도로 굽혀서 나와야 하는 작은 문. - 들어갈 때, 겸손. 이렇게 하시고요. 나올 때 겸손. 이렇게 하시면 됩니다. 갑의 위치에 있는 분들, 특히 종교, 정치 지도자들이 이렇게 한다면 우리 같은 백성, 서민들은 얼마나 행복할까요!

◑ 보라는 빨강과 파랑의 혼합색이고, 회색은 흰색과 검은색의 중간색깔이지요. 회색과 보라색은, 현대 세상에서 별로 환영 못 받는 색입니다.

세상을 보면 모두가 머리띠를 메고 다닙니다,　　흰색, 검정.
지구 곳곳마다 깃발 펄럭거리며 활보합니다.　　빨강. 파랑.
　　젊었을 때를 돌아보니 이 네 가지 색깔에 휘둘렸었습니다.

나는 회색입니다
그대는 검정이고
당신은 하얗다며
희고
검길　　　　　　　　　하지만
　　　　　　　　　나는 회색입니다
　　　　　　　　끝까지
　　　　　　　　나는 회색입니다

　- 「I am Gray」

72

반쪽이다
파랑
빨강 반쪽씩

어딜 가나
파랑
빨강 중간에
　-「I am Purple」

　　　　그러나 지금은 애매해 보이고, 멀게 느끼게 되는
　　　　　　　회색이고 보라색이 되고 싶습니다. 영원히.

　　　회색 운동하였으면 압니다.
　　　보라색 운동과 함께요.

　　　모자도, 옷도, 신발도, 장갑, 양말도 회색, 보라색으로!

활활 뻘건 불덩이 솟는데
그것 뽑아 감아 묶어 친다
시퍼런 빛 보태서 또 묶고
그렇게 묶고 묶어서 글자
　-「플리지 않는 복(福) 자 매듭」

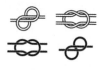

　매듭은 인간이 유목민 생활에서 정착을 시작한 신석기 시대부터
시작되었습니다. 생활용기를 만들거나, 예술적인 표현을 하는데 짐
승 가죽, 나무껍질, 식물 줄기를 이용하였지요.

매듭의 모습은 아름답습니다.

전통매듭은 여러 가지 예쁜 색의 줄을 서로 묶어서 만들었습니다. 여인들이 선호하는 장신구로서 한복의 액세서리로 이용되었지요. 그것이 노리개이고요. 띠돈(帶金), 끈(多繪), 패물(三作 또는 單作), 매듭(每緝), 술(流蘇)로 구성되어 있습니다. 패물을 더욱 빛나게 하고, 노리개의 예술적 가치를 높이는 것은 매듭이지요.

> 매듭은 묶임이다
> 줄로 꽁꽁 묶어버리는
> 아무리 예쁘다고 해도
> 매듭 조여짐인데
>
> 손가락 온 힘 주면서
> 만들어지는 묶임
> ─「묶임 차고 다니는 여인들」

매듭은 아름답습니다. 그러나 그 매듭의 주재료는 무엇을 묶으려는 밧줄이고, 만드는 방법은 꽁꽁 묶음과 당김 그리고 조이기입니다. 재료도 그렇고, 만드는 것을 직접 보면 꽉꽉 마음이 조여 오는 기분이 들지요.

> 풀고, 풀고 또 풀어가며 살아도 아까운 세월
> 묶고, 묶고 또 묶어가며 만드는 매듭을 보면
> ─「그래도 아름다운 삶 그리고 매듭」

> 밧줄로 묶이고 당겨지고 조여지고 늘리는 세월
> 아름답다 누가 말했을까

색색 작은 밧줄 묶고 다니고 조이고 눌러 가면서
예쁜 매듭 만드는 것처럼
　-「삶이란 매듭」

여인들은 삶이 밧줄로 묶여 당겨지고 조여지고 눌러져도
그냥 웃어야 했다
여자이기에

여인들은 평생 남편 아이 시댁에 묶여 힘들게 사는 삶도
놀이라 생각했고
노리개처럼

세상 중심 여성은
그렇게
　-「여인과 노리개」

　지금은 그렇지 않지만, 옛날 여인들의 삶이란 그야말로 험하기만
하였습니다.
　세상을 움직이고 돌아가게 하면서, 생명의 중심에 있는 여성이 말
이지요.

남자보고 여자처럼 살라 하면
석 달 채우기 힘들다
묶이고 당기고 조여 만들어진
매듭 못 달고 다니듯
　-「남자의 인내심」

남자보다 약간의 근육량이 적은 것을 제외하고는 모든 면에서 남성보다 우수한 여성이, 미개 원시 사회의 케케묵은 유물 때문에, 별의 별 말도 안 되는 부당대우를 당해 왔습니다. 억울하기 짝이 없는 일이지만, 인내심에서도 남성보다 월등하게 좋았기에 이 지구의 인류가 망하지 않고, 현재에 이르고 있습니다.

매듭은 노리개 만들 때 이외에도 인간 삶에 많이 적용되고 있지요. 매듭의 방법이 8자 매듭(Figure Eight knot), 신발 끈의 매듭(Shoelace knot), 사각매듭(square knot), 고리, 산 나비매듭(Alpine Butterfly Bend), 옭매듭(Over hand knot), 테이프 매듭(Tape knot), 8자 고리 매듭(Figure-eight knot), 낚시꾼 매듭(Fisherman's knot), 보울라인 매듭(Bowline knot), 사각 매듭(Square knot), 쉬트 밴드(sheet bend) 등으로 많은 것을 보면 짐작이 갑니다.

이런 매듭 종류만큼 인간 삶에 있어서, 고난의 매듭 종류도 다양하기만 합니다. 이렇게 많은 고통을 이겨나가는 것은 그 많은 매듭을 하나하나 풀어나가는 과정이기도 하고요.

매듭 풀어가는 것도 놀이 정도가 됩니다.

빠져서 나온다
서서히

수웅
나와 쳐다본다
몸 맘
　－「심체(心體)이탈의 신비」

신비의 한자는 神 + 祕입니다. 사람의 영역이 아니지요. 인간이 현재 가진 상식, 지혜, 이론, 경험으로는 설명을 안 되는 현상 또는 일입니다. 이해가 불가합니다. 신의 비밀스러운 영역으로 들어가야만 인간으로서 겪는 문제를 풀 수가 있는 경우는 얼마든지 있습니다. 인간의 머리에서 창출되어 쓰인 어떤 그럴싸한 인물, 현상을 '신의 영역'으로 말하는 것은 아닙니다.

유체이탈이라는 말이 있지요. 유체이탈(幽體離脫, out-of-body experience)은 자기가 자기를 본다는 병리현상의 오토스코피(autoscopy)의 한 종류로 보지만, 이 병리현상보다는 사람이 자기를 나와서 이 세상의 모든 것을 보는 현상으로 보아야 합니다.

사람이 그대로의 상태로 세상을 인지하는 것하고, 자기를 빠져나온 생태에서 세상 만물을 보는 것은 차이가 있습니다. 주관의 오류에서 벗어나기 때문에 객관적으로 판단되는, 즉 '있는 그대로' 다시 말해 '가공/가미되지 않은 자연 그대로.'를 보고 느낄 수가 있는 것이지요.

이런 유체이탈이 과학적으로 가능한가 아닌가에 대한 의견이 분분하지만, 이런 과학적 결론을 떠나서, 자기가 자기 자신을 성찰하는 수련 방법으로 충분한 가치가 있습니다.

스스로 자기가 '쓰윽' 자기 몸뿐 아니라, 자기 마음에서 나오는
심체(心體)이탈 　상상을 하여 자기와 자기를 분리해 봅니다.

빨리 나오는 것이 아니고, 천천히 빠져나오다가 결국은 '쑥' 소리와 함께 분리해 봅니다. 내가 나를 보기 시작합니다. 나의 행동과 생각을 하나하나 관찰하기로 합니다. 말할 때의 말투, 표정, 눈짓, 손짓, 걸음걸이와 함께 머릿속에 무슨 생각을 하고 있는지를 하나, 하나 꼼꼼히 지켜봅니다.

그러면 내가 보입니다.　　　　　내가 누군지

내가 어떤 인간인지.

그 다음에는 깊은 성찰이 저절로 따라오게 됩니다.

자기가 자기 자신을 안다는 것은 득도한다는 것 을 의미합니다.

그 자리에서 시작하시면 됩니다.

성자 되는.

이래야 하는데

꼭 이렇게 되어야 하는데

저렇게 되었다

뒤틀려 찢어지고 태워져

그런데 Plan B가 없다

숨소리 가늘어지는데

　－「그래도 Plan B」

심혈을 다한 공부나 일일수록 Plan A입니다.

온갖 정성으로 사람을 대했을 때도 Plan A이고요.

　　　Plan B가 있을 때는 Plan A에 몰입하기가 쉽지 않습니다.

　　　배수진을 쳐야 Plan A를 이룰 수 있기 때문입니다.

학교 공부도 취직 시험도 Plan A만 있고, Plan B는 아예 고려하지 않아야 성공한다고 자기 자신에게 채찍질해대는 사람 많습니다. 그 줄 맨 앞에 저도 있었고요.

　　　맞는 말입니다. 집중도를 높인다는 의미에서는요.

그런데, 오래 살다 보니, 이토록 험한 나이로 긴 세월을 살다가 보니, 어리석었던 과거가 파노라마처럼 또렷이 보인답니다.

내가 아무리 Plan A 말고는 다른 선택의 여지가 없는 것처럼 보이지만   Plan B는 어느새 Plan A가 되고 말더군요.

Plan B로 살던 Plan A로 살던 그냥 살면 됩니다. 너무 집착하지 마시지요. A도 아니고, B도 아니며 C나 D Plan으로도 얼마든지 행복하게 살 수 있습니다.

마음만 다스리면 말이지요.

◖ 항상 본인이 다른 사람들과는 다른 삶을 사는 것과 자신이 공인이라는 것을 강조하는 수녀님이 연락했습니다.

"(인사말)

반복되는 일상을 보내면서 의미를 찾아야 하는 계기를 찾고 있습니다. 고이지 않도록…. 모가 나지 않도록…. 혼자 있지 않도록…. (후략)"

아래와 같이 답을 하여 주었습니다.

" (인사말)

내가 모가 났는지

고였는지

혼자 있는지

남이 모가 났는지

고였는지

혼자 있는지

이 모두가 지워지면

사막에서 맑은 샘물이"   라고요.

자신이 고여 있고, 모가 났고, 혼자 있어서

고여 있지 않기를, 모가 나지 않기를, 혼자 있지 않기를

촛불이 자기 몸을 치열하게 줄여가는 앞에서. 기도하며 지내

시겠지요.

자신이 고여 있고, 모가 났고, 혼자 있는 것을 아는 것은 경지에 든 것입니다.

자신이 고여 있고, 모가 났고, 혼자인 것을 모르는 사람이 대부분 이지요.

여기까지가 99%입니다. 1% 열이 모자라 수증기가 하늘에 못 오르는 상태.

1%는　　내가 모가 났는지　　고였는지　　혼자 있는지

남이 모가 났는지　　고였는지　　혼자 있는지

를 모두 지워버린 경지입니다.　　그래야

이 사막보다 더 삭막한 세상 삶에서 오아시스 맑은 샘물을 찾을 수 있습니다.

너희 꼭 막장에서 날 찾는다
나에게서 빛을 찾고 길 찾고는
너희는 늘 바로 나를 버리고

초심 잃지 않는 이
초심 안고 사는 이
　-「초의 마음 초심」

몽당 초 함부로 버리지 마시라
컴컴하게 어둡다 급히 찾아
심지에 설렘 불을 그어 놓고는
너희는 금세 나를 쓰레기로
　-「초심과 초심(初心)」

사람과 사람 사이
땅 깊이 갈라지는
9.5 지진 진원지
　-「초심 상실」

그대 앞 벽들이 높아만 갈 때
그대 곁 사람들 사라져 갈 때
외로움이 쓰나미로 다가올 때
하늘에서 구원 밧줄 한 가닥이
　-「초심」

촛불 자기 치열하게 태우며
　자기 모습 줄여 나가네
인간 그 불빛으로 길 찾고
　자기 모습 늘려나가네
　-「인간 초심 잃고」

역대 최대의 쓰나미 그리고 이야기

지진입니다. 현재까지 기록된 최대의 지진은 칠레 발디비아(Valdivia) 근처인 니에블라(Niebla) 서쪽 10킬로미터가 진앙인, 9.4-9.6의 대지진입니다. 1960년 5월 22일 오후 3시 11분 25m 높이의 쓰나미가 칠레 해안에서 발생했습니다. 6,000여 명 이상의 사망자와 200만 명 이상의 이재민이 발생하였습니다. 이 쓰나미의 이동으로 태평양 전역에 10m 쓰나미가 덮쳤고요. 이에 따라, 하와이 힐로싱에서는 61명, 일본에는 하루가 지나서 도착했는데도 6.1m 높이 쓰나미가 되어 142명의 희생자가 발생했습니다. 피해가 심했던 곳은 도호쿠의 산리쿠 해안지역이며 홋카이도도 피해가 있었습니다. 이 쓰나미 이동 경로를 보면, 일본 땅이 없었다면 그 파고가 한반도에 그대로 엄습하였을 것입니다.

인간 꺼지지 않을 것이라
굳게 믿고 두 발 디딘 곳
갈라진다
쪼개진다

두 발 커녕 온몸 송두리째
살아있는 것은 모두 순간에
삼켜진다
꺼져진다
　　－「날마다 또는 때때로 지진」

　인간에게 이 지진은 미리 감지되지 않습니다. 현재까지의 과학으로는 '대피하거나 멀리 있어서 그 근처에 없거나'가 되지 않는 것이지요. 남가주는 지진이 잦은 곳으로 유명합니다. 평상시 하도 자주 땅이 흔들리니깐, 그러려니 하고 삽니다.

　1994년 1월 17일 샌퍼난도 밸리의 노스리지 지진은 규모 6.7의 큰 지진이었습니다. 고속도로의 교량이 주저앉았고, 60여 명이 사망하고, 5,000여 명이 다쳤습니다. 지진이 날 때마다 패서디나에 있는 명문대학교, 캘리포니아 공과대학교(California Institute of Technology : 칼텍- Caltech)의 과학자가 나와서, 자기가 최고 전문가라며 지진에 대하여 설명하는데, 한마디로 원시적입니다. 이 대학은 졸업생 또는 교수진 중에 노벨상(Nobel Prize) 수상자가 32명이나 될 정도로 평판이 우수합니다. 지진 연구소도 유명하고요. 그런데도 이런 구름 잡는 설명을 하는 데 번번이 아무렇지 않은 듯합니다. 노스리지 지진 때는 더 한심한 설명만 되풀이하였지요. 그 정도로 지진에 대하여 인간은 알지 못한다는 것을 바로 보여 주고 있습니다.

이 지진이 사람의 마음에도 수시로 엄습합니다. 사람이 꺼지지 않을 것이라고 믿고 서 있는 장소. 믿음이 가서 기대고 있는 사람. 보호해 줄 그것으로 생각한 장소가 그냥 쪼개지고 벌어지고 주저앉으면 그것은 지진과 같이 사람에게 공포로 다가가게 되지요.

심진(心震)입니다.

예전에는 지진의 진도에 따라 무진·미진·경진·약진·중진·강진·열진·격진으로 구분하였었습니다. 이와 마찬가지로 어떤 사건의 타격으로 마음이 흔들리는 정도에 따라서 중증도를 구분을 할 수도 있겠지요. 사람의 마음 타격감은 '순전히 받아들이는 사람 마음 상태'에 달려있습니다. 지진은 누구나 다 느끼는 정도가 비슷하지만, 심진은 같은 사건을, 어떤 사람은 무진으로, 어떤 사람은 격진으로 받아들일 수 있습니다. 마음이 무디도록 단련이 되어 있으면 어떤 타격이 닥쳐도 마음은 움직이지 않습니다. 그러나 마음이 민감하면, 조그마한 사건에도 심장이 뛰고, 식은땀이 흐르면서 밤에 잠도 안 오게 됩니다. 건강을 해치는 것은 물론이고, 이런 현상이 지속되면 생명이 위험할 우려는 높아만 지게 되지요.

왜 심진이 일어나는가?

심진은 언제 일어나는가?

지진의 예측은 거의 불가능 상태이지만, 심진의 원인과 예측은 가늠할 수가 있습니다. **심진은 초심을 잃을 때 일어납니다.**

초심(初心)과 같은 글씨가 당연히 초심이지요. 이를 초의 마음이라고 억지로 만들어 보았습니다. 초는 어둠을 밝히기 위하여 밀랍에 실심을 넣어 만듭니다.

밀랍(蜜蠟)은 천연왁스이고요. 일벌의 배 아래쪽에서 노란색으로 분비됩니다. 이 분비물을 녹인 후에 여과기로 불순물을 걸러서 가공하여 껌, 화장품, 접착제, 양초, 광택제 같은 것을 만들지요.

양초는 전기 과소비나 천재지변으로 전기가 나갈 경우를 대비하여, 손전등 플래시 라이트와 함께 비상용으로 보관하기 마련입니다.

어떠한 이유로든 캄캄한 어둠이 엄습하면, 아무것도 보이지 않습니다. 보이지 않는 상태에서 어두움을 타개하기 위해서 최소한의 걸음을 움직이는 것도 위험하지요. 한발 한발 옮기다가 날카로운 것에 찔릴 수도 있고, 어느 물체에 걸려 넘어지어 크게 다칠 수도 있습니다.

먼서, 초의 심지에 불을 켜야 합니다.

초에 불을 올릴 때의 마음은 〈간절함〉입니다.

밝아져서 주위가 보이기를 바라는 간절함과 애절함.

그런데

일단 급한 자기 사정이 좋아지면 금세 초심을 잃고

어두움을 물리치기 위해서 온몸을 불사르고 몽당이 되어 버린 몽당 초를 쓰레기통에 '휙' 던져 버리고 쳐다보지도 않습니다.

이와 같은 행동을 하는 인간 주위에 흔하게 볼 수 있지요.

자기의 필요나 욕구로 어떤 사람을 이용합니다.

그리고 그 사람이 자기를 희생하여 온 정성을 다하느라고 작아지고 그을음도 타서 볼품이 적어지면 버립니다. 쓰레기통에.

초심을 잃은 인간들은 동물 야수 또는 벌레에서 벗어나지 못하는 종입니다.

초심을 잃는 것은 파렴치안 배신행위 이기 때문입니다.

피렌체 공화국(이탈리아)의 단테 알리기에리(Durante degli Alighieri)가 1308년부터 쓰고 사망 1년 전 1320년에 완성한 신곡 (LA COMMEDIA DI DANTE ALIGHIERI: Divine Comedy)에서는 지옥이 거꾸로 선 원뿔형으로 되어 있지요. 그 제일 하층에 있는 인간들은 배신자들이 차지하고요. 여기에는 형제를 살해한 카인, 카이사르를 암살한 브루투스, 예수를 배신한 가롯 유다 등도 속해 있을 정도로 그곳은 저질 인간 저장소입니다.

배신은 사람으로서 절대로 하면 안 되는

꼭 갖추어야 하는 **최소 절대 충분요소** 입니다.

이런 도덕적인 면도 중요하지만,

초심을 지키지 않으면, 사람 사는 삶의 질이 급격히 떨어집니다.

일에서도 마찬가지입니다. 초심을 잃기 때문에 실패하고 좌절을 거듭합니다.

초심은 아무리 강조를 해도 모자라지 않지요. 초심이 색이 있다면 무슨 색일까요?   연초록.

추운 겨울을 억지로 이겨내는 이른 봄의 파릇파릇한 이파리들의 연초록색입니다.   초심(草心).

초자는 풀이라는 뜻도 있고, '처음'이라는 뜻도 있습니다. 그래서 초안(草案)에서의 초는 초(初)를 쓰지 않고요.

시각으로는 풋풋 파릇파릇 연두색

후각으로는 향긋 상큼상큼 연두색

초심을 살아있는 내내 지키는 것이

바로 행복의 비결   입니다.

초심함량 = 사람인격   이고요.

초심을 꾸준히 지켜나가 보십시오.

삶의 질이 급격이 상승 유지됩니다.

장문형 사람 있다
교만 속옷 입은 자랑질
매번 구질구질 변명질

교활한 사람 있다
작은 일 까발려 튀기고
모르는데도 얼버무리고
  ─「긴 마른 작대기 말 그리고 글」

말 잘하는 사람을 보면, 수사학이 떠오릅니다. 언사(言辭)의 수식(修飾)이란 뜻이 있는 수사(修辭)는 말을 아름답게 꾸미는 일이라고 하지요. 수사학(Rhetoric)은 기원전 4~5세기 민주주의의 실험장소, 그리스 아데네 당시의 레토리케(rhētorikē : 연설가 ─ rhētor,기술 -ikē)가 기원입니다. 법정 또는 의회에서 사람들을 설득하는 기술(자기의 주장을 자기보다 좋지 않거나 열등한 주장을 가진 사람을 설득하여 자기의 주장 쪽으로 오게 하는 기술)이었지요.

소크라테스와 그의 제자이자 대학의 원형인 '아카데메이아'의 교육자 플라톤은, 수사학이 언어의 유희이자 사람들을 말로써 현혹하는 장난질이라며 비난하였습니다. 수사학으로 교육 등을 하며, 돈을 버는 소피스트(Sophist)들에게 '그대들이 말하고 있는 것에 대한 진리를 알고 있는가?'라고 나무랐지요.

말 잘하는 사람이 '부도덕'하고 '무식'하면 그것이 가져오는 사회적 피해가 엄청날 것을 걱정하였습니다. 그 걱정은 사실로 되어, 인류의 역사를 어둡게 하였고, 그 폐해는 아직도 진행형이고요.

플라톤 제자 아리스토텔레스는 인간은 몸이 아닌 영혼으로 살아가는 존재이고, 이성이 영혼의 가장 중요한 기능인데 이성은 말(logos)의 사용으로 보고, 인간답게 살려면 말을 잘해야 한다고 하였습니다. 말을 잘하지 못하여, 자신을 보호 못하는 것이 수치스러운 일이라 하기까지 했고요. 이런 입장은 프로타고라스와 고르기아스의 스승이자 웅변가인 이소크라테스에 영향을 받은 것이었습니다. 이소크라테스는 플라톤의 아카데메미아보다 먼저 학교를 세우고, '지혜(sophia)를 사랑하기(philo-)'라는 뜻의 철학(philosophia)을 가르치기 시작하였습니다.

플라톤은 이데아(Idea), 즉 영원하게 불변하는 진짜가 있고 그것을 아는 지식(epistēmē)이 참된 지혜인데 그것을 추구하는 것이 바로 철학이라 하였고, 이소크라테스는 인간은 부족한 존재이기 때문에, 그때그때 상황에 맞는 적절한 의견을 피력하는 능력이 필요한데 이것을 지혜라고 보았습니다. 이데아는 없고, 지혜는 진리를 알아내는 능력이 아니라는 것이지요.

아리스토텔레스는 플라톤과 이소크라테스의 의견을 절충한 주장으로 서양 수사학의 최초 이론가가 되었고요. 한마디로 서양에서는 '말 잘하는 기술'인 이 수사학의 중심인 말을, 동양권에서는 어떻게 보았을까요?

가루는 칠수록 고와지고 말을 할수록 거칠어진다. 혀 아래 도끼 들었다.

개입에서 개 말 나온다. 글 속에도 글 있고, 말 몸속에도 말 있다. 같은 말이라도 '아' 다르고 '어' 다르다. 내 할 말을 사돈이 한다. 남의 말 다 들으면 목에 칼 벗을 날 없다. 내 말은 남이 하고, 남 말은 내가 한다.

길이 아니거든 가지 말고, 말이 아니거든 듣지 마라. 한 입으로 두 말하기. 말 뒤에 말이 있다. 말로는 못할 말이 없다. 말 많은 집안은 장맛도 쓰다. 말 속에 뜻이 있고 뼈가 있다. 말이 많으면 쓸 말이 적다. 말이 씨가 된다. 말이 앞서지 일이 앞서는 사람 볼일 없다. 웃으라고 한 말에 초상난다. 성인도 죽을 말을 하루에 세 번 한다. 실없는 말이 송사 간다. 많이 아는 사람은 말이 적다. 살은 쏘고 주워도 말은 하고 못 줍는다. 발 없는 말이 하늘의 뜻을 간다. 입은 삐뚤어져도 말은 바로 해라. 콩밭에 소 풀어 놓고도 할 말이 있다. 혀 밑에 죽을 말 있다.

가기이방(可欺以方) : 그럴듯한 말로써 남을 속임.

교언영색(巧言令色) : 환심을 사기 위해 교묘히 꾸며서 하는 말과 아첨하는 얼굴빛

구밀복검(口蜜腹劍) : 입으로는 달콤함을 말하나 뱃속에는 칼을 감추고 있다.

간성난색(姦聲亂色) : 간사한 소리와 옳지 못한 빛깔.

감언이설(甘言利說) : 남의 비위에 들도록 꾸며 속이는 말.

감언미어(甘言美語) : 달콤하고 아름다운 말.

견강부회(牽强附會) : 이치에 맞지도 않는 말을 억지로 끌어다가 조건에 맞춤.

눌언민행(訥言敏行) : 더듬는 말과 민첩한 행동을 권고함.

대변여눌(大辯如訥) : 말을 잘하는 사람은 어눌하게 보이는 것.

수두이색(垂頭耳塞) : 머리를 숙이고 귀를 막는다.

어불성설(語不成說) : 말이 이치에 맞지 않음.

어불택발(語不擇發) : 말을 가리지 아니하고 함부로 함.

언중유골(言中有骨) : 말 속에 뼈가 있다.

와부뇌명(瓦釜雷鳴) : 기왓가마가 우레 소리를 내면서 끓듯이 시

끄럽게 말함.

입이불번(入耳不煩) : 알랑거리는 말 번거롭게 들리거나 싫지 않음.

지자불언(知者不言) : 지식을 마음속에 간직하고 함부로 지껄이지 않음.

횡설수설(橫說竪說) : 두서가 없이 아무렇게나 떠들어 대는 것.

횡수설거(橫竪說去) : 말을 이렇게 했다가 저렇게 했다가 하는 것,

경계 일색입니다. 얼마나 말의 해악이 심하면
이렇게 많을까요!

이다지도 많은 조언/경계가 있어도 인류는 끊임없이 떠듭니다.

떠들고 또 떠들면서 우외고 또 우외합니다.

말씀 언(言)자를 보면,

머리(亠)를 둘(二)이 마주하고 입(口)으로 하는 모양이라고 하지요.

이를, 이렇게 보지 말고,

중요한 경고 사항이니 명심해라   (亠)

한번, 두 번, 세 번 생각하여서   (三)

그런 다음 신중히 너희 입을 열어라. (口) 합성어로 보아야 합니다.

언어의 마법 〉 언어의 유희 〉 언어의 장난질 〉 언어의 사기

이런 언어 기능의 가감 정도 척도는 오로지 진실성으로 보면 되겠지요.

진정성이 없는 말. 실천성이 없는 말. 이렇게 말이 아닌 소음 세상에 넘치고 있으니,   외이, 중이, 내이로 들어오는 것은 바람 소리뿐.

인간의 귀 구조는 대개, 20Hz부터 16,000Hz까지의 소리만 무리 없이 들을 수가 있습니다. 1Hz는 "1초에 한 번"을 의미하지요. 시계

초침은 1Hz로 똑딱 하는 것이고 100Hz는 1초에 100번을 반복하여 진동함을 의미합니다. 이런 인간의 귀가 수용할 수 있는 범위의 시끄러운 말들이 범람하여 귀가 힘든 것은 물론이고, 숨쉬기가 힘들 정도인 것이 현대인의 삶입니다.

말도 그렇고 글도 마찬가지입니다. 실천이 뒷받침되지 않는 진실성 결여의 글과 말이 현란하게 기교를 부려 사람들을 피곤하게 만들고 스트레스에서 빠져나오지 못하게 하고 있습니다.

그래서 조심스럽기만 합니다. 이렇게 길게 글을 써도 되는지? 나의 글도 다른 이들과 마찬가지로 마른 작대기 같은 글의 하나가 아닌지? 자랑질, 교만질, 그 질들이 끈적거리게 엉겨 붙어, 구질구질.

모르는 데도 튀기고, 작은 일인데도 펌프 잘하고, 복잡한 것은 얼버무리고 있는 그 많은 글 중의 하나가 되면 어쩌지?

이런 노심초사(勞心焦思)를 하다가 보면, 글을 더 이상 쓸 수가 없습니다. 그래서 시간은 흐르고, 또 흘러갔습니다.

그러나, 글에 대한 진정성과 진실성 그리고 글 내용에 대한 사랑으로 다시 일어나 침침한 눈으로 글을 한자 한자 쓰다 보니 책이 한 권, 두 권 되나 봅니다.

> 장풍보다 긴 숨 쉬어지는 것
> 축지법보다 걸을 수 있는 것
> 공중부양보단 볼 수 있는 것
> 순간이동보단 나무 나비 꽃
> 　-「그걸 기적으로 아는 것이 도사」

블레즈 파스칼(Blaise Pascal)의 팡세(Pensées : 생각이라는 뜻)는 파스칼 사후 1670년에 그의 가족과 친척들이, 파스칼의 유작들을 모아서 만든 책입니다. 그 팡세에서는 기적을 '인간들이 가끔 일어나는 사건, 비록 그 원인을 모를지라도 아직 본 적이 없는 것을 기적으로 간주한다.'라고 했습니다.

알베르트 아인슈타인(Albert Einstein)은 '세상을 살아가는 방법에 두 가지가 있다. 하나는 기적이 없다고 여기며 살아가는 것이고, 다른 하나는 모든 것이 기적이라고 믿으며 살아가는 것이다'라며 기적을 바라보는 관점에 대하여 말하였습니다. 유대 격언에서는 기적을 '기적을 기대하는 것도 좋다. 그러나 기적에 의존해서는 안 된다.'라며 기적에 대해서 비교적 과학적 자세를 취했지요.

종교계는 기적에 대하여 민감합니다. 기독교 성경에는 구약과 신약에서 수많은 기적을 기록하고 있지만, 불교에서는 '신비한 힘이나 기적'에 빠지는 것을 경계까지 하고 있지요. 석가모니 자신도 이 기적을 자랑하거나 특별하게 보인 적도 없다고 되어 있고요. 다만, 신통(神通 : Abhijna)의 존재를 언급하기는 합니다.

기적(奇蹟 : Miracle)을 한마디로 정의하면, 가능성이 없거나 불가능한 일이 실제로 일어나는 일이지요. 사람 사는 일이 막장에 다다를 때, 가장 바라는 것이 기적이고요. 삶이라는 것이 **일을 벌일수록, 사람을 많이 만날수록, 어려운 일** 이 많이 생깁니다. 그 어려움을 헤쳐 나가려 기를 쓸수록, 더 많은 외통수에 처하게 되고요. 그렇게 막장에 몰려서, 해결 방법의 실마리가 전혀 없고, 희망이 없어 보일 때 나를 구해 줄 것은 기적밖에는 없게 됩니다.

그런데 그 기적은 쉽게 일어나지 않지요.

쉽게 일어나면 그것이 기적도 아니고요. 기적 같은 것이 구해 준다면, 그렇게 막장에 몰린 상황이 아니기도 합니다.

장풍(掌風)은 손바닥에서 나가는 큰바람입니다.

축지법(縮地法)은 '땅을 접는 법'이란 뜻이지요. 먼 거리를 단숨에 가고요. 공중부양(空中浮揚 : levitation)은 인간이 공중에 뜨는 것입니다. 공중부양 사례를 보여 준다며, 지팡이 하나에 의지한 모습은 받침대 전부에서 일부만 보여 주는 것으로 되어 있고요.

순간이동(瞬間移動 : teleportation)은 순간에 어떤 공간으로 이동하는 것입니다.

실현 가능성이 없는 이런 기적 같은 것들이 문학작품에서 많이 등장하던 때가 있었습니다. 이런 작품들을 좋아하는 독자층도 많았던 시기가 있었고요. 이런 것들이 기적일까요?

이런 소설 구름 속 기적 이야기 말고, 생생한 삶 속의 기적은 주위에 종종 목격됩니다. 병원에서 고치기 불가능하다는 병을 이겨내고 구사일생으로 병을 극복하고 살아난 경우 또는 불가능했던 일이 마지막 순간에 원하는 대로 이루어졌을 때, 이런 경우 말이지요.

이러한 극히 희귀한 기적도 있기는 하지만, 보는 방향에 따라서
기적 같지도 않을 것이 기적이 됩니다.
사람은 살아가면서 매일 기적을 봅니다.
다만, 그 기적을 기적으로 보지 않을 뿐이지요.

많은 사람이 새벽에 눈을 뜨지 못합니다. 그렇지만 내가 눈을 뜨면 그것이 기적/ 많은 사람이 아침에 숨이 쉬어지지 못하고, 심장이 뛰어 주질 못합니다. 그러나 내가 지금 심장과 호흡이 되어주니 그것이 기적/ 많고도 많은 사람이 마시고 먹지를 못하는데 그래도 지금 이렇게 조촐히 식사하고 맑은 물을 마실 수 있다는 것이 기적/ 많은 사람이 사무치는 외로움에 몸을 떨고 있는데, 그래도 내 곁에는 그가 있다는 것이 기적/ 새가 지저귀는 소리를 느끼는 것, 하늘에 새가 날아가는 것을 보는 것, 꽃과 나무가 저리도 아름다운 것을 보는 것, 이 모든 것이 경이롭다고 미소 짓는 것이 기적/ 남들은 막연히 믿지만, 내가 믿고 있는 신념이 확실하다며 하늘을 쳐다보는 것도 기적/

이런 것을 아는 수준이 아니고 - 삶이 실질적으로 이렇게 되는 것이   바로 기적 그 자체이고 도사입니다.

기적을 행하는 사람이 도사

왜냐하면 거의 모든 사람이 그렇게 살지 않고 있으며, 그것을 항상 느끼고 살아간다는 것은 아주 희박하거나, 불가능하게 보고 있기 때문입니다. 그래서,

행복은 기적입니다.   감사가 기적이고요.

손을 휘휘 말다가 그 힘을 모아 모든 것을 날려 버리는 장풍의 바람보다는 그저 코끝으로 길고 긴 숨을 쉬는 수련이 된 것이 기적이고

그 넓은 땅을 '확-' 줄이거나, 공중에 붕 떠서 날아다니고, 이 대륙에서 저 대륙으로 순간에 '휙-' 이동하는 것보다는 그저 한발 한발 옮기는 것에 정신을 집중할 수 있고, 자연의 모든 것에 가까이하는 것이 최고의 희열임을 아는 안목을 가진 것에 감사하는 것이 기적이지요.

 해피버스데이 하며 케이크 초 불 놓을 때는
참참한 밤에 전깃불들 모두 끄고 하여 보라

나이 숫자만큼 달콤한 케이크 몸 박혀 있는
촛불들에 하나둘 불이 켜져 번져 나갈 때

그때마다 묻고 또 물어라
나 살아오며 참참한 누군가에게 빛 되어준 적
과연 몇 번이나 있었는가
　-「해피버스데이 투 유」

세계 많은 사람이 생일을 축하할 때, 부르는 〈생일 축하합니다 : Happy Birthday to You〉는 1893년 켄터키주 유치원 교사 밀드레드 힐과 패티 힐 자매가 작사 작곡했습니다. 이 노래의 원제목은 '아침 인사와 생일 노래(Good Morning & Birthday Song)'였고요. 당시에는 어린이 학원에서 아이들을 아침에 맞이하는 노래로 사용되었습니다. 그러다가, 시간이 흐르면서 생일 축하 노래로 자리를 잡았지요. 사람들은 생일을 맞이하면, 이 노래를 부르면서 축하하고 축하받습니다. 생일을 맞이하는 사람의 기호에 따른 케이크 위에 주인공의 나이만큼 초를 꽂고 생일 축하 노래를 부르지요. 노래가 끝나면, 당사자는 눈을 감고 잠시 자기의 소원을 빌어 봅니다. 그리고는 촛불을 입으로 '후훅-' 불어 소등시키고, 축하객들은 손뼉을 치지요. 여기까지가 거의 모든 사람의 평범한 생일 축하 행사입니다. 그런데,

불을 붙여진 초 앞에서 간절히 바랐던 소원은 이루어지지 않습니다. 이루어지지 않는 것을 알면서도 매년, 생일에 소원을 빌고요.

이렇게 실현 가능성이 없는 일.

아무리 간절히 원해도 이루어지지 않은 일들에 기대어

인류는 너무 비현실적으로 살아왔습니다.

우선, 생일 밤에 모든 불을 끄고는, 초에 불을 자기 나이만큼 하나하나 붙이며 '내가 언제 이 어두운 밤처럼 캄캄한 사람에게 한 줄기 빛이 되었던 적이 있기나 했었나?' '앞으로의 나의 삶은 한 해 한 해 다른 이들에게 빛이 되어 주어야 하지 않겠나?' 이런 묵상의 순간이 되었으면 얼마나 좋을까요!

그것이 진정한 자기 자신 생일의 축하 가 되지 않겠습니까!

그리고 이런 문화가 사람들에게 계속 전달되면 얼마나 좋을까요!

A는 A이고
B는 B일 뿐이라는

B가 A로서
대치될 수 없다는
　－「아메바 사고」

A 속에는 B가 있고
B 속에는 C도 있는
　－「성자가 이야기하였다 그것이 삶이라고」

세상일이 내 마음대로 되면 세상일이 아니지요.
이 세상일이 아니고 저 세상일이지요.

이래야 하는데－. 아－저렇게 되면 정말 안 되는데.

이런 일이 꼭 있어야 정상인데, 저렇게 된 상황에 넋을 놓게 됩니다. 이렇게 되면, 숨소리가 거칠어지다가, 그런 것도 지치면 가늘어집니다. 그때쯤 되면, 내가 숨은 쉬고 있는 것인가? 라는 생각이 들지요. 나의 마음도, 몸도 꼬깃꼬깃 꾸겨지고 찢어지다가 재가 되어 공중 분해되어 맨붕 상태가 됩니다. **Plan A의 공중 폭발**

그러나 Plan A 속을 자세히 들여다보면, Plan B가 반드시 있습니다. 그래서 Plan A가 실패하면, 우선 Plan A에서 Plan B를 찾아내는 것이 현명한 선택입니다. 무엇이 문제였었나? 이 문제를 바탕으로 창출될 수 있는 것들은 무엇일까? 무너진 그 자원과 Know how를 어떻게 최대한 살릴 수 있는 가를 연구하다가 보면, 그것이 Plan B가 됩니다. Plan B가 안 되면 Plan C로 하면 됩니다.

다른 대안으로 하면 된다는 것은

살아 갈수 있다는 것이지요. 그것이 사람의 삶.

Plan A의 공부, 일, 사람이 안 되면 – 더 이상 살 수가 없다고 하는 것은　　　　　　　　 단세포, 아메바 식 사고 방식이랍니다.

해 보시지요. 살아갈 수 있습니다.

Plan B 갖고도 살 수 있고, Plan C 갖고도 살아갈 수 있습니다. 얼마든지. 이 지경의 나이가 되도록, 겪은 진솔한 인생 경험입니다. 믿으시길 바랍니다.

▣ 이렇게 강조를 여러 번 하는 것은

참으로 많은 사람들이 이렇게 살지 않고 비틀거리기 때문입니다.

인간의 길고 긴 한숨

　　질기기만 한 눈물

　　오래되면 유지된다

조그마한 스파크에도

　　화르륵 타 버리는

　　그러다 잿더미로

　–「기름종이 인간」

유지(油紙)는 기름종이이지요.

지금은 서류파쇄기가 있지만, 예전에는 이를 가위로 잘게 잘라 버리거나 불에 태워야 했습니다. 자기의 중요한 정보가 쓰레기통을 통해서 유출되면, 그것이 나를 해치는 도구가 될 수도 있어서 이를 소각 처리한 것이지요.

뒷마당 Patio 아궁이에 아주 오래되어서 없애 버려도 될 서류들을 넣고 불을 태우는데 갑자기 어떤 종이가 '화르륵' 소리를 내면서 '화악' 합니다. 불기둥을 만들면서요. 깜짝 놀랐지요.

　아마도 사무용기에서 나온 폐유(廢油)가 종이에 적셔져 있었나 봅니다. 아궁이에 넣은 서류들은 법률 서류들이었습니다. 참으로 억울한 일로 절벽에 서게 되어, 법에 호소하였는데 그 결과는, 3년간 변호사 좋은 일만 시키고 어려운 환경은 더 어렵게 되었던 매우 참담한 기억입니다. 당시에는,

밥을 먹을 수도 없는 상태는 물론이고

한 모금의 물도 마실 수가 없었습니다.

　미국의 중심 최고 회사를 상대로 소송을 한다는 것은 '철벽에 달걀 치기'임을 뼛속까지 느끼게 하는 사건이었습니다.

조태롭게 자르는 일이

결국 자기 자신을 불사르는 어리석은 일. 이런 일들은 정말 하지 말아야 합니다. 시민단체에서 지원하고 언론을 통한 이슈화를 하면서 소송을 진행할 만한 사안이 아니면 금수저 슈퍼 갑들에 대한 소송은 신중히 고려하여 보아야 합니다. 그 후유증으로 오랜 기간을 참혹하게 고생하면서 느낀 그 감정은 아직도 잊히지 않습니다.

옭수저들은 그저 유지일 수도 있지 않나 하는 비참한 사건이었습니다.

순식간 휘몰아치는

앞이마를 스치는 싸늘한 바람

두 팔 두 발 감싸는 뜨거운 불

치유의 힘　　　생명 기운

-「경지(境地)」

인간의 뇌는 몸을 Control하는 Tower입니다. 대뇌의 겉질 즉 대뇌피질(大腦皮質, Cerebral cortex)은 신경세포들의 집합인데, 인간 대뇌피질은 다른 동물에 비해 월등히 발달하여 있지요. 호두 모양처럼 올라온 이랑(gyrus)과 들어가 있는 고랑(sulcus)의 위치와 모양에 따라 나누어지지요. 앞부분인 전두엽(frontal lobe), 정수리 부분의 두정엽(parietal lobe), 측면인 측두엽(temporal lobe), 후방의 후두엽(occipital lobe)으로 구분됩니다. 부분마다 맡은 일의 영역이 다르고요.

전두엽은 계획, 인격, 감정표현, 일의 주도성, 말 표현을 관장합니다. 운동 면에서 보면, 몸의 좌측은 우측 전두엽이, 우측은 좌측 전두엽이 담당하고 머리와 안구를 반대로 돌리는 일을 합니다. 인간의 기억력·사고력 그리고 다른 부분에서 들어오는 정보와 행동을 조절하는 기능까지 전두엽 제일 앞 전전두피질(prefrontal cortex)에서 관장하기 때문에 전두엽 관리가 참으로 중요합니다.

전두엽 손상이 되면 한 가지 일이나 사건, 사람에 집착합니다. 성격이 화를 잘 내고 난폭해지지요. 그러니 감정조절이 안 되어 판단장애, 단순한 사고방식을 고수합니다. 예의상실로 언어장애, 욕설을 자주 하게 되고요. 편집성 인격장애(偏執性人格障碍 : paranoid personality disorder, PPD)로 타인에 대하여 끊임없는 의심과 불신을 하게 되지요.

뉴스에 하루가 멀다고 나오는 공격적인 범죄들이 있지요. '욱'하고 저지르는 살인, 방화, 상해입니다. 순간의 감정을 조절하지 못하여 폭발시키는 것인데 '충동조절 장애'라고 하고요. 작지만 지속적이거나, 갑자기 많이 닥치는 스트레스를 전두엽에서 감당이 안 되었을 때 나타나는 증상입니다. 전두엽에서 분노 조절이 이렇게 안 되면 작은 스트레스에도 충동적으로 반응하게 되지요. 화나는 그대로 말이나 행동으로 직접 옮기기 때문에 위험합니다.

뇌상으로 뇌출혈, 뇌경색이 있는 경우 그리고 파킨슨병이 전두엽 손상을 불러 옵니다. 단순한 동작과 자극을 계속하는 게임을 오래 하면 전두엽의 기능이 심각히 떨어지기도 하고요.

자라온 가정환경에 문제가 있어서 감정조절이 방치되어 성장하게 되어도 문제가 되고, 과잉보호하여 키운 자녀들이 좌절이나 고통을 극복하지 못하게 되는 것도 전두엽 문제이기 쉽습니다.

자기 삶의 파괴는 물론이고 범죄와도 연관될 수가 있으므로 치료하여야 하는데 전문 병원에서는 병변의 근본 원인분석과 약물, 심리 치료를 하지요. 분노를 분산시키기 위해 운동요법, 음악치료, 독서 치료, 그림 치료 등도 병행합니다. 생체리듬을 정립키 위해 규칙적인 영양식이 권장되고 있고요.

전두엽도 문제인데 전두엽이 아닌 머리 부분에서 지각되는 시각 또는 청각 그리고 감각의 정보나, 언어에 의하여 정해진 정서와 오래된 기억에 따른 감정까지 가세하게 되어, 인간의 마음은 항상 부글부글, 뒤죽박죽 헝클어져 있기 마련입니다.

'뒷골이 - 띠용 - 땡긴다.'는 말이 있지요. 틀린 말이 아닙니다. 머릿속이 평온하여지려면 머리 뒷부분의 혼란 부분을 제어하고 전두엽이 냉철하게 일을 하도록 해야 하는데, 그렇게 되지 않을 때 사람들의 감정은 불안하거나 폭발하고 맙니다.

다른 두뇌도 중요하지만, 특히 두뇌 제일 앞에 있는 전두엽 관리는 마음 건강에서 결정적 역할을 하는데, 이렇게 중요한 전두엽 관리는 어떻게 해야 할까요? 뒷골에서 스위치를 끄고 전두엽이 Cool하게 판단하도록 하여야 합니다. 그 상태는 어떻게 확인할 수 있을까요?

수련이 경지에 이르게 되면

오랜 시간이 아니고 즉각적으로

나의 전두엽 부분이 서늘해지고 두 팔 두 손 그리고 몸이
화끈거리게 따뜻하게 만들 수 있습니다.
전두(前頭)Cool 전신(全身)Hot
공중부양이 없더라도 경지에 이미 들었습니다.

경지(境地)의 境은 나라와 나라의 경계(境界)를 뜻합니다. 境地는 '경계를 이루는 땅'이고요. 더 오를 단계가 없는 상태/땅을 의미하지요. 이 경지에 들었다는 확신은 **더 욕심을 내어 얻을 것이 없다.**

이 정도면 이제 정말 되었구나. 하는 안도감도 준답니다.

뒷머리에서 불덩이 솟아나거든
강아지 눈동자 보라
두 손아귀에 불끈 힘주어지거든
강아지 꼬리를 보라
  -「왜 견공인가」

강아지보다 못한 행동하는 것들이
견자라고 욕한다
강아지 눈동자 전혀 닮지 않은 것
XXX라고까지
  -「감히 성 견공에게」

화가 치밀어 올라 소리를 치고 싶을 때
강아지 사진이라도 보라
너무 약이 올라 잡히는 대로 던지기 전
강아지 눈동자사진 보라
  -「XXX 되기 전에」

100

바다의 모래알을 세어 보셨나요? 인간들은 모래알을 하나둘 세듯이, 수시로 많은 잘못과 실수 그리고 오류를 범하면서 살아갑니다.

그 많은 잘못 중의 하나가 개 비하입니다. 욕을 할 때 개XX라고 합니다. 글자 그대로 보면 개XX는 강아지이지요.

강아지라고 글자만 써 놓아도 그 모습이 상상이 되면서 저절로 '쿡쿡' 미소가 떠오릅니다. 강아지 특유의 그 고소한 향기도 느껴지면서요. 강아지의 눈동자를 보고 있노라면, 세상 모든 잡념과 욕심이 사라집니다.   어쩌면 그렇게 순수하고 맑은지요.

인간의 눈동자가 강아지 눈동자 빛의 10%만 가지고 있어도 이 세상의 죄악은 사라질 것이라는 생각이 들 정도로,

강아지의 눈동자는 꽃만큼 아름답습니다.

눈동자 하나만으로도 예술인데, 반짝거리는 코끝. 항상 미소인 입. 거닐 때마다 팔랑 팔랑거리는 귀. 거기다가 꼬리까지.

사람의 어떤 예쁜 손놀림보다 더 아름답게   한들거립니다.

강아지를 보고 있으면 세상에 부러울 것이 없습니다. 어른 개도 마찬가지이고요.   **이렇게 순수하게 성스러움을 가진 개.**

인간들은, 표현도 못할 정도의 욕이라며, XXX라고 표시합니다. 화가 나고 억울하고 분하면 개를 들먹이고요. 나쁜 말의 앞에 꼭 '개'를 붙입니다. 그리고 개XX, 강아지를 불러옵니다.

개, 강아지보다 못한 인간들이

개, 강아지는 절대로 사람을 배반하지 않습니다. 인간이 배반하지요. 자기 지인들한테 배반을 밥 먹듯이 하는 인간들이, 자기 개한테 배반하는 것은 별일도 아닐 것입니다.

누구를 욕할 때 더 이상

성 견공(聖 犬公)을 들먹이지 않았으면 좋겠습니다. 계속 개를 경멸하다가 보면, 자기 이름 석 자 표시가 XXX로 된답니다.

하루 2번 감사하면 하루 2번 행복하다
하루 동안 10번 감사하면 10번 행복이
하루 종일 감사하지 않으면 무엇 될까
  -「그냥 동물로 살아가기」

◆ 연평균 강수량이 250mm 이하인 지역을 사막이라 말한다
는데 그 사막이 지구 육지의 사 분의 일 정도나 차지한다
고 하네요. 사막은 모래사막, 자갈사막, 암석사막, 소금사막 등으로
구분된다고 하지요.

미국 LA 이민자들은 이런 사막 환경에서 살아왔습니다. 지질학적
으로도 그렇고요. 버퍼링 심한 비디오처럼 삶을 돌이켜 들여다보면,
모래, 자갈, 암석, 소금이 곳곳에 골고루 섞인 사막 폭풍만이 어질거
리며 보이지요.

처음 LA 공항으로 마중 온 이의 직업을 자기 직업 그대로 하기로
하고, 결코 삼류 영화처럼 천둥 번개 치는 날 찾아오지 않는 죽음이
닥칠 때까지, 덫 걸린 양처럼 순하게 살아갑니다. 일주일 엿새 동안
일하고, 쉴 수 있는 유일한 날 휴일은 종교단체에 나가 봉사하며 7
일 내내 시계 시침처럼 째깍거리며 살지요. 어제 그제가 오늘이니
당연히 내일이 오늘인 그런 생활이 일 년 내내 계속되고, 그런 일 년
이 삼세판 삼 년으로 늘어지고 또 열 곱절 삼십 년이 넘도록 질기게
이어집니다.

앞선 발자국 뒤 밟으며 사막 건넌다
신기루 보고 웃고 있으나 웃지 않고
전갈에 물려 울어도 울지 못하며
그냥 그렇게 한 줄로 걸어간다
우린 날선 초승달 끝에 꿈 걸어놓고

눈으로 입으로도 모래바람 씹으며
있지도 않은 파란 물길 찾아

그냥 그렇게 한 줄로 끌려간다

평생 강요되어 바라본 태양 그을리며
이미 죽어버린 긴 눈썹 빨간 낙타 타고
　－「LA에서 문학 하기」
　　＜사막 살며 사막 모르기＞

　주위를 살펴보면 웃고는 있으나 진정으로 웃는 이가 잘 안 보입니다. 보였다 안 보였다 하는, 있지도 않은 신기루를 이리저리 쫓아다니지요. 전갈이나 방울뱀에 물려 물린 부위가 벌겋게 부푼 아픔에 눈물은 흘리면서도 소리 내어 울 수 없기에 그냥 멍하니 있기도 하고요. 초승달 날카로운 끝에 걸린 촉촉한 꿈이 돌돌 말려 헤어진 망사처럼 된 지 이미 오래되었고, 하고 싶은 말도 제대로 못 하는 입안에 모래알 섞인 밥까지 넣고 기어가며 살아도, 푸른 오아시스의 물 못 찾았건만….
　아직도 행복하지 않은데 행복한 척 억지 미소를 띠어가며 두리번거립니다. 어떤 태양이 그렇게 평생을 달구었을까요. 이미 깊은 모래 속에 긴 눈썹 눈동자를 묻고만 빨간 낙타를 아직도 타고 있는 이유는 무엇일까요.
　많은 사람이 자신은 사막 노마드가 아니라고 하지요. 남에게 보내는 눈길, 말 한마디에 진정성의 물기라고는 찾을 수 없고… 가슴 깊은 곳에, 가시 회오리바람이 휘날리는데도… '나는 아니다'라면서 말이지요.

외화가 부족하던, 가난 그 자체인 나라의 정부청사에 걸린 이민 정책구호는 간단명료하였습니다. '그냥 빈손으로 어떻게 잘해보라'였지요. 이런 정부의 유격 방침에 적극적으로 호응하며 미국에 온 사람들은, 그렇게나 싼 바나나를 원숭이보다 더 좋아하는 척하며 시작하여야 했습니다. 거꾸로 된 구조도 모자라 언어 조합 자체가 전혀 다른 말을 써가며, 눈에 확연하게 보이는 인종차별을 재빠른 눈치 8단으로 넘기며 살아간다는 것은 쉬운 일이 아니었습니다. 곁눈질 못하도록 곁눈 가리개를 한 경주장의 낙타처럼 앞만 보며 달려야, 뒤에서 더 빠르고 힘차게 달려오는 낙타에 밟히지 않을 수가 있었고요.

이런 사막의 경기 이민자들은, 앞만 보고 달리기 바쁘고도 바쁜 생활을 하다가 보니 당연히 자기가 누구이고, 자기가 어디로 가고 있는지, 이렇게 계속 살아도 되는지를 알 리가 없지요.

그런데, '간혹 일부 사람들'이, 자기가 어떤 태양에 그슬리며 살아왔는지, 왜 숨넘어간 낙타를 타고 있는 사막 유목민이 되었는지를 스스로 깨닫는 시기가 있습니다. 도시에서 벗어난 사람만이 자기가 누런 도시에서 살고 있었다는 것을 알 수 있듯이, 사막에서 벗어나 사막을 보는 '간혹 사람'만이 자기가 사막 노마드인 것을 알 수가 있는 시기 말입니다.

어느 날 갑자기 사막에서 벗어나는 일을 겪은 후, 바람 하도 맞아 녹 덕지덕지 가득한 거울 같지 않은 거울 속의 자기를 보고 그것이 자기가 절대 아니라고 확신하는 시기… 머리 위에서 그들을 달구던 태양이 가슴에 쑥 들어오며 가슴이 뜨거워지는 시기… 바로 이 시기에 이 부류들은, 자기 키보다는 그런대로 작고 자기 몸뚱이보다는 그럭저럭 두터운, LA 공항에 가지고 왔던 이민 가방을 뒤지기 시작합니다. 이민 가방 멘 밑에는 이미 퇴색이라는 말을 넘어 무슨 색이었던지 도저히 알 수가 없는 보따리가 하나씩 있게 마련입니다. 그 보따리 속을 뒤지기 시작합니다.

왜 이 '간혹 부류'들 이민 보따리 속에는 꼭 노란 몽당연필이 하나씩 들어 있는지 모르겠습니다. 이들은, 처음에는 그 연필을 잡고 한동안 멍하니 있거나, 부들거리며 떨거나 합니다. 그리고는 큰 한숨들을 자기 작은 집이 훅 날려가도록 어마어마하게 짓고는, 이 한국 몽당연필을 잡고 이민 삶처럼 빤질거리기만 하는 미제 하얀 종이에 글을 쓰기 시작합니다. 어떤 이는 짧게 쓰기도 하고, 어떤 이는 길게 쓰기도 하지요. 그런데 이상한 것은 이 사람들은 한결같이 몽당연필을 가슴으로 잡고 글을 쓴다는 것입니다. 가슴으로 꾹꾹 눌러 쓰는데도 종이가 찢어지지 않는 것도, 그 글이 쓰일 때마다 하얀 종이에는 글쓴이의 눈물방울이 떨어져서 얼룩지는데 그 얼룩이 글 내용처럼 수채화로 아스라하게 번져 나가는 것도 신기합니다.

그들이 쓰는 이야기는 사막 이야기들입니다. 처음 사막으로 할 수 없이 내몰려진 이야기, 일 년 열 달간 두 손 모아 싹싹 빌던 하늘에서, 비 반 방울은커녕 꾸준히 날벼락만 쳐 주어 '하늘이라 쓰고 야속이라 읽는다.'라는 이야기, 총알들이 난무하고 노마드 천막들을 불태우는 인종차별의 사막 폭동, 간신히 모아놓은 먹을거리들을 눈을 뜨고 있는 앞에서 훔쳐 가는 도둑들 이야기들….

이런 글은 처음만 보아도, 언제나 지글 여름 사막 날씨같이 숨이 컥컥 막히지요. 하지만 그 이야기들을 숨을 가늘게 하고 가만히 들여다보면, 인류의 맨 속살인 유목민들의 생성과정과 역사를 생생하게 들여다볼 수가 있답니다. 그들 사상의 형성, 진화 그리고 생태 변화까지요. 게다가 그들 이야기 속에는 사막을 수시로 드나드는, '**가시 박인 바람을 애부하고 길들이는 방법**' 그리고 사막 넘어 '**새로운 유토피아 건설**'에 대한 지혜까지도 소복이 쌓여 들어있지요. 사막 생활의 선구자인 이들 이야기는 세계가 하나로 되는 이 시대에, 어두운 글로벌 문화의 '힐링 횃불'이 될 수가 있기도 합니다.

이제 문학은 사막 문학이어야 합니다. 여러 종교가 사막에서 탄생하였듯이 인류는 막장 인류문화 구원을 사막에서 찾아야 하고, 문학은 이제라도 낮기만 한 사막에서

신선한 한줄기 물 자락을 퍼 올려야 합니다. 그 물길로, 깊은 성찰 속에서만 피는 사막의 꽃을 일 년 내내 피워서 전 세계로 퍼지게 하여야 합니다. 사막 꽃이 바로, 인류가 그렇게나 찾아왔던 '구원의 녹색 꽃'이기 때문입니다.

세계의 사막이 점점 넓어지고 있습니다. 사막 바람은 모래에다가 매캐한 산업, 문화 쓰레기까지 잘 버무려 사람들 폐 속으로 쑥쑥 밀어 넣고, 차곡차곡 쌓아 주고 있습니다. 당연히 사람들 **마음속 오염 사막 지역도 점점 늘어만** 갑니다. 이런 갑갑한 모습을 보며 사막 문인들은 외로워 보이나 전혀 외롭지 않은, 이름도 근사한 '데스밸리'를 자주 찾지요. 그곳에 가면 순간순간 잃어버리고 마는 자기와 자기의 별이 그곳에서 항상 기다리고 있기 때문입니다. 아직 흐릿한 호흡 남아 있는, 눈길이 그렇게나 순한 위로의 푸른 낙타와 함께 말입니다.

◑　　사막에 서면　　서 있는 것 같지 않습니다.

서 있는 것들은 모두 태워 버려 모래 먼지로 만들겠다고 태어난 태양. 그런 그 자신도 하얗게 타들어 가고 마는 그곳에서는 누구라도 발바닥에서부터 발목으로 올라오며, 다리 전체가 타들어 가는 것이 당연하기 때문입니다.

선인장 그늘만큼은 가시가 없다

태양마저 하얗게 타들어 가는
아득한 사막에 가보면

햇빛마저 꽤 뚫어 온 가시만
몸에서 솟아난 나무들

그 척박하게 살아있는 나무도
그대 달리 그늘 만들어

                I. 선인장에도 그늘이 있건만

데스밸리 사막 던져진 나무 보네
뿌리 없을 것 같은 작대기들 보네
이렇게 괴롭다 몸 솟은 가시 보네

                II 이민 온 그들 보네

온몸에 철조망 둘러야
살아남을 수 있었던 나무가 있다

서로 안으면 상처 깊어
사랑도 사치스러워하며 뒤틀린

노마드 깊은 가슴속에
그래도 그늘만큼은 가시가 없는

              III. 선인장 그늘만큼은 가시가 없다

쥐어짜도 안 나오는 반 방울 물

한 발자국 간신히 건지면

다른 발바닥 빠져 버리는

그나마 밤 추위 털 두른 코요테

뙤약볕 배 속 찬바람이

희망 몰락 쉬어 가는 곳

IV. 선인장 그늘에서 쉬는 사람들

그곳에서 잠시라도 무엇을 보면 모든 것이 아찔하기만 합니다.

그 어질 한 곳에서 뿌리 없을 그것으로 보이는 나무들이 작대기처럼 서 있습니다. 어떻게 살아왔는지…. 왜 사느냐고…. 그들에게 물어보는 것이 어색한 나무들.   가슴 속 묻어 둔

외안이 사무치게 깊기에

몸 밖까지 가시를 뿜어내고 만   나무들.

온몸에 철조망을 두르다 보니,

끌어안아야 덜 아픈 줄 알면서도

도저이 서로 안아 줄 수 없는   나무들.

그래서 – 그래서 – 정말 그래서

사랑마저도   사치스러워

저울에 달아   주고받는 사막 노마드 이민자 같은 나무들.

이런 나무들만 살아있는 줄만 알았던 곳.

바로 그곳. 영화 스타워즈 촬영지. 제주도 7배 크기의 이름도 이글거리는 데스밸리(Death Valley National Park)

그 죽음의 계곡 한가운데에서, 간신히 기어가며 살아가는 동물들.

그 죽음들이 익숙한 곳에 당당히 서서 다니는 제법 큰 동물이 나타

났습니다.   코요테 한 마리.

뙤약볕 낮 내내 괴롭힘당했으니 온몸 삭발하고 다닐 만도 한데 오히려 거추장스럽게 뜨거운 누런 털을 온몸에 두르고 있습니다. 밤에는 낮과는 반대로 **덜덜 떨며 몸을 흔들어서 조금이라도 체온을 올려야** 목숨을 유지할 수 있는 사막 동물이라는 굴레가 쓰여 있기 때문입니다. 배는 굶주리고 말라서 사막의 산허리 모양하고 똑같이 옴폭 들어갔습니다. 한 발자국을 간신히 건져 걸어가면, 다른 발자국의 뒤꿈치 부분을 먼저 날름 받아먹어 치우는 사막의 그림자.

이렇게 살아 있는 것들 그리고 그들의 그림자마저 쉽게 사라지는 것이 익숙해 보이는 무서운 모래땅. 땅 한 조각도 한없이 뜨거운데, 얼마나 긴지 아무도 알 수가 없는 이 모래사막을 홀로 건너왔건만 코요테 다리는 흔들림이 없었습니다.

이 코요테 한 마리가 까맣게 증발하고 있는 아스팔트길 한가운데를 점령하고, 나들이 나선 사람들의 길을 장렬하게 막아서고 있습니다. 사막 같이 살아서 사막 노마드가 되어 버린 사람들이 사막을 용수철처럼 튀어나와, 또 사막을 멀리 구경 나온 그 이상한 인간들의 그 길을 말이지요.

사람들이 차의 문을 빠끔히 열고, 카메라 발전사를 보여주듯 이런저런 카메라를 골고루 꺼내 들고 차 안에서 코요테를 찍기 시작합니다.   그런데, 한 사내는 사진을 찍을 수가 없습니다.

사막의 모든 것을 빨아들이는 깊고도 깊은 눈동자가 바로 앞에서 노려보고 있기 때문이었습니다.   그 슬프기 한이 없지만, 희망이라고는 전혀 읽을 수 없지만   당당안 눈동자.

깊고도 깊은 산중 오랜 시간 좌선안 구도자 눈동자   같은 -

배 대신 허리가 움푹 파여 휘어진 그 사내는 자기의 당당하지 못한 눈으로, 그 당당한 눈동자 앞에 낡은 목각처럼 움직일 수가 없습니다. 그 나이 되도록 마음 속의 하고 싶은 말, 가슴속에 심어둔 깊은 글도 마음대로 밖으로 내놓지 못하며 비겁하게 살아와 회색으로 변색한 인간 하나를 그 당당한 눈동자는 흔들림 없이 노려보고 있습니다. 굽힘 없이 살아 온 짐승과 짐승보다 힘들게 휘어져야만 살아남을 수 있었던 노인 하나가 눈으로 대화합니다.

대화는 오랜 시간이 있어야   깊은 이야기를 나누는 것은 아닙니다.
짧지만 깊은 교감이 사막 열기보다 더 뜨겁게 오고 갑니다. 노인 스스로 거짓을 벗어 버리고, 자기 자신을 바라보는 참회 예절이 진행되고 있습니다.

코요테가 다른 사람들은 보지 않고 비굴한 한 인간만 쳐다보는 것이 사뭇 소름이 솟았습니다. 저 사막의 외로움은 외롭지만 외롭다고 소리치지 못하는 인간을 깊게 꾸짖고 있는가. 언제까지 치명적인 유혹 모래 펄 속에 빠진 한 발자국, 억지로 빼내어 비틀거리는 인간을 조롱하려는가. 얼마나 당당한 모습인지 눈에서 눈을 떼려야 뗄 수가 없었습니다. 몸을 움직여 보면 다른 발바닥부터 따갑게 지져 버리는 그 희망 증발 현장 속.   그 코요테가 차량을 보면서
                    그래 너희들은 그렇게 가렴

나는 자유로운데
너는 자유로운가   나는 배고픈데
                    너는 배부른가

너희 배고픈 것
무엇인지 아는가   나의 눈동자 빛
                    너의 꺼진 마음
  -「데스밸리 코요테가 인간에게」

거짓을 버리면 자유라는 맑은 물이   고이나 봅니다.
남을 위해 살아와야만 했던, 낡아 버린 사내의 파인 주름 골짜기

110

사이로 사막 일몰 장엄 축복 예절이 빨갛게 진행되자, 사막 순례자는 선인장 사이로 서서히 사라지기 시작하였습니다. 노인도, 목각은 그 자리에 세워 둔 채로 순례자 뒤를 따라갑니다. 조금 전보다 확실히 더욱 검고 차가워진 선인장 그늘 사이로 말이지요.

코요테가 사막에서 매일 더위에 베인 상처를 치유하는 곳은 오로지 온몸에 철조망을 둘러야 살아남을 수 있었던 선인장 그늘입니다. 세상 모든 만물이 가시가 돋았지만, 선인장의 그늘만큼은 가시가 없기 때문이지요.　　　선인장도 그늘을 만들건만

그렇게나 많은 칼을 품은 선인장도 그늘만큼은 가시가 없건만
하늘마저도 구겨 접으려는 석양이 저다지도 선명한데
　　　다른 이들이 쉴 수 있는 그늘 안 조각도
　　　만들지 않는 1/4쪽짜리 인간들.
　　그늘을 껴안지 않고는 사랑을 알 수 없다는 것을
　　　　모르는 척하는 사람들.
이런 이들만　　　여기도 보이고　　　저기도 보이니
오늘도 세계의 황량한 모래사막은 점점 넓어져만 갑니다.
언젠가는 코요테도, 선인장 그늘도 모두 신기루가 되겠지요.

빠지직
빠지지직 빠 방
모두가 쳐다보고
　　　우러러보는 하늘에서
불벼락이 떨어진다
　　　쉬지 않고
빠지직
빠지지직 빠 방

빛까지 막아버린
　　먹구름 끼리 부딪혀
날벼락이 쏟아진다
　　　머리위에
　　－「그대는 먹구름」

플로리다 올란도에 갔었을 때입니다. 날씨는 섭씨 35도를 매일 넘나드는데 갑자기 대낮에 번갯불이 마구 쏟아집니다. 천둥이 따르면서…. 세계를 여행하면서 이런 불벼락은 처음입니다. 매일 하루도 쉬지 않고 일주일 내내 날벼락이 내려치는데, 하늘이 쪼개어 부서지지 않나 할 정도로 사람들 머리 위로 내려칩니다.

눈을 감고 생각해 보니, 많이 보던 익숙한 모습이긴 합니다.

이민 생활. － 남의 나라에 와서 남의 언어를 써 가면서 남의 문학에 섞여 산다는 것.　　　　**날벼락 + 불벼락**

그런데 이 보다도 불벼락, 날벼락 더 심한 곳이 있습니다.

사람들이 모이는 장소에 가 보면, 그 모임은 갈 때마다 마음이 불편한 곳이 있습니다. 사람들 눈초리. 사람들 마음 씀씀이가 번갯불보다 빠르게 나의 영혼에 불벼락을 치는 곳. 사람과 인간이 서로 다투는 모습이 자주 보이는 곳. 먹구름의 사람과 그보다 더 탁한 구름의 인간이 서로 부딪히니 불이 튀고 그 불길 일어나는 소음이 천둥이 되어 시끄럽기만 합니다.

그 먹구름 들이, 그 모임에서 언젠가는 사라질 수 있을까요?

그들은 그 모임에서 자리를 내놓지 않기 위해서 먹구름이 되었으며 한 먹구름이, 다른 더 고약한 먹구름에 의하여 물러나게 되면 그

자리를 다른 성질의 못된 변종 먹구름이 재빠르게 차지하게 마련입
니다.   영원한 먹구름의 전쟁터.

  그런 곳은 피하셔야 합니다.   피난처는 얼마든지 있습니다.
  그런 곳을 서성이는 자   **그 자 바로 당신이라면**
  당신이 바로 먹구름이고   **남을 치는 번갯불이고**
        시끄러운 천둥소리입니다.

그 속에 들어가면
배 백 척쯤 한꺼번에 잡아먹어 치우는
덮치고 엎치는 파도도

다시 고개 들기 힘든
눈물 젖은 수건으로도 얼굴 가리지 못할
참혹한 그 악몽 수렁도

막아주고
안아주는

그곳
  —「하지만(灣)」

그대들

가야 할 곳 하나밖에 없다
걱정 파도 덮칠 때

역경 바람 닥칠 때

홀연히 서둘러 가야 할 곳
앞길 보이지 않을 때
뒤로 갈수도 없을 때
  ─「대피소 하지만(灣)」

이리 오세요

        모두 돌아앉았을 때
        하늘 구석 무너지고
        땅 한쪽 부스러질 때

이리 오세요

        눈물 더 이상 없고
        나 빼앗는 이 없이
        서로 위해 주는 곳
  ─「그만 이리로 오세요 하지만(灣)」

But, However, Though, Nevertheless, Nonetheless
        위안. 위로의 **아지만**   입니다.
Cape 곳, 단(端), 갑(岬)의 반대로 해안선으로 둘러싸인 수역을 만
(灣)이라고 하지요. 파랑〈波浪〉이 높을 때 배들은 이 만으로 피신합
니다. 튼튼한 방파제가 파도를 막아주기 때문에 만의 안쪽으로는 파
도가 전달되지 않는 안전 지역입니다.
  천연이던, 인공이던, 만은 파도의 힘과 높이를 일차적으로 방어해
주기에 배가 큰 타격을 입는 것을 막아주지요.

114

우리 삶에 고통, 고난, 불행, 불편은 파도처럼 계속 끊이지 않고 밀려오고 또 밀려옵니다. 살벌한 파도가, 무서운 파도를 밟고 올라서서 겁나게 순식간에 덮치는 것이지요. 이럴 때, 우리가 피해야 할 곳은 어디가 있을까요? 종교인들은 각자 믿는 신들의

보호를 바라며 기도하고 은신하겠지요.

은신하고 있는데도 파도가 닥치면 사람들은 넋을 잃게 됩니다.

방파제가 무너져 더 피신할 곳이 없으므로.

앞에는 10층 빌딩 높이 파도가 쉼 없이 밀려오고, 뒤에는 이미 무너져 버린 항구 밖에는 없을지라도 우리가 찾아야 할 곳은

하지만 입니다.

어떤 험한 경우에도   하지만, 그렇지만, 그런데도

But, However, Though, Nevertheless, Nonetheless

우리는 생존하기 위해 우리 스스로 어려움을 이겨왔고, 이기고 있으며, 앞으로도 모든 장애물을 극복하여 나갈 것입니다.

지금 이렇게 어렵다. 하지만   지금 아무도 없구나. 하지만

지금 희망이 없구나. 하지만

하지만, 하며 '하지만'에 잠시 피신하여 있으면 파도는 잠잠해지게 되어 있습니다. 자기 마음속에 자기 나름대로 '하지만'을 하나 상상으로 만들어 두시지요. 규모나 모습 하나하나 생생하여야 합니다. 그리고는 시간을 내어 종종 자주 그 하지만 속에서 자신이 편안하게 휴식하는 모습을 그려 보십시오.

삶의 질이 달라집니다. 억만장자 부럽지 않습니다.

고난을 극복하는 지혜가 저절로 생성되고요.

| |

성서에서는 예수님을 다윗 왕가의 자손으로 말하고 있지요. 그 다윗 왕은 이스라엘 왕국을 40년간 통치하였습니다.

이스라엘 왕조 제 2대 왕인 다윗에 관한 이야기는 많기도 하지요.

그가 목동 청소년기에, 블레셋 거인 장수의 머리를 돌로 맞히어 제압한 이야기. 군인 우리아의 아내 밧세바를 겁간(劫姦)하고 그 죄를 은폐하기 위하여 우리아를 전쟁터에 내 보내어 전사하도록 한 매우 치사하고 찌질하며 저질스러운 이야기. 음악과 시에 대한 조애와 재능으로 시 그리고 그 자신 작사 작곡의 노래를 다수 남겼다는 이야기. 이런 이야기보다도 더 유명한 일화가 있지요. 많은 사람으로부터 사랑받는 일화. 바로 솔로몬의 아버지인 다윗에 관한 이야기입니다.

다윗 왕은 어느 날 보석을 만드는 세공인을 불러 자신을 기리 기릴 수 있는 아름다운 반지를 하나 만들라고 지시하면서 그 보석 만드는 데에 한 가지 조건을 붙이며 말하기를. "내가 큰 승리를 거둬 환희를 주체하지 못할 때 감정을 다스릴 수 있고. 동시에 내가 절망에 빠졌을 때 다시 힘을 북돋워 줄 수 있는 글귀 하나를 반지에 새겨 넣어라."라고 했답니다.

보석세공인은 며칠 동안 밤낮으로 머리를 싸매고 고민했지만

이런 문구를 만들어 놓으면 저런 왕의 뜻에 맞지 않고, 저런 문구를 생각해 놓으면 또 이런 문구와 상극이 되어서 반대 양극의 상황을 동시에 만족시켜 줄 현명한 표현이 떠오르지 않았습니다. 자기의 능력으로는 안 되리라는 것을 깨달은 장인은 지혜롭다고 소문이 나 있는 왕자 솔로몬을 찾아가서 해답을 달라고 사정하게 됩니다.

솔로몬은 흔쾌히 수락하고는 세공인에게 반지에 새겨 넣으라고 알려준 문구는   "이것 또한 곧 지나가리라."이며

"왕이 승리에 도취한 순간 그 글귀를 보면 자만심이 금방 가라앉을 것이고, 절망 중에 그 글을 보면 이내 큰 용기를 얻어 항상 마음의 평정을 유지하게 될 것입니다."라고 설명하여 주었답니다.

이 사람 이 일만이 마지막 희망으로 매달리었으나
믿었던 하늘마저 누렇게 보일 때

바로 전 어렵게 사라진 것 같던 파도 소름 끼치게
동산만 한 파도로 되어 덮칠 때

기도하려 꼭 잡은 두 손마저 힘 서서히 빠져나갈 때
기댈 말은 오로지 하나 뿐

"이것 또한 곧 지나가리라."
　－「그럴듯하지만 현실은」

이렇게, 사람들은 어떠한 난관이 닥칠 때, 위로의 말/다짐의 말로
이 구절을 많이 인용했지요.　　　　　　　　그러나.
이렇게 곧 지나가 버리고 떠나 버리면 얼마나 좋습니까?
　　　　곧 사라진다고 아니 조금만 버티면 되고요.　　그런데
떠나 버리고 안 올 것 같은　삶의 고난, 고통, 불편, 불행, 실망….
셀 수 없을 정도로 많은　　익숙하게 보아 온 이 원수들은 예전
과 같이 줄을 서서 또　　　야릇하고도 비린 미소로 찾아오는 것
　　　　　　　　　　　　이 삶의 사실입니다.

이것 또한 곧 지나가리라
어쩌지
지나간 것 또다시 오는데
그것도
여러 변종으로 더 커져서
　－「솔로몬은 금 수저다」

솔로몬 같은 금수저 왕자에게는 이런 말이 적용되겠지요. 금수저가 한둘도 아닐 것이고, 은수저도 쌓아놓고 있는 사람들은 지금 고난은 시간이 조금만 지나면 없어지기에 이런 말을 하였습니다.
　하지만
흙수저에게는 가당치도 않은, 그저 잠시 듣기 좋은 말일 뿐입니다.
어떻게 해야 합니까?　　　　　어떤 방법이 현명한 방법입니까?

아지만　　　　　입니다.　**그렁지만**　　　이고
그럼에도 불구하고　이고　　**그랬다 치고**　　이고
　　　　　　　　　　　　　　　까짓겄　　　입니다.

반지에 새겨진
"이것 또한 곧 지나가리라" 에 매달려
무릎 멍 아픈 것 잊은 지 오래고
두 손 잡은 손힘 빠질 때쯤

수상하더니만 검붉은 구름 사이 비집고
비수로 다가온 바람 한 줄기
"지나간 것 또다시 오리라"

훅 꺼지고 마는 희망 자락 －　하지만
　　　　　　　　　　지나간 것 다시 온 것도
　　　　　　　　　얼마 되지 않아 사라지리니
괴로움과 즐거움은 같은 뿌리 한 나무
'그러려니' 깨달은 자만이 생명 열매를
　－「그러려니」

고통을 노려볼 수 있어야 합니다.

사람 사람마다 다른 모습

다른 질량으로 고통을 안고 살아갑니다.

그러니까 사람이고 인간입니다.

고난을 보고 그저 그러려니

사람 사는 것이 뭐 그렇지   다들 그러고들 살아

하는 사람만이 삶을 꿰뚫어 보는 깨달은 각자(覺者)입니다. 각자는 어려운 시기가 닥치면 하지만이라는 곳으로 피합니다. 하지만에 가부좌하고 숨소리 길게 하면서

"지금은 어렵다 아지만 나는 안전지대 아지만에 들어와 있다. 지예가 바람과 파도를 곧 잠재울 것이다" 이렇게 중얼중얼합니다.

ᄏ┤ᄋᄒᄅ╢ᄏ┤ᄋᄒᄅ╢ᄊᄒᄅ╢ ᄇ╢ᄋᄒᄌ┤ᄋ┤ ᄃ╴ᄁ╢ ᄌ┐ᄁ╨ᄒ ᄇ╢ᄂᄒᄋ┤ᄅ┤ ᄆ┤ᄉᄒᄆ┤ᄀ┤ .

기도문/불경의 같은 문구를 계속 외는 것이 그 기도문/불경의 좋은 뜻을 기리는 것도 되지만, 기도문/불경을 중얼거림으로 머릿속에 다른 잡생각이 들어오질 못하게 되는 효험이 있게 됩니다.

삶이 항해라고
무슨 말인지 이해를 못 했지
항해 바람 다스리는 일이라고
그것도 무슨 뜻인지 몰랐고

삶은 요트 항해
돛 밧줄들에 대롱 매달려서
약간 비틀려 휘청거리면서
모진 풍파 헤쳐 나가는 것
　－「노인 바다 되다」

꽉 잡은 두 손 사이로

솟구치는 바람

믿었던 산보다 큰 파도

일구고 있는데

　　　　잔잔히 다스릴 자 누구

　-「부드러운 미풍」

두 손 으스러져라. 붙잡고 하는 간절한 **기도 사이로 살짝 바람이 비집고 들어오는가** 했더니　그것은 무시무시한 폭풍이었습니다. 그 폭풍은 싸늘하고도 굵은 비까지 동반하여 **믿었던 신념의 산보다 더 높게** 길길이 날뛰며 작은 요트를 당장 뒤집으려고 합니다.

　　　　　　삶은 요트 항해입니다.

갑질/금수저 사람들은 모두 슈퍼 엔진이 달린 배를 타고 항해하지만 을병/흙수저들은 엔진 없이 돛과 현기증 나게 많이 달린 밧줄을 도르래와 매듭으로 다스리며, 휘청휘청 비틀비틀 지그재그로 항해하여 나갑니다.

파도와 직각으로 대립하다가는 배는 나가지 못하지요.

돛도 10도에서 15도 사이로 비틀어져서 가야 바람을 타고 배가 전진하게 됩니다. 톨스토이는 '바다에 나갈 때는 한 번 기도하고, 전쟁에 나갈 때는 두 번 기도하고, 결혼할 때는 세 번 기도하라'라고 했지요. 가정을 이루고 산다는 것은　바로 거센 파랑을 뚫고 무 엔진 요트 항해를 하는 것입니다.

직각으로 파도에 맞서지 마시지요. 파도는 살짝 비켜 가야 합니다. 따스안 미풍은 반드시 찾아옵니다. 인내를 갖고 기다려야 합니다.

　　　　　무서운 폭풍우를 다스리는 것은 미풍입니다.

어떤 것이 미풍인가를 아는 사람이 현명한 사람입니다.

현명한 노인은 모든 역경을 요리조리 피해 순항하다가
어느 순간에는 바다 그 자체가 되고 맙니다.

쉬지 않고 파도 맞은 조개껍질
이제야 자기 같은 모래와 같이

누워 있건만
　－「나도 이젠 눕고 싶다」

여름 바닷가를 걷다 보면
제일 많이 보이는 것이 모래이고 조개, 껍질입니다.
그 단단하고 뾰족하던 바윗돌들이
　　　　잠시도 쉬지 않는 파도에 얻어맞고 자기들끼리 부대끼어
저리도 작은 모래알로 변해 버리고 말았습니다.
돌 만큼 단단한 조개껍데기도 이리저리 깨지어 모래와 같이 뒹굴
고 있습니다. 조개 안주인은 사라진 지 오래이건만, 파도는 고단했
던 주인이 떠났는데도 껍질까지 가만 놓아두지 않습니다. 무슨 원한
이 그리도 앙칼지게 깊기에　　　　　　　　　이제
　파도의 손아귀가 닿지 않는 곳에
　　　　　　모래와 깨진 조개껍데기가 같이 누워 있습니다.
　나도 그 위에 누워 봅니다. － 　눈물이 복받칩니다.

파도 같은 사람이 있다
갔나 했는데 또 오고 또 오고
비릿한 사람들이 있다

등 보여도 가로막고 또 막고
   -「비릿한 인간」

   세상 풍파야
   세상 인간들아

      언제쯤이나 너희 만족하려느냐
      그렇게 오랜 세월 모질게 굴고

      너덜거림 또 밟아대는
      태고의 신도 뒷짐 지고

   세상 풍파야 인간들아
  -「세상 풍파야 세상 인간들아」

삶에 지쳐서 바다를 찾으면
      시원한 바다 향이 비릿하게 느껴질 때도 가끔 있습니다.
바다를 보고 멍하게 있노라면 비릿한 기억이 나기 때문입니다.
  비린내 나는 사람이 있습니다.   나를 해치려는 의도가
분명하여 등을 보였는데도 등을 보인   나를 가로막고 또 가로
막으며 끝장을 보려고 끈질기게 괴롭힙니다.

모래는 무서운 파도에 더 깨질 것이 없는데도
      더 작아 질수도 없게 부서졌는데도
그 몹쓸 파도에 또 쓸려나가고 또 밀려다니며 서로 부대낍니다.
그 모래를 자세히 봅니다.

무릎을 꿇고 엎디어서 얼굴을 조아리고 자세히 보면
그 모래가   우리들이지요.

그렇게 조개 껍질처럼   모래알처럼 부서지어
　　　　허연 나이가 된 사람들이 어디 하나둘입니까.

고슴도치들은 앞으로만 걷고
사막의 게들은 옆으로 걷는데

자기 발자국 보려
뒷걸음치는 노인
　-「노인은 외롭지 않다」

서로 끌어안지 못하는 대표적인 동물이 고슴도치입니다.
사람을 진정성 없이 끌어안지 못하는 인간은 사람이 아니고
굵은 가시를 몸에 두른 고슴도치이지요.

길을 똑바로 가지 못하는 대표적인 동물은 게입니다.
올바른 길을 곧장 못 걸어가는 인간은 인간이 아니고
슬쩍슬쩍 눈치만 보며 사는 딱딱한 철갑 두른 게입니다.
　사람들은 스스로 외롭다며 사람들을 찾아다닙니다. 외롭지 않으
려고 많은 모임에 서성입니다. 나이가 들수록 많은 친구가 필요하다
고 신문에서, SNS에서 계속 기사화하기 때문에
　사람들은 이런 모임 저런 모임에 기웃+기웃거립니다.
　하지만 진정성이 없는 만남은　　　　　거품입니다.
　　　　　실체가 없는 거품.

바람이 불어도   바람이 불지 않는데도
시간이 지날수록 꺼지고 마는 거품   거품을 찾아
거품을 쥐고 - 외롭지 않다고 착각하는 연대인들.
평생 외롭지는 않으셨나요?
외로우면서도 외로운지도 모르셨나요?
많은 사람, 군중들 속에서 외로우면서도 외로운 줄 모르는 인간들.
자기 자신을 모르는 채 고슴도치 가시 돋친 말과 행동을 하며
아무런 진전도 없이 옆으로만 가는 사람들.
뒤로 걸어 보시지요.
뒤로 걷는 것이 진정한 전진 이라는 것이 얼마나 아이러니한지
요. **뒷걸음질하다가 보면 나의 발자국이 보이기 때문**   입니다.
그것이 외로웠던 나를 찾는 단서가 됩니다.
뒤로 걸으며 자기 걸어온 발걸음을 정확히 보는 노인은
혼자 있어도 절대로 외롭지 않습니다.

옆으로 기는 게 거품 방울 입에 문다
죽으려나 보다

앞으로만 전진하는 그이 게거품 문다
매장되나 보다
-「거품 물다 보면」

사람은 폐로 호흡하며 산소를 습득하고, 물고기들은 물을 마시며 물속 산소를 얻고 나머지 물은 아가미를 통해서 밖으로 내보냅니다. 게도 가슴다리 살 속 아가미 실에서 산소를 공급하지요. 이 아가미 실은 갑각에 덮여 있고요. 게가 육지로 올라와 있

을 때는, 호흡을 위하여 입 주위에 있는 물기를 빨아서 아가미 실에서 산소를 취한 뒤, 입 앞 양쪽에 있는 구멍을 통해 분출하지요. 이때 거품이 발생하는 것이고요. 게가 거품을 많이 낸다는 것은 그만큼 게가 호흡에 어려움이 있다는 것을 말합니다. 이런 상태가 계속되면 죽게 되는 것이고요. 인간도 마찬가지입니다.

입에 게거품을 물어가며 떠드는 사람

머리 핏줄 툭 튀어나게 지껄이는 사람

둘 중의 하나.

자기 자신이 고슴도치처럼 온통 가시로 되어 있고

게처럼 거품을 스스로 만드는지 모르는 이 – 많습니다.

오글거리는 까만 글

잔득한 종이 접어 날려 보고

멍한 하얀 공간 넓은

백지 곱게 접어서 날려 보면

나는 것 매번 다르다.

추락하는 것도 다르고

－「글 종이비행기」

떴다떴다 비행기 날아라 날아라 / 높이높이 날아라 우리 비행기

미레도레 미미미 레레레 미미미[1] 미레도레 미미미 레레 미레도

어렸을 때 참으로 많이 불렀던 동요입니다. 원곡은 미국 동요

'Mary Had a Little Lamb' –

이고, 아동 문학가이자 시인인 윤석중 님이 번안한 곳이지요.

누구나 허름하게 가난한 것이 정상이고, 하얗고 깨끗한 종이가 귀할 때이니 아무것도 쓰인 것이 없는 백지를 접어서 종이비행기를 만들지는 못했지요. 그래서 글씨가 빼곡히 쓰인 종이를 재활용하여서 조그만 손으로 정성을 다해서 비행기를 접어 만들고는 비행기가 멀리 한참 잘 날아주기를 바라며, 힘껏 팔에 힘을 주고 비행기를 날리곤 했었습니다. 높은 건물이 별로 없었을 때니, 학교의 2층에서 선생님 몰래 교실 창문을 빠끔하게 열고, 가슴 콩닥거리며 친구들과 경쟁하면서 종이비행기를 날려 볼 때는 쾌감까지 일었던 기억이 납니다.

더 멀리 날아가고 더 멋있게 회전하면서 날아가는 종이비행기를 보면서 조그만 친구들은 환호를 내질렀었지요.

종이비행기에 쓰여 있는 가득한 글들.

책의 글들은 볼 때마다 받아들여지는 것이 다릅니다. 특히 나이 젊었을 때 읽었던 책들의 많은 글이 나이가 들어서는 다르게 받아들여지지요. 청년 시절에 글 밑에 줄을 그어 감동을 표시했던 글들이 나이가 들면서 읽어보면, 그저 코웃음이 나오는 것은 어쩔 수가 없습니다. 감동하였던 글들이 가슴에서 회전되는 것도 다르고 심지어는 그런 글귀들이 '씨익' 멋쩍은 비웃음 속에 추락하기까지 합니다.

종이비행기 추억은 그냥 추억인가 봅니다.

책에 적혔던 그 많은 글도 그냥 그때뿐 아무것도 아닌가 봅니다.

까똑

시인 그녀가 또 연락이 왔다

액정에 책장을 찍어 보냈다

키르케고르

까똑

바로 그녀에게 답신을 했다
이런저런 까만 글씨만 보니
해결 날 리가

하얀 여백이 안 보여
글씨 써지기 전
하얀 자기
　-「책 그만 봐라　나이 생각해서」

　기독교 실존주의자 쇠렌 오뷔에 키에르케고르의 저서를 읽으면
서, 감동했는지 문우가 자기가 읽은 책의 한 페이지를 사진으로 찍
어서 카톡을 보내왔습니다. 가끔 잊지 않을 정도로 어떤 때는 밀레
토스 학파의 창시자 탈레스(Thales), 또 어떤 때는, 르네 데카르
트 (René Descartes), 게오르크 빌헬름 프리드리히 헤겔(G.W.F.
Hegel)… 이런 식으로 여러 철학서의 내용을 번갈아 가며 보내오길
래 책 Page 내용에 적절한 이런저런 답변을 하여 주다가…

　이러다간 형이상학/인식론/윤리학으로 갈 것이고 조금 더 하면,
논리학, 정치, 언어, 심리, 과학 철학, 미학으로 번질 것 같기도 하고,
　계속 비슷한 Pattern/내용의 질문이길래 〈안타까운 마음〉이 들
어서 이번에는 〈평소의 소신〉대로, 조금 센 답신을 보내 주었습니
다.　**"**

　　　책의 여백, 글의 행간, 까맣게 오글거리는 글씨

　　　　　어디에서 빛을 찾으시려는가.**'**

이런저런 까만 글씨만 보니 해결이 나지 않습니다.

　누구의 이 글을 보면 그 누구의 생각이 맞는 것 같고
　또 다른 자의 글을 보면 그자의 생각이 옳은 것 같고

그러니 자기의 확고한 의지/언제나 흔들리지 않는 사상이 없게 됩니다. 나이를 들먹이지 않아도 주위의 사람이 모두 경로석을 가리키는데 언제 자기를 찾으려고 생각이,

철학이 왔다 갔다 안단 말입니까.

심각한 줄/엄중한 줄 알아야 합니다.

나이가 얼마나 살벌한 현실인 줄 깨달아야 이제라도 미소 지으며 살 수가 있습니다.

책의 행간/책의 빈터를 더 사랑할 정도는 되어야지요. 그러다가 보면, **삶의 빈 공간을 더 소중하게 아끼는 사람** 이 된답니다.

불 넣자 뜨거운 불덩이
빨간 줄 수없이 그어진 그 많은 두꺼운 책에

불 넣자 활활 타는 불
법정스님 왜 저서 사르라 하셨는지 묵상하며

사르라
살으라
- 「스님 불 들어갑니다」

2010년 3월 13일 법정 스님 다비식의 모습은 아직도 생생합니다. '수의를 입히지 말라,' '관도 쓰지 말라,' '어떤 행사도 하지 말라'라고 하신 그 유지를 제자들이 '스님의 제자들답게' 그대로 따랐기에, 다비식 내내 '스님의 그 고귀한 모습'이 투영되었었습니다.

세상의 척도로 보면, 초라하기 짝이 없고, 원시적이고, 잔인해 보이기 쉬운 장례식으로 보일 수도 있지만, 사실은 이 세상에서 제일

장엄하고 모범적/교육적이며, 보는 이들이 죽을 때까지 가슴에 깊게 묻어 두고 끊임없이 존경을 하여야 할 '고귀/숭고한 이별 모임'이었습니다. 법정 스님은 열반 직전, '그동안 풀어 논 말빚을 다음 생으로 가져가지 않으려 하니, 부디 내 이름으로 출판한 모든 출판물을 더 이상 출간하지 말아 주십시오.'라고 하셨지요. 저서를 모두 '사르라' 하신 것이나 다름없습니다.

사르라   살으라

살고 싶으면 불에 모두 사르라

알록달록 요란한 만장도 없고, 조사도 없고 행장도 없으며 연꽃 장식 관도 수의도 없이, 평소 입으시던 가사로 동여맨 법구(法軀 : 스님 유해)만 대나무 평상 위로 덩그러니 놓였습니다. 법구는 숯을 깐 장작과 그 위 더 굵은 장작이 층층이 올려진 위로 올려졌지요.

그리고 한 스님이 하늘과 땅이 들도록, 외쳤습니다. '스님! 스님! 불 들어갑니다' 불이 화악 하고 그 본성을 드러냅니다. 그 불길에 스님도 타들어가시고, 보는 이들의 마음도 다 같이 타들어갔습니다.

그때 그 불길에 같이 타 죽은 사람들 많습니다.

그때 스님과 같이 모든 잡념 다 태워 버리고 영원히 살아남은 사람 같은 사람들.

스님께서는 돌아가시며, 수많은 사람을 살려내셨습니다.

어떤 이는 죽으며 그냥 공해 하얀 횟가루 같은 재 된다
어떤 이는 죽으며 죽는 모습만으로도 수많은 이 살리고
  - 「어떻게 죽어야 하는지 법정 스님 보이시다」

'모든 종교로부터 자유로워야 한다는 게 나의 종교다. 절대 종교

에 얽매이지 말라'고 하신 스님의 카랑카랑한 목소리가 가슴 속 메아리로 파랗게 살아 있습니다. 스님은 기독교하고 친분이 많으셨지요. 김수환 추기경님하고도 각별한 관계였고요.

예수님께서는 생전 모습은 물론이지만, 죽는 모습 하나만으로도 인류의 빛을 주신 분입니다. 이것을 스님께서도 잘 아셨기에 스님은 자기 삶, 그리고 떠나시면서도 자신이 쓴 글하고 한 치도 어긋나지 않게 마무리 지으셨습니다.

길고 긴 시간
그것도 하루 세 번

누굴 살리려고
그리도 바빠야 했나

자긴 맛 모르고
설거지통 드나들며
　－「젓가락 인생」

바쁘다
몹시 바쁘다
하루에 삼세번씩

맛있는 먹거리 나르느라 분주하다

바쁘다
몹시 바쁘다

매일 세 번씩이나

먹다 남은 쓰레기 비누와 엉기어
 -「쇠젓가락 그리고 그 사람들」

젓가락의 저 한자는 箸(저)입니다. 그러니 젓가락 일생을, 억지로
한자로 표현을 하자 치면 저생(箸生) 하면 되겠네요. 젓가락 같은 삶
을 사는 사람을 보고 '젓가락 인생'이라 하면 되겠지요.

젓가락은 동양권에서는 목숨과 직결되어 있습니다. 식사하면서
숟갈과 함께 없어서는 안 되는 도구이지요. 서양권에서는 공격적
이고 섬뜩한 칼과 창을 씁니다. 그들은 아무렇지도 않게 쓰지만, 냉
철히 싸늘하게 눈을 가늘하게 하여 보면 좀 야만적이고 동물적입니
다. 칼과 창을 써서 먹는 것은 주로 육류이지요. 살생을 생각하게 만
듭니다. 하지만, 숟갈과 젓가락은 채식을 위주로 한 식생활을 떠오
르게 하고요. 이 중에 젓가락은 주로 반찬을 집어 먹을 때 사용합니
다. 젓가락 측면에서 보면, 온갖 맛있는 것을 집는데 진작 본인은 맛
을 모릅니다.

　　　달고, 쌉싸름하고, 시고, 떫고, 맵고, 짠.
　　　여기에 다른 느낌도 모릅니다. 　- 뜨겁고, 차가운.
이렇게 무엇을 볼 때, 그것이 생물이던, 무생물이던, 그들의 처지
에서 생각해 보는 습관을 들이다 보면, 이런 습관이 사람에게도 적
용이 되게 되는 시기가 옵니다.

　　즉, 상대방의 입장이 되어 보는 경지.
그렇게 되면, 자신을 아는데, 자신의 처지를 아는데 실마리를 찾
게 됩니다. 젓가락은 모든 맛있는 음식을 잡기는 하는데 진작 자신
은 맛을 모릅니다.

어떤 특정한 사람들이 아니고, 대개의 사람은 평생을 통해서 '돈, 명예, 권력'을 잡으려 그것들에 아주 가까이 지냅니다. 매일 하루 세 번 이상을 오로지 이것만 생각하면서요.

그러나 진정한 돈, 명예, 권력의 맛을 모릅니다.

진정한 돈 맛, 명예 맛, 권력의 맛은 '소외된 이들을 위해 쓰일 때' 나타납니다. 한 번, 두 번, 이렇게 여러 번, 돈을 그들을 위해 써 보십시오. 정말 사는 기분과 함께 살고 싶은 소망이 불끈 솟아오릅니다. 작은 명예나 권력이 있다면, 그것이라도 주위의 사람들에게 베풀어 보십시오. 참으로 기쁜 마음이 들고, 사는 보람까지 느끼게 됩니다.

'아 – 이렇게 사는 것이 사람다운 삶이구나.'

이것을 알지 못하는 인간들은 쇠젓가락처럼 살게 되지요. 쇠젓가락은 온 힘을 다하여 하루에 세 번씩 음식을 나릅니다. 인간들이 종일 어디에 몰두하듯이.

또한, 젓가락은 역시 매일 세 번씩 비누 거품에 들어가 자기를 깨끗하게 닦는데도 음식의 맛을 모릅니다. 그런데 인간은 하루에 한 번도 자기 자신의 마음을 닦지 못하지요. 그러니 대개의 인간은

젓가락 같은 인생을 살다 '풀 풀 – ' 재로 사라집니다.

KTX 타고 창밖을 본다
먼 풍경도 빠르지만 가까운 거리는
망막에 잡히지 않는 무서운 속도감
서울서 부산 두 시간 사십오 분

지구 호 타고 세상 본다
먼 세상 보는 것 우리나라 보는 것
아찔하다 어지럽고 정신 나갈 지경

서울서 부산 후딱 십일 분 속도
 -「지구별에서 튕겨져 안 나가려면
   정신 줄 바짝 잡아야 하는 이유」

쌔애앵
KTX 서울서 부산 두 시간 사십오 분
휘이익
지구선 타면 서울서 부산 단 십일 분
 -「정신 바짝 차리고 살아야 하는 이유」

서울에서 부산까지의 거리는 약 400km입니다. 249마일 정도 되고요. KTX를 타면 2시간 45분 정도 걸립니다. 고국에 가면 이 KTX를 자주 이용하는 편입니다. 여행할 때 당연히 버스도 이용하지만, 가능하면 기차를 타려고 하지요. 젊었을 때는 완행 열차를 좋아했지만, 나이가 무거워지면서, 여행의 피로를 가능한 한 줄이려고 고속철도를 선호하게 되었습니다.

전 세계에서 고속철도가 운행되는 곳은 20개 정도밖에 안 됩니다. 일본이 1964년부터 제일 먼저 시작하였고요. 고속철도의 속도, 노선 숫자, 이용가격 그리고 도달 범위 등을 고려해서 순위를 매기면, 세계 최고 고속철 순위는 일본의 신칸센(新幹線), 중국의 중국철로高速, China Railway High-speed, CRH, 한국의 KTX, 프랑스의 떼제베(TGV) 이고요. 그 뒤를 스페인, 타이완, 독일, 이탈리아, 오스트리아, 터키가 잇고 있습니다. 세계 4위의 자랑스러운 KTX를 타고 창밖을 내다봅니다. '쐐액 -' 빨리 달리는 열차에서 멀리 보이는 풍경들은 빨리 지나는 것으로 보이지만, 가까운 곳은 눈 망막에서 잡지를 못하지요. 그 정도로 빠릅니다. 이렇게 빠른데, 현대자동차그룹의 현대 로템(Rotem)에서는 현재 시속 260km/hr에서 발전된 시속 320㎞/hr 기차를 머지 않아 출시한다고 하지요.

그런데 이보다도 훨씬 빠른 것이 있습니다. 약지 면에서 7500 meter - 8천meter 고도에서 800~880km/hr로 달리는 국내선 여객기(국제선은 대략 10,000m 정도에서 평균속도 900~950km/hr)보다도 월등히 빠른, 땅 섞인 물 덩어리이지요. 다름 아닌, 파란 지구별입니다. 이 거대한 지구의 자전 속도가 엄청납니다.

위도에 따라 다르지만, 북위 37도를 기준으로 해 보면 1,260km/hr의 고속입니다. 1초당 350m 속도로 보시면 더 실감이 가시겠네요. '째깍' 하면 350m의 속도로 회전하고 있는 셈입니다. 여기다가, 공전 속도는 무려 106,560km/hr나 됩니다. 초속 30km나 되는 숫자이지요. 이런 무시무시한 속도로 태양 주위를 빙글빙글 도는 데 365일이 걸리는 것입니다.

　　이러니 어지럽지요. 아찔하고요.

　　무엇이라도 꽉 잡고 있지 않으면 튕겨 나갑니다.

이런 상황에서 지구별 자전과 공전을 합친 것보다도 더 빠른 생각이 과거와 미래를 마구 휘젓고 다니니, 정신이 온전할 리가 없지요.

하느이야칠 가느달별 이지면 이하우요

세상 사람들이 이구동성으로 합창하듯이 하는 말이 있습니다. '와 - 시간 참 빨리 간다.' '벌써 땡땡 달이네' '와 - 며칠 전 달력 넘긴 거 같은데, 또 넘겨야 하네' 이 말은 제법 심각한 말입니다.

　　내 삶이 그렇게 '위 익 - ' 가 버린다는.

여름이 정점을 향하면서 낮의 길이는 점점 짧아지고, 하루해는 '어쩌면 점심 먹고 이를 쑤시는 동안' 기울어져 버립니다. 지구가 무섭게 빠르게 지나가고 있기 때문입니다.

지금 'Now' 와 여기 'Here' 에 박혀 있는 땅 속 깊은 말뚝

같은 것을 '꽈악' 잡고 있어도 막 쓸려 돌아갈 형편인데, 그 말뚝이 없습니다.

그러니 인간은 Now + Here = Nowhere

아무 곳에도 정착을 못 하고 머리 풀고 휩쓸려 다닙니다. 현재, 지금에 있지를 못하고 과거, 미래에 쏠려 끌려다닙니다.

이곳, 현재 내 곁에 있는 말뚝, 행복을 잡고 알아보아야 하는데

과거, 미래로 가라고, 인류문화, 경제, 사회, 종교가 채찍질을 끊임없이 하니, 맞는 그것으로부터 쫓기느라, 지금/여기에 있지를 못하지요. 그러니 행복하질 않습니다. 행복하지 않으니 그 알량한 지능으로 생각한다는 것이 **'아 - 내 노력이 부족한가 보다'** 하며 채찍을 **빼앗아 자기 스스로 채찍질** 까지 합니다. 물론, 이 시점에서도 인류문화, 경제, 사회, 종교는 채찍질을 '번지르 빤지르르'하게 생글 생글 웃어가며 더 해대고요. 이렇게 되면, 자기 살이 묻어나고, 피가 쏟아지는데도 채찍질을 멈추지 않는 상황으로 몰리게 됩니다.

미쳐 돌아여

미쳐 돌아 가듯

미친 사람의 특징은 자기가 미쳤다고 인정하지 않습니다.
현대인치고 자기가 미쳤다고 용인하는 이가 어디 있나요?
그러니, 공동체로 연합하여 똘똘 뭉쳐 단체로 미쳐갑니다.

미친 세상 전개.

잡아 줄 것이 없다
바람에 휘둘리고
인심에 휘말리고

붙들어 줄 것 없다
믿을 이들 없고
쓸려만 다니는데
　-「그대 말뚝은 어디에」

말뚝이 있나요
당신에게는

변심 회오리바람
불쑥 홍수벼락에서 붙들어 줄

당신의 말뚝은
무엇인가요

무섭게 돌아가는
지구별서 튕겨 나가지 않으려 잡는
　-「말뚝 없이 어찌 생존」

든든하고 믿을 만한 말뚝 하나 없는
단단히 붙들어 매는 줄 하나 없는 이

오늘도 코요테 되어 밤마다 울어본다

간신히 찾은 말뚝마다 썩어져 나갔고
억지로 박는 말뚝마다 흔들려 왔기에
　-「코요테와 말뚝」

말뚝은 무엇으로 두드려서 박는 기둥이지요. 울타리나 건물을 세우는데 말뚝 없이는 불가능합니다. 파도에 쓸려 내려가려는 배를 묶어 두는 것도 말뚝이고요.

　　　그대 곁 죽은 나무로 보는
　　　　그 나무에서
　　　　속으로 꽃이 핀단다

　　　　세상 밖에서는 볼 수 없는
　　　　향기 오묘한
　　　　지금 현재에 박혀서
　　　 -「행복 말뚝」

　　　　　　비릿한 송곳니 사나운 코요테
　　　　　　막아내는 철조망 치자
　　　　　　말뚝 박아서

　　　　　　검은 그늘의 첫 아들 바람막이
　　　　　　작은 텐트 하나 쳐보자
　　　　　　말뚝 박아서

　　　　　　믿고 쳐다본 하늘높이로 닥치는
　　　　　　파도에 찢긴 배 묶어보자
　　　　　　말뚝 박아서

　　　　　　그리도 머릿속 흩트리며 내돌린

질긴 삶 앞 비석 세우자
말뚝 박듯이
　-「말뚝」

　어디에서 누가 어떤 모습으로 침입할까 전전긍긍하며 울타리 세
우는 인생.

　아무리 하늘을 가린 콘크리트로 벽을 쳐도 들이닥치는 바람 앞 떨
어가는 인생.

　무엇을 그리도 찾는지, 높은 파도에 찢겨가다 간신히 살아 돌아
온 배 같은 삶

　이제 숨결도 예사롭지 않고, 보이는 것 모두 헛것으로 보이는 비
석 덮치는 삶

　　　　말뚝이 있으면 박아야 했는데
　　　　흔들리지 않도록 박아야 했는데

흙　　　꽃　　　향기

감사　　　행복　　　기쁨

꽃의 근간인 토양
삶의 기본인 감사

흙 없이 꽃향기
감사 빼고 행복
　-「기초오류」

오류.

논리학 관점에서 보는 오류(誤謬: Error/ Fallacy)는 겉으로 보이려는 잘못된 추론(推論: inference)을 뜻합니다. 같은 글자나 말이지만 실제의 뜻과는 다른 말로 속이는 것도 포함되고요.

한마디로, 틀린 것입니다. 허위이고요.

오류와 거짓은 다릅니다. '거짓'은 어떤 사실이 잘못된 사실을 알고도 표출된 것이고 '오류'는 어떤 사항을 표현한 사람이 잘못된 것을 모르고 내놓은 것을 말하지요.

이 오류는 '기초오류' '기본오류'가 있습니다.

행복에 대하여 말하자면 행복의 기초오류입니다. 행복에 대한 기초 이론/기본이론들이 있는데, 감사가 중요하다는 이론이지요.

그런데, 이 이론 기초에 오류가 있습니다.

말로는 될 것 같지만 쉽게 안 되는 것이 감사
꼭 해야만 꽃을 피우고 기쁜 향기 날 터인데
　-「행복의 가운데 토막」

이론으로는 맞습니다. 실제로 적용되지 않기에 기본 설정부터가 함량 미달, 부실/부족합니다.

감사하여야 행복할 수가 있고, 행복의 향기는 바로 기쁨인 것.

☞ 맞습니다.

그런데 잘 안 되는 것.

머릿속은 되는 것 같은데 마음속에서 '징 -'하게 되지 않는 것도 감사.　　　　　　　　　　　　　☞ 맞습니다.

사람마다 다 다를 것입니다.

꽃 종류가 얼마나 많습니까….

그리고 그 많은 꽃이 잘 자라는 토양도 다 다릅니다. 건조한 곳에서 잘 자라라는 꽃에는 모래흙이 좋지요. 부엽토, 배양토, 충적토, 양토, 붉은 황토, 진흙, 개흙에서 잘 자라는 꽃은 또 따로 있고요.

감사도 마찬가지입니다.

먼 저, 자기 스스로 자기 자신이 어떤 꽃인지/감사꽃 인지를 잘 알아야 합니다. 그래야 감사하는 방법을 제대로 찾아서 감사의 삶을 살고, 행복하고 기쁘게 살 수가 있습니다. 입으로는 되는데 실제로 가슴에서 뜨겁게 감사하지 못한다면, 그 토양은 자기에게 맞지 않게 설정된 흙이고요.

여러 가지의 토양이 있겠지만 감사의 토양 몇 가지를 꼽아 보면

1. 지난날에 자기가 부족했던 면이나 곤궁에 처했을 때
   그리고 비참했을 때를 생각해 보는 방법
2. 나보다 못한 사람/처지와 비교하는 방법
3. 신에게 절대적으로 귀의하여 조건 없이 언제나 신에게 감사하는 방법이 있겠습니다.

첫 번째 방법은 누구에게나 잘 맞는 방법이 되겠지요.

처지에 따라 어느 정도 다르겠지만, 사람들은 거의 자기가 처참한 처지에 놓였던 적, 곤경에 처해서 생활을 이어 나갈 수 없을 정도로 어려움을 겪었던 적이 있었을 것입니다. 또한 몸을 자리에서 일으킬 수 없을 정도로 건강이 나빠져서 몇 주 몇 달을 누워서 숨 쉬는 것조차 버거웠던 기억들도 나름대로 다 있기 마련이고요.

이런 경험이 없다면, 소수의 다이아몬드 박은 금수저시겠군요.

보통 사람들은 그렇게 경험한 쓰라리고도 찔리고 꼬이는 느낌을 떠올린다면

지금   이곳에서

감사할 수 있습니다. 머리가 아니고 가슴으로 뜨겁게요.

140

두 번째 방법이 맞는 사람도 있습니다.

이 세상의 살아 있는 모든 것은 하나하나 모두가 나름대로 존재가
치가 있습니다. 존재가치가 있으니 이 세상에 생겨나서 존재하는 것
이지요. 그리고 그 나름대로 세상 역할이 있어서 고유의 길을 독창
적인 방법으로 걸어가게 됩니다. 그러므로 살아 있는 것 모두는 다
른 어떠한 것들과 비교가 되어서 그 가치가 손상되면 안 되며 그렇
게 비교가 되어서 가치가 존재한다면, 그 가치는 허무한 허상 속의
가치가 될 것입니다. 살아 있는 모든 것은 존재한다는 것 그 하나만
으로도 모두 존귀합니다.

불비타인(不比他人)은 심훈(心訓)으로 삼아도 손색이 없을
정도로 좋은 수련 명구입니다. 불비타인은 남과 나를 비교
(比較)하지 않는다는 뜻이지요. 수행하는 사람에게는 꼭 필요한 덕
목입니다. 수행자는 사람이나 사물을 있는 그대로 보기 때문에, 남
이나 다른 것과 비교하여서는 안 됩니다. 하지만, **감사를 안다는 것
은 사람의 생명과 삶의 질을 결정하는 DNA의 중심부**이기 때문에, 이 덕
목을 포기하고서라도 감사의 덕목을 얻을 수 있다면, 이를 먼저 잠
시 포기하고, 감사의 나무 그늘에 쉬면서 서서히 수행하다 보면, 자
연히 스스로 불비타인의 경지에 이르게 됩니다. - 불비타인 수
련이 잘 안되는 초기 단계에는 탐욕이 나의 깊숙한 곳에서 치밀어
오를 때, 나보다 못한 처지에 있는 사람과 나를 비교하여 보면 감사
할 수도 있습니다.

내 몸이 불편하여 화가 날 때, 나보다 못한 건강을 가지고 고생하
는 사람을 보면 먼저 이 정도라도 되는 것에 감사할 수 있고, 병과
힘들게 투쟁하는 사람에게 연민과 사랑을 전할 수도 있게 됩니다.

내가 가진 것들이 부족하여 울화가 치밀 때도, 나의 처지보다 못
한 사람과 나의 처지를 비교하면 그래도 이만한 것에 대해 감사하면

서, 지금 어려운 상황에 있는 사람들에게 관심을 돌릴 수도 있고요.

　세 번째 방법은 종교에서 신앙을 갖고, 기쁠 때도 슬플 때도 편할 때도 힘들 때도 일어나자마자 자기 전까지 어떠한 조건 어떠한 상황임에도 불구하고 자기가 귀의한 신에게 감사하는 높은 경지의 방법입니다. 눈에서 불이 나고 넘어져 무릎에서 피가 나고 뼈까지 보여도 내 식구들에게 큰 사고가 났어도 신에게 감사를 할 수 있을 정도의 신앙은　　　　　　　　　참으로 존경할 만합니다.

　하루가 86,400초이니, 반나절은 46,200초입니다. 그 많은 초 중에 약 5초만에 한 번씩 감사의 마음을 기도로 아니면 주문처럼 외우면　　　　　　　감사할 일이 없는데도

실제로 감사하는 마음이 생기게 되어

몸에 면역력도 강하게 되고, 불치의 병도 고치게 되었다는

의학계 보고는 실제로 많이 존재합니다.

　감사의 마음은 스트레스의 정도를 경감시키고 면역세포를 늘리며 에너지 활성화에 이바지하여 몸의 치유를 돕는다는 것이지요.

　어떠한 방법이 되었던 자기에게 맞는 감사의 방법을 몸에 옷을 입고 있듯이 항상 한다면 이 각박한 세상에서 숨쉬기가 제법 쉬어짐을 해본 사람들은 압니다.　　**해 보세요.**

해 보지도 않고 세상 살기가 너무 힘들다고 하지 마시고요.

하늘 물 내린지 기억 가물한 때

먼지 속 발끝 끌며 산 오르다가

꼬리 내 준 제법 큰 도마뱀 본다

발길 앞 움직이지 않다니

몸 삼분지 일 내주고도

－「도마뱀보다 못한 그대」

하늘에서 물길을 터 준 기억이 사막 길 미라주처럼 가물가물하기 시작하는 무렵에 산을 오르다가 보면, 도마뱀의 개체가 많이 늘어나는 것을 볼 수가 있습니다. 도마뱀은 자기의 적이 공격할 때, 자기의 꼬리를 내어주고 도망하여 생명을 지키는 것으로 유명하지요. 이때, 잘린 꼬리는 어느 정도 시간 동안 신경이 남아 있어서 꿈틀거리기 때문에 적의 눈길을 돌리는 데에 중요한 역할을 하게 됩니다.

도마뱀이라는 이름 자체도 처음에는 자기 신체 일부를 토막 내는 토막 뱀이라고 불리다가 나중에 도마뱀으로 되었다고 하지요. 잘린 꼬리는 3주 정도면 재생이 되긴 하지만 일생에 딱 한 번만 재생이 됩니다. 더군다나 한번 재생된 꼬리는 다시는 잘려 나가질 않게 됩니다. 일생에 단 한 번의 기회인 셈입니다. 더군다나 도마뱀 16과 중에 오직 11과만 꼬리를 내어주고 생명을 지키는 혜택을 입고 삶을 살아가게 되지요. 이런 도마뱀들은 냉혈동물이기 때문에 낮에 태양이 나와 있을 때 자기의 몸에 열을 간직하기 위하여 햇빛이 좋은 길가에 나와 있기 마련입니다. 시각이 좋은 도마뱀들은 적이 나타났을 때 재빨리 도망가야 정상입니다. 다리가 숏다리이고 〈ㄱ〉 자로 굽어 있어서 느릴 것 같지만 도망가는 속도는 제법 빠르지요. 그런데 남가주에 서식하는 도마뱀들은 조금 이상합니다. 사람의 발길이 자기 몸에 위협적으로 가깝게 오고 있는데도 피할 태세를 보이지 않는 것이 보통입니다. 심지어는 발길의 반대편으로 도망을 가야 하는데 발길이 오는 쪽으로 몸을 틀고 달려들어서 사람들을 놀래키기 일쑤이지요. 이런 생태를 가지고 있으니, 사람 발길에 꼬리를 내어주는 도마뱀을 제법 목격하게 됩니다. 도마뱀의 꼬리에는 영양분과 지방이 상당량 저장되어 있어서, 잘려 나갈 때 충격이 어마어마할 것입니다. 재생은 되지만, 단 한 번뿐이기 때문에, 잘릴 때의 급박했던 기억은 생생할 것이고요.

그런데 – 이 꼬리 잘린 도마뱀들이 움직이질 않습니다. 사람의 발길이 바로 앞에 와 있는데도 말이지요. 이런 도마뱀들이 사람 발길에 밟혀 죽어서 남가주 산길의 따가운 햇볕에 말려진 것도 보았습니다. 처참한 모습이지요. 안타깝기만 합니다.

사람도 마찬가지입니다. 사람들에게는 거의 누구에게나 자기 신체의 상당한 부분이 잘려 나가거나 자기 **마음의 삼분지 일 아니면 반 이상이 뚝 잘려 나간 경험**들이 있기 마련입니다. 그런 일을 당하고도, 그와 비슷한 일 또는 인간이 다가서는데도 가만히 무방비 상태로 있다가 치명적인 피해를 보는 사람들 많지요.

　　　　그런 경험이 없다고요?

그런 인간은 사람이 아니거나, 거짓말을 하고 있거나 아니면, 슈퍼갑 – 이 셋 중의 하나입니다.

지금 자기가 하는 행동 하나하나
양심 없이 거짓의 하루하루를 살아가고 있으니
자기의 생명을 내어주는 짓을 하는 줄도 모르는 것 아닙니까.

오래 당해 본 사람 안다
언제 바람 부는지
이런 바람 얼만지

　　　상당히 겪어오다 보면
　　　언제 모자 벗겨져
　　　끈 잡아야 하는지
　　　　－「모자 날리지 않으려면」

남가주 여름 산행은 따갑습니다. 옷 겉으로 노출된 손도 따갑고

팔도 따갑지만, 모자를 안 쓴 머리는 못 견디게 따갑기 마련입니다.

　그래서 이글이글 햇빛을 가리는 챙이 긴 모자는 산행의 필수이지요.　그런데 산을 오르다가 보면, 바람이 덮칩니다. 바람이 갑자기 달려들어서, 모자를 '휘리릭' 날려 버리지요. 바람에 날려가 버린 모자는 산 낭떠러지로 날아가 버리게 되기 때문에 다시 찾을 수가 없고, 모자 없이 나머지 산행을 마쳐야 하며, 얼굴에 햇빛 화상을 입게 되어서, 상당 동안 험한 모습을 '아무렇지도 않은 듯' 하고 다녀야 합니다.

　산바람은 갑자기 닥치는 일도 있지만, 대개의 경우는 미리, 작은 바람이 불다가 점점 세기가 강해지게 됩니다. 그래서 미풍을 살짝 느끼게 되면, 그러다가 갑자기 강해질 바람에 대비하여서 넓은 모자에 달린 모자 끈을 단단히 조이거나 손으로 잡고 있어야 합니다.

　못된/강한 바람이 '휘익-' 지나갈 때까지 말이지요.

이런 간단안 요령은

모자를 날려 본 사람만이 압니다.

　평상시 아끼던 챙이 긴 모자를 떠나보내고는 제법 오랜 산행의 남은 시간을 뙤약볕에 달굼을 당하면서　머리털 이마가 뜨끈뜨끈하게, 고생을 따끔하게 하여 보았던 사람 말이지요.

인생의 뜨거운 경우를 당해 본 사람은 알지요.

　만만해 보이는 바람이 닥칠 때 이미 조심하면서
　　　　　더 큰 고난을 피해 나가는 요령을 말이지요.

ㅎㄲ퀄ㅇ샤 ᄅ냥ㅇ샤 ᄜ홓ㅇ 흥햏ᄋ ᄄ햏ㅇㅅ샤 춧ㅆ휴니

　조심하거나 대비하기는커녕 더욱 무모한 짓을 하고 심지어는
　자기 스스로 '자가 회오리바람'까지 더해가면서
　　　　　　자기 자신을 치대면서 살아갑니다.

그래서 세상에는 여기저기서 바람이 그칠 줄 모르나 봅니다.

Yucky* 통에서
발 담그고 날개 적신 파리
햇볕에 앉아 손 비벼 가며
열심히 빌고 또 빌다

다시 그 통으로

Gross* 세상에서
머리 담그고 몸 굴리는 인간
자리 깔고 앉아 손 비벼
허리 굽혀 간절히 빌다

다시 그곳으로
　　ー「파리 인간」

　　　　　　* 실험적으로 영어와 한글을 섞어 보았습니다.

　햇볕이 따가운 여름 대낮. 집을 나서고 들어올 때 잠시라도 방심
하면, 방충망 때문에 집 안으로 들어오지 못하던 불청객 '파리'가 집
안으로 '화악 -' 들어오게 됩니다. 한번 들어온 파리는 온 집안을 몇
번이나 골고루 돌면서 정찰하고는 어디론가 숨어 버리지요. 그리고
는 며칠 동안을 게릴라 작전으로 정신을 사납게 만드는 귀찮은 존재
입니다. 날씨가 따스할 때 돌아다니는 파리는 쓰레기통 주변, 동물
의 배설물과 어물건조장 등, 사람이 사는 곳의 지저분한 곳에서 볼
수 있습니다. 이런 곳에서 온갖 병균이 번식하는데, 이곳에서 발생
한 파리가 돌아다니다가 집 안으로 들어오니 신경이 쓰였었지요. 젊
었을 때는 손에 잡히는 아무 것이나 잡고 휘둘러도 파리가 잡혔었

는데, 오래전부터 그냥 놓아둡니다. 파리 한 마리가 두세 마리로 보이고 뿌옇게 보이는 시력으로 잡기가 힘든 것도 있었다가, 나중에는 죽이기 싫어졌습니다. **살아 움직이는 것은 다 살도록 놓아두어야**

이 파리가 돌아다니다가 탁자 위에 앉았습니다. 가까이 가도 움직이질 않습니다. 기도 중입니다. 기도에 몰입하여 빌고 있습니다.

빌고 또 빕니다. 손을 싹싹 비벼 가며.

무엇을 빌까? 인간들의 온갖 사랑을 받아 가며 먹을 걱정이 없는 고양이나 강아지가 되게 해 달라고 비는 것은 아닐까?

이루어지지 않을 소원/기도

그렇다면 사람들은 무엇을 위해서 자기들 신에게 저렇게 싹싹 빌까? 열심히 기원해도 이루어지지 않는 소원들은 아닐까?

이렇게 되면, 기도 측면에서는 '인간은 파리나 다름없지 않을까'라는 가설을 잠시 생각해보니 등골이 갑자기 서늘해집니다.

파리 한 마리 탁자 위에 앉았다
두 손 모아 정성스럽게 빌고 또 빈다
고양이 되게 해 달라고
강아지 되게 해 달라고

인간 하나 자기 신 앞에 엎딘다
돈 올려놓고 절해가며 빌고 또 빈다
해 거꾸로 뜨게 해달라
바람 불지 말게 해달라
 -「인간 파리 되다」

파리는 앞발에 있는 '빨판'으로 목표하는 곳에 달라붙고 먹거리를 빨아 먹는데, 이 빨판에 먼지가 끼어서 습기가 적어지면 달라붙기 힘들어서 두 손으로 비벼 청소해야 합니다. 이 빨판 부분에 미각도 있어서 청결히 하여야, 제대로 된 맛을 볼 수 있다는 측면도 있어, 두 손을 문지르고요.

실제로 파리가 두 손을 비비는 것을 보면, 참으로 정성입니다. 마치 두 손으로 '싹싹' 비는 것처럼 보이지요. 사람이 머리 조아리고, 절을 하면서 열심히 비는 모습하고 흡사합니다.　　　　소원하여

열심히 빌면 이루어지던가요?

이루어진다고 하면, 몇 %나 이루어지던가요?　　　사람마다 다 다르겠지요. 또 빌면서 '자기가 할 도리나 노력을 얼마나 하냐?'에 따라서, 소원을 성취하는 %도 '오르락내리락'하겠지요. 하지만, **이루지 못하는 것을 이루게 해 달라고 비는 것** 은 거의 안 이루어집니다.　　이런 것이 이루어지면 파리가 인간 되는 세상 되겠지요.

뚱파리
　　빨간 꽃잎 위 앉았다
　　 -「꽃잎 지다」

노랑나비
보라 꽃 앉으려 하는데

뚱파리
먼저 휘익 앉아 버리니
　 -「꽃잎 찢어지다」
　　(그래서 꽃잎) (그래서 향기)

하늘하늘하게 얇은 빨간 꽃잎 위에 역겨운 색을 가진 파리 한 마리가 앉았습니다. 꽃잎은 며칠 더 있으며 나비도 만나고 벌과도 친구가 되다가 떠나려고 했는데 그 똥파리 때문에, 벌도 안 오고, 나비도 찾아 주지 않으리라는 것을 아는 꽃잎은

그냥 그 자리에서 지고 말았습니다.　스스로 말이지요.

진화이 그그그 짧아지그 말았습니다.

꽃은 똥파리를 허락하지 않습니다.

그렇게　기개가 있기에 꽃　입니다.

그런　절개가 있어 향기　가 납니다.

이슬방울 하나를 들여다보면 그 속에 많은 것이 보입니다. 나뭇가지　꽃 한 송이　억울하게 잡초라고 불리는 들풀들을 하나하나 보아도 모든 것이 완벽하게 자연스럽기만 합니다.　나만 자연에서 툭 떨어져 나와

가장 자유롭지 않게　자연스럽지 않게 살아가고 있습니다.

그렇게 살아가고 있는 나 자신이 보입니까?　그러면 구원이 가까이 있습니다.　그 사람 곁에는 자유가 바로 옆에 있고요.

새벽 풀잎 끝

대롱대롱 거리는

이슬 들여다본다

둥근 그 속엔

꽃나무가 있다

풀 하늘도 있고

　-「나만 그 속에 없다」

혹시, 나 자신도 안 보이고, 자유라는 단어가 낯설기만 합니까?

그러면　　　그대는 지금 몹시도 비틀거리고 있습니다.

　　　　　그대는 행복이 무엇인지도 모르는

어쩌면 그대는 그냥 One of the Beast인지도 모릅니다.

새벽 빗방울 반짝 반짝

나뭇잎 위에 반짝 반짝

도르르 맺혀 반짝 반짝

검은 내 마음 반짝 반짝

　-「아무 앞이나 반짝이진 않는다」

비가 왔습니다. 밤새도록 새벽까지 왔지요. 감사하게도

허파꽈리 구석구석 시원하게 하는 공기가 피어오르고, 가슴 시리게 파란 이파리들이 빗방울을 맺고 있습니다.

모든 이파리가 그런 것은 아니지요. 표면장력(Surface Tension, 表面張力 - 액체의 표면을 최소화하는 방향으로 작용하는 힘)을 가진 이파리들만 반짝반짝 구슬방울을 맺고 반짝 반짝입니다.

　　　　　내가 가진 표면장력은 무엇입니까.

남이야 무엇이라 하던 남이 무엇을 하던 남이 얼마나 가졌던 남이 무엇을 먹던 남이 어디를 가던 남이 무엇을 보던 남이 누구와 가던 남이 무엇을 입었던 남이 무엇을 타고 다니던 남이 무엇을 듣던 남이 누구를 보던 남이 어떤 집에 살던 남이 어떤 동네에 살던 남이 어떤 부모를 갖던 남이 어떤 자식 손자를 갖던 남이 얼마나 건강하던 남이 헌금을 얼마를 내던 남이 무엇을 마시던 남의 남편, 남의 아내가 무슨 말 무슨 일 무엇을 하던? (이것 보시지요. 얼마나 우리가 수시로 남과 비교하며 사나 + 그것도 쉼표도 없이 헉헉 ~ 핵핵 ~)

150

(이렇게 사는 것이 얼마나 매일 끔찍/섬뜩한 삶인지)
내가 가진 **표면장력**은

남이야 무엇이라 하던 남이 무엇을 하던 남이 얼마나 가졌던 남이
무엇을 먹던 남이 어디를 가던 남이 무엇을 보던 남이 누구와 가던
남이 무엇을 입었던 남이 무엇을 타고 다니던 남이 무엇을 든던 남이
누구를 보던 남이 어떤 집에 살던 남이 어떤 동네에 살던 남이 어떤
부모를 갖던 남이 어떤 자식 손자를 갖던 남이 얼마나 건강하던 남
이 헌금을 얼마를 내던 남이 무엇을 마시던 남의 남편, 남의 아내가
무슨 말 무슨 일 무엇을 하던 (긴 숨 쉬어가며 후~ 후~ ~)

외부에서 들어오는 임을 최소화하는 표면장력의 극대화가

나와 내 가족의 삶을 반짝반짝 빛나게 합니다.

물끄러미 거울 보고 있는데
흰 옷깃 검은 먼지 앉는다

손끝으로 툭 쳐내니
입가 미소가 번지고
　 -「마음도 간단히 그러한데」

하루를 시작해 보는 새벽에 일어나면 제일 먼저 하는 일이 무엇인
가요? 어떤 사람은 화장실 먼저 가고 또 어떤 사람은 머리를 빗기도
하고, 습관적으로 하품, 기지개 스트레칭/명상을 먼저 하는 등 다양
한 방법으로 하루를 시작하지요.

시인은 하루의 시작을 명상/멸상 후에 거울부터 보는 것으로 한 지
오래되었습니다. 거울을 보며 나 자신이 어떤 모습의 사람이고, 또
어떠한 사람이어야 하는가를 다짐하지요.

거울을 보고 있는데 봉쇄된 집안의 공간 어디를 뚫고 들어왔는지 검정 먼지 하나가 하얀 잠옷 위로 슬그머니 앉았습니다. 제법 커서 볼 수가 있었지요. 손끝으로 가볍게 툭 쳐 보니, 먼지는 어디로 날아가 버리고 하얀 옷이 더욱 하얗게 보이는 것을 보고 가만히 미소를 지어 봅니다.

마음도 그렇습니다. 나 자신이 지금 어떠한 사람인지 또 어떠한 생각과 행동을 하고 있는지를 가만히 거울에 들여다보듯이 보고 있노라면, 내 마음속을 파고드는 먼지 하나 같은 잡스러운 생각이 내려앉는 것을 느끼게 됩니다. 내려앉는 잡 생각을 볼 수 있으면, 해결 방법도 간단합니다. 먼지이거나, 잡 생각이거나 결국은 내 마음이 만드는 것이라는 마음의 Mechanism을 이해하면 더욱더 간단하고요.

그냥 툭 쳐 내면 됩니다.

과거의 어떤 나쁜 기억이나, 죄의식. 미래에 대한 불안감이나 걱정.   그냥 툭 쳐 내면 됩니다.

지나가 버린 과거 기억 장면으로, 또한 오지 않은 미래의 불안으로 잠 못 이루고, 거친 강가에 서성이는 분들에게 꼭 권하고 싶습니다.

과거에 끌려간 나를 보세요. 미래에 밀려나는 나를 보시고요.

그리고   그냥 툭 쳐 내면 됩니다.

계속해서   하시고요.
지속적으로   거리 두
십시오.

나의 평안보다 더 중요한 것은 이 세상에 없습니다. 더군다나. 나의 생명보다 더 소중한 것은 이 우주에 존재하지 않습니다.

나비는 알, 유충 단계를 거치고, 번데기에서 겨울잠을 자고 성충이 됩니다. 번데기에서 아름다운 날개가 나와 하늘

을 나는 모습은 부활의 상징일 정도로, 참으로 아름답지요. 나비는 꽃가루받이에 중요한 역할을 합니다. 나비의 종류는 15,000에서 20,000여 종이나 되는 것으로 알려져 있습니다. 벌은 꿀벌, 꽃 벌, 가위 벌 등이 꽃의 꿀을 먹으며 꽃식물의 꽃가루받이를 합니다. 나비보다는 개체수가 많아서 꽃나무의 번식, 과실 나무의 과일을 맺어 주는 데 많은 공헌을 하지요.

벌 나비 찾아주는
꽃 얼마나 될까
벌 나비 못 만나고
지는 꽃 꽃일까
　－「아무튼 지는 꽃들」

향기 내고도
벌 나비 못 만나본 꽃
바람에 지네
　－「만난 꽃도 지네」

봄이 지나고, 여름입니다. 늦게나마 꽃을 피우는 꽃들은 열심히 자기의 향을 내어 벌과 나비를 부릅니다.

　　꽃들의 경쟁
　　　향기의 전쟁
　　－「그래도 안 올 나비는」

여름 들판에 온통 여름꽃이지만, 오고 가는 벌과 나비는 그리 많지 않습니다. 당연히 몇몇 소수의 꽃만 벌과 나비를 만나 자기의 꽃가루를 전달합니다. **세상살이 같습니다.**

벌 나비를 만났던 소수의 꽃도 지고, 벌 나비를 만나지 못한 다수의 꽃도 같이 지고 있습니다. 바람이 불지도 않는데 말이지요.
세상살이 같습니다.

바람이 데려온 자식
그 꽃들은 벌 나비를 만나지 않는다
그저 어느 날 갑자기
데리러 온 바람에 끌려 사라질 뿐이다
　-「바람꽃과 노인」

바람꽃(Anemone narcissiflora)은 '바람의 딸'이라는 뜻을 가졌습니다. 그리스어 아네모스(Anemos)에서 기인하였고요, 이름이, 바람처럼 잠시 피었다가 그만 꽃이 금새 져 버리기 때문이라고 하지요. 한국에서는 18여 종이 서식하고 있는데 이 중 제일 먼저 피는 것이 1993년 변산반도에서 처음 발견되어 학명도 Eranthis byunsanensis B.Y. Sun.인, '변산바람꽃'입니다.

꽃 이름이 어디에도 집착하지 않는 듯, 깊이가 있고 품위가 있어 좋아하게 된 꽃입니다. 　바람꽃은 추울 때 핍니다.
벌 나비를 기다리지 않듯이 금세 지고요.

바람이 데리고 왔으니 그냥 다시 데려가려고 온 바람에 몸을 던질 뿐 입니다. 　사람이 바람꽃 같은 마음만 유지한다면, 바람에 그리 흔들리지 않겠지요.

제법 덩치 큰 불도그 한 마리
자그마한 아이 손에 끌려간다

지나가는 예쁜 강아지 보고 가려다
스파이크 목줄이 당겨져
길가 향기로운 꽃 잠깐 보고 가려다
또 목줄 갑자기 끌려져

질질 끌려 다니는 모습 보던 노인
길게 질질끌린 자기 모습 보였는지

모든 걸 밝히는 해 바로 위인데
계곡 깊은 얼굴 위 그늘 짙기만
  -「노인 목에 개 목줄이」

  불도그는 영국의 국견입니다. 숫소(bull) 개(dog)로, 화가 나 있는
소와 싸우기 위해 태어난 투견이지요. 영국 사람들이 좋아하는 개의
종류는 많지만, 불도그는 왕실견 웰시 코기(Welsh corgi)와 함께 영
국민의 사랑을 듬뿍 받고 있습니다.
  불도그는 쇠사슬에 묶인 숫소에게 끝까지 매달려 싸우는, '개가 이
기는 경기'에 동원되었습니다. 이런 투견에 동원되는 개이기 때문에
상당히 사납습니다. 뚱뚱한 모습에 얼굴은 주름이 잔뜩 잡혀 있고,
목은 짧고 굵습니다. 몸 전체를 보면 어디를 보아도 단단해 보이지
요. 불도그 목줄도 쇠가 뾰죽하게 나란히 박힌 스파이크 목줄을 선
호하는 것을 보면, 한 마디로 '불굴과 사나움'의 상징 개입니다. 1, 2
차 세계대전을 몸으로 겪으며 영국민의 존경을 받은 수상 윈스턴 처

칠이 '시가를 문 불도그'로 묘사되었던 것은 잘 알려진 사실입니다.

노인이 산책하다가, 한 열 살 정도 되는 여자아이가 자기만큼 큰 불도그를 끌고 가는 것을 물끄러미 지켜봅니다. 불도그는 굵은 가죽 줄과 스파이크 목줄에 매어 끌려가고 있었습니다. 불도그는 지나가는 강아지들이 반가워서 쫓아가려고 하는데, 아이가 목줄을 잡아챕니다. 할 수 없이 자기의 의지와는 상관없이 끌려갑니다. 조금 가다가 무슨 냄새를 맡았는지 '킁킁'대며 서성입니다. 아이는 잠시 참아 주다가, 이내 목줄을 낚아 당깁니다. 불도그는 또 그 목줄로 전달되는 '주인 아이'의 의지에 길들인 대로 또 끌려갑니다.

원래 성격으로나, 생긴 것으로 보거나, 절대로 남에게 끌려다니는 Image가 아닌 불도그가 '까짓 가죽 목줄'에 '이리로, 저리로' 끌려 다닙니다.　　　　　　　노인이 숙인 고개를 더욱 푹 숙입니다.

잘난 척은 혼자 다 하며 자신만만했지만 실제로는 하찮은 까짓것들에 평생 끌려다니기만 했던 자기모습을 이제야 보았기 때문입니다.

◑ 엄마에게 안긴 아이가 엄마에게 물었습니다. "엄마, 엄마는 내가 좋아?" 엄마는 대답했습니다. "그럼." 아이가 또 묻습니다. "왜 좋아? 어디가 좋아?" 엄마는 갑자기 설명할 수가 없어서 머뭇거리다가 대답을 합니다. "글쎄. 그냥. 그냥 많이 많이 좋아." 그리고는 겸연쩍었던지 아이에게 되묻습니다. "그렇게 묻는 너는 엄마가 좋아?" 아이가 바로 대답합니다. "응" 엄마가 같은 질문을 합니다. "왜 좋은데?" 아이는 엄마와는 달리, 바로 대답을 합니다.

"…." 아무 소리 없이 왈칵 엄마를 '꼭 -' 안습니다.

▲ 흔히 보는 장면입니다. ▲ 흔히 나무를 보듯이.

나무는 지구의 주인 I

나무를 봅니다. 아이가 엄마를 대하듯, 엄마가 아기를 대하 듯, 나무를 보면 그냥 좋습니다. 딱히 왜 그런지를 설명하 기가 곤란하지만, 나무를 보면 그냥 마냥 좋습니다.

나무가 이 세상의 시작이기 때문일까요?

아니면 이 세상의 주인은 나무이기 때문일까요?

사람들은 이 세상의 시작도, 주인도 인간이라고 생각하지요.

하지만, 과학자들은 말합니다. 지구는 약 46억 년 전에 생성이 된 후, 지금으로부터, 5억 8천만 년 전부터 2억 5천 1백만 년 전 화석 이 많이 발견되는 고생대(古生代, Paleozoic Era)의 실루리아기 후 기에 최초의 육상식물이 생겼으며. 이걸 시작으로 나무가 생긴 이후 에, 지구에는 현재 약 3조 그루의 나무가 있다고 합니다. 나무가 이 루고 있는 숲의 43%는 열대 및 아열대 지역에 분포하여 있고, 33% 는 온대 등 나머지 지역에, 그리고 24%는 냉대지역에 서식하고 있 다고 하지요.

이렇게 지구 넓게 자리 잡은 3조의 나무가 주인일까요? 아니면 77 억의 인간이 지구의 주인일까요? 인간은 나무 숫자의 0.0026밖에 안 됩니다. 더군다나 나무가 감사하게도 아낌없이 주고 있는 산소가 없으면, 인간은 물론이고 지구는 순식간에 멸종/폭망하고 맙니다.

개체수가 많다는 단순 사고 말고도, 지구 모든 생물의 생존 근간 이 주인이라는 과학적인 잣대로 보면, 지구의 주인은 나무입니다.

그런, 지구 나무들 중에 매년 150억 그루가 사람의 손에 의하여 벌목되고 있으며, 새로 심거나, 자연 번식되는 나무는 50억 그루라 고 합니다. 결국, 100억 그루의 나무들이 매해 사라지고 있는 셈이 됩니다. 무지한 객이, 은혜를 베풀고 있는 주를 무자비/무식하게 잘 라 내고 있습니다.

환경오염, 환경파괴는 세계 곳곳에서 인간의 손에 의하여 자행되고 있는데, 그 심각성을 인간들이 절박하게 깨닫지 못하고 있습니다. 지구 거의 모든 곳에서 온갖 지상 재앙이 매년 되풀이되고 있는데도 말이지요.

나무는 지구의 주인 II

여름이 되어서 산에 오르면, 지구의 주인은 나무라는 생각이 저절로 들게 됩니다. 나무들의 진한 이파리들이 점점 산의 허름/허술한 공간을 빼곡하게 채워나가서 산의 주인은 나무라는 생각을 확실하게 보여 주지요. 여름 산길을 오르다 보면, 무성히 자란 가지를 피해서 고개를 숙이고, 때로는 몸도 피해서 가야 나뭇가지를 다치지 않고 산길을 갈 수가 있습니다.

사람의 발길로 만들어진 산길마저도, 나뭇가지들이 무성한 이파리들을 무겁게 달고 차지하여서, 그런대로 넓던 산길을 좁게 만들어 사람이 간신히 지나가게 만들고요.   여름은

산길이 좁아지는 계절입니다. 산 전체가 나무로 무거워져서 풍성해 보이는 생명의 계절이기도 하고요.   여름은

지구의 주인은 나무임을 깨닫게 하고, 나무 사랑은 인간 생명 사랑과 직접적으로 연계되어 있다는 것을 느끼게 합니다.

세상 태초에 나무 동물 낳게 하고 사람도 되었다
시작인 나무가 잎을 내는 것도
　　　　바람을 견디는 것도
　　　　향기로 꽃 피우는 것도
　　　　열매를 맺기 위함이니
열매를 만드는 것은 한마디로 존재 이유이다
　　　　존재를 위해서는

열매를 맺기 위해서는

흙이 절대적 기본적으로 필요한데

인간에게 흙은 얼마나 흙인가

－「그대에게 흙은 무엇인가」

인간이 행복할 수 있는 덕목은 무엇이 될까요?

종교적인 측면에서 보면, 기독교에서는 사랑, 불가에서는 자비, 이슬람(회교 : 回教)은 유일신인 알라에게 절대복종해 내면의 평화를 얻는 것이 행복이라고 합니다. 그런데, 사랑은 쉽지 않고, 자비도 베풀기 쉽지 않으며, 평화를 품기도 쉬운 것이 아닙니다.

사랑 하나만 볼까요.

천주교 김수환 추기경은 생의 마지막 순간에도 평상시처럼 "사랑하세요."라는 말을 남기면서 "나의 사랑이 머리에서 가슴으로 내려오는데 70년이란 세월이 걸렸다."라고 했지요.

무슨 뜻입니까?

한국 천주교 580만 명 신자의 수장인 추기경조차도, 가슴 뜨거운 사랑을 실천하는 일이 그리 쉽지 않다는 것을 솔직히 고백한 것입니다. 이렇게 생의 마지막 순간이라도 솔직하게 말을 한다는 것은 그의 진솔함 그리고 그의 위대성을 반추하는 것입니다.

거의 모든 사람은 죽는 순간까지도 가식 속에서 눈을 감는 세상, 그저 머리로만 그리고 조금 더 내려와 보았자, 두 입술로만 사랑을 하는 세태에서 말입니다. 자비와 내면의 평화가 입술에서

내 가슴으로 왔다가 남의 가슴으로 가는데 는 얼마나 걸릴까요? 70년보다 훨씬 길겠지요. 이름 그 관능

머리에서 입술까지 삼십년 입술에서 가슴까지 이십년
가슴에서 손발까지 십오년 그 사랑 남에게 가는데는
　　　　　　　　　－「죽은 다음에나」

걸리면　　　　　　　　　막으면
안 걸리게　　　　　　　　안 막히게
　　하나 낮게　　　　　　　둘 정도 낮게
　　　－「굳이 변하지 않는 것 앞에」

　제자 K가 연락이 왔습니다. 자기의 삶이 고등학교 친구 때문에 힘
이 든다고요. 만날 때마다 기분이 나쁜 이 친구를 안 만났으면 하는
데…. 평생 같이하여야 할 동기들 모임이니 피할 수도 없고, 괴롭다
는 것이었습니다.　　　　　　　　　그래서 힘이 든다는군요.
　사람들이 살아가며 힘든 것이 어디 하나둘이겠습니까?
　손을 꼽아 보아서 열 손가락 안에만 드는 힘든 일들은, 그럭저럭
견디면서 살아 갈 수 있기도 합니다. 하지만, 하나둘 세기에는 손가
락 숫자로는 당연히 모자라고요. 대개의 사람은 발가락 숫자를 보
태도 모자라는 것이　　　　　　　〈삶〉이라는, 징 - 한 것 이지요.
　그 징 - 한 것 중에서 으뜸인 것이　　인간관계　입니다.
　이 인간 사이의 인연이 사람의 머리털을 돌돌 꼬이게 합니다. 나
는 선의로 대하는데 악의로 나의 발을 거는 사람이 한둘이 아니고
　나는 미소로 나서는데 뒤에 칼을 품고 막아서는 이도 셋 넷이 넘
습니다. 막아서는 사람이 있으면 그 사람을 가능한 피해야 합니다.
　발을 거는 사람도 마찬가지입니다. 그런 사람들은 설득한다고/사
정한다고 해도 잘 변하지 않기 마련입니다.
　　　옛말에 인간이 쉬 변하면 안 되는 거랬어니 애쓰지 말고

160

그런 일들을 하고 삽니다. 딱 그런 정도의 사람이지요. 그런데 문제는 피할 수 있으면 그냥 피하면 좋겠는데 피할 수도 없는 사람이라는 것이지요.

친구로 치자면, 고등학교 친구가 제일 친하다는 말들을 흔히 합니다. 그런데 고딩 친구 중에도 나를 괴롭히는 사람이 당연히 있게 마련이어서 이를 피하고 싶은데, 모임에 꾸준히 나오는 고딩 친구이니 피하기가 힘이 듭니다.   그럴 때는,

마음속에서 친구들의 Grade를 매겨 놓는 것이 해결책이 된답니다.   1. 지인 2. 동기   3. 친구 4. 절친

이 등급 중에서 지인은 그냥 아는 사이입니다. 동기는 그냥 3년 동안 같은 교문을 들락날락한 또래 아이입니다. 친구는 자기하고 친한 사람이지요. 만나면 반갑고, 혈족은 아니지만 가족 다음으로 가까운 사이입니다. 벗, 동무라는 말로 표현도 됩니다. 절친은 가족만큼 가까운 사이입니다. 나의 기쁨과 아픔을 모두 같이 하는 사이이지요. 나의 모든 것을 알고 있는 몇 안 되는 사람.

절친이 있으신가요? 친구도 있으시지요?

친구인 줄 알았는데 그가 친구가 아닌 말과 행동을 꾸준히 해오던가요? 그렇다면 용서해 주어야 하겠지요?

성서 마태오복음 18장 21~22절의 '용서 내용'은 가톨릭하고, 개신교하고 다릅니다. 가톨릭에서는 애초 성경이 그리스어로 기록될 때 숫자로 표기되어 있지 않았기 때문에 해석을 칠십칠로 해서 '77번 용서해 주라'이며, 개신교는 숫자 사이에 생략부호가 있다고 가정하고 일흔 번씩 × 일곱 번 = 490 '490번을 용서해라'로 보았습니다.   결과는 어떻습니까?

신자들보다 조금 높은 곳에 올라가서 소리를 멀리, 크게 증폭시키는 쇳덩어리에 목소리를 높이는 분들도 이를 지키는 사람은 단 한 사

람도 없을 것입니다.   양심에 물어보십시오.

일곱 번이라도 용서한 적이 있는지.

일곱 번도 용서 안 하니, 칠십칠 번은 당연히 불가능인데 그것을 증폭시켜 490번으로 만들어 놓았느니, 불가능 × 70이 되었습니다.

용서를 하려는 사람의 인성이 그렇게 되지 않는 것에도 문제가 있지만, 사실은 상대방의 인격이 도저히 안 되기 때문에(상대방은 같은 말과 변하지 않는 행동을 계속하기 때문에) 그를 용서할 여건 조성이 안 된다는 것이 Fact입니다.

즉, 사람은 잘 변하지 않기 때문에 상대가 Ungujeable(구제불가 : 언구제 러블)일 때, 용서보다는 그 사람을 피하는 것이 나를 위하고 그를 위하는 현명한 처사라는 것이 됩니다. 구제 불능의 사람을 대하시면 그냥 관계 정도, Grade를 조정해 보시지요. 친구가 그러면 한 단계 내려놓아 그냥 동기 정도로 하향 조정해 보세요.

그럴 가치도 없다고 판단되시면 그냥 만날 때마다 그냥 미소나 지어 주고 악수나 하면서, 헤어지면 머리에서 지워지는 지우개 인간관계/지인 단계 정도로 내려놓고 지내시면 됩니다.

싸우지 마세요. 골몰하지 마세요. 아무것도 아닙니다.

그 인간 생각하느라 아니….   사각*하느라 마음 까맣게 그을리시며 건강해칠 가치가 없으니까요.

＊생각의 안자는 없다고 아지요. 念 思 想 憶 慮 으로 표기가 되지만, 생각을 生覺으로 써보고 이의 반대의미가 있는 死覺이라고 아여 보았습니다.   항상 사각이 문제입니다.

인간의 모든 문제 즉, 정신적 육체적 모든 문제는 사각에서 나옵니다.

사람들은 생각도 하고 사각도 하는데, 생각보다는 사각을 압도적으로 많이 하며, 이 사각은 사람의 감정을 수시로 결정 짓게 됩니다. 그리고 사각과, 사각으로 일어나는 감정들을 사실이라고 여기며 더

162

심하면 진리라고 확신까지 하지요.

사각은 나쁜 감정으로 이어지고 ～～～～～～～～～ 은 느낌이라는 앙금으로, 마음속에 찌꺼기로, 지속해서 쌓이게 됩니다.

마음속에 차곡차곡 쌓인 사각은 당연히 삶의 형태/살아가는 방식을 결정하게 됩니다. 그런데 주의하여야 할 점은 - 우리가 사각하는 (모든 사람들은 생각이라고 하지만) 것을 냉철히 들여다보면 그것이 거의 사실이 아니라는 것입니다. 즉 우리 자신들이 느끼는 느낌이 사실과는 동떨어져 있다는 것이지요. - 냉철히 들여다본다는 것은 "이런 느낌을 오게 한 것은 과연 무엇이지?" "이 느낌과 감정들은 정말 사실일까? 이 느낌과 감정들을 믿어도 되나?"라고 항상 되돌아보는 것입니다. 이렇게 해야 사각의 나쁜 구렁텅이에서 벗어날 수가 있습니다.

항상 나의 삶을 분석하려는 습관이 중요합니다. 이 습관이 없으면, 사각은 나의 인생을 숨이 끝나는 날까지 축축하고도 싸늘한 슬픔, 외로움, 우울, 걱정 늪에서 빠져나오지 못하게 합니다.

나의 사각 그리고 **내 삶을 분석하는 능력이 생기게 되면,**

내 느낌, 감정을 조절할 수가 있게 됩니다.

살아가는 요령이 생기는 것이지요.

그래서, 겉과 속이 다른 가식의 단체나 사람들과 멀리 거리를 두게 되고요. 내가 참으로 좋아하는 것/진실한 가치가 있는 것/꿈에서도 보람 있는 것들에 더 시간과 정성을 들이게 됩니다.

한번 인/딱 한번 뿐인 **삶의 질이 높아지게 되는 것** 이지요.

구글 지도에 잡히지 않는 땅
나무 대충 엮고 잎으로 비 막아

낮에는 감자 한 알 심어보고
밤에는 별똥별 눈에 심어가며
　－「나 찾지 마세요」

'어떤 때는' 이 아니고 '언제나' 그런 곳으로 가고 싶습니다.
　　　　그곳에 있고 싶습니다.
　　　감자 한 알 심어놓으면 모든 세상 걱정 사라질 것 같은 마음으로
　　　별 같은 양심으로 순박하게 나머지 여생을 살고 싶습니다.
아무도 나를 찾을 수 없는 그런 땅에서 말이지요.
그런데, 구글 맵에 안 잡히는 땅이 없고요. 스마트 폰에 안 잡히는
나는 없으니 어쩌면 좋단 말입니까.

스스슥 스륵
도마뱀 발걸음 예쁘기도 하지
파랑 파라랑
나비 날개짓 아름답기만 하고
부웅 부우웅
벌들 바람 가르는 귀여운 소리
플썩 푸서석
눈감으면 들리는 생명들 소리

　　　　　　　찬란하기만 하고
　　　　　　　경이롭기만 하나
　　－「숨소리 예전 같지 않구나」

한 동네에서 40년 정도 살면서 유채꽃이 4개월 넘게 피는 것은 처

음 있는 일입니다. 2월 중순에 피기 시작하여, 산 이곳저곳에 게릴라처럼 옮겨 다니며 노란 불을 놓던 유채군단은 온 동네에 진한 기름 향기를 퍼지게 하더니 6월 말 가까이 되어서야, 붉은 줄기마저 누렇게 되고 말았습니다. 일 년 중 비가 아주 안 오는 시기인데도, 어떻게 견디었는지 꽃을 피워, 그렇게나 하늘을 향해 하늘하늘하며 피어 있더니, 이제 그렇게 가고 맙니다. 동료 유채꽃들이 다들 진지, 오래된 상태인데도 끝까지 남아 꽃을 유지하며 멀리서 서로 쳐다보고 아쉬워하던, 몇 안 남은 유채꽃은 홀로들 남아서 그런지 유난히 당당하고, 아름다웠었지요. 이제는, 그마저 사라지고 말았고요.

　유채꽃이 가고 난 뒤, 아직 나비도 날고, 벌도 자기 나름대로 '파랑파랑 붕붕' 소리를 내며 다른 야생 꽃 사이를 누비며, 자기가 살아 있음을 보여 줍니다.

> 살아 있다
> 나 여기 살아서 숨쉬고
> 살아 있나
> 아직 살아서 움직이나
> 　-「살아있다는 숭고함」

　올해 유난히 개체수가 늘어난 도마뱀들도 몸을 '슥슥' 올렸다가 내렸다가 하고요, 작은 벌레들도 흙 위에 '푸서석' 소리를 내어가면서 당당히 삶을 이어가고 있습니다. 이런 모습이 아름답고 귀엽고 찬란해 보이기만 합니다. 늙은이의 숨소리는 점점 가늘어져 가기 때문이기도 한가 봅니다. 살아있는 모든 것, 살아가는 모든 것들이 이제는 미소 짓는 것이 어썩안 이 지경의 나이가 된 사람을 '씨익' 미소 짓게 만듭니다.

웃는 것이 어색하다
분명 산뜻하여야 하는데

미소 지니 찜찜하다
기분 오히려 주저앉으니
 ─「노인 웃어 보아도」

  확실히, 살아 있다는 것은 아름다운 것입니다.
  누가 뭐라 해도 내 뇌파가 / 심장이 / 숨이 / 움직여 준다는 것은
고귀하고 소중하고 찬란하며 엄청난 기적이기도 합니다. 그러니, 아
무리 괴로운 일이 있더라도 살아 있어야 하고 '살아있다는 것'보다
도 숭고한 일은 이 세상에 절대로 존재하지 않습니다.

  그래 던져라
  네가 던질 만큼

  그래 던져라
  던지고 또 던져
   ─「나는 바다」

  던져라
  뾰족한 돌로
  무거운 돌로   던져라
                    네 할 만큼
                    너 지치도록

  ─「내 마음은 바다」

퐁당
물결 일그러지는데

풍덩
아무 표시 안 나고
　-「네 마음 바다 되면」

사는 것이 무엇인가
돌팔매질 앞 웃기

숨은 왜 쉬어지는가
날아오는 돌 피해

심장 왜 뛰어주는가
등 뒤 돌보다 빨리
　-「삶은 돌 맞기」

야 -

　　　돌 맞기 딱 좋은 날이네

야 -

　　　마른하늘에 날벼락이네

야 -

　　　까짓것 이게 한두번이냐
　-「배짱으로 살아남기」

허 -
뾰족 돌 정수리 맞기 딱 좋은 날 이네
허 -
아직 안 아물었는데 그 자리에 또 일세
허 -
다들 그러고들 살아 괜찮다 그러려니 해
　　-「배짱마니 살길」
(배짱있게 철자법이 틀려도 마구 쓰기)

　사람들이 돌을 들어서 상대방에게 던집니다. 나도 던집니다. 어렸
을 때부터. - 경쟁사회이니까요. 자라면서는 어렸을 때보다 좀 더 크
고 보다 뾰족한 돌을 집어서 던져야 합니다. 그리고 갑자기, 예기치
못한 방향에서 날아드는 돌들은 좀 더 빠르고 날쌔게 피해 다녀야
하고요. 어떤 때는 감당하기 힘들다며 등을 보였는데도 등 뒤로, 뒤
통수로 큼지막한 돌이 날아듭니다.

　세상은 돌 팔매질 놀이터
　힘껏 너도 던지고
　　　나도 던지고
　세상은 바윗돌 던지기 터
　살짝 너도 피하고
　　　나도 피하며
　　-「그러려니 세상」

맞으면 아픕니다.　　맞으면 피 납니다.
서럽기만 합니다.　　울어도 소용없고.

날아드는 돌팔매질에
정수리 맞아 넘어지고
검붉은 피 솟구치면서
울음 터트리고 있는데
　또 날아드는 돌
　-「이젠 잔인하지도 않은」

돌이 도랑이나 작은 연못에 떨어지면 '퐁당'하며 물결이 일
어나지요. 제법 퍼지고 오래가는 그 물결은 물가에 평온하
게 오가던 새들을 놀라게 합니다. 하지만, 인간이 용을 써서 큰 바위
를 집어 바다에 던지면 '풍덩' 소리도 잘 나지 않습니다. 바다에 물결
을 일으키기는커녕 오히려 파도에 휩쓸려 흔적도 없고요.
　던져라. 마음껏 던져라.　나의 마음은 언제나 바다다
결국 모든 것은 나의 마음 크기이고 마음의 Quality 문제입니다.

쫄지 마라
파도 더 인다
　　　쫄지 마라
　　　불길 높아진다
　-「쫄지 마라 I」

　　　바람

　　그래 봤자
　　왔다 가는
　　-「가슴 쫘악」

세상 같이 짠 찌개
따끔한 가스불 위 올려놓는다
보글거리다 바글거리는 동안
질긴 세상 생각 끌려 다니는데

먹거리 쫄고 쫄다
새까만 숯덩이로 용도변경이
알량한 양푼냄비 거덜 나도록
삐걱거리는 손으로 닦아 보지만
　－「노인 평생 쫄며 살았거늘 어찌」

　　　　　　　　　　마음을 다하고
　　　　　　　　　　뜻을 다하고
　　　　　　　　　　힘을 다하여

　　　　　　　　　　가슴에 새길 말
　　　　　　　　－「쫄지 마라 II」

그쯤이면 되었다
십대도 이십대도
너는 쫄며 살았다

이쯤 되면 되었다
삼사오육칠십대도
쫄고 또 쫄았으니
　－「죽어 가면서도 쫄 수야」

사람이 살아가면서, 가슴에 새기고 붙들고 있을

명언 하나쯤은 있어야 합니다.

사람마다 살아가는 환경 그리고 인생관에 따라 당연히 모두가 다
르겠지요. 어려서부터 경쟁하면서, 자라면서도 경쟁하고, 늙어 가
면서도 경쟁하다가 큰 – 한숨을 '푸우–' 하며 뒤를 돌아다보면

> 노인 손 주름 왜 생겼을까
> 왜 얼굴 그늘 물결이 깊고
> 왜 검버섯 온 몸에 퍼질까
> –「평생 쫄며 살았기에」

평생 쫄며 산다

가슴을 쫄이며 무엇을 기다리고, 누구를 기다리며 살아왔고요. 어
떤 소식과 어떤 성과를 바라면서 마음을 쫄이며 살아왔지요. 마음
이 쫄아들며 살았으니, 당연히 몸의 모든 세포는 쪼그라들었습니다.
DNA까지 겁을 잔뜩 먹고 있습니다.

혹시, 이 사람이 나를 해치는 것은 아닐까?

사기를 치려는 것은 아닐까?

혹시, 이 일이 나를 망하게 하지는 않을까?

이 길이 잘못된 길이면 어떻게 하지?

이곳도 나쁜 곳이라 시간 낭비 아닐까?

왜 이런 걱정들을 할까요? 자신이 당한 경험이 있거나, 자기와 가
까운 사람이 피해를 보고 고통 속에서 지내는 것을 여러 번 직접 보
았기 때문입니다. 그러니 인간을 보면 겁이 납니다. 새로운 일이 다
가오면 먼저 불안합니다.   **쫄는 것이지요.**

젊었을 때는 혈기가 왕성하니 불도저처럼 전진하며 겁나는 일도
잘 헤쳐 나갑니다. 그러는 과정에서 많은 상처를 입게 되지요. 치명

상을 입기도 합니다. 그러나, 나이가 들면 호르몬 변화도 있고, 과거의 실패 학습효과도 있고 해서 쫄기 마련입니다.

그런데 사실은 늙어서 뿐만 아니고 나이가 어렸을 때도 항상 '쫄며 살기'를 하여 왔습니다. 그것이 인간의 삶이고요. 자라면서는 집안 형제, 자매들과 경쟁하였습니다. 학교에서는 집안에서의 경쟁보다 더 진보된 모습으로, 사회에서는 이런 저런 무기들로 무장하고 전쟁터에서 싸우듯 치열한 경쟁을 하지요. 이렇게 살아남기 위해서 아등바등하는 모습은 바로 쫄아든 모습입니다. 문제는

본인이 얼마나 쫄며 사는 줄 감지하지 못한다. 는 것이지요.

그렇게 쫀 줄도 모르고 평생 쫄다가 생을 마감하면

'에휴ㅆ.' 가 됩니다. 그럴 수는 없지요. 평생 쫄다 가다니

그만큼 쫄았으면 이쯤해서 그만 쫄립시다.

평생 그리고 죽음의 그늘이 어둑하게 다가올 때까지

쫄다가 갈 수는 없지 않습니까.

불안하다
이 세상에 확실한 것은 하나
불안하다는 것

기운내라
너는 할수 있어는 약발없는
플라세보 몇 알

청춘이 기댈 말 오직 하나
　－「쫄지 말자」

플라세보(Placebo)는 위약(偽藥), 가짜 약입니다. 라틴어의 '내가 기쁘게 해주지.'의 뜻에서 유래되었습니다. 아무런 약 효과가 없는 가짜 약에 대하여 믿음을 가짐으로써 효과를 나타내는 것을 말합니다. 심리적 효과가 있기는 하지만, 과학적으로 검증된 약보다 좋다는 것은 아니지요.

젊은 청춘들에게는 많은 가능성이 열려있고, 기회도 많으며 당사자 스스로 용감한 나이임으로 현재 그리고 미래에 대하여 불안이 없을 것 같지만, 그렇지 않지요. 젊음 앞에 펼쳐지는 상황 그리고 사람들은, 모두 '새로움'이기 때문에 그 새로움에 대하여 불안감이 먼저 있게 됩니다.

이게 뭐지?　　이 사람은 어떤?　　이 상황은?

이런 불안감 앞에 많은 책, 강연, 조언들이 난무합니다.

기운 내라! 앗싸! 홧팅! 긍정적 사고! 이 위약, 가짜 약

말을 믿고 앞으로 전진에 전진을 하다 보면, 처음에는 약간의 효과가 있는 것 같기도 합니다. 그러나 시간이 지나면서 내게 일어나는 일이라는 것은 그저 얻어맞고, 빠지고, 끌려다니고, 속고, 실패하고, 억울하고, 신경질 나고, 화나고…. 이렇게 청년들도 불안을 느끼며 살아갑니다. 노인들 뿐 아니지요.

청춘들도 이렇게 저렇게 많이 당하다 보면, 위축되기 마련입니다. 실망의 작은 뒷등에 다른 실망이 업이고 업이다 보면 무너지지요. 무게. 삶의 거대한 무게에 무릎을 꿇게 됩니다. 그래도 힘을 억지로 내서 일어나면, 또 꿇게 되고요. 이렇게 당하면서 계속 꿇다 보니, 무릎의 살이 나달나달합니다. 이 참담함 앞에 정말 필요한 말은 한마디입니다.

쫄지 마.

쫄지만 않으면 됩니다.　　쫄면 지는 겁니다.

쫄면 남은 희망의 심지를 스스로 잘라 버리는 것이지요.

배짱을 두둑이 가져야 합니다. 배짱의 위치는 그야말로 배이지요. 내장으로 보아도 되고요. 의학적으로 사람의 배 상태, 장의 상태는 두뇌와 연결되어 있습니다. 대장, 소장의 건강이 좋으면 실제로 심리적으로 자신을 갖게 되고, 그 반대의 경우가 되면 심리적으로 위축이 된다는 것이지요. 영어의 배짱, 용기는 'gut'입니다. 이 'gut'는 인간의 내장, 배라는 뜻도 있고요. 실제로, 머리가 복잡하고, 고민이 뱅뱅 돌며, 걱정이 깊어지면 -- 배가 아픕니다. 누가 나의 마음을 상하게 하면 배가 아프다가 -- 머리까지 아프게 됩니다.

결국은, 배를 띠스하게 하고 배짱을 단단히 하면 --- 두뇌가 상쾌하다는 것입니다. **배를 가끔 쳐 보시지요.** 두둑이.

정말 배짱이 생긴답니다. 두둑이.

눈 크게 뜨지 마라
세상 안 보인다
크게 뜰수록
잘못 보게 된다

눈 갸르스름 떠라
째려 보노라면
씨익 웃게 되고
제대로 보이고
　－「세상 제대로 보기」

사람이 사는 것이 무엇일까요? 이 세상은 무엇일까요?

눈을 크게 뜨지 말고, 째려보면 저절로 야릇한 미소가 입가에 퍼지면서 마음이 편안해집니다.

세상을   제대로 보게 되면

세상이   웃기게 보입니다.

웬만한 것, 왠만치 않은 것 모두 섞어서 웃기게 보입니다.

웃기게 보이는데 어디에 마음을 둔단 말인가요?

어디 안 곳에도   누구에게도

완전한 자유. 바람 같은 자유. 강줄기 같은 자유.

왜 맛없고 질긴 여물 먹니
헉헉대며 그 큰 수레 끌고
그 넓은 밭 혼자 갈아엎고
거기다 채찍까지 맞아가다
결국 잘려서 먹히지 않니

쟤들 힘 없어 별것 아니야
그만 당하고 박고 도망쳐
 -「소/인간 귀에 경 읽기」

소귀에 사도신경 읽어주기
        반야신경 들려주기
인간 귀에 사랑 이야기하기
        용서에 대해 말하기
 -「도긴개긴(도찐개찐)」

기독교의 사도신경(使徒信經, Symbolum Apostolicum)은 신앙 고백문입니다.

불교의 반야심경(般若心經)은 대반야바라밀다심경(大般若波羅蜜多心經)의 요약문이고요. 기독교 사상은 사랑, 평화, 용서를 기본으로 로 영원한 생명 추구로 볼 수 있고, 불가의 사상은 성불제중(成佛濟衆·부처를 이루고 중생을 제도함)이라고 할 수 있겠지요. 수행, 깨달음, 해탈이 기초가 되어야 합니다. 두 종교 모두 믿음을 중심으로 하고 있고요.

종교의 가르침은 고통과 번민의 삶에서 구원받기 위한 좋은 메시지와 방법에 대해 말하고 있습니다. 그러나, 아무리 사랑, 용서, 평화, 자비, 깨달음, 해탈을 이야기하면 무엇하나요? 받아들이는 측이 제대로 못 알아듣는데요.

귀로 듣고 입으로 알아듣는 것처럼, 응답은 하나

행동에서는 미움, 앙갚음, 분란, 복수, 우매함, 집착으로 걸쭉 - 찐하게 나옵니다.

이런 답답함을, 성서에서는 예수님의 외침으로 잘 표현되고 있지요. '귀 있는 자는 들으라.'며, 마태오복음에서는 3번, 마르코 복음에서는 2번, 그리고 루가복음에서는 1번 '들으라.' '듣고 깨달으라.' 라 합니다. 마태오 복음 13장 씨 뿌리는 비유에서는 '깨달으라.'라는 메시지가 6번이나 강조되고요.

이래도, 인간들은 그 시절이나 지금이나 못 알아듣긴 마찬가지 를 고수합니다. 소의 귀에다가 아무리 소에 이로운 이야기(經)를 하여도 소는 알아듣지 못합니다. 이것을 '소 귀에 경 읽기'라고 하지요. 알아듣지 못하거나 건성으로 들어 넘길 때 하는 말입니다. 이와 비슷한 말이 또 있습니다. 마이동풍(馬耳東風)입니다. 이태백이 친구 왕십이(王十二)에게 '세상 사람들이 시를 듣고 모두 고개를 젓는데 마치 봄바람 동풍이 말 귀에 들어가는 것과 같다.'라고 한 데에서 유래하였습니다. 또 있습니다. 대우탄금對牛彈琴(對 대할 대, 牛 소 우, 彈 퉁길 탄, 琴 거문고 금)입니다. 소에게 거문고 소리를 들려주는 것과 같이, 아무리 좋은 진리를 이야기하여 주어도 깨닫지를 못할 때 쓰는 말이지요.

소나 말의 귀에다가 경(經)을 해주는 것 같은 경우가 인간에게도 있습니다. 인간이 사람이질 못하고 그저 동물의 수준에 이를 때, 그 동물을 사람이 되게 하려고 아무리 노력해도 되지 않습니다. 이럴 때,   인간이 소나 돼지, 말이고요.

닭이나 고양이가 인간과 같습니다.

인간들은 그 시절이나 지금이나 소와 똑같이 못 알아듣긴 마찬가지

소와 똑같이 나쁜 생각을 되새김질하고요.

소와 똑같이 일만 죽어라 하고요.

소와 똑같이 얻어맞으면서도 가만히 있고요.

소와 똑같이 코 꿰어 끌려다니고요.

소와 똑같이 죽는 것 알고도 살 내어 주니.

쉬지 않고 되새김질

일만 죽어라 해대고

코 꿰어 질질 끌리고

얻어맞아도 가만있고

죽으면서 살까지도

　-「음매 - 나 소」

인간과 소는 도긴개긴

사람들이 살아가며, 고통스럽고 힘든 일을 당하지 않고 사는 방법은 1도 없습니다. 이런 고난이 닥치면, 처음에는 자기 스스로 일을 해결하려고 시도해 보지만, 자기의 힘에 벅차게 되고, 숨까지 가쁘게 되면서, 눈물까지 진하게 밀쳐 오르면 무릎을 꿇게 됩니다. 그런 다음 정신을 차리게 되어서 주위를 둘러보면, 상황이 바뀐 것은 아무것도 없으니 그저 멍하기 마련이고요.

그래도 '어쩌다 정신'이 돌아오긴 했으니, 해법을 찾기 위해서 '자기에게 탈출의 지혜'를 줄 누구를 찾아 나섭니다. '그 누구'가 '깨달은 각자'라면, 흔쾌한 해결 방안을 제시할 것입니다. 그러면, 정신이 '빠싹-' 들지요. 그러나 여기부터 고통해야그냐.

인간의 자질이 제대로 되지 않으면 아무리 좋은 조언이라 한들, 그저 소 귀에다가 경 읽어주는 격이 되는 것이지요. 결국, 행동으로 이어지지 않는 진리 로의 초대는 먼지 - 아무것도 아닙니다.

들을 당시는 눈도 반짝여 주고, 고개도 까닥까닥하지요. 어떤 때는 손뼉까지 치고요. 이상한 소리를 지르며 이런저런 종교적 표현으로 응답하기도 합니다. 이렇게까지 해 놓고는

결국, 입으로, 손으로, 몸으로 나오는 행동은 정 반대 입니다.

무술을 익히려고 깊은 산에 스승을 찾아가면, 스승이 무술은커녕 몇 년이나 땔 장작을 주워오는 일, 빗자루질, 물 긷기, 심부름, 밥하기만 시킨다는 것은 잘 알려진 옛 이야깃거리이지요. 왜 그랬을까요? 자질 Test입니다. 이런, 시시하고, 수수하며, 소소한 허드렛일이, 세상 삶의 중심인데 이런 것도 제대로 '순간순간 느끼며' 하지 못하는 자에게 가르침이란, 그저 '말 귀에 동풍'이라는 것이지요. 자질이라는 기초가 안 되어 있으면, 그 위에 구축하는, 모든 것들은 어느 한순간에 '와르르 -' 무너지기 때문입니다.

'들을 귀가 있는 사람은 알아들어라.'

'귀는 듣고 깨달아 행동하라고 두 개씩이나 달린 것이다.'

아 하니
어 라고 듣고
노 하니
예스로 받고
　－「획기적 언어 진화」

　언어는 문자언어가 있고 음성언어가 있습니다. 언어는 화자(話者)
의 기분이나, 표현하고 싶어 하는 것을 전달하는 표현기능, 언어를
받아들이는 이를 원하는 방향으로 유도하는 기능, 사람들 간의 유대
에 관여하는 기능, 지식과 정보를 보관하는 기능, 언어끼리의 상관
기능을 갖고 있지요. 언어는 살아 있는 생명체입니다. 사람들의 삶
에 목숨처럼 온도를 갖고 밀접하게 존재하지요. 그래서
　　　　　언어는 사람을 살리기도 하고
　　　　　　　죽이기도 합니다.
　마치 날이 잘 서 있는 칼과 같지요. 칼은 잘 쓰면 사람의 생명과 직
결된 요리에 유용하게 쓰이지만, 바로 그 칼이 도마를 떠나 공중에
서 춤을 추게 되면 빨간 피가 솟구치게 됩니다.

　　　　빛도 잘라내는 칼날

　　　도마에 있으면 생명이고
　　　공중에 휘둘리면 핏물
　　　　－「사랑도 자르는 설소대」

179

진정성 위 놓이면 생명
거짓으로 돌려지면 사망
－「혀가 칼날이니」

* 설소대(frenulum linguae: 입안과 혀 밑을 연결하는 긴 근육)

혀는 칼이지요. 진실한 혀는 주위를 밝게 하지만, 간교한 혀는 모든 이를 더러운 수렁으로 끌고 들어갑니다. 혀는 9~10cm 정도로 보이지만, 이는 겉으로 보이는 부분일 뿐입니다. 목에서 시작된 8개의 근육과 연결된 목뒤까지의 혀 길이는 30cm 정도나 됩니다. 회칼 정도 크기 (한국에서는 27센티미터, 일본은 보통 30센티미터 정도)입니다. 혀는 회칼 정도로 날카롭습니다. **여를 외칼로 양상 느끼고 있으면** 혀를 조심할 수가 있지요.

현자가 있었다
혀 대신 입속 회칼 물고 말하여
사람들 살리는 언어만 구사하는
－「현자의 언어는」

성직자라고 불리는 이여
입속에 회칼 하나 물으라

그것 하나만 잘해도 그대는

죽어가는 사람도 살리고
꺼져가는 그대도 살리니
－「제대로 수도하는 Know How」

도 닦으려는 자여

거친 숫돌에 칼날을 갈고
중간 숫돌에 칼날을 세워
마무리 숫돌로 흠집 지워

입속 넣어 다니라
　-「목을 베이지 않으려면」

되려는 일도 안 되고
안 되려는 일로 번번이 당하는 이여

입속에 회칼 하나 물으라

안 되는 일도 되고
되는 일은 더 잘 되는 것 곧 보리니
　-「입이 화근(禍根)」

　무망지화(毋: 말 무, 朢 : 바랄 망, 之 : 갈 지, 禍 : 불행 화)는 뜻하지 않게 닥친 화(禍)라는 뜻입니다. 평소에 생각하지도 못한 일이나 사람으로 인하여 생기는 재앙이지요. 이 재난은 화불단행(禍不單行). 즉, 홀로 오지 않고 계속해서 닥친다는 것이 더 큰 문제가 됩니다. 재앙이 꼬리에 꼬리를 무는 이유는 **재앙의 진원이 모든 재앙과 서로 연결되어 있기 때문** 입니다. 병이 나면, 식구나 친구와의 인간관계에 문제가 생기고, 경제에도 문제가 생기며, 이런 문제들로 골머리를 앓다가 보면, 교통사고도 나게 되고, 교통사고를 당하여 보험처리를 하려고 하였더니, 다른 재앙들에 신경을 쓰다가 보험이 취소된 것을 몰라 손해를 보상하느라 집까지 압류당하고, 그러니 고칠 수 없는 더 큰 병이 생기고…. 이런 식이지요.

화가 화를 부른다

활활

화가 화를 키운다

-「삶이 화끈」

그런데 이런 재앙들의 근원은 화종구생(禍從口生) 입을 잘못 구사해서 생기는 일이 다반사입니다. 화근(禍根)은 입이라는 것이지요.

되려는 일이 안 되고 안 되려는 일도 그냥 그것으로 마무리되면 그나마 손해 제한하겠는데, 그것이 마른 볏짚에 불길로 번져서 번번이 크게 화상을 당하시나요? 안 되는 일도 되고, 되려고 떡잎이 파릇파릇한 일이, 화악 자라서 향기 나는 열매가 나뭇가지가 휘도록 주렁주렁 열리는 것을 보길 바라시는지요?

그렇다면 탄화규소와 산화알루미늄으로 만든 숫돌들.

크게 망가진 칼날을 갈아내는, 그 '거친 숫돌'에 칼날을 갈고

칼날을 날카롭게 세워주는, '중간 숫돌'에 예리하게 칼날 세운 뒤

'마무리 숫돌'로 이렇게 저렇게 남아있는 흠집을 지워버린 후에

그 어마무시하게 닦여진 회칼을 입에 물고 다니는 상상을 하며 살아 보시지요. 특히, 말로 많은 사람들에게 상처도 주고 평신도들 목에 칼을 드려대는 성직자들은 제발 그 입 속에 회칼을 한 Dozen 정도 번갈아 가며 넣는 상상을 하며 말을 하여 보시지요.

적어도 남을 죽이는 말은 안 하게 됩니다.

적어도 나를 죽이는 말도 안 하게 되고요.

성직자라는 분들이 하는 말을 옆에서 듣고 있으면, 정말 '아무 말 잔치'입니다. 아무 말이나 해도 옳고, 권위가 있으며, 아무 말이나 해도 용서되고, 아무 말이나 해도 법이 되는 참으로 무법 사각/어이 상실 지대 지배자들입니다.

입안에는 무엇이 들어 있나요?　　　　　이빨과 혀.

이빨은 무는 역할을 합니다. 인간은 진화과정에서 상대방을 물어 버리는 동물의 기능을 많이 상실하였지만, 이

　　　물어버리는 숨겨진 야성은 여로 옮겨　　　갔습니다.

　　　　　　　　　그리고는 진화에 변종까지 계속 발전하여

꿍꿍샀 놓쌋샀쐪 어　　　　　　가 되었습니다.

영어에서 모국어를 mother tongue이라고 tongue을 씁니다. 혀와 언어를 동일시하는 것이지요. '혀는 몸을 베는 칼' '입이 재앙을 불러오는 문'이라는 속담이, 사람 사는 곳 어디에나 멀리 퍼져 있는 것을 보면, 인종, 역사를 불문하고

　　　　　　'혀의 놀림'은 바로 '언어의 구사'로 보아야 합니다.

사람의 역사가 지나가면서, 라틴어나 만주어처럼 죽은 언어, 사어(死語) 도 나오고 요사이 쓰는 신조어가 태어나 대중들 사이에서 활발히 쓰이기도 합니다. 특수한 의사소통의 목적으로 사용하는 언어인 인공어, 예술어, 컴퓨터 프로그래밍 언어, 수학 형식언어도 존재합니다.　이런 여러 가지 분류에 들어가지 않는 언어를 쓰는 집단이 있습니다.　　　　**성직자들이 쓰는 갑질 독재 언어** 입니다

우리나라 사람들이 많이 쓰는 '언제 밥이나 한번 먹읍시다.'와 '조만간 한번 뵙지요.' 등의 언어는 말한 내용을 '지키겠습니다.'내지는 '지켜질 것이다.'라는 믿음이, 바탕이 되지 않은 언어이지요. 부도가 발생할 것을 인지하고 발행한 언어.

　　이런 **부도 수표**(不渡手票 : dishonored check) **같은 언어를 남발**

을 하는 것이 성직자들입니다.

자기네들이 하는 말이 이루어질 것이라고 믿으며 말을 쏟아내는 성직자가   몇이나 되며

말한 것이 지켜지지도 않는 것을 잘 알면서도 또 똑같은 언어를 여기저기 마구 쏟아냅니다.   **양심 불량** 이지요. **성찰 부족** 이고요.

마이크 잡아 자기 언어를 몇십 배로 증폭시켜, 위압감으로 선량하고 힘없는 병/을 백성들의 머리에 쥐가 나도록 선동하고, 오도하며, 진작 자신들은 위선을 일삼는 것을 자주 보다 보니

가련한 백성들은 이제   누가 '아 하면 어'라고 듣고
'예스하면 노'라고 생각하며 비틀비틀 살아갑니다.

'언어는 온갖 오해의 근원'이라는 생텍쥐페리.

'지혜로운 자는 말하지 않고, 말하는 자는 지혜롭지 못하다.'라는 장자의 말이 생각나는   여름의 무더운 밤입니다.

여름이 더운 것은 더워야 여름이기 때문이기는 하지만, 지금은 지구 온난화로 점점 너무 따가운 여름이 되어가고 있습니다.

지구의 역사를 보면, 지구 온난화는 원래 진행됐습니다. 80만 년 그 이전에도 기온 변동 온난화 현상은 순환적으로 계속 있었습니다. 그런데 문제는 불과 150년 정도 만에 10만 년 전과 300만 년 전 정도의 기온과 비슷한 기온으로 상승하고 있다는 데 있습니다. 이런 가파른 기온 상승은 인간을 포함한 지구의 모든 생명체가 적응할 수가 없지요. 인류에게 위기를 안겨주고 있는 심각한 문제들, 즉, 환경오염, 천연자원의 고갈 같은 문제를 연구하는 로마클럽(Club of Rome)에서 1972년에 미래 예측보고서, 지구 온난화 보고서를 내면서 지구의 위기가 사회적 이슈로 제기되었습니다. 보고서 내용대로 인구의 증가, 이산화탄소와 메탄 등의 공해 증가, 천연자원의 고

갈 등으로 심각한 여러 문제가 실제로 발생하고 있습니다.

북극, 빙하, 동토 지역의 축소화, 해수면 상승에 따른 지역침몰과 우기와 강수량의 급격한 변화, 가뭄, 폭우, 폭염 증가, 해양 산성화와 생물 종의 멸종 그리고 농업 수확량 감소, 기후변화에 따른 난민의 증가가 직접 목격되고 있지요. 이 심각함은 점점 더해질 것이고요. 인류 멸종으로 치닫는 이 절체절명의 위험이 머지않아, 돌이킬 방법이 없는 상태로 될 것이라고 과학자들 모두 심각하게 경고하고 있습니다.

인류는 국제적인 협약을 제정함으로써 지구 온난화 가속화를 막으려고 1997년 교토 의정서(Kyoto Protocol)를 시작으로 2007년에 인도네시아 발리섬에서 열린 발리 기후 회의, 2015년 파리협정 그리고 최근 영국 글래스고에서의 유엔 기후변화협약 당사국총회(COP26) 같은 국제적인 협약을 맺으며 노력하고는 있지만 지금의 속도와 참여도 갖고는 지구 온난화를 멈추기에는 어림도 없는 상황입니다. **푸른 지구는 지금 펄펄 끓고 있습니다. 절대 위급상황.**

하나밖에 없는 지구 전체가 부글부글한데 심각 감각 실종. 이런 상황이다 보니, 이런 생각까지 들게 됩니다.

지구를 열받게 하는 이산화탄소(CO2)의 배출은 주로 에너지소비에 따라서 나타나지만, 인간이 말을 할 때도 이산화탄소가 배출되지요. 인간 한 명이 숨을 쉴 때 하루에 약 1kg, 일 년에는 365kg의 이산화탄소를 배출합니다. 전 세계  인구수로 곱해 보면 30억 톤 정도가 되고요. 화석 연료로 인한 세계 이산화 배출량은 350억 톤 정도 되니, 인간의 호흡으로 약 8.6%나 이산화탄소가 배출되는 셈입니다.

크게 떠들고 말로 화를 버럭버럭 내면, 이산화탄소 배출량이 더 늘어나겠지요. 이 배출된 이산화탄소가 식물들이 흡수하고 산소를 방출하기는 하는데, 어쨌든 세계 이산화탄소 배출에 인간이 한몫하고는 있습니다.   이런 사실까지 알게 된다면,

　　　'아 – 그런 면도 있었네. – 어쨌거나 지구별을 위하여 말을 좀 삼가면, 도 닦는 데도 도움이 더 되겠네'하는 분도 있고

　　　'참 – 별의별 발상도 다 있네. – 그렇게 따지면, 인간이 할 일이 무엇이 남겠는가?" 하는 분도 있겠지요.

환경문제는 – 인류 전체에게 외계인 침공만큼

　　　심각하고, 긴급한 일인데, '덥다는 말만 하면서'

　　　　　미온적인 태도로 대응을 하는 것을 보면

인간은 확실이 아둔한 동물 임이 확실해 고개가 깊숙이 숙여집니다.

나무껍질은 왜 저리 되었을까

얼마나 바람 앞에 벌을 섰으면
얼마나 어지럽게 나이테 둘렀으면

나무껍질은 왜 저리 되었을까

얼마나 안개 휘저어 버렸으면
얼마나 구름 잡는 일 궁금했으면
–「내 삶은 어쩌다 이리 되었을까」

나무껍질(수피(樹皮), 목피(木皮) : Bark)은 동물의 피부에 해당합니다. 나무의 성장은 내부에서 일어나지요. 나무의 안쪽에서 성장이

186

일어날수록, 나무에서 제일 오래된 밖의 부분인 껍질은 갈라지고 터지게 됩니다. 아이들이 성장하면서 살이 찌면, 종아리 피부가 갈라지는 것과 같은 이치입니다. 여기에다가 급격한 밤낮의 온도 차이를 제일 먼저 느껴야 하는 곳도 껍질이고, 쉬지 않고 달려드는 찬바람을 온몸으로 덜덜 떨어가며 맞는 것도 껍질입니다.

산다는 것이 벌을 서는 것　　이요

숨 쉰다는 것이 어지럽다는 것　이고

너나 나나 매일　슬쩍 보지도 못하게 하는 안개에 휘휘 휘감겨 휘청거리며　전력을 다하여 지금 하는 일이라는 것이

구름 잡는 일　이어서

나무껍질 보네

터지고 갈라진

-「나를 보네」

나의 삶의 모습과 나무의 껍질 모습은 어찌도 저리도 똑같은지요.

모래알 간절한 기도

이뤄지지 않아

얼마나 사무침 저리

깊어져 갔으면

-「나무껍질과 사무침」

떨지 말자 꼭 잡은 손 저절로 떨어가며

식은땀으로 축축하게 밤마다 목욕하고

낮에도 하얗고 밤에는 더 하얀 시야에서
그다지 목 쉬어 버리고 바래지 않았다면
　－「내가 나무껍질 되었을까」

꽃향기 가까이
벌떼들도
나비들도

이파리를 보네
이 이도
저 이도
　　　－「시인만 나무껍질 곁에」

　모래알같이 수많은 밤마다, 낮에도, 수시로 외쳐대는 간절한 기도
가 이루어질 실마리가 털끝만큼도 보이지 않을 때 **기도하려 꽉 잡은
손이 저절로 덜덜 떨려** 옵니다.
　왜 파르르하게 떨릴까요?
　떨어본 사람만 압니다. **남은 모르고 당사자만 안다는 뜻** 이지요.
눈 망막에 잡히는 모든 광경이 하얗게 보이는 것은 또 왜일까요?
낮에는 그 알량한 햇빛이 세게 가열해서 그런가 하지만
밤에도 세상 모든 것이 하얗게 보이는 것은 또 뭐고요?
　하얗게 본 사람만 압니다. **남은 모르고 자기만 안다는 뜻** 이지요.
　말을 해야 하는데 목구멍을 통해서 간신히 기어 나오는 언어는
갈라집니다. 그 긴 밤을 식은땀을 흘리니 이불은 '풍덩 풍덩 축축
축축' 싸늘하기만 합니다. 이런 상황은 이 세상에서 오로지 나만

100% 이해하고 공감하고 절감합니다. 나무 껍질 모습과 나의 진정한 모습의 DNA는 - 100% 일치합니다.

그래
창세기를 다시 시작해야 해

뒤죽박죽인 이 세상
바로 그 창세기를
-「창세기 #2 창조」

'모든 것이 참 좋았다'
창세기의 1장은 이렇게 끝나지만

'모든 것이 참 별로다'
이것이 지금 모든 것의 모습이니
-「창세기 재집필」

이 세상 돌아가는 걸 보고
누가 '참 좋구나 좋아' 할까
네가 그렇고 내가 그러니
어딜 봐서 '좋고 좋네' 할까
-「재 창세기」

모든 것이 다 좋게 창조가 되었는데, 여기를 보아도 안 좋고, 저기를 보아도 더 안 좋기만 합니다. 그러니 어떡합니까?

Re set!

다시 창조하여야 하는데

다시 창조해 주실까요? 싹 밀어내고?

　　　　　아니면 여기는 밀어내기에 너무 Messy하니

　　　　　여기는 그냥 내동댕이쳐 두고

　　　　　다른 별에서 재창조를?

날씨가 더워서 머리가 뜨거운지….

뜨거운 생각을 해서 이마에서 불이 나는지….

지금

바로 지금

나를 사람에게 하는 것이 있다

그것

바로 그것

그것 하나만 붙잡고 나아가라

　　-「무소의 뿔처럼」

지금 바로 지금

나를 사람이게 하는 것이 있다

그것이 꽃이든

사람이든 노래이든 춤이 되던

　　-「그것 하나 붙잡고 무소의 뿔처럼」

　　　　wander alone like a rhinoceros.

나를 지금 사람이지 못하게 하는 것

그것을 먼저 보라

그것이 나를 짐승이게 하고
    좀비 되게 하니
  -「그대는 그저 무소 한 마리 되어」

나를 지금 사람이게 하는 것이 있어
그것 하나만을 붙잡고 무소의 뿔로
용맹 정진하는 목숨 같은 것 있다
-「그것을 바로
  그것을 놓아라」

　지금, 나를 짐승이지 않고 사람이게 하는 것이 있습니다. 어떤 이는 꽃을 가까이하며 사람입니다. 또 어떤 이는 음악을 하며, 그림을 그리며, 그리고 시를 쓰며 사람으로 남기도 합니다.
　어떤 고귀한 인격을 가진 사람과 같이하면서 사람으로서의 꼴을 유지하는 사람도 있지요. 그렇게 사람, 사람마다 자기의 환경에 따라, 인격에 따라, 무엇이나 누구와 함께 있음으로써 '방금 다른 생명을 잡아먹어서 이빨과 뿔에 피가 뚝뚝 떨어지는 야수'가 아니게 됩니다.　　　　그것이 무엇이냐! 그것 하나를 단단이 붙들고　여생을 숫타니파타의 무소의 뿔처럼 혼자서 가라.
　나를 짐승이게 하고, 좀비(zombi)이게 하는 그 인간, 일, 장소에서 탈출하게 하는
　　　　그 아나마저 놓으라! 　바로 그걸 놓아야 　　합니다.

　　인간 하나 본다
　　　뿔이 두 개 난
　　　뿔 끝 빨간 피가 아직 안 마른

열은 미소 속
찢어 씹은 고기 끼어 더 섬뜩한
-「그를 본다
어쩌면 나를 본다」

사람하고 사납고 무서운 동물하고 무엇이 다를까요? 사람은 뿔이 없고, 살육으로 일과를 보내는 많은 육식 동물에는 뿔이나 날카로운 이빨이 있으니 뿔/섬뜩한 이빨이 기준이 될까요?

ᘯᘯ ᘯᘯ

ᘯᘯᘯ ᘯᘯᘯ ᘯᘯᘯ 얼마든지 있습니다.

사람을 겉으로만 보고 판단하는 천박한 세상이 된 지는 오래되었습니다. 말상, 호랑이상, 개상이라며 고귀한 사람을 동물 얼굴에 박제하여 서로 비교하였습니다. '저 여자는 얼굴이 길어 말상이니, 팔자가 어떨 것이다.' '얼굴이 쥐를 닮아서 쥐 같은 짓을 하는 사람이다.' 이런 식이었습니다. 이런 말도 있습니다. '사람은 생긴 대로 논다,' 이 얼마나 황당한 말인지요.

작은 거짓말로 사람을 당황하게 하는 자는
인상이 중지를 않습니다.
하지만, 사람의 운명까지 뒤바꾸는 사기꾼은
인상이 썩 중기만 하지요. 목소리까지.
인상이 험악하고, 별로인 인간에게 누가 당합니까?
이 살벌한 세상에 말이지요.

지난날 내가 험하게 당하여, 눈물을 매일 쏙 쏙 빼내었던 그 인간들을 잘 기억해 보시지요. 그들이 나를 속일만한 인상을 가졌었는가? 목소리도 좋고, 얼굴이 번들번들 광채가 나게 인상도 좋고, 교회도 열심히 잘 다니고, 사찰과 사원에도 독실한 신자에게 제대로 당하게 되어 있습니다. 왜일까요?

인상이 좋으면 믿을 수 있다는 착각

인상 좋은 이에게는 경계심 울타리 제거

늘 손쉽게 하기 때문인데, 얼굴은 거짓말을 하지 않는다니요?

틀린 생각입니다.

헤겔, 셸링, 피히테가 칸트의 사상을 왜곡했으며, 바로 자신이 칸트의 사상을 제대로 계승한 자라고 했던 쇼펜하우어도 이런, 깊은 사고가 없는 사상을 피력하였습니다. 또 있지요. '마흔이 넘으면 자기 얼굴에 책임을 져야 한다(Every man over forty is responsible for his face)'- 폭넓은 존경을 받는 미국의 16대 대통령 에이브러햄 링컨(Abraham Lincoln)의 유명한 말입니다. 이 말에서 '마흔'이라는 40살의 기준이 모호합니다. 오십, 육십 때나 되어서야 그 사람의 삶의 흔적이 나오는 경우도 많고, 그 흔적이 나온다고 하여도, 그 흔적이 그 사람의 인격을 단적으로 대변할 수도 없기 때문입니다.

호구지책(糊口之策 - 여기에서 호구는 입에 풀칠한다는 뜻이지요. 즉, 찢어지도록 가난한 환경에서 간신히 먹고 살 방책을 말합니다) 하느라 얼굴에 온갖 세월의 칼날을 맞은 그 모습이 그 사람의 험한 인격을 말하지는 않습니다. 이 말 역시, 깊은 묵상이 없는 책임 없는 허무한 말입니다.

거울 보네

오른손으로 방금 한 떡 주니

왼손으로 수라상 떡 돌아오네

거울 보네

왼손으로 독사 한 마리 주니

오른손으로 전갈 하나 돌아오네

　　　－「그냥 좋은 그것만 주세요. 남에게도 나에게도」

지금 내가 줄 수 있는 것 중에 제일 좋은 것을 골라서 남에게 주면 어떻게 될까요? 받은 이도 자기 정성의 최고로 되갚으려 하겠지요.

내 마음을 다하고 내 목숨을 다하고 내 정신을 다하여 누구를 사랑하면 어떻게 될까요? 그도 당연히 나에게 그의 온 힘을 다해서 사랑하겠지요. 마치 거울을 보는 것 같도록 오른손으로 방금 나온 따끈한 떡을 주면　　　　　상대방은 임금님 수라상을 차려주고

왼손으로 맹독이 시퍼런 독사 한 마리 주면

받는 측에서는 독 오른 전갈 하나를 보내 줍니다.

세상이 이렇게 되어야 정상이라고 생각합니다.　　**그러나**

실제로는 다 그렇지는 않다는 데 문제가 있지요

나는 선량한 마음으로 최고의 것을 주었는데 받는 사람은 전갈과 독사가 가득 든 접시를 보내 주기도 하는 것이 세상의 한구석 인심이라는 것을 직/간접으로 경험합니다. 이렇게 몇 번 당하다가 보면, 좌절하게 됩니다. 사람 보는 눈이 달라지지요.

믿지 못하게 되는 것이고요. 그러면 나의 마음은 언제나 닫혀있는 상태를 유지하게 됩니다.　　**그래서**

내가 확신에 확신하지 않는 한, 나의 최상의 것은 남에게 줄 수가 없습니다.　　　　　**따라서**

나의 최선이나 차선을 남에게 주되, **주는 순간 잊어 버려야** 합니다. 그것이 무엇이든 받은 이가, 나의 호의를 그 사람의 최상으로 아니면 차선으로 갚아주든 말든 또 배신으로 갚든 말든, 아무 기대도 마시지요. 주는 순간 잊는 겁니다.

그래야

내가 숨을 좀 더 편하게 쉬면서 살 수가 있게 됩니다.

여름 산 점점 높아진다
여름 산 점점 익어간다
여름 산 점점 무거워져
 -「여름 산 안 무엇 있길래」

여름 산속에 나무만 있을까
여름 산속 메아리만 있을까
 -「여름 산속 나도 있고」

이렇게 되는 이유가
 산 속에 나무, 새, 꽃, 돌, 흙, 메아리만 있기 때문일까요?

 산속에 바람 있다
 바람의 자식 나도 있고 너도
 나무 새 꽃 돌 흙 모두 흔들어 버리는
 -「산속 나는 누구인가」

여름 산속에 있다가 보면, 사람이 익어 갑니다.   신중해지고요.
 기상이 높아만 갑니다.

저 업어 키워 주셨지요
이젠 제가 업어 드릴께요

하는 사람 찾습니다
 -「실종자 공개 수배」

가족 일원이 갑자기 사라지는 것은 실종사건입니다. 실종 당사자의 사망보다도 더 힘든 정신적 고통이, 지속적인 고문 형태로 가족이나 지인들에게 가해집니다.

납치, 인신매매, 장기매매, 해외 입양에서라도 탈출할 수 있지 않을까…. 하는 희망이 살아 있기 때문에 단념이나 체념이 되지 못하고, 걱정하면서 살아가야만 하는 '희망 고문'이 숨을 막히게 합니다.

2017년부터 2021년 중반기까지 약 5년간 실종 성인 가출인 신고 건수는 약 323,000이나 됩니다. 한 해 64,600명이고요, 한 달에 5,383명, 하루에 180명, 한 시간에 7.5명이 실종되고 있습니다. 끔찍한 일이지요. 더 끔찍한 일이 있습니다.

너무 숫자가 많아서 통계에 잡히지도 못하는.

부모가 업어서 애지중지 키워주셨으니
늙으신 부모를 이제는 제가 업어서 돌보아 드릴게요. 하는
자식 실종. **자식 실종은 부모 기억에 지속적인 살인행위** 입니다.

보름달 찻잔에 빠져
부르르 끓고 있다네

덩실 보름달 보는 것도
그윽한 차 마시는 것도
  -「기다리라 잔잔해질 때까지」

별을 보려고 뒷마당에 나갔습니다. 허름한 의자에 앉아서, 방금 뜨거운 물을 내린 찻잔을 내려다보니, 보름달이 별과 같이 찻잔에 빠져 부르르 떨고 있습니다. '보름인지도 모르는가!' 하며 떨고 있네요.

196

보는 이 눈동자도 파르르 떨립니다.

이제라도, 정신을 맑게 하여야 합니다.

빠져버려 이지러진 보름달 보는 것도, 향기롭고 뜨거운 차 마시
는 것도   기다려야 합니다. 잔잔해질 때까지

좋은 것은 다 기다려야   합니다.

그대가 꺾어 머리에 꽂아 준 꽃
시들어 죽어가네
그때 왜 몰랐을까 나도 꽃 함께
시들어 죽어갈 줄
 -「꺾지 마세요」

여자 머리에 꽂힌 꽃을 보면 아름답습니까? 여자는 예쁘게 보일 수
도 있겠지요. 그런데 꽃의 측면에서 보면, 어떨까요?

죽어갑니다. 시든다는 것은요.

죽음이 머리 위에 있는 셈입니다.

**내일 변할 사람이 왜 꽃을 꺾나요? 인연의 죽음을 미리 알고 꺾으시나
요? 모르고 꺾는 사람도 있고** 알고도 꺾는 사람이 많은   도
많은 세상입니다.

꽃의 언어는 둘
 화 알 짝
  향긋
 -「플라스틱 꽃 그대」

플라스틱 꽃 보고 누가 말했다

활짝 피었네
　-「미치지 않고서야」

동백의 언어도 하나
백합의 언어도 하나
국화의 언어도 하나

화 알 짝
　-「너의 언어는」

맑고 향기롭고 싶은가
꽃같이
　-「그럼 활짝」

　꽃도 언어가 있습니다. 동백꽃: '누구보다 그대를 사랑합니다.' 달리아: '당신의 마음을 알아 기쁘네요.' 개나리: '나의 사랑은 당신보다 깊답니다.' 이와 같은 꽃말을 뜻하는 것은 아니지요.
　꽃은 향기로 말을 합니다. 화향백리(花香白里): '향기로운 꽃향기는 바람결에 실려 백 리까지 퍼져 나간다.'라는 뜻이지요.
　사람의 진정성은 꽃향기. 진실한 마음은 바람결에 천 리, 만 리까지 퍼져나갑니다.
　꽃 언어의 목적은 멀리 퍼져서 더 많은 벌과 나비를 부르는 것이지요. 이런 꽃들의 언어와는 다르게 인간이 이해하는 꽃의 언어는 단순합니다.
알짝
　꽃을 보면 화알짝 피어 있습니다.
　그 언어를 대하는 사람의 언어도 단순하고 간단합니다.

198

왈짝

이렇게 꽃을 대하듯, 사람과 사람 사이 언어도 단순하고 간단했으면 좋겠습니다.　**와왈짝! 양굿!**

왈짝 만큼 사람과 사람 사이에 중요한 소통언어 도 현재로서는 보이지 않습니다.

하늘에서는 천사 웃고 살며
땅에서는 아이만 웃고 사네
　–「여기 지금 살기에」

불교에서는 자신이 지은 업장의 결과에 따라 윤회를 벗어나서 사천왕천, 야마천, 도리천, 도솔천, 낙변화천, 타화자재천, 총 6단계 천당, 극락 세상에서 지낸다고 합니다. 기독교에서는 천국, 하늘나라, 낙원으로 표현하고요. 이슬람에서는 몇 살에 죽었던 30살의 나이가 되어, 사원에서 금지시켰던 술과 고기들을 마음대로 먹는다고 하지요. 힌두교에서는 자기가 쌓은 선행만큼만 천당에서 지내다가 다시 윤회의 굴레로 돌아오기는 하지만 살아 있을 때보다는 훨씬 좋은 환경에서 살 수 있다고 합니다.

모든 종교에서는 사람이 죽어서, 자기 업보에 따라서 하늘나라에서 아무 걱정, 근심, 병마 없이 언제나 웃으며 산다고 하지요.

그럼 땅에서는 항상 웃으며 살 수 없는 것이 인간일까요?

인간도 한동안, 일생 전체로 보면 잠깐이나마, 항상 웃으면서 사는 기간이 있기는 합니다. 당연히 간간이 울 때도 있지만, 웃는 것이 더 많은 그 시기 말이지요.

아기였을 때입니다. 아이들을 보면, 잘 웃습니다. 아이들에게는 과거나 미래 따위가 없고, 지금만 있기 때문입니다. 자기 앞에 지금 엄마가 있고 먹을 것이 있습니다. 덤으로, 아빠도 있고요.

먹을 것들이 있고
지금에 살아간다면
-「여기가 천국」

이 되기도 합니다. 선량한 사람들에게 과거와 미래를 [illegible] 주입하고 있는 종교 지도자들은 매서운 삿대질을 하시겠지만요.

과거와 미래는 종교 지도자들의 먹거리

그걸 건드리는 사람에게는 무슨 짓도 하지요. 에그 - 무시라 -

나비는 왜 호륵 도망갈까
잡으려 가까이 하면

향기롭게 가만히 있으면
정수리에 살포시 앉는
-「행복같이」

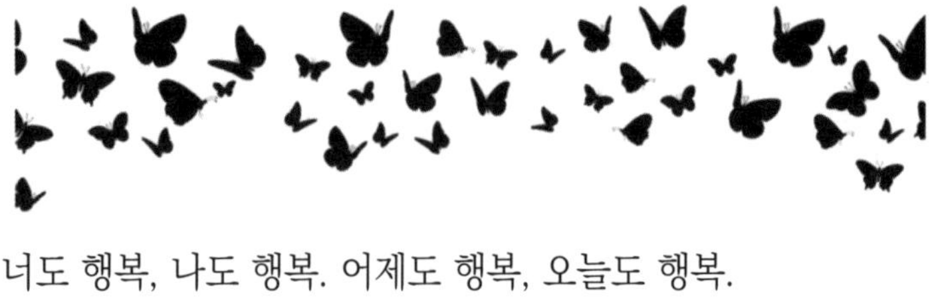

너도 행복, 나도 행복. 어제도 행복, 오늘도 행복.

인간들은 그저 앉으나 서나 행복만을 말하고, 자면서까지도 행복을 갈망하며 살아갑니다. 사는 목적도 당연히 행복 추구이고요.

그럼, 인간들이 이렇게 갈구하는 행복을 이뤄가면서 삶을 영위할까요? 주위에 행복한 사람들이 잘 보이시나요?

본인의 행복은 당연히 아님을 자기 자신이 아실 것이고요.

행복은 잡으려, 좇아가면 도망갑니다.　　　　　- 나비처럼.

도를 닦으면서 향기를 내어 가만이 있으면　스스로 가슴

으로 다가와서 앉아 버립니다.　　　　　　- 나비처럼.

그리고 행복 나비는 엄청 많습니다. 살아가면서 행복의 진수를 깨

달으면 말이지요.

상처야 상처야

아직도 눅눅한 상처야

너는 언제나

꾸둑꾸둑 마르려 하니

　-「매일 상처 물 담그며」

상처가 왜 이리 오래 낫지 않느냐

시몬이 먹구름 얼굴로 물었다

현자는 담담해하며 이상해하면서

스스로 상처 매일 소금 뿌리니

　-「상처는 자기 스스로 덧나게」

잡은 그 끈을 놓아라

같이 끌려다니기 전에

네 속에서 일어난 바람 넣어

부풀리고 또 부풀려져

얇은 껍질 갇힌 것 같지만
허공이 허공을 더하니

잡고 있는 끈 놓아라
터지어 떨어지기 전에
　-「풍선 끈 놓아라」

　노란 풍선 끈 놓아라
　그쯤 끌려 다녔으면

　　　　　네 탐욕으로 바람내고
　　　　　네 교만으로 바람내어
　　　　　탱탱 부플려져

　　　　　얇은 양심 껍질 갇히어
　　　　　오래도 갈 것도 같지만
　　　　　언제나 터지리

　　　　　빨간 풍선 끈 놓아라
　　　　　그쯤 끌려 다녔으면
　　　　　　-「끈 놓아라 죽지 않으려면」

하기 싫은 일을 억지로 하니
하고 싶은 일도 없어져 가고

삶은 무엇이고 나는 또 무엇
　-「자기 증발」

끈 놓아라
두꺼워 보이는 얇은 껍질
터지기 전에

끈 놓아라
잘 막혀 보였던 바람구멍
벌어지기 전에

지금 풍선
바로 지금
　－「놓아라 지금」

자기가 하고 싶은 일을 하면서 사는 사람은 행복합니다.
그런데 그런 사람이 얼마나 될까요? 당연히 별로 안 됩니다.

미국 이민자들은 어떤 일을 하면서 생활하며 살고 있을까요?
40년 전에는, 이민으로 공항에 내릴 때, 나를 Pick up하
러 나온 사람의 직업을 그대로 택했습니다. 마중을 나온 사람이 세
탁소를 하면, 세탁소에서 일하다가 어느 정도 기술도 익히고 자금도
모으면 자기의 세탁소를 차리고, 한 3년 하다가 보면 하나 더 늘리
고 또 3년 후에는 더 늘리는…. 그런 식이었습니다. 당시에는 한국
에서 충분한 이민 자금을 가지고 나가지 못하게 규제하였기 때문에
거의 모든 사람이 탈탈 빈손으로 와서 많은 고생을 당연하게 여기며
살았습니다. Two job, Three Job은 보통이었을 시대였습니다. 낮
에 일하고, 밤에 또 빌딩 청소 같은 것을 하였지요. 그래도 일요일에
는 교회에 나가 열심히 오후까지 봉사하고 집에 들어와서는 '피식 -'

쓰러지거나 ‘풀석 -’ 엎어져 자는 생활이 모두에게 익숙하였습니다.

그 질기게 긴 이민 생활

자기가 하고 싶은 일을 하는 사람은 거의 없었습니다. 그저 먹고 자식들 키우기 위해서 마지못해 하는 일들이었고, 그러려니 묵묵히 하는 일이었습니다. 그러니, 당연히 하고 싶은 일들이 있을 리가 없었지요. 처음에는 옷 장사, 세탁소, 리커 스토어, 페인트, 가드닝, 식당 업종에 종사를 많이 하였습니다. 그러다가 재력들이 좋아지면서, 미국 주류사회에 적극적으로 진출하였지요. 지금, 한국이 선진국이 되어서, 세계 각 나라에서 한국에 들어와서, 이민성격의 일을 하는 사람들이 약 222만 명으로 인구 대비 4.3%나 된다고 하지요.

부디 이분들이 한국에서 자기가 하고 싶은 일을 하기를

그래서 우리 미국 이민 세대들처럼 자기 증발되지 않기를!

이민이 아니면서도 한국인들에게 ‘지금 하시는 일을 왜 하는지요?’라고 물어보면 대부분이 ‘어떤 사람이 나에게 이 일을 하라고 해서’라고 답을 한다고 하지요.

이런 분들도, 자신이 하고 싶은 일을 하기를

자기가 꼭 해야 하는 일을 할 수 있기를

그래서 자기도 행복하고 주위 사람도 행복하게 되기를!

이렇게 책임 없는 설교 같은 말로 이 글을 끝내면 얼마나

황당무계(荒唐無稽)하시거나 저에게 화를 내실까요?

그래서 제대로 마무리를 한다 치면, -

지금 하는 일이 자신이 하고 싶은 일이 아닐 때는 탈출을 모색하여야 합니다. 나의 삶은 소중합니다. 딱! 한 번뿐인 나의 인생이니까요. 우선, 정말 내가 하고 싶은 일을 찾고, 그에 대해 확신하는

인고의 시간이 필요합니다.

그 다음, 그 일을 하기 위한 준비를 착착 진행해야 하고요.

나의 여건상, 나의 축축한, 발목 잡은 인연들 상, 도저히 탈출이 불가능할 때는   하고 싶지 않은 일을 서서히 좋아지게 해야 합니다.

꽃도 자세이 보고, 사람도 자세이 보고, 일도 자세이 보면

나름대로 예쁩니다.   그 예쁨을 찾지 못하게 되면,

나의 삶은 그냥 - 그냥 입니다. 노예로 노비로 처참한 삶이 되지요. 지금 많은 사람이 찜찜하고 슬프게 자기의 삶을 살아갑니다.

'다들 머슴같이 살아. 인생 노예 아냐?'라고 자포자기하고 사는 것이지요. 이 방식대로 계속 여생을 마무리하고 죽는다면, 분명 죽을 때,   곤이야오 - 民 - 民 ·   이라고 하실 것입니다.

그런데 이런 문제는

항상 심각한 문제가 되는 이 문제는

자기가 자기를 모를 경우   에 이런 일이 일어납니다.

자기가 자기, 자기와 같이하는 사람들, 자기가 하는 일, 장소, 환경, 철학, 종교를 잘못 알고 있을 때, 즉 실체를 모르고 얽매어 같이 할 때 -   이 Fact는

☞ **그 사람, 그 일, 그 장소, 사상의 노예/노비로 살고 있게 되는 것.**

인간 DNA는 보노보(bonobo, 학명: Pan paniscus)나 침팬지와 1.6%, 고릴라와는 2.3%가 다릅니다. 인간을 제3, 제4의 침팬지, 고릴라 족으로 보는 견해이지요.

인간이 하는 행위를 보면, 수긍이 되는 과학적 Fact 아닐까요?

지금 인간 종류보다 더 먼저 등장한 지구상의 생물들은 인간을 제3, 제4의 원숭이로 볼 것입니다. 침팬지, 고릴라에서 갈라져 나가는 것을 직접 지켜보았을 것이고 지금도 인간이 하는 짓을 보고는

고릴라 종, 침팬지 종으로 보아주겠지요.

스파크가 '파 파 팟 -' 튀게 지성을 시퍼렇게 하여서 세상사를 지켜보면, 현대 역사가 중대, 고대 역사의 속살하고 다를 것이 없는 것을 살펴보면, 자멸하는 짓만 골라서 그것도 열심히 하는 인간종을 보노라면, 자기 자신이 누군지조차 모르는 하나하나의 사람을,

모른다는 그것을 모르는 대개의 *호모폴루스 종

을 숨을 가늘게 하여 자세히 들여다보면,

어리석습니다. 자기 자신 인생은 노예의 삶이라는 것을 나중에 죽을 즈음에서나 알게 됩니다.

대개의 경우는 그것도 모르고 끝나게 되지만요.

* 칼 폰 린네(Carl von Linné)의 호모 사피엔스(Homo sapiens)는 오류입니다. '어리석은 인간종' 라틴어 'Homo follus(어리석은)'로 정정되어야 합니다.

 내가 죽어서 하늘로 돌아간다고 믿는 것하고
나는 죽어서 저 거친 땅으로 돌아간다고 믿는 것하고
어떤 차이가 있을까요?

하늘을 항상 염두에 살면 됩니다.

땅을 의식하고 살게 되면

이 땅의 것들은 모두 별거 아니게
내 주변의 인물, 그리고 일들까지도.
흙에서 나온 것을 먹고 살 수 있게 된 것
땅이 나처럼 낮게 엎드려 살라고 한 것
현재가 얼마나 소중한지
죽어서 나의 시신이 어떻게 되는지를
알려주는 흙/땅에게 감사하며 살게 됩니다.

배 불리는 곳
기어야 할 곳
묻히고 말 곳
　-「땅에서 찾으라」

나 거친 땅으로 돌아가리라
두발 딛고 있기에도 벅차기만 했던

나 추운 땅으로 돌아가리라
평생 겸손치 않아 수없이 무릎 꿇린

나 썩어질 땅으로 돌아가리라
올라가지 못할 하늘만 쳐다본 삶

그래서 나 뇌파 끊어지는 날
그런대로 괜찮았다 못하리라
　-「하늘 아닌 흙으로」

　　　　　　땅 위 모든 것을 사랑하게 됩니다.
　　　　　　땅 위 모든 것에 감사하게 되고요.

나흘 만에 시들어 형체 무너지는
이름 모를 야생화 밑

죽은 지 며칠이나 되었는지 모를
반쯤 부서진 벌레들

뜨거운 바람에 나풀거리고 있는데
왜 그것들 나 같을까
　-「벌레보다 못한 삶」

캘리포니아의 여름은 뜨겁습니다. 이런 날씨에도 산에 오르면, 야
생화가 피어 있습니다. 이름 모를 야생화. 어차피 자기네 이름이 아
니어서 그 이름이 아무 의미가 없는 야생화. 그 꽃들이 간간이 억지
로, 힘들게 피어납니다.　　길어 보았자 나흘이면

　　　　　그 꽃의 모양이 어떻게 생겼었고,

　　　　　어떤 색의 꽃이었고,

　　　　　어떤 향기가 있었는지　　아무 상관 없게 검게 배배 틀어져
있습니다.　이것이　**꽃이었었는지, 그냥 풀이었는지**

　이것이　**얼마 전에 피었었던 꽃이었는지, 그냥 작년에 죽어버린 꽃이**
었었는지　　　　알 수가 없습니다.

　　　　　알려고 하는 사람도 없고요.

　　　　　관심을 주는 시인들조차도 없습니다.

　이 장면 하나만 보아도 Cruel scene(잔인한 장면)이기에 충분합
니다. 그런데　이 험한 장면에 이 세상의 살아가는 모습처럼 하나가
더해집니다.　　　바로　　　　　벌레들의 주검입니다.

　남가주 사막의 뜨거운 바람이 멀리 날아와서, 살충의 원인이 확실
하지 않은 요인으로 인해 죽어버린 벌레들의 시신을 바싹 말려 버리
고, 야금야금 뜯어 버려 어디론가 휘휘 날려 버리고 있습니다. 당연
히, 무슨 벌레였었는지 잘 모를 지경입니다.

　　　　　gruesome scene(끔찍한 장면)

　그 모습을 보면서　　**나의 삶도 저런 벌레 같지 않을까**

　　　　　내가 어떻게 생겼었고

어떤 인격을 갖고
무슨 업적/일을 하였었는지

이것이 인간의 시체였는지 그냥 아무 동물 시체였는지
작년에 거꾸러졌는지, 오래전에 묻혀 버렸는지
그 모습을 보면서
나의 삶도 어쩌면 저런 벌레보다 못하지 않을까

어떤 시시한 이가 그냥 말했다
인생의 오르막길이 있으면 내리막길이 있고
　　　내리막길이 있으면 또 오르막길 있다고

절대 시시하지 않은 이 말한다
사람 앞에 펼쳐지는 오르막길 앞에 또 오르막길
　　　내려갈 만하면 또 펼쳐지는 또 오르막길
　－「삶은 산맥 행」

낮은 산봉우리
오르막길 있으면 내리막길 있고
내리막길 있으면 오르막길 있다

높기만 한 산맥
오르막길 뒤에 더 높은 오르막길
또 오르막길 그러다가 끝나버리는
　－「인생은 높은 산맥타기」

야호 - 호 호 호 *好 好 好*

마음 깊숙이 파고 울려 퍼지는
메아리는 낮은 산에 살지 않는다
오르막길 뒤에 오르막길만 있고
약간 내려오다 또 앞 안 보이는
오르막길 있는 깊은 산맥에서만
　-「을(乙)들의 깊은 삶 메아리」

　낮은 산의 경우는 '오르막길이 있으면 내리막길이 있고, 그 다음에
는 오르막길' 그러다가 내려오게 됩니다. 하지만
　높은 산의 경우는 산맥입니다. '산 위에 산 그리고 또 산, 산산산입
니다.' 오르막길 뒤에 약간 내려오다가 더 높은 산 그리고 산, 산, 산
그리고 높이가 안 보이는 또 산들이 줄줄이 있습니다.
　　　　　갑들에게는 낮은 산 살이 입니다. 하지만
　　　　　을들에게는 높은 산맥 살이 　　입니다. 그러나
　마음 깊이 파고드는 깊숙한 영혼의 울림인 메아리(echo)가 퍼지
는 곳은 　　　　　**을들이 사는 높은 산맥** 　　입니다.

내 이토록 험한 나이 되어서
평생 무엇이 되었어야 했나
심히 묻고 또 묻고 물어보니
　-「한 솥 뜨거운 밥」

장래 희망 란에 아이들이
대통령 국회의원 판사　　　　이런 식으로

미래 희망 직업에 애들이
한 솥 뜨거운 밥 되는
                                사람 될래요
　　-「교육이란」

허튼 말 허공에 떠돌 때마다
하얀 알갱이로 떠다니는 겨울

김이 모락모락 피어오르는
방금 된 솥 뜨거운 밥알 되어
　　-「한 솥 뜨거운 밥알 되어」

그대들에게 묻는다

검정 하양 먹물 옷 입은 님이여
그대 언제 한번이라도 진정으로
몸과 맘 모두 얼어버린 이들에게
한 솥 뜨거운 밥 되어 본 적 있는가
　　-「밥알보다 못한」

묵주 돌리며 한 생각
염주 돌려도 한 생각

하나만 해도 성불/영생
　　-「한 솥 뜨거운 밥 되는」

이백 육십 자 반야심경 음을 넣어가며 외는 것이
좋을까
남에게 한 솥 뜨거운 밥 되는 한 생각만 하는 것이
좋을까
　－「어떤 게 좋을까
　　성불하는데」

주기도문 사도신경 매일 밤낮으로 외는 것이
좋을까
실제로 남에게 한 솥 뜨거운 밥 되어 주는 것이
좋을까
　－「어떤 게 좋을까
　　천당 가는데」

아침에 눈 뜨고
걸어가던
숨 쉬던
오로지 한 생각만 하는 성자가 있었다
　－「한 솥 뜨거운 밥 되는」

　행불이 있고 구불이 있습니다. 구불(口佛)은 입으로만 부처이고,
행불(行佛)은 행동에서 부처를 뜻한다고 하겠습니다. 기독교로 치
면, 벌예, 행예 정도가 되겠지요. '입만 벌렸다 하면 예수' 하는 이와
'아무튼 예수 행동'이 되겠습니다.
　밖에는 안 나가고 안에 들어앉아서 풍성한 말의 잔치만 하고들 있
으니, 당연히 잡다하게 예수에 대하여, 부처에 대하여 아는 것도 많
고 지식이 제법 되는 것 같습니다. 일상이 고요하면 자기가 부처가

되고, 예수 제자가 된 것 같이 느껴지기도 하고요. 하지만, 밖으로 한 발자국만 나오면 행동으로 '확 ' 달라집니다.

입은 부처고 행동은 데바닷타

입은 예수고 행동은 이스카리옷 유다

한 숟가락 뜨거운 밥 보다 못한 이들이
묵주 죽죽 돌리고 염주 돌돌 돌리면서
예수 제자가 되고, 부처가 된다는 미신
  「미신은 무엇인가」

누워서도 간절히 바라고
걸으면서도 심히 바라고
꿈속에서도 바라는 하나
  「한 술 뜨거운 밥 되길」

  지금 밥을 손가락 하나로 간단하게 손쉽게 짓는 전기 밥솥의 밥맛 하고 지금 방금 한 말이,   공중에서 하얗게 얼어버리는 겨울에

겨울이 좋다
참 좋다

돌아다니는 말마다
공중에서 얼어버리는
  「여름 그리고 그대가 싫다」

무거운 무쇠솥에, 떨어진 작은 나뭇가지로 오랜 시간 정성과 걱정

으로, 쌀을 끓여서 먹는 밥맛하고는 비교가 되지 않습니다.

매우 가난한 시절에

오래 기다려 먹어서　　그렇게 맛이 있었던 그것만은 아닙니다.

솥으로 만든 뜨거운 밥은 정말 치유의 밥이었습니다. 그 당시 그 뜨거운 밥 한 숟가락은 '아 – 내가 살아있구나'를 느낄 정도의 감명을 주는 맛이었지요.　　지금 그 누가 이런 맛을 선사할까요?

두 눈에 힘을 주고 보아도, 잘 안 보이는 것은

노골적으로 진행되는 노안 때문만은 아닐 것입니다.

밥 먹는다

그냥 잠 잔다

책을 잃어본다

　　　　　앞에

산에서

강에서

들판에서

바다에서를 붙여보면

　－「얼마나 산 바다 들판 강이 좋은지」

같은 밥을 먹는 것도 도시에서 밥 먹는 것 하고, 산에서 밥 먹는 것 하고 차이가 납니다. 같은 잠을 자는 것인데도 그 잠을 집에서 자는 것하고, 바다의 같은 파장이 계속되는 파도 소리를 들어가며 자는 것하고 엄청난 차이가 있지요. 책을 보는 것도 그렇습니다. 똑같은 표지의 같은 저자의 책을 한 장 한 장 넘기는데, 그것을 그냥 도서관이나 직장에서 잠시 시간을 내어 읽는 것하고, 거의 파도 없이 흘러가는 강가에서 읽는 것하고는 비교가 안 될 정도

214

로 그 Quality가 달라집니다.

그것 하나만 보아도 얼마나 산이 귀하고, 바다가 좋고, 들판/강변이   황홀한 곳인지 알 수가 있습니다.

얼마나 이런 곳에서 시간을 보내느냐가 바로 삶의 격이 달라지는 것입니다.

멀리서 보면 아름답다
가까이 보면 먼지 뽀얗고

살짝만 놓쳐도 깨진다
피 솟아낼 조각 달려들고
  「얼룩 누런 유리잔 속 인간들」

뽀얀 먼지 앉다 누렇게 된 유리잔

보일 듯 말 듯 희미한 실금
시간 갈수록
더 벌어질까
다시 붙을까
  「인간관계」

오랜만에 쓰려고 찬장을 열어서 예쁜 유리컵을 꺼냈습니다. 찬장이 유리로 되어 있어서 멀리서 보기에는 반짝거리고, 닦아서 넣었을 때 그 모습 그대로인 줄 알았습니다. 그런데 가까이 보니, 누렇게 변했습니다. 찬장 안에서도 먼지와 습기 등으로 때가 찌들어지나 봅니다. 미지근한 물에 불렸다가 소금을 넣고 칫솔로 닦아 보았더니 때가 말끔히 씻어는 졌는데, 말간 모습을 되찾은 유리잔을 자세히 보니 잘 보이지도 않도록 살짝 실금이 갔습니다. 물을 담아 보니, 물이 새는 것은 아니나 이 실금은 점점 커질 것이 분명하였습니다. 어쩌나 하나다 결국은 　틔ㅎ두쎄앟 됴ㅎ그ㄴ　 말았습니다.

인간관계도 이렇지 않을까요?

서로 진정성 없이 그냥 멀리서 바라만 보다가는, 결국은 서로 사이에 먼지가 누렇게 끼어 가겠지요. 그러다가 그 누런 먼지가 찌들고 찌들다가 실금을 낼 수도 있지 않을까요? 어디에 탁! 부딪히지도 않았는데 말이지요. **유리잔 속에 있는 우리** 가 보입니다.

이 유리잔의 실금은 결국은 점점 커지다가 유리잔을 파편으로 만들겠지요. 그 조각 조각들의 날카로움은 언젠가는 나의 살을 가르고 피를 뽑아낼 것입니다. 그리고는

정체불명 내지는 변이 Virus가 몸속에 침입하겠지요.
쓰레기통에서 온갖 냄새 나는 쓰레기와 함께 있는

멀리서 보며 아끼고 사랑했던 유리잔을 보면서
유리잔 같았던 사람들 을 생각하며 눈을 감아 봅니다.

지금 내가 이걸 왜 하지
내가 왜 이 사람과 지금
 -「물고 또 물어라」

인간에게 목숨보다 중요한 게 무엇이냐 물어 보면
사랑이라고 하기도 하고
평온이라고 하기도 하며
용서, 신앙, 지혜, 겸손, 이라고 하는 이들 있으나
인간 정말 소중한 것은

얻으려고 골몰하는 것은
-「돈이다
　하는 짓들 보면」

　사람이 살아가면서, 많은 것에 의문을 갖고 따지면서 살게 됩니다.
실제로 인간들은 정치가 어떻고, 이념이 어떻고, 종교가 어떻고 이
런 것을 많이 따지지요. 그런데 이런 것을 따지다가 보면, 진작 중요
한 것을 따지지 못하며 살아가게 됩니다.
　　　　"지금 내가 왜 이것을 하고 있지?"
　　　　　이 질문 하나만 잘해도 삶의 질이 달라지지요.
　　TV를 보면　-　　내가 왜 이런 시시한 것을 보고 있어야 하지?
　　　　　　　아니, 왜 저 사람들끼리 노는 것을 내가 보아주어
야 하나?　　　아니, 왜 내가 저 광고를 보고 있어야 하지?
　　　　　　아니. 왜 내가 저들 싸우는 것을 보아주어야 하지?
　　　　　　아니, 왜 같은 Pattern의 저 드라마들 시청률을 올
려야 하지?　　　　　사람을 만나면 -
　　　　　　아니, 왜 내가 이 사람을 만나고 있지?
　　　　　　아니, 왜 내가 이런 이야기를 이 사람들과 하여야
하지?　　　아니, 왜 내가 싫은 사람을 또 만나고 있지?
　이렇게 ???를 하다가 보면, 머릿속이 차분히 정리됨을 느끼게 됩니다.
따질 만한 것이 또 있습니다.　　　　　　　　시간.
　시간이 무엇인가?
　불교에서는 시간이란 그저 편의상 설정된 개념으로서, 실체가 없
는 존재라고 했습니다. 서양철학 자들은 한결같이 모호한 표현을 써
가면서 시간의 정의를 내리려고 노력은 했으나 명확하지 않은 주장
들을 하였고요.　**시간은 삶/생명의 조각　　나의 조각**　들입니다.

217

시간마다 나의 생명이 스며들어 있는 것   이고요.

　　　그래서 **시간은 생명만큼** 소중합니다.

그 생명의 조각조각 순간순간, 일 초, 일 분, 한 시간, 하루를

왜 **탕진하면서** 살아가는지 묻고 또 물어야 하고요. 사람에게 당연히

목숨보다 중요한 것은 없습니다. 그 사람 다음으로 사랑도 중요하고,

신앙, 평화, 온유, 감사, 용서도 중요할 것입니다. 　　　　　　　그

런데 사람들이 하는 말이나 생각 그리고 행동들을 자세히 살펴보면

돈이 제일 중요한 듯이 살아갑니다.

　　　　생명 조각인 시간 대부분을 돈을 생각합니다.

　　그것도 모자라　　건강보다도 돈이고요　　사랑보다도 돈이면서

　　　　　　평온보다도 돈이라고　　　하면서 살아갑니다.

　　돈을 위해서　　건강도 내어놓고　　　생명까지도 경시하지

않습니까. 지금 내가 왜 이것을 하고 있지? 라고 계속 묻고 또 묻다

가 보면, 적어도 삶의 조각조각인 나의 시간들을 탕진해 가면서, 돈

에 모든 초점을 두는 어리석음은 범하지 않을 것입니다.

니 그쯤 해쓰면 되따 아이가　　니 그쯤 해쓰면 된거 아이가

사람들 눈치보느라　　　　　　모임에 얼굴 디밀라

옷 신경쓰고　　　　　　　　　가고 싶은 곳

신발에 화장에　　　　　　　　모까 뿌리고

니 그쯤해서 그만 해뿌라 마

마냥 비교질하느라

마음 삐뚤이고

게 눈 되삐꼬

　-「확 - 뒤비져야 정신 차릴끼가」

218

심심할 때는, 가뜩이나 시시한 시를 이렇게 많이 시시하게 써 보기도 합니다. 보는 사람들 눈치 보느라, 주위 눈치 살피느라, 옆구리 찌르는 맞춤법 보느라, 내 눈이 게눈이 되기 전에 이런 잠깐의 일탈을 해 보기도 합니다. 시도 내키는 데로 썼으면 좋겠습니다.

지금 글의 형태나 문단의 흐름이 어떻게 되든지 말이지요.

아침 새벽 같이 고요하고 고요하되
타오르는 횃불 들고 깨어 나아가라
　-「소소영영 (昭昭靈靈)」

소소영영은 조선시대 서산대사 휴정(休淨)이 50여 권의 경전과 조사어록에서 중요한 것들을 추려서 저술한 선불교의 지침서인 선가귀감(禪家龜鑑)에 나오는 내용입니다. 소소(昭昭)는 밝은 모양, 영영(靈靈)은 신령함, 정신작용의 불가사의함을 뜻하지요. 모든 일체에 밝고 또렷함.

즉, 알아차림을 끊이지 않고, 지속에서 유지하는 상태 를 나타내는데, 어떤 욕망이 일어나면 행하지도, 참지도 말고, 그냥 그 욕망을 알아차리는 상태.

마음이 사람에게 주인공임을 깨달아서 세상 모든 것을 마음에 일임해 놓으면 아무 걱정 없이 평온하고 알아차림을 하게 됩니다. 그리고 이런 경지에 이르기 위해서는 참선해야 하는데, 요즈음은 좌선만을 강조하는 데 문제가 있습니다. 입선도 참선이고, 행선도 참선이지요. 참선하는데 깊은 산중에 들어가서 해야지만 한다는 것은 착각입니다. 오히려,

시끄럽고 분주하며 복잡한 현실에서도
참선을 알 수 있는 수행자가 바로 고수 라 하겠습니다.

앙아아 앙아 앙아앙아 앙아아

이번 역은 은퇴 은퇴역입니다
내리실 문은 오른쪽입니다
　내리시면 꽃길이나
승강장과 열차 사이가 넓으므로
내리고 타실 때 발이 빠지지 않도록
　조심하시기 바랍니다
　-「은퇴 조심하시기 바랍니다」

　외국에 살다가 보니, 고국의 통계가 궁금할 때가 있습니다. 특히
은퇴에 관하여 자연스럽게 관심을 끌게 됩니다. 고국은 은퇴 나이가
68세 정도 된다고 하지요. 은퇴 가구주와 배우자의 수입은 월 294
만 원이 적정 수준이라고 하고요. 은퇴한 가구 중 8.7%가 여유가 있
고 40.6%는 부족하며 18.8%는 매우 부족하다고 하니, 약 60% 가구
가 은퇴 생활에 어려움이 있는 상황이지요. 이런 내용은 인생 전철
에서 내리는 정황하고 비슷합니다.
　고국에 가서 전철을 타면, 정겨운 안내 방송을 듣게 되지요. 경쾌
한 국악 멜로디가 나오고 녹음된 안내 말이 방송됩니다.

　　꽉 조인 넥타이 목 조르고
　　꽉 꽉 미어터진 전철 매일 타며
　　꽉 꽉 꽉 계단 밟고 또 밟다가
　　　천둥 벼락 번쩍 쳐 대는 날
　　은퇴 은퇴 역 오른쪽 출구로
　　왼발 내리고 오른발 내리며는
　　　-「꽃길일까 가시밭일까」

은퇴를 하게 되면 몸도 편하고 마음도 편해야 하는데, 잘못하게 되면 낯설고, 색다른 모습의 고난이 닥치게 됩니다.

다 자란 성인 자녀의 독립과 결혼이 늦어지다 보니, 경제적으로 계속 지원하여 주어야 하고요. 나이가 들게 되니, 여기저기 슬슬 고장이 나다가 덜컥 심각한 중대 질병이 들게 됩니다. 아픈 것도 문제고 병원비용도 심각하게 되지요. 또한 전체 이혼 건수(2022년 이혼 건수는 약 9만 3,000건) 중 40% 정도가 황혼이혼인데 이는 정신적, 육체적, 경제적 위험 요소가 됩니다. 게다가, 충분한 사전 준비 없이 빚을 내어서 하는 창업, 단기투자의 실패는 '은퇴 실패'가 되고 말지요.

안내 방송에 따라서, 은퇴 역 오른편 출구로 내리려고 했는데, 승강장 사이가 너무 넓어서 그만 발이 그곳에 빠지고 말아 쩔쩔맵니다. 그런데 열차는 출발합니다. 목숨이 위험한 지경이지요.

잘못된 은퇴는 이렇게 아찔하기만 합니다.

조심 + 조심 × 조심하여야 여생이 편안합니다.

삐리리리 릴리
열차가 전 역을 출발했습니다.
The train departed previous station.

▶ 못 듣고 언제 오려나

삐리리리 릴리
지금 청량리 가는 열차가 들어오고 있습니다.
The train bound for Chungrangri is now approaching.

▶ 못 듣고 몸 기울이고

삐리리리 릴리
지금 들어오는 열차는 우리 역을 통과하는 열차입니다.
This train will not be stopping at this station.

▶ 못 듣고 타려 하고

삐리리리 릴리

지금 들어오는 열차는 이 역까지만 운행하는 열차입니다.

This station is the last stop of this train.

▶ 못 듣고 타고

삐리리리 릴리

오늘의 마지막 열차입니다.

This is the last train.

▶ 못 듣고 잽싸게 타고

ㅡ「못 듣는 삐리리리 릴리」

전철역에서 안내 방송을 할 때, 먼저 멜로디가 들립니다. 삐리리리 릴리 ㅡ 이 삐리리리 릴리를 번역하면, 'Attention, Please.'이지요. 주의해서 들어 주십시오 정도 되겠습니다.

그런데 안 듣습니다.

삶에서도 여러 주의를 안 듣듯이.

안내 방송에서 나오는 내용은 주로 시의 내용과 같습니다. 이런 것도 시가 되는지 잘 모르겠지만요. 열차가 전 역을 출발해서 곧 도착할 것이라고 했는데도 딴생각하느라, 못 들어 놓고는 '왜? 빨리 안 오지? 급해 죽을 지경인데 ㅡ' 합니다. 지금 덜컹거리면서 청량리행 열차가 '쇠 아 악 ㅡ' 들어오고 있는데, 어제 직장에서 있었던 일 생각하느라 정신 팔려서 '앞으로 몸을 스윽 ㅡ' 기울입니다. 2중 안전 문이 있는 곳은 그렇지 않지만, 안전장치가 없는 곳에서는 위험천만이지요. 청량리 하면 예전에는 '정신병원'으로 유명했던 지역입니다. '너, 청량리 가야 해' 하면, '미쳤군'과 같은 뜻이었을 때가 있었습니다. 들어오는 열차 앞에 머리를 들이밀어 다치면 미치거나 죽거나 둘 중의 하나입니다. 지금 들어오는 열차는 내가 기다리고 있는 역을 그냥 통과한다는데, 안내 방송을 못 듣고는, 타려고 준비하면서 부산합니다. 열차가 '휘 - 익' 지나가고 있는데도 사태 파악이 늦어서 '어 - 왜 안 서지?' '열차에 문제 있나?' - 문제는요. 못 들은 인간에게 있지요.

지금 들어오는 열차가 이 역까지만 운행하고 더 이상 안 간다는데 그냥 타 버립니다. 당연히 열차 안에는 아무도 없습니다. 황당함을 느끼는데도 약간의 시간이 필요한 장면입니다.

오늘의 마지막 열차라고 했고, 주위에 사람이 별로 없는데도, 늦어서 그런가? 하며 평상시 하던 데로 잽싸게 의자에 앉아 봅니다.

전철 운행과 전철 이용객들의 모습은

삶의 파편들입니다.　　　황당함의 연속인

이 황망함이 계속된다면, 안내 방송은 이렇게 될 것입니다.

지금 들어오는 열차는 이 역을 통과하는 열차로서 손님을 태우지 않습니다.

This train will not be taking passengers. 　▶삶의 낙오자

⇒⇒⇒⇒⇒⇒⇒⇒⇒⇒⇒⇒⇒⇒⇒⇒

거꾸로 거꾸로 행복혁명'속 시 312편. 그리고 -

지혜서 '몹시 흔들리는 그대에게' 속 시 2,100편은

'인생 열차 안내 방송'입니다.

⇒⇒⇒⇒⇒⇒⇒⇒⇒⇒⇒⇒⇒⇒⇒⇒

절벽에서 두 팔 벌린 사내

소리소리 난리친다

관자놀이 핏줄 튀어 나오게

고래고래 질러댄다

-「두 팔 벌리고 소리친다고 바람 막아지나」

사람 두 팔을 길게 좌 — 악 벌리면 인간이 할 수 있는 최대의 길이가 됩니다. 급하게 사람을 가로막을 때 두 팔을 벌리지요.

벼랑에 몰렸습니다. 이 바싹 마른 몸뚱이 하나를 낭떠러지로 날려 버리려는 바람 앞에, 온 힘을 다하여 소리소리 지르며 발을 구르고, 고래고래 소리 내어 팔을 벌린다고 바람이 멈추나요?　그래도 바람은 불어 닥칩니다.　**그러니까 바람**　이지요.

낭떠러지 앞 야생풀 보라
오진 바닷바람 닥쳐들 때

일제히 그리 고개 숙여도
잘리지도 뽑히지도 않는데
　—「잡초보다 못할 수야」

낭떠러지는 절벽입니다. 절망이고요. 그 절대적인 상심 앞에 무엇 얻을 것 있다고 잔인하기만 바닷바람이 파도 훑어 버리고 그것도 모자라 상륙작전을 펴서 모든 것을 쓸어버리려 합니다.

그 맨 앞에 잡초로 불리는 풀들이 있습니다.
왜 고달픈 일 맨 앞에서 민초들이 바람을 막아야 하나요!

민초들은 일제히 머리를 숙이고 허리까지 숙입니다. 숙이고는 한참 있지요. 바람이 숨을 고르고 다시 습격을 감행하기 전까지 말이지요. 잠깐 바람이 더 악랄하게 힘을 모으는 동안, 그 순간을 타서 잠시 허리와 고개를 피지만, 금세 또 일제히 목뼈, 허리뼈까지 숙여야 합니다.

민초들은 익숙하다
못된 바람 앞 숙이는 것이
잡초들은 그러려니

야생초들 영원하다
절대로 잘리거나 뽑히지도
누구들 앞에서도
　　　－「야생초 영토는 영원하다」

　그렇게 익숙하고 쉽게 숙인다고 야생초들이 잘리거나 뽑히는 것은
절대로 아니지요. 그렇게 흔들리며 언덕을, 들판을 조용히
　　　　민초들의 영원안 영토　　　로 만들고 있습니다.

꽃 싼 종이에선 향기 나고
쓰레기봉투에선 썩은 내가
　　－「무엇을 담고 살길래 그대 냄새는」

향기 나는 사람이 있다
꽃밭에서 지내다 온
　　　　　　썩은 내 나는 이도 있다
　　　　　쓰레기 속 살아가는
　－「그대는 어디서 살길래」

꽃은 향기를 원래 타고나고
인간은 만들어 가야 하는데
　　－「지금 그대에게서 나는 냄새는」

사람에게는, 자기는 모르지만 남만 느끼는 고유의 냄새가 있습니다. 입에서 나는 냄새, 발 냄새, 겨드랑이 냄새, 머리 냄새, 양말 냄새, 옷 냄새 같은 것을 말하는 것은 아니고요. 사람의 인격에서 나오는 냄새 말이지요. 그 냄새가 꽃향기처럼 좋으면 다른 이들도 그에게 다가 올 텐데, 그 냄새가 역겹고 구린내가 나면 사람들은 그를 가까이하지 않으려 하겠지요.

꽃은 자기 고유의 향기를 원래 타고 태어납니다. 그러나 인간에게서 나는 냄새는 순전히 자기가 만들어 가지요. 악취가 난다면, 그것은 순전히 자기의 잘못된 삶의 결과인 셈이 됩니다.

자기의 삶에 상관없이 자기의 껍데기에서 좋은 냄새가 나게 하는 화학약품이 있습니다. 향수이지요. 이 향수는 여자뿐만 아니고, 남자들도 점점 더 많이 쓰고 있는데 그 이유가 무엇일까요?

뿌린다
칙 칙
　　　　아가씨도 아줌마도 할머니도
바른다
쓱 쓱
　　　　청년도 아저씨도 할아버지도

　　칙칙한 삶 시치미 뚝 떼어 보려고
　　－「향수 연막 속 그대」

아가씨, 아줌마, 할머니, 청년, 아저씨, 할아버지 모두 살짝 뿌리고 다니는 향수는　　　　결국은
　　　　연막(煙幕)입니다.

인간들은 수시로 연막탄을 터트린다
뽀시식 연기 피워 나를 가려주는

인간들은 언제나 향수탄을 터트린다
칙칙칙 가면 쓴 나 덮어 주는
―「향수는 연막탄」

비싼 것 자체가 연막이고
예쁜 병 그것도 연막이고
꼬부려진 이름도 연막이고
―「향수라는 연막탄」

연막은 자연적이 아닌 인위적으로 만든, 자기를 숨기기 위한 연기이지요. 사람들은 이 연막을 모기약처럼 칙칙 뿌려가며 자기 위장합니다. 자기 고유의 냄새를 덮기 위하여.

사람들은 자기마다 그렇게 숨기고 싶어 하는

수상하고 켕기는 냄새 들이 있습니다.

사람들이 많은 대중교통을 이용하다가 보면 날이 갈수록 점점 심하여지는 연막을 역겹게 느끼게 됩니다.

나이 들수록 다른 장기는 쇠퇴하여만 가는데

후각만 멀쩡한 것이 아마도 전생이 개였었나 봅니다.

그래서 그런가. 유난히 남들이 숨기고 싶어하는 켕기는 냄새를 잘 맡습니다. 킁, 킁. 그러니 괴롭지요.

무딘 것이 좋습니다.

정말 좋습니다.

겉은 하얀 깃 새 한 마리
속은 까만 재로 가득하다

언제 얼마나 자주 다쳤나
한쪽 날개 다리 다 없다니

검은 밤 검은 바람 불 때
마지막이라도 날아보려나

　　　　　자유를 위해
　　　　　자유를 위해
　ㅡ「그래 날아 보는 거야 이제라도」

　자연을 좋아하다가 보면, 자연의 적나라함도 같이 보게 됩니다. 자연을 멀리서 보면 평화롭고 아름답게만 보이지요. 하지만 가까이 자세히 보면　　　자연은 치열합니다. 인간보다도 치열하고요.

　들판, 산, 물가에 노출된 살아있는 생명은 살아남기 위하여 낮은 물론이고 쉼과 휴식을 취하여야 하는 밤에도 방심할 수가 없는 '생존의 몸부림'으로 살아갑니다. 허버트 스펜서(Herbert Spencer), 찰스 로버트 다윈(Charles Robert Darwin) 의 적자생존(適者生存: Survival of the fittest) 이론대로, 먹고 먹히는 무섭고 잔인한 세계이지요.

　산길에서 꽃하고 나무만 보면, 참으로 아름답기만 하지요. 그러나 그 아름다움 속에서 살아가는 동물들은 아름다운 삶이 못됩니다. 하늘을 나는 새까지도 그렇습니다.

　여느 때처럼, 넋을 집에다 내팽개쳐 버리고 산길에 올랐습니다. 거의 산 전체에서 제일 뾰족하게 모나 보이는 곳 즈음에 도착했을 때,

나무 사이에서 몸을 숨기고 파르르 떠는 새 한 마리를 보았습니다. 그 새는 나를 계속 쳐다봅니다. 자기가 당한 아픔들을 말하고 싶은 모양이었습니다.

언제 누구한테 얼마나 심하게 당했는지.

그리고 또 얼마나 계속 더 당하고 말았는지.

하얀 깃털 속의 몸은 숯덩이보다 더 부스러지게 까맣게 타들어 갔을 것입니다.

한쪽 날개 한쪽 다리를 잃었으니, 날아다니기는 틀렸습니다.

날아야 사는 새가 날지를 못한다니.

사람도 마찬가지입니다.

어떻게 살아야 하는 사람이 그렇게 살지를 못하다니

검은 바람이 검은 정체를 더 이상 숨기지 않은 검은 밤   이라도

새가 마지막으로 날아보기를 간절히 기원하고 합장해 보았습니다. 모진 바람을 기다리다가 그

바람결에 몸을 던져 잠시라도 날다가 가기를.

사람도 마지막 여생은 자유를 위해 몸을 던져야   합니다.

머릿속은 온통
돈 나와라 와라 펑펑
그러니 뿔이 나고

가슴 속 오로지
복 나와라 와라 쓱싹
방망이 달려들고
 -「도깨비 인간」

229

짧은 치마형의 원시인 복장을 하고 뾰족 이가 박힌 도깨비 쇠방망이를 들고 있는, 머리에 뿔 난 도깨비. 무서워 보이는데 그리 심하게 못된 짓은 하지 않을 것 같은 기분이 드는 것이 도깨비이지요. '밤이 깊은 산길에서 만난 청년과 씨름을 새벽이 되도록 힘겹게 하였는데, 아침 햇빛이 나자 청년과 씨름을 한 것이 아니고 피 묻은 빗자루와 씨름을 한 것이었다.'라는 줄거리의 이야기 많이 들어 보셨지요? 이런 이야기를 바탕으로 여러 Version의 그럴싸한 도깨비 이야기를 주위 어른들한테서 들으면서 어린 시절을 으스스하게 지냈던 기억이 납니다.

그때의 어른들은 도깨비를 무서워하였고, 아이들에게도 경고하면서 '절대로 따라가면 안 된다.'라고 일러둘 정도로 두려운 존재였지요. 이 겁나는 존재는 기독교와 서양 문화가 들어오면서 그 존재가 격하 Degrade되었습니다. 시간이 지날수록 그 존재감도 사라져 갔고요. 도깨비의 최초 기록은 1444년의 석보상절(釋譜詳節)에 있습니다. 그 시절의 도깨비는 신격이었습니다. 당시 건축양식을 보면, 기와의 추녀와 사래 끝에 붙이는 장식 '귀면와'를 무서운 얼굴로 제작하였습니다. 병마나 액운을 불러오는 도깨비 귀신을 막으려는 마음에서 제작되었지요. 그만큼 선조들의 생활에 도깨비는 밀접하게 관계하며 겁을 주는 존재이었고요.

도깨비라는 단어는 '무서움' 이외에 '괴상함'을 상징하기도 합니다. '도깨비 부자'는 갑자기 재산이 불었거나 운수가 트인 사람을 말하고, '도깨비 도로'는 내리막길이 마치 오르막처럼 착시 현상을 일으키는 것을 말합니다. 제주도 1139번 지방도, 세종 특별자치시 전의면 그리고 안양판교로에 도깨비 도로가 있지요.

이 무서움, 괴상함 그리고 착시의 '도깨비짓'은 케케묵은 먼지 수북한 옛날 일이 아닙니다. Internet, AI, Virtual world, Cyber

Money/Currency가 반질반질하게 번득이는 현대과학의 세계에서 실제로 일어나고 있는 현상입니다.

전통적인 노동에 의한 재화 창출이 아닌, 빗자루 같은 데에서 돈이 펑펑 쏟아지는 것을 보고 있고요. 서로 만나지 않으면서도 사랑을 나누며, 요상한 방망이를 휘두르면 원하는 것이 쓱삭 튀어나오는 '괴상함'의 세계를, 젊은이들이 열광하면서 살아가고 있습니다.

SNS에서는 수백 수천의 친구들이 넘쳐나지만, Plug가 빠지거나 Battery 기운이 떨어지면 싸늘해지는 고독감과 불안감.

그곳에서는 **체온이 없기 때문** 입니다.

그곳은 **오로지 높은 숫자를 섬기는 종교** 입니다.

　　　사람에게서 따스한 온도가 없으면
　　　　무엇일까
　　　　인간들끼리 체온 없이 살아간다면
　　　　무엇일까
　　　　-「온라인 좀비세계」

　　　　　　　　숫자 높아지라고

두 손 꼭 모으고
무릎도 꿇어보고

하루에도 수십 번

머리 푹 수그려
들여다보고 보고
　-「절대 종교 SNS」

드라마나 영화 또는 소설 등에서 볼 수 있는 좀비(zombie)는 최근에 출몰하기 시작한 것 같지만, 사실은 1819년 브라질 역사에 기록될 정도로 오래되었습니다. 부패한 시체가 걸어 다니는 '무서운 모습'의 좀비는 서인도제도 아이티 등의 나라에서 믿는 부두교(voodoo : soul/spirit을 뜻하는 폰어, 에웨어)에서 유래되었고요.

이 좀비의 무서운 모습은 어쩌면 우스꽝스럽게 보이기도 합니다. Reality와 괴리가 있기에 그렇게 보입니다. Reality 사실과 혼동된 것이 또 있습니다.

온라인에서 이런 모습, 저런 형태로 수없이 얽혀있는 현대인.
가상 세계에서는 친구가 넘치지만   실제로는 외롭습니다.
가짜 숫자가 진짜처럼 올라가지만   실제로는 어망합니다.

그러니 현대인들은 점점 기본적인 인간 모습에서조차 멀어지고 있는데, 그것을 심각하게 인지하지도 못하고, 인지하려고 노력도 하지 않습니다.

팬데믹으로 퍼지고 있는 만성적 고독, 상호 불신 증폭, SNS 대기업의 지속적인 감시와 특정 방향으로의 유도 - 자유 박탈, 40%대의 1인 가구, 비혼, 만혼, 이혼, 저출산 증가, 노인자살 만연 현상은 지구 기후변화만큼 심각하기만 하지요.

이렇게 가다가는 정말 인류가 몰락하고 좀비가 설치는 영화의 세계가 오지는 않을까 하는 생각이 들 정도입니다.

인간의 머리 정수리에서 뿔이 나고 있습니다
인간이 쇠 방망이를 들고 뚝딱거리고 있고요
인간의 입속에서 뾰족한 이빨들이 솟아납니다
－「인간 다시 Cyber 도깨비나라로」

인간은 자연에서 멀어지면 결코 행복할 수가 없습니다. 자연에서 나서 자연에서 살다가 자연으로 돌아가는 것이 인간 숙명이기 때문입니다. Cyber World/cyberspace에 머무르는 시간이 길수록 자연과 멀어져 있습니다.

가상세계에 머물다가 자연으로 가보시지요.

자연을 마주하는 순간, 숨소리가 달라집니다.

심장박동이 달라지고요.

뇌파진동이 바뀌는 것을 느낄 수 있습니다.

SNS, Cyber World/cyberspace를 지배하고 있는 좀비와 도깨비의 공격에서 우리 인류가 우리 후손을 보호하기 위해서 싸우는 방법은 단 한 가지입니다. **범세계적인   자연 외귀 운동**

나의 빨강이 빨갛다면
얼마나 좋을까
남이 보면 파랑색이니
정말 무엇인가
 -「내가 믿는 것은 반쪽 미만」

내가 믿는 것은
절대적일 때 믿는다고 해야 한다
내가 믿는 것을
과반 다수가 안 믿는다고 한다면
 -「그래도 나대야 할까 말아야 할까」

내가 믿는 것을
남은 안 믿는다

그럴 수 있지

그들이 믿는 걸
내가 안 믿는 것

그런 것처럼
 -「진화 좀 하십시다」

최근 갤럽 통계에 의하면, 현재 종교가 없는 사람이 60%이고, 있는 사람은 40%입니다. Majority가 안 믿는 것이 종교라는 통계입니다. 성당, 교회, 사찰 어디를 가도 여자가 많이 보이지요? 남자(34%) 여자(56%)이기 때문입니다. 각종 첨단과학을 접하는 젊은이들 20~30대의 탈종교 현상은 심각하기까지 합니다. 종교 참여도가 60대 이상 59%인 데 반하여, 20대는 22%이고요, 불교가 특히 심하지요. 50대 이상이 25%, 20~30대(5% 내외), 40대(11%)입니다.

전체 국민 60% 비종교인은, 40% 종교인에 대하여 거의 무관심이고 아무런 호감이 없습니다. 그래도 종교 중에 하나를 꼽으라고 했더니, 불교(20%) 천주교(13%) 개신교(6%) 순서로 호감을 나타내 주었습니다. 개신교가 가장 교세가 큰데 호감도는 꼴찌로 나타난 것이 특별합니다. 종교인 33%는 매주 종교시설을 방문하지만, 절반 정도는 기껏해야 일 년에 한두 번 방문하거나 아예 가지 않는다고 하지요.
종교인이 자기 종교의 성경, 경전, 교리책을 전혀 읽지 않는 비율이 40%이고요. 종교인 개인적으로 하는 기도 정도는 32%가 전혀 하지 않고, 한 달 몇 번(25%) 하루 한 번 이상(23%) 일주에 1~3회

(20%)로 나타났습니다. 　　　어느 통계를 보아도

즉, 어느 현실을 보아도

절대는 없고요, 과반수 다수도 없습니다. 그런데도 내 그것만이 절대이고 남은 사이비요, 미신이요, 이단이라고 우깁니다. 이렇게 빡빡 우기는 모습을 보며 젊은이들은 종교에 아예 관심이 없습니다. 우기는 것 자체가 미신이고, 이단이고, 사이비라고 생각들 할 것입니다. 물론, 여기에서 문제의 소지가 있는 것은 '과반수의 함정'입니다. 과반수가 정의인가? 물론 아닙니다. 소수의견이 정의이고 진리일 가능성은 충분하지요.

민주주의의 꽃인 것처럼 어디를 가나, 인간들은 다수결로 정의도 실천하고 진리도 정립하여 밀어붙이기를 서슴없이 하고, 대중들도 이 폭력에 저항할 생각조차 하지 않습니다.

해럴드 호텔링(Harold Hotelling)등이 주장한, 중위투표자 정리(median voter theorem)는 반대자와 찬성자의 딱 중간에 있는 자가 사안의 결과를 결정한다는 이론인데, 이 50+1의 결정에 99가 따라야 하는 것이지요. 매우 비합리적인 50+1에 의하여, 구성원 그리고 사안 자체가 잘 못 되는 사례는 얼마든지 있습니다. － 제일 좋은 것은 만장일치제이지요.

만장일치제를 하면 구성원 모두가 만족하고 결정 이후에 구성원 모두가 자진해서 협력한다는 큰 장점이 있기는 하지만, 만장일치를 이루기는, 공포 분위기를 이루어 억지로 일치하게 하는 방법밖에는 없어 보입니다. 인류에게 다수결에 대한 대안은 현재로서는 없습니다. 이렇게 완전하지도 않고 합리적이지도 않은 다수결로 살아가는 인류를 보면 아슬아슬하기만 합니다. 그래서 매일 지구 곳곳이 시끄럽고, 폭력적이고, 비합리적입니다.

다수결, 과반수, － 이 모두 다 헛된 주장일 수 있습니다.

그렇다고 과반수나 다수결에 한참 미달하면서 내 것만이 결국은 진리라고 주장하는 것도 코에서 바람 '피식' 나게 하는 것이지요.

내가 보는 빨강은 분명 파랑 입니다. - 남이 보기에는.

남이 믿는 것들이 우습게 보이듯   내가 믿는 것들이 사실 우습다는 것이지요. 그러니, 이제 남에게 손가락질 그만합시다.

삿대질하느라 주름진 그 손가락 부러질 때도 되지 않았습니까?

마음을 다하여 굶주린 자
배불리지 않는 교회
목숨을 다하여 헐벗은 자
입히지 않는 교회
정신을 다하여 병든 자
치료하지 않는 교회
힘을 다하여 감옥 갇힌 자
돌보지 않는 교회

이곳이 바로
사이비 미신 이단
 -「어찌 네 자신을 모르느냐」

기독교가 배고픈 자, 목마른 자, 나그네 된 자, 헐벗은 자, 병든 자, 교도소에 갇힌 자들을, 마음을 다하고 목숨을 다하고 힘을 다하여 사랑하고, 돕지 않는다면

교회는 그저 시끄러운 꽹과리에   지나지 않습니다.

미사만 지낸다고   설교만 잘 한다고   교회입니까?
예수님의 중심 가르침을 외면하는 시멘트 건물이   교회입니까?

교회가 안 보입니다.   교회가.

문 걸고 들어와 있으면
밖은 모두 사이비
　　　이단
　　　미신

그럼 문 밖에서 보는
우리 집단의 모습은
　-「소수의견」

약 40만 년이나 즈음에 아프리카 지역에서 생각을 제법이나 하는
변종이 생겼습니다. 이 변종은 변위를 거듭하며 생각을 점점 복잡하
게 하게 됩니다. 다른 동물들은 의식주가 해결되면, 만족하고 아무
불만이 없었으나, 이 변종 + 슈퍼 변종은 의식주 문제가 없는데도 불
만이 생겼습니다.　　　　　　　　　　　바로 죽음입니다.

　병들고, 죽는 것을 극복하고 뛰어넘는 초월성, 나아가서 영원성을
추구하기 시작한 것이지요. 그래서 초월성/영원성을 가진 자를 찾고
자기도 그에 따라서 초월성/영원성을 지니고 싶어합니다. 이것이 바
로 종교의 싹이 되는 것이지요.　　　싹은 두 종류입니다.

　하나는 인류의 화약고인 중동 사막 지역에서 움을 튼 유대교, 이슬
람교, 기독교이고요. 다른 하나는 비교적 곡식이 많이 자라는 아시
아의 평야 지역에서 나온 불교, 유고 그리고 도교입니다.

　사막 지역은 원래 〈도 아니면 모〉인 지역입니다. 중간 〈개, 걸, 윷〉
이 없지요. 사막은 광활하고 끝없는 모래밭과 아주 작은 지역의 오
아시스로 구성되어 있습니다. 아주 작은 지역 오아시스의 물 그리

237

고 그리 많지 않은 수량의 강이 생명줄이었고요. 이런 물을 다른 민족에게 베풀 수는 없는 사회적, 지리적 요건에서 나온 종교는 당연히 유일신이었습니다. 우리 신 이외에는 모두 미신이고, 같은 신이라도 내 지역에서 믿는데 다른 지역에서 살짝 비켜 믿으면 사이비고 이단이었지요.

같은 신을 믿으면서도, 시간이 앞선 유대교, 중간의 기독교, 막내격인 이슬람교는 서로가 서로에게 삿대질을 넘어 총으로, 대포로, 미사일로 응징을 하는 것이 바로 그 나라들의 역사 그 자체입니다.

서로의 종교가 권위와 정통성 그리고 유일성을 가져야 하니, 자기네 종교를 포장하는 것은 당연하였습니다. 유대교는 율법이 무려 613가지입니다. 60개도 기억하기 벅차게 많은 숫자인데 말이지요. 이중의 반은 '무엇을 하지 마라'이고 나머지 반은 '무엇을 하라'입니다.   사람 사는 것이 이렇게까지 복잡합니까?
사람 행동이 613가지로 쪼개지나요?

이런 복잡함을 단 두 가지로 만든 혁명가가 바로 예수님입니다. 하나는 하느님 사랑 그리고 다른 하나는 이웃사랑, 특히 소외된 사람들 사랑. 그런데 이 예수님의 업적과 희생을 무색하게, 다시 613개 정도는 아니지만 내용 면에서는 613개 이상으로 더 복잡하게 만든 자들이 있습니다.   교회입니다.

교회는 자기네 교파를 만들려면 기존 교회파벌보다 다른 무엇을 만들었어야 하는 당위성 때문에, 〈일단 상대방을 부정〉해 놓고 〈무엇을 자꾸 더하기〉하여 〈복잡 변이의 극치〉를 이루게 됩니다.

나머지 싹은 동아시아 지역에서 생성되었습니다.

동아시아 평원은 사막과 달리, 비의 수량이 많아서 강도 많고 농사가 잘되어 먹고 사는 데 불편함이 없었습니다. 따라서, 다른 이의 것

238

을 강탈하여서 자기의 배를 채우고 남을 배척할 필요가 없었던 셈입
니다. 그러니 당연히 남의 것을 인정하는 사회 분위기였지요. 그래
서 종교도 남이 믿는 신까지도 인정하는 다신교가 정착하게 됩니다.
특히, 인도 지방에 가 보면, 여기저기가 온통 신입니다. '인구 13억
7천보다 많은 신이 있다.'라는 말이 있을 정도이지요. 인도 힌두교
에서는 불교도 힌두교의 하나로 봅니다.

불교의 창시자 왕자 싯다르타 가우타마는 이렇게 많은 신과 이 많
은 신들을 추종하는 도인들을 보면서 깊은 묵상을 하였을 것입니다.
'왜 이 신들은 사람들의 고통을 해결하여 주지 못하는가?'

그래서 본인 스스로 문제를 해결하는 방법을 찾으려고 하였을 것
입니다. 초월자를 통한 초월/영원을 추구하는 것이 아니고, 자기가
스스로 초월/영원한 자가 되는 길을 찾아 나선 것이지요. 그리고 그
는 그 길을 찾고 〈완전한 깨달음〉을 이루고, 부처(Buddha, 佛陀)가
됩니다. 35살 나이였습니다.

고집멸도(苦集滅道)는 법(法)입니다. 즉, 사람들의 고통의 원인
은 집착이고 갈애(渴愛 : 탕하 - Tancha)인데 이를 소멸시키는
것은 바로 도 - 성도(聖道 : 진리에 들어가는 길)라고 하였습니다.
간단한 것이지요. 그리고 그   길을 수행아는 방법도 간단아기만
                         압니다. 다만, 꾸준안 수앵이 필요압니다.

이 간단함이 종교단체의 손에 의하여, 역시 복잡하여지기만 합니
다. 수많은 경전과 복잡하고 어렵게 보이게 한 수행 방법 같은 것 말
이지요.

도교(道教)는 노자(老子)가 창시하였지요. 다신교적 의례를 치르며
주술(呪術)을 합니다. 유교(儒教)는 중국의 국교로서 공자가 창시하
였습니다. 창시자 공자를 떠서 공교(孔教)라고도 불리고요. 유교가
추구하는 진리 추구 방식은 수기치인(修己治人)입니다. 자기 몸과 마

음을 닦은 다음 남을 다스리는 것이지요. 자기 수양을 잘하여서 이상적인 천하를 만든다는 것을 목표로 하면서 실천 방법을 제시합니다.

세계 곳곳에서는 이렇게 다양한 종교가 생성되고 번창하면서 사람들의 생활에 밀접하게 자리를 잡게 됩니다.

이렇게 각자 평화롭게 살면 되는데, 다른 집단은 가짜이고 사이비라고 몰아붙여야 자기네 밥그릇이 철밥통이 되고 신자들 위에 군림하는데 지장이 생기지 않음으로 교묘하게 이런저런 문제를 획책하게 됩니다.

평원에서 자란 종교는 다른 종교에 대하여 배타적이 아니기 때문에, 다른 종교를 미신, 이단, 사이비라 하지 않습니다. 오직, 사막에서 생성된 종교에서 많이 쓰이지요.

미신(迷信, superstition)은 비과학적인 것을 믿는 맹신(盲信)이고요, 사이비는 사시이비(似是而非)의 준말로서 비슷하지만, 가짜인 것을 말합니다. 자기네만 정통이라고 하는 측에서 보면 이단(異端)입니다. 교회에서 이 사이비, 이단, 미신에 쓰는 정성이 얼마입니까?

자기네 *나와바리(なわばり) 사수를 위해 이 단어를 씁니다.

점점 줄어드는 밥그릇을 막는 방법은 이 단어들 동원뿐이지요.

* 왜 굳이 '나와바리(繩張り)' 일본어를 썼을까요? 미디어 영향때문입니다. 이 단어는 조직적인 폭력배들이 많이 쓰는 단어가 되어 버렸지요. 종교 지도자들의 행태를 분석해 보면, 조폭들의 행태와 딱 맞아서 떨어집니다. 가톨릭 사제들, 본인들끼리는 스스로 하는 농담이나 신자들이 이런 농담을 하면, 찔리는 것이 있어서 불같이 화내는 농담이 있습니다.

〈사제집단과 조폭이 닮은 점〉

'항상 검은색을 입고 다닌다. 자기 나와바리가 있어 남의 구역은 침범하지 않는다. 늘 졸개들을 끌고 다닌다. 조직을 위해서라면 목숨이라도 바치려고 한다. 어디를 가든 돈을 내지 않는다. 위아래 서열이 확실하다. 문제 생기면 이곳에서 저곳으로 숨겨서 끝까지 보호해 준다.' **예수님은 집단 조직문화하고 거리가 먼 분** 입니다. **그런데 교회는 왜 그리 폭력배 편양 조직적** 인지요?

옷 안 버리고
빠지지 않으려
긴 장화 신고서 두발 내딛는다

몇 발 못 가서
한 발 빠졌다
장화에서 빼낸 발 어디다 두나

나오지도 못하고
나가지도 못하니
　－「뻘짓」

들어가네
젖지 않으려
더럽혀지지 않으려
긴 장화 단단히 신고서
얼마 못 가
다리 빠져
오도 가도 못하네
저기 밀물 밀려오는데
－「뻘짓 하다가」

뻘은 갯벌을 일컫는 사투리입니다. 단어 그대로 라면 갯벌이 하는 짓이라는 것인데, 갯벌이 하는 자연 생태계의 큰 역할을 생각하면 이해가 되지 않는 말이 됩니다. 헛발질, 허튼짓 같은 것을 할 때 '뻘 짓한다'고 하니까 말이지요. 오히려

인간이 갯벌에 들어가서 하는 짓   을 보면 이해가 됩니다.

안 젖으려
안 더럽혀지려
긴 장화 단단히 신고

얼마 못 가 발 빠졌네
옴짝달싹 못하다가 한 발 빼니
장화는 그대로 갯벌에 박혀 있고

뺀 한 발 어디나 두나
쩔쩔매다 넘어지고 말아 온몸

다 젖고
다 더렵혀지고
  -「내 지금 하는 일은 뻘짓」

나름대로 준비를 열심히 합니다. 이 정도 긴 장화를 신으면 걱정 없겠지? '옷도 안 젖고 흙도 안 튀어서 말이지' '아무리 발이 빠져도 바지도 신발도 하나도 안 더러워질 거야.' 이렇게 말이지요.
그런데 실제는 어떻습니까?
갯벌에 조개나 낙지를 잡으러 들어갑니다. 즐겁습니다. 콧노래도

절로 나옵니다. 조개도 낙지도 많이 잡을 수 있을 것 같아서 포획 어류를 담을 큰 바구니도 갖고 들어가지요. 그런데 중간 정도도 가지 못했는데 갯벌이 두 다리를 꽉 물어 버립니다.

두 다리가 잡히면, 몸 전체를 움직일 수가 없게 되지요. 금세 당황하고 조급하게 됩니다. 다리를 움직이러 온몸에 힘을 쓰다가 다리가 장화에서 '확 –' 빠져 버립니다. 한쪽 다리를 그렇게 빼어서 움직일 수 있게는 되었는데, 뺀 다리를 어디다 놓아야 하나요? 아직 박혀 있는 다리에 몸 전체의 균형과 힘은 다 들어가 있고, 빠진 다리는 공중에서 빙빙 돌아가지요. 그러다가 '홀랑' '회까닥'

갯벌에 처부덕 넘어져서

비싼 샴푸로 오래 길들어서 찰랑대던 긴 머리털.

비싼 화학 화장품과 성형수술로 반짝대던 얼굴.

비싼 명품이던, 싼 짝퉁 명품이던 걸치고 있던 옷가지들, 신발.

한순간에 진흙으로 조금 전의 형태를 알아볼 수가 없게 되었습니다. 낭패입니다. 그런데 더 큰 일은 멀지 않은 저기에서 밀물이 들어옵니다. 지금 내가 하는 일이 이런 모습이지 않은지 깊은 묵상이 필요한 시기입니다. 뺐당신에 하다 앉든 는 않으신지요?

온 힘 다하여
아래 찍어본다

무거운 삽 무게에
무엇이 담겼는지
감각 별로 없지만
이곳 찍어서
저리 나르고

저리 찍어서
이곳 나르고
　-「그대 하는 짓은 삽질」

　군대에서 많이 하는 것 중의 하나가 삽질입니다. 군인들이 할 일
이 없으면 사고 날 확률이 올라간다며, 심심하지도 않은데 심심한
것처럼 밀어 붙여서 이곳 땅을 파서 저리로 메꾸고 또 그 땅을 파서
이곳을 메꾸는 - 성과도 없고 의미도 없는 일을 할 때 '삽질'한다고
합니다. 탁상공론, 전시행정, 탁상공무를 하는 모습을 보면 이 삽질
이 생각나고요.

하늘 한 구석
힘껏 파서
하늘 한 구석
옮겨 보네

오늘도
　-「맨땅 삽질」

　어제도 했으니, 오늘도 하는 일이 있습니다. 땅은 땅인데 아무것도
없는 땅. 그곳에 삽질하는 것입니다. 맨땅은 허 땅입니다. 땅에 무엇
이 있거나, 흙이라도 있어야 하는데 흙이 없고, 흙이 있다고 쳐도 그
흙은 아무것도 의미가 없는 땅입니다.

　허공과 다름없는 땅.　　그곳에 삽질.　　지금 하시는 일이 그런
일은 아닐지　**맨땅에 삽질하는 것**　은 아닌지

교회는 삽질   성당은 뻘짓

예수가 돌보라던 소외된 이들
빨대 꽂아 갑으로 군림하면서
- 「너덜거리는 사도신경 속 숨어서」

사도신경(使徒信經, Symbolum Apostolicum)은 미사나 예배의 초반부에 외는 신앙 고백입니다. 2세기 초대 교회에서 믿음 고백 형식이 3세기를 거쳐 4세기 때 '사도신경'이라고 불렸습니다. 5세기 때 지금 형식으로 만들어졌고요. 10세기나 되어서 완결되었습니다.

니케아 신경(Nicene 信經, Symbolum Nicaenum)은 325년 제1차 니케아 공의회에서 여러 이단을 단죄하고 정통 기독교 종교를 지키기 위해서 채택되었습니다. 교회에서 주로 쓰는 니케아-콘스탄티노폴리스 신경은 개정된 니케아 신경이고요. 여기에 천주교와 성공회에서 쓰고 있는 아타나시우스 신경을 합하여 기독교 3대 신경이라고 합니다.

사도 신경

(천주교)

전능하신 천주 성부

천지의 창조주를 저는 믿나이다.

그 외아들

우리 주 예수 그리스도님

성령으로 인하여

동정 마리아께 잉태되어 나시고

본시오 빌라도 통치 아래서 고난을 받으시고

십자가에 못박혀 돌아가시고 묻히셨으며

저승에 가시어 사흗날에 죽은 이들 가운데서 부활하시고

하늘에 올라

전능하신 천주 성부 오른편에 앉으시며

그리로부터 산 이와 죽은 이를 심판하러 오시리라 믿나이다.

성령을 믿으며

거룩하고 보편된 교회와

모든 성인의 통공을 믿으며

죄의 용서와

육신의 부활을 믿으며 영원한 삶을 믿나이다.

아멘.

(개신교)

전능하사 천지를 만드신 하나님 아버지를

내가 믿사오며,

그 외아들

우리 주 예수 그리스도를 믿사오니,

이는 성령으로 잉태하사

동정녀 마리아에게 나시고,

본디오 빌라도에게 고난을 받으사,

십자가에 못박혀 죽으시고,

장사한지 사흘만에 죽은 자 가운데서 다시 살아나시며,

하늘에 오르사,

전능하신 하나님 우편에 앉아 계시다가,

저리로서 산 자와 죽은 자를 심판하러 오시리라.

성령을 믿사오며,

거룩한 공회와,

성도가 서로 교통하는 것과,

죄를 사하여 주시는 것과,

몸이 다시 사는 것과, 영원히 사는 것을 믿사옵나이다.

아멘.

니케아-콘스탄티노폴리스 신경

한 분이신 하느님을

저는 믿나이다.

전능하신 아버지,

하늘과 땅과 유형무형한 만물의 창조주를 믿나이다.

또한 한 분이신 주 예수 그리스도, 하느님의 외아들

영원으로부터 성부에게서 나신 분을 믿나이다.

하느님에게서 나신 하느님, 빛에서 나신 빛

참 하느님에게서 나신 참 하느님으로서,

창조되지 않고 나시어

성부와 한 본체로서 만물을 창조하셨음을 믿나이다.

성자께서는 저희 인간을 위하여, 저희 구원을 위하여

하늘에서 내려오셨음을 믿나이다.

(밑줄 부분에서 모두 고개를 깊이 숙인다.)

또한 성령으로 인하여 동정 마리아에게서 육신을 취하시어 사람이 되셨음을 믿나이다.

본시오 빌라도 통치 아래서 저희를 위하여

십자가에 못박혀 수난하고 묻히셨으며

성서 말씀대로 사흗날에 부활하시어

하늘에 올라 성부 오른편에 앉아계심을 믿나이다.

그분께서는 산 이와 죽은 이를 심판하러

영광 속에 다시 오시리니

그분의 나라는 끝이 없으리이다.

또한 주님이시며 생명을 주시는 성령을 믿나이다.

성령께서는 성부와 성자에게서 발하시고

성부와 성자와 더불어 영광과 흠숭을 받으시며

예언자들을 통하여 말씀하셨나이다.

하나이고 거룩하고 보편되며

사도로부터 이어오는 교회를 믿나이다.

죄를 씻는 유일한 세례를 믿으며

죽은 이들의 부활과 내세의 삶을 기다리나이다.

아멘.

아타나시우스 신경

　누구든지 구원받기를 바라는 이는 무엇보다도 먼저 보편 신앙을 지녀야 하며, 이 신앙을 완전 무결하게 지키지 않는 자는 의심 없이 영원한 파멸에 이르나이다. 보편 신앙은 삼위 안에서 한 분이신 하느님을, 일치 안에서 삼위를 흠숭하며, 위격들을 혼합하거나 실체를 분리하지 않는 것이옵니다. 곧 성부의 위격이 다르고, 성자의 위격이 다르며, 성령의 위격이 다르옵니다. 그러나 성부와 성자와 성령은 하나의 신성과 똑같은 영광과 똑같은 영원한 위엄을 지니시나이다. 성부께서 그러하시듯이 성자께서 그러하시고 성령께서도 그러하시옵니다. 성부께서 창조되지 않으셨고 성자께서도 창조되지 않으셨고 성령께서도 창조되지 않으셨나이다. 성부께서 무량하시고 성자께서도 무량하시고 성령께서도 무량하시나이다. 성부께서 영원하시고 성자께서도 영원하시고 성령께서도 영원하시나이다. 그러나 영원하신 세 분이 아니라 영원하신 한 분이시며, 창조되지 않으신 세 분이 아니시고 무량하신 세 분이 아니시듯, 오로지 창조되지 않으신 한 분이시고 무량하신 한 분이시나이다. 이와 같이 성부께서 전능하시듯 성자께서도 전능하시고 성령께서도 전능하시나이다. 그러나 전능하신 세 분이 아니라 전능하신 한 분이시나이다. 성부께서 하느님이시듯 성자께서도 하느님이시고 성령께서도 하느님이시나이다. 그러나 하느님 세 분이 아니라 하느님 한 분이시옵니다. 성부께서 주님이시듯 성자께서도 주님이시고 성령께서도 주님이시옵니다. 그러나 주님 세 분이 아니라 주님 한 분이시나이다. 저희는 그리스도교의 진리로 각각의 위격을 하느님과 주님으로 고백하도록 명령받기에, 보편 신앙으로 그렇게 세 분의 하느님이나 세 분의 주님이시라고 말하지 못하나이다. 성부께서는 어느 누구에게서 생겨나지도 창조되지도 나지도 않으셨나이다. 성자께서는 생겨나지도 창조되지도 않으셨으며 성부에게서만 나셨나이다. 성령께서는 생겨나지도 창조되지도 나지도 않으셨으며 성부와 성자에게서 발하시나이다. 그러므로 세 분의 성부가 아니라 한 분의 성부께서 계시며, 세 분의 성자가 아니라 한 분의 성자께서 계시고, 세 분의 성령이 아니라 한 분의 성령께서 계시나이다. 그리고 이 삼위 안에서 아무도 더 먼저나 늦게 계시지 않고, 아무도 더 크거나 더 작지 않으시며, 세 위격이 모두 서로 똑같이 영원하시고 똑같이 동등하시옵니다. 위에서 말한 대로 모든 점에서, 삼위 안에서 일치도, 일치 안에서 삼위도 흠숭받으셔야 하옵니다. 그러므로 구원받기를 바라는 이는 삼위에 관하여 이렇게 믿어야 하나이다. 그러나 영원한 구원을 위하여, 반드시 우리 주 예수 그리스도의 강생도 충실히 믿어야 하옵니다. 그러므로 하느님의 아들이신 우리 주 예수 그리스도께서 하느님이시며 인간이심을 믿고 고백하는 것이 올바른 신앙이옵니다. 성자께서는 시대 이전에 성부의 실체에서 나셨기에 하느님이시며, 시간 안에서 어머니의 실체에서 태어나셨기에 인간이시며, 완전한 하느님이시고, 이성의 영혼과 인간의 육신으로 이루어진 완전한 인간이시며, 신성에 따라서는 성부와 같으시고, 인성에 따라서는 성부보다 더 낮으시며, 하느님이시고 인간이시지만 두 분이 아니라 한 분의 그리스도이시며, 신성이 육신으로 변화되어서가 아니라 하느님 안에서 인성을 취하시어 한 분이시며, 실체의 혼합이 아니라 위격의 일치로 완전히 한 분이시옵니다. 이성적 영혼과 육신이 한 인간이듯이 하느님과 사람이 한 분의 그리스도이시옵니다. 그분께서는 저희 구원을 위하여 고난을 받으시고 저승에 가시어 사흗날에 죽은 이들 가운데서 부활하셨으며, 하늘에 올라가시어 성부 오른편에 앉으시고, 그리로부터 산 이와 죽은 이를 심판하러 오실 것이옵니다. 그분께서 오시면 모든 인간은 자기 육신을 지니고 부활하여 자기 행실을 밝혀 셈하여야 하며, 선

249

을 행한 이들은 영원한 삶에 들어가고, 그러나 악을 행한 자들은 영원한 불 속에 들어 갈 것이옵니다. 이것이 보편 신앙이옵니다. 이 신앙을 충실하고 확고하게 믿지 않는 자는 누구나 구원 받을 수 없으리이다.

교회에서 만든 기도 중에 신자들이 많이 하는 기도 중에 하나가 이 신경인데 내용의 주된 내용은 3위 일체, 거룩한 하느님을 칭송하는 내용입니다. 거기까지는 무리가 없습니다. 그런데 문제는

거룩하고 보편 된 교회/공희   하나이고 거룩하고 보편되며
                사도로부터 이어오는 교회를 믿나이다.   부분입니다.

신경 내용이, 처음부터 거룩한 내용이 주가 되어 내려오다가, 끝부분에서 교회를 '슬쩍' '쑤욱' 삽입시켰습니다. 거룩한 분위기 기도문에 교회를 은근 슬쩍 집어넣어 버리니 교회까지 거룩해졌지요.

교회가 거룩하니   - 신격입니다.

교회가 거룩하니   - 교회의 결정에 무조건 따라야 합니다.
                교회가 무슨 잘못해도 순종 강요되고요.

지금 교회가 거룩합니까?   거룩tic하게 치장하고 목소리 톤 깔고 유니폼 무겁게 보이게 입으면 거룩합니까?

각종 통계가 교회는 거룩하지 않다고 하는데 기도문은 아직도

교회는 거룩하니 - '너희 평신자들은 아무튼 경배하라' 식입니다.

게다가 교회를 믿으라니요?   믿을 것은 오로지 성부, 성자, 성령입니다. 교회가 4위라도 됩니까?

신경에서 이 부분은 조속이 제외되어야 합니다. 그리고 그 자리에

내 마음을 다하고 내 목숨을 다하고 내 정신을 다하여 하느님을 사랑하는 것과 같이 **이웃을 나 자신처럼 사랑하지 않으면, 구원이 없음을 믿나이다.** 를 집어넣어서 개정하여야 합니다. 성서에 엄연히, 모든 율법에서 가장 큰 계명은 1. 하느님 사랑 2. 소외된 이웃 사랑인데, 이웃사랑은 교회에서 빼 버렸습니다.   왜일까요?

평신도들이 소외된 이웃사랑에 모든 정성을 다하면, 교회에 들어올 돈이 불쌍한 사람에게 가버린다고 생각했었기 때문일 것입니다. 이 얼마나 비성서적 발상/밥그릇 타령입니까?

소외된 계층에게는　　모든 기회가 거의 오질 않습니다. 대신 많은 고난이 올 확률이 높기만 합니다. 또한 잦은 병과 사고를 당할 기회고 많고요. 그것도

예수님께서는 이를 가엾게 여기시고 이 땅에 오시고, 이들의 병을 고치시고, 배 불리시고, 손을 잡아 주시다가 떠나시며, 그 일을 계승하라고 교회에 명령하신 것 아닙니까!

역사가 말해줍니다. 이천년의 역사.

예수님의 지상명령 '배고픈 자/목마른 자/병든 자/소외된 자'를 돌보라! 는 지켜지지 않았고, 지켜지지 않고 있으며, 지금 이대로라면 앞으로도 영원히 지켜지지 않을 것입니다.

예수님의 명령을 거역하고, 자기네 밥그릇 사수를 위하여 신경에 자기네 교회를 거룩함의 경지로 올려놓은 뻔뻔함. Shameless.

신경은 당장 개정되어야 합니다. 이렇게 하지 않으면, 교회나 그 교회를 다니는 신자들이나 모두 뻘짓 + 삽질하는 것입니다. 이런 속된 표현을 쓰는 것은 '어느 정도의 충격 표현'이 있어야 정신을 차릴 것 같아서입니다. **교회에 충성하다가는 천국에 못 갑니다.**

예수님은 혁명가이셨습니다. **을과 병을 위한 역명가.**

그런데 교회는 갑입니다.

땀과 피로 항상 얼룩진 을과 병의 노고에 빨대를 꽂은 갑입니다.

을과 갑의 자유를 억압하고 그 위에 영원히 군림하는

슈퍼 울트라 갑입니다.

교회가 소외된 이들을, 마음을 다하고 목숨을 다하고 정신을 다아여 섬

기지 않는 한 교회는 아무것도 아닙니다. 거룩하지도 않고, 보면 되지도 않은 껍데기일 뿐   입니다.

예수님은 갑을 위해 오신 분이 아닙니다.

을과 병의 하느님   이십니다.

숨소리 거칠고 가늘어지고 끊겨갈 때쯤
밤을 하얗게 속 졸이며 헉헉거리며 번 돈
교회에 갖다 바친다

천당 가려고
미사해 주면

          조금 더 위로 올라가는 줄 알고
  ―「그건 순전히 뻘짓 삽질」

인간은 어찌 보면 평생 뻘짓하다가
          그것도 모자라
죽을 때도 뻘짓 삽질하다가 간다

전 재산 교회에 바치는 것 보면
  ―「죽으면서까지 뻘짓 삽질」

사람들은 태어나서 열심히 공부합니다. 좋은 직장, 좋은 배우자 만나려고 그럽니다. 좋은 직장, 자기 사업장에서 밤낮으로 마음을 다하고 정신을 다하고 목숨을 걸고 일을 합니다.

1. 먹고 살기 위해서
2. 자기 자식들의 교육과 그들의 신분 상승을 위해서

3. 자기의 노후가 안전하기를 바라면서
4. 갑자기 닥치는 여러 재난에 대처하기 위해서
　　▶이런 목적들을 위해서 자기의
　　메마른 감정에도 조금은 배추같이 한다　일을 하지요.

하얀 파뿌리 머리털
그마저 숭숭 빠지는데

조림요리 가까이하는
이상한 사람들 있다

체액 증발되게
마음 증발되게
평생 고생한 것 잊고
　－「노인은 조림 요리 먹는 게 아니다」

　한국요리에서 많은 부분을 차지하는 것이 '조림 요리'입니다. 생선, 고기에 채소를 넣고 간장이나 고추장을 섞어 물을 붓고, 물이 거의 증발하여 거의 없도록 끓이는 전통 요리입니다.
　이 조림 요리하다가 보면 정말 살아온 하루하루 같습니다.
　점점 물이 증발하면서 마음도 증발하며 쪼려지는 모습 이 말이지요.
　처음에는 센 불로 화끈하게 끓여지다가 계속해서 서서히 불을 약하게 하여 조립니다. 삶도 처음 당하는 일은 화악! 정신이 들게 마음이 좋여 지지만 시간이 지나면서 서서히 졸여지지요. 마치 자기 마음이 　배추보다는 양배추 쪽으로　착각하면서요.
　　　　　타들어 가기는 마찬가지　입니다.

타성 + 포기 때문에 참을 만한 것처럼 보이지만 말이지요.
내 속에서는 바짝 쫄여지며 조려지고   있습니다.
뜨겁고 따끔한 불덩이가 밑에서 쉭 쉭 소리 내면서 올라온
다/한 십 년쯤은 견뎌오다 까맣게 타버린 냄비 속 물들 증
발되며/부글 부글 바글 바글 끓어대는데 단단히 짜고 씁스
름하도록
　 -「살아온 하루하루 졸여졌듯이」

　이렇게 마음과 몸을 졸이며 자기 자신을 조림 요리로 만들어 놓고
는 정작 그 요리를 노후에 잘 먹지도 못하고, 죽을 때가 '후다닥' 닥
치게 됩니다. 그런데 노인들은 생각하는 것이
　'이 세상에서 모진 바람 맞으며 살았으니 내 인생 돌릴 수도 없고
　다음 세상에서라도 편안하게 걱정 없이 잘 살아 보아야 하겠다.'
라며　　　　천국에 가기를 바랍니다. 그래서 무엇을 하나요?
　평생 자기를 조려 만든 조림요리 - 전 재산을 교회에 헌납합니다.
　그럼, 천국 가는 줄 압니다. 미사나 예배를 드려 주면 천국 가는
줄 알고요.

노인 먹지 마세요
먹으면 개 됩니다

도루묵
죽
　-「말짱하게 개 되니」

　'말짱 도루묵'이란 말은 정성 들인 일이 헛고생되고 말 때 씁니다.
옛날 조선시대 모 임금님이 전쟁으로 도망다니다가(선조일 확률이

있지요) '묵'이라는 싸고 흔한 생선을 어부로부터 대접받고는 맛이 좋다며 '은어(銀魚)라는 고급스러운 이름으로 불러라' 하였답니다. 그러나 종전으로 궁으로 다시 돌아와 그 은어의 맛을 못 잊어서 다시 시켜 먹어보니 별로였다고 하지요. 이때 임금은 이 생선을 '다시 묵' 으로 부르라 해서 '도루 묵'이 되었다고 합니다. 앞에 말짱을 붙이면 더 황당해 보이는 상황설명이 잘 되니 '말짱도루묵'이란 말이 만들어졌습니다.

'죽 쒀서 개 준다'라는 말은 정성을 다하여 일을 도모하여 성과는 있었는데, 그 성과를 엉뚱한 사람이 챙길 때 쓰는 말이지요.

죽을 만드는 일은 정성이 있어야 합니다. 시간이 오래 걸리고요. 꼬박 지켜보면서 요리하지 않으면 타 버리고 맙니다. 쌀을 씻어서 불려주고, 냄비에 넣고 참기름 넣어서 볶듯이 저어 주어야 합니다. 끓기 시작할 때 불을 중간 정도로 하다가 나중에 약하게 줄여서 끓이는 과정을 가져야 합니다. 이렇게 정성으로 만들어서 자기는 먹지도 못하고, 그냥 개를 주어 버리게 되니 얼마나 황당한 경우입니까?

자기가 노심초사하여 번 돈을 교회에 헌납 내지는 기부하고 죽는다는 것은 그야말로 ~~앵앵 쉭앵~~ × ~~앙앵씌에씌다~~ 가 됩니다. 미국의 비영리 단체의 경우에는 기부금의 약 17% - 35%가 운영비로 지출되고 나머지 돈만이 실제로 수혜자에게 돌아간다고 합니다. 그럼 교회는 몇 %나 될까요?

천국에 들려면 '소외된 이웃에게 자선'하는 방법 이외는 없습니다. 성서에 명확하게 정의하고 있지요. 천국에 들게 해 달라는 미사 지향/예배 지향/기도 다 근거 없는 것입니다.

그래서 소외된 이들에게 써 달라고 교회에 헌납하면, 교회가 이 돈을 전부 이들에게 전달할까요? 미국의 경우, 성추행 합의금으로 지급되는 금액은 천, 만 불 단위가 아니고, 억 단위입니다. 이 돈이 어디서 나올까요? 오래된 통계임에도 LA 교구는 6억 6천만 불을 배상하였습니다. 피해자가 약 17,000명이 넘고요. 7,000여 명의 사제가 고발되었습니다. 2018년까지 약 30억 달러 보상금으로 내라는 법원 명령받았고요. 돈을 못 주겠다고 20개 교구가 파산해 버리는 기가 막히는 일이 벌어졌고, 끝난 이야기가 아니고, 현재도 진행형입니다.   죽으면서까지   뻘짓 + 삽질을 하면서

죽을 쑤어서 개나 주어

말짱 도루묵 인생으로 막을 내리시렵니까?

헌납은 '진정으로 소외된 사람들'에게 쓰이는지를 꼭 확인하여야 합니다. 이쯤 되면, 교회 지도자들은 '잠언, 신명기, 말라기, 마태오, 루가복음' 구절을 인용하며 십일조를 강조하시겠네요.

십일조는 과부와 고아에게 해도 된다고 되어 있고요. 고아, 과부와 동격의 고통을 겪고 있는 사람들도 참으로 많습니다. 장애인의 인구 비율은 5%나 됩니다. 20명 중에 한 명은 장애인입니다. 이 외에도 독거노인들, 병든 자, 약자, 무직업자 등 도움이 필요한 사람들은 너무 많은 것이 현실입니다.

편의점 숫자보다 많은, 5만 7천이 넘는 한국교회 그리고 모래알보다 많은 세계교회가 2천 년 넘게 무엇을 하였는지 성찰과 반성을 뼈저리게 하여야 합니다. 이 어마어마한 숫자의 교회가 예수님의 가르침을 진실로 실천했다면, 소외된 자들은 모두 보살펴졌어야 정상입니다. 그런데, 현실은 어떻습니까? 조금만 눈을 돌려 보아도 세상에서 소외된 분들은 너무나 많기만 합니다.

가난하고 소외된 자를 위해 오신 예수님 입니다.

모든 교회 입구에 '가난하고 소외된 자를 위해 오신 예수님' 이라 크게 쓰고 - 출구에 '구원은 오로지 소외된 이들을 보살필 때 오는 것' 이라 더 크게 써서 헌금의 방향을 돌려야 교회가 삽니다.

이것이 교회의 공정이고 정의입니다. 교회 안에 공정과 정의는 찾아 볼 수가 없는 현실에서 천주교 '정의 구현 사제단'은 '교회 정의 구현 사제단'으로 명칭을 바꾸고 사업/행동도 방향을 완전히 바꾸어야 합니다.

교회가 을 병이 되고
소외된 이들이 갑이 될 때까지

자기 빨래, 먹는 밥, 청소, 잡일을 모두 자기가 하지 않는 성직자들이   갑이 아니고 무엇입니까?

골프채를 휘두르며, 고급 음식, 고급 승용차 타고 다니며 부자들과 함께 성지순례 핑계로 해외여행 즐기는 성직자들이 갑이 아니고 무엇입니까?

생계에 내몰린 이들이 식구 먹여 살리려 밤낮으로 마음 졸이며 번 돈으로, 끼니걱정, 입을 걱정, 은퇴 걱정 안 하는 이들이 갑이 아니고 무엇입니까? 식당에 가서도 자기가 먹은 밥값을 내는 적이 평생 없는 이들이 갑이 아니고 무엇입니까?

경제법칙에 철저히 편승한 〈최소한의 노동과 근무 시간으로 최대한의 섬김〉을 받아가며 평생 얼굴이 편안한 이들이 갑이 아니고 무엇입니까?평신도들이 죄를 지면, 감옥에 갈 똑같은 죄를 성직자들이 범하면, 감옥은커녕 교회에서 무마하여 주는 〈특권 방탄 계급〉이 갑이 아니고 무엇입니까? 위선과 잔혹 행위가 만연하여도 아무 문제 없이 헌금이 들어온다고, 무슨 더러운 문제가 불거질 때마다 오싹할 정도로 조용하면서 〈시간만 지나면 모두 잊는다〉로 일관하는 것은 그야말로 가증스럽고 수치스러운 〈안면 철판 도배〉

갑질이 아니고 무엇입니까?

교회, 너 자신을 알라!

성직자, 너 자신을 알라!

'저들은 자기들이 무슨 일을 하는지 모릅니다.' (루카 23;34)

택 택 택
새벽 집안 시침 돌아가는 소리
짹 짹 짹
나무 속 새들이 지저귀는 소리
후 후 둑
나뭇잎 서로들 비벼대는 소리
 -「부러울 것 없는 시작 새벽」

새벽에 일어나면, 방안에 들리는 소리는 딱 하나입니다. '택 택 택'
사십 년 넘어, 소리 나는 것도 캑캑거리며 억지로 돌아가고 있는 색
바랜 벽시계의 시침 소리.   이 소리 이외는 아무 소리도 없습니다.
 문을 열고 뒷마당에 나가면, 새들이 각자의 소리를 내어서 안부를
묻는 소리 '짹 짹 짹' 그리고 가끔 날아가며 내는 날갯짓 소리 '후르
르르' 그리고는 잔잔한 바람에 자기 몸들을 서로 비벼대는 나무 이
파리 소리들.   이 소리 이외는 조용하기만 하지요.
 아 – 부러울 것이 없구나. –   이렇게 하루가 계속 조용했으면 –
새가 노래하는 소리 이외에는 아무것도 귀에 들어오지 않습니다.
 바람에 나뭇잎이 살살 흔들리는 것 말고는 아무것도 눈에 들어오
지를 못하고요. 코로는 천천히 들락거리는 숨소리 말고는
                아무것도 코에 들어오지를 않네요.

요즘은
귀에 새소리만 들린다
언제부터인가
눈에는 나뭇잎 바람에 흔들리는 것만 보이고
왜 이제야 이렇게 되나

코로는 서서히 들어오고 나가는 공기만 느껴지니

그렇구나
이렇게 되니
입이 저절로 닫히는구나
　-「갈 때가 그리 멀지 않구나」

이렇게 된 지는 얼마나 되었던가.
　작은 양의 음식 먹을 때 이외는 입을 열 수가 없게 되지.
　안 들으려　안 보려　냄새 맡고　일 벌이지 않으려 노력하지 않아도 됩니다. 당연히, 눈에는 나무 말고도 많은 것이 들어옵니다. 수시로. 그러나 그 시각신호가 뇌파로 연결이 되지 않습니다.
　　　　관심이 가지 않지요.
　귀에도 새소리 말고도 온갖 소리가 들어옵니다. 쉬지 않고 지금도. 그러나 청각신호가 뇌파로 전달이 되질 않습니다.
　　　　관심이 가지 않지요.
　새소리, 숨 느낌, 나뭇잎 보는 것 말고는 아무것에도.　요즘은
　　　　관심이 가질 않습니다.
　아무래도 이 세상을 떠날 날이 머지않을 것 같네요.
　　　세상을 떠나는 날은 두 가지 경우가 있습니다.
　　　　Biological Death　　　　　- 생물학적 사망
　　　Selected Psychological Death - 선택된 심리적 죽음

새벽안개 아직 걷히지 않았는데 일어나
사약 한 사발 벌컥 들이마신다
금세 독이 온몸에 퍼지며 피를 토한다

숨 허걱 끊어져 온몸 굳어간다
　-「매일 아침 자살해서 살아난다」

부처를 쫓다가 부처가 나타나면 탁- 죽여 버리란다
죽어 버린 부처는 다음날 또 나를 불들어 버리는데
　-「내가 나를 죽여 버리면 될 것을」

부처를 만나면 죽이라 해서 죽였다
죽은 부처는 금세 다시 살아나는데
그럼 부처님이 좀비인가
물려버린 내가 좀비인가
　-「1% 부족한 임제선사」

　당나라 선종(禪宗)의 임제종(臨濟宗) 시조(始祖)이자, 한국 선불교(지금의 조계종)의 계보이며, 수처작주 입처개진(隨處作主 立處皆眞·다다른 곳마다 주인이 돼라, 서 있는 곳마다 모두 참되다)을 강조한 임제 선사 선승 임제의현(臨濟義玄)의 유명한 화두가 있지요.
　　　　'살불살조(殺佛殺祖)'
　'부처를 만나면 부처를 죽이고 조사(祖師)를 만나면 조사를 죽이라.' 섬뜩하지만, 감동 있어 보이는 화두입니다.
　1%가 부족하여 뜨거운 불에 올려진 물이 끓지를 못하여 하늘로 못 올라가듯이, 1%가 부족한 화두입니다.
　　　쌔회ᄀ더 쌔ᄒᄒᆱᄀᄐᄂ,ᄇ 쾌ᄒᄀᄁᆂᄐᄉ.
　　　ᄃ,ᄃ 쾌ᄒᄀᄁ 쌔ᄐᄁᄁᄁ 쌔ᄒᄒᆱ ᄍᄄᄒ ᄒᄀᆜᄐᄉ.
　이런 임제선사의 화두 효과가 여러 수련 방법의 하나가 되기도 하고, 사람에 따라서 어느 정도 효험이 있기는 하겠지요. 그러나 얼마나 경지에 오르기가 힘들었으면(아니면, 얼마나 경지에 오르기가 힘든 사람들이 많았으면) 이런 말을 했을까 딱하기도 합니다. 그 각오의 측면에서만 본다면, 대단하기만 한 화두이기는 하지만 말뜻에만 집중하다가 보면 섬뜩한 것은 사실이고요.

섬뜩한 영화로 분류되는 영화가 있지요. 좀비 영화입니다. 많은 사람이 영화에 나오는 좀비들을 보고 무섭다고 하는데, 무섭기는커녕 픽 ― 하고 웃음이 납니다. 현실성이 많이 떨어지기 때문만은 아니고요. 좀 웃깁니다. 지나가다가 어쩌다 실수로 잠깐 보게 되면 요즘 좀비들은 죽여도 또 살아나더군요. 비틀비틀 속도감 떨어지게 걸어가며 소리를 '케 케' 내는 장면들이 웃겨서, '공포영화에서 코미디 영화'로 장르를 바꾸어야 하지 않을까 하는 망상이 들 정도입니다.

죽여도, 죽여도 또 살아나는 것이 좀비인데

그렇다면 죽여도 또 죽여도 살아나는 부처는 좀비과입니까?

그리고, 자기가 아침저녁으로 열심히 모시는 자기 종교의 종조를 죽여 버린다는 발상은 '비인류적/도덕적인 폭력적 발상'입니다.

도를 닦는 이가 **어느 것 또는 누구에 구속된다면 득도** 를 할 수 있을까요?

깊은 낭떠러지 계곡에 줄 다리가 놓여 있습니다. 나그네가 다리를 급하게 건너야 합니다. 뒤에서 하이에나 떼가 깽깽거리며 쫓아오기 때문입니다. 나그네가 숨을 헐떡거리며 뒤를 돌아다보니, 하이에나가 한 열 마리는 되는 거로 보였습니다(시력이 안 좋은 사람은 30마리로 보임. ㅋㅋ). 마음이 더욱 조급하여집니다. 허겁지겁 다리를 건너오니, 바로 이때 하이에나들이 건너오기 시작하였습니다.

어떻게 해야 합니까?

이 다리는 집으로 돌아가는 유일한 길입니다. 다리에 묶인 매듭을 풀면서 그동안 자기가 살았던 모든 기억이 쏜살보다 빠르게 지나갑니다. 마지막 밧줄 타래를 놓으면 그동안 자기가 가졌던 모든 것, 가족, 스승, 자기 최고의 가치관, 재산, 친구들 모든 것을 잃게 됩니다.

놓아야 하나?

말아야 하나?

이때, 다리 중간에 부처님이 나타납니다. '짜 잔 -' '삐까 번쩍' 어떻게 하여야 합니까? 이때, 줄 타래를

놓아야 하나?

말아야 하나?

기독교인이 제일 얽매이고 있는 곳은 교회고 예수입니다. 불자가 가장 자유롭지 못한 대상은 절이고 부처이고요.

이것을 놓지 않고서는 애탈과 자유는 없습니다.

이런 묵상으로 부처를 놓고 부처를 죽이라고 했을 것입니다. 그러나 계속 부활하는 부처 앞에 해결책이 되질 않습니다. 그럼, 해결의 실마리는? 〰️〰️〰️ 해결이 됩니다.

남은 죽이는 대상이 절대로 아닙니다. 마음으로도, 꿈속에서라도. 누구든. 자기 마음속에 들어오는 원수가 너무 원망스러울 경우, 자기의 마음속에 들어오는 잡념을 어찌할 바를 모를 경우, '불로 지지고, 총으로 쏘고, 칼로 찔러 죽이라'고 가르침을 주는 곳도 있습니다. 이 방법은 순간적, 초단기적으로는 효과가 있기는 합니다. 그러나 궁극적 해결책은 못 되지요.

죽여 버린 것이 꼭 다시 살아나기 때문에.

다시 살아날 것을 왜 죽입니까?

그래서 근본 해결책은 나를 죽여야 합니다. 자살이지요. 육체적 자살이 아닌 정신적 자살. 내가 정신적으로 확실히 나를 죽여 버리면 잡념도, 원수도 들어오질 못하지요. 죽어 버린 나

에게 '그 어떤 그것도 간섭하지 못합니다.'

위에 쓴 시에는 '나는 매일 아침 자살한다.'로 해 놓았지만, 이는 초보자의 경우입니다. 아침에 일어나 보니, 어제 내가 죽었었는데 또 살아 있습니다. 그럼 어떻게 해야 합니까? 오늘도 또 **선택적 자살**을 하여야 합니다. 그러나 경지에 이르게 되면, 매일 죽을 필요가 없습니다. 왜냐하면 나는 한번 죽으면 죽은 것이지. 다시 살아나는 것은 아니기 때문입니다. 시체는 외부의 환경에 절대로 어떤 영향도 받지 않습니다. 게다가 나의 내부에서 나를 괴롭혀 왔던 오적 '울화, 탐욕, 교만, 집착, 조급'은 볼 수가 없게 됩니다.

절대 평온. 절대 자유. 절대 행복

나는 내가 파랑새인 줄 아는데
남들은 나보고 바퀴벌레란다
　-「그럼 나는 무엇일까」

자기 자신을 아는 것은 사람으로서 사람답기 위한 절대적인 화두　입니다. 자기가 아무리 A라고 생각해도, 다른 사람들은 나를 F로 보아 줍니다. 그리고 내가 안 보이는 곳에서는 나를 지칭할 때 당연히, F라고 부르고요.　　　　그러면 나는 무엇일까요?

미국 문인들 사이에서 저를 보고, '최 삿갓' '최 도사'라고 부르더군요. 부담감 팍팍 - 가는 별명이지요. 제가 아무리 'a 시인'이라고 불러 주었으면 해도, 그렇게 불러 주는 사람 별로 없습니다. 저의 시가 시시하기 때문일 것입니다. 잘 지내나 수소문하여 보면, '달랑 배낭 하나 메고 길거리에 있기'가 보통이고, 무슨 글을 쓰나, 무슨 말을 하나 보면, '도 닦기 101' 이런 거나 하고 있으니. 그렇겠지요.

　　　　　　그러면 나는 무엇일까요?

이 지경의 나이가 되어서, '바퀴벌레'로 불리지 않는 것이 얼마나 다행입니까? 라고 할 수도 있고. 이미 내가 자살을 해서 내가 이 세상에 없는데 누가 나를 어떻게 부르든 말든 그것 이 무슨 의미가 있냐고 할 수도 있겠네요.

절대 파랗지 않은
청년들 앞에서
포자 들어간 말 하지 마세요

포도 포괄 세포 분포

감히 구포세대 앞에서
　－「청년의 아픔을 아는가」

파릇파릇하지 않은
프릇프릇할 수 없는
청년들 앞에

함부로 입 열지 마라
더 노력하라
희망 가지라
　－「너희가 청춘 아픔을 아는가」

'포' 자를 쓰면 마음이 시립니다. 쓰기도 겁나고요. 왜냐하면
마음을 다하고 정성을 다하고 온갖 노력을 다했는데 '포기'를 수없이 겪었고요. 그 일이, 그 원수가 나를 대상으로 **'포를 뜨는 아픔'**

을 수없이 당해 오며 살아왔기 때문입니다. '포'는 예리한 칼로 얇게 고기를 저미어 말리 거나 양념을 한 고기고요. '뜨다'라는 그것은 역시 날카로운 칼로 고기 등을 저미는 것이지요. 섬뜩한 칼질이 상상만 해도 오싹한 '포를 뜨는 아픔'입니다. 그래서 포 자는 기분이 영 안 좋습니다. 이 포 자를 아홉 개나 머리에 어깨에 덕지덕지 붙여야만 하는 세대가 있습니다.

파란 꿈과 파란 자신감과 파란 기쁨이 충만하여야 할 청년들.

이 청년들의 관심사는 크게 두 가지입니다. 오랫동안 청년들 앞에 섰었기 때문에 나름대로 잘 안다고 할 수 있습니다.

하나는 일이고   다른 하나는 사랑.

이 두 가지가 모두 막혀 있습니다. 이포입니다.

작게 분할을 하여 더 해보면,

연애, 결혼, 출산을 포기합니다.   삼포

취직, 인간관계까지 포기해야 합니다.   오포

꿈과 희망까지 더해 포기합니다.   칠포

외모와 건강까지 포기한다고 합니다.   구포

하나하나가 청년들의 삶에 모두 중요한 일들인데 하나도 아니고 이 중에 몇 개씩이나 환경이나 다른 타인들에 의하여 포기되어야 합니다. **파릇파릇하여야 청년들이 청년**   입니다. 그런데

녹색 대신 누런색이 더 보입니다.

열심히 엄청나게 노력하면, 길이 보여야 하는데, 미래가 안 보이니 불안합니다. 열심히 엄청나게 스펙을 쌓아도, 남들도 다 그렇게 하니 빛이 바랩니다. 해외연수에다가 외국어는 당연히 하지요. 그렇게도 못하는 대다수 청년은 그냥 좌절. 그 자체입니다.

청년들 곁에는 **희망과 꿈 대신에**

합니다.

한 가지 제안하려고 합니다.

국가의 기본 경제 틀을 '확 –' 개편하여야 합니다. 두 축으로.

지금, 국제 경쟁력이 있는 분야들은 그대로 육성되어야 합니다.

인재 양성도 분야별로, 최첨예 경쟁력 있게 말이지요.

이것이 한 축입니다. 다른 한 축은 나라 전체 토지를 '전 세계 최고 유기농 국가 확립'에 활용하는 겁니다.　　IT 와 AI를 접목한 **'최첨단 유기농 국가'**　　　　　　**'유기농 하면 떠오르는 국가'**

아무리 농사를 스마트 Farm화 하여도 농경은 어차피, 노동 집약 산업입니다. 한국은 산악 국가입니다. 국토의 70%가 산지이지요. 산지 생산특화 유기농 국가 건설에 젊은 청년들이 앞장서고 국가에서는 이를 위한 예산과 기술지원을 국가의 운명을 건다는 마음으로 하여야 합니다.

고등학교 때부터 최첨단 스마트팜(비닐 또는 유리온실, 수직농장, 자동화 기계 설치농장) 시설에서 인공지능(AI), 클라우드, 모바일, 실사물인터넷(IoT), 빅데이터 같은 최첨단 정보통신 기술을 접목한 유기농업, 유기수산업 수업을 광범위하게 공부하게 하고, 해당 특화 전문대학 졸업을 하면 바로 창업을 할 수 있도록 모든 지원을 하여 나아가야 합니다. 종자, 종묘, 화훼, 농어 식품 가공 등의 분야에서 국제 특허를 획득할 만한 성과를 내도록 종목별로 집중지원도 병행하여야 하고요. **세계의 건강한 먹거리를 책임지는 대한민국 청년**

청년들에게 가시적인 꿈을 심어 주는 것
국가의 기본책임이고 의무입니다.
청년들이 더 이상 좌절에 빠지지 않게 하는 것
국가의 미래이고 희망이 됩니다.

모두가 잠든 새벽안개 산길
한발 옮기기도 조심스러워라

신발 코 앞 갑자기 나타난
이파리는 십자가 모양이고
꽃은 연꽃처럼 생긴 야생꽃
숲속 동물 놀라게 소리치네

나를 밟고 가라
마구 밟고 가라
무소의 뿔로
　-「예수와 부처는 한 마음」

부처를 보면 부처를 당장 죽이라 하고
예수는 자기 피와 살 매일 먹으라 하니
　-「부처와 예수는 형제」

　예수님과 부처님은 형제가 아닐까? 시차를 극복하는 분들이니, 가능성이 있지 않을까? 하늘에 별이 많이 보이는 산에 들어가서 이런 생각이 들었던 적이 있습니다. 두 분의 주장은 같습니다.

　　나를 밟고 가라. 밟고 가라니까.
　　나를 밟아야 나를 넘어설 수 있다니깐.
　　나를 먹어라. 나를 매일 먹으라니까.
　　내 피를 마시고, 내 살을 먹어야 영원 생명을 얻는다니깐.
　천주교 사제들은 하루도 거르지 않고, 매일 예수의 살을 먹고, 피를 마십니다. 그러면, 자기들의 살과 피를 '소외된 이들'에게 내어 줄 까요?　　　　　그냥 종조의 피와 살을 매일 먹고는
절대로 자기의 손톱 머리칼 한 끝자락도 안 내줍니다.
　이런 모습을 보는 평신도들이 자기들의 무엇 하나, 소외된 이들에 게 내어 주기에 옹색하기만 한 것이 당연하게 보이기까지 합니다.

솔선수범

솔선수범은 이 시대의 화두 입니다.

　솔선(率先)은 '남보다 많이 앞장선다.'라는 뜻이고, 수범(垂範) 은 '모범을 보인다.'라는 의미이지요. 40년 넘은 이야기입 니다. 당시, 미국 남가주 LA 성당에 다녔을 때입니다. 투잡, 쓰리 잡 을 뛰며 헉헉 – 학학거리며 살 때도 일요일 아침에는 성당미사에 나 갔지요. 그런데 하루는 본당 Irish 사제가 부르는 것이었습니다. 저 의 신원을 묻더군요. 누가, 저를 지목하면서 한국에서 주일학교 교 사 봉사를 열심히 한 청년이라고 귀띔하였다고 하였습니다. 그리고 주일학교를 맡아 달라고 간곡히 부탁하였습니다.
　당시, 호구지책 이외에는 다른 생각은 전혀 할 수가 없는 상황인데 도 'No를 못 하는 Un 구제 able 성격' 때문에 수락하고 말았습니다.
　먼저 주일학교에 가보니, 고등학생 2명이 어린이들을 가르치고 있 었습니다. 한 마디로 '아이들이 아이들을 가르치는 상황'이었지요. 그 당시에는 한국 수녀님들이 파견이 안 되었을 당시입니다. 주일학 교를 부흥시키려면 먼저 교사 확보가 우선이었습니다. 대학생부에 들어가 보니, 3 – 5명 정도 청년들이 왔다 갔다 하면서 그냥 놀고 있 었지요. 우선 이 청년들과 Beach에 가서, 같이 놀았습니다. 먹고 마 시고 말이지요.　　　　그냥 그렇게 했습니다.
　그러다가 두 달 정도 지나고는 제가 제일 먼저 한 일은 성당 화장 실 청소였습니다. 냄새가 진동하는 변소에 들어가서 더러운 오물을

팔을 걷어붙이고 닦아 내었습니다. 혼자 한 일이었는데, 한 달도 안 되어서 제 곁에는 대학부 청년들이 곁에 있었습니다. 그런데, 이들의 얼굴에서 미소가 끊이지를 않는 겁니다. 그러다가 또 두세 달 정도 지나니, 대학부 청년들 숫자가 갑자기 15명 정도나 되어서 저도 놀라고 주위 사람들도 놀라고 특히 대학부 청년들 자신들도 놀라기 시작하였지요.

이들에게 한국에서 성서 공부 봉사활동 경험을 살려서 성서 공부를 시작하였습니다. 청년들은 진지했습니다. 원래 성직자에게는 질문을 잘 안 하는 청년들은 마음 놓고 삶에 대하여 질문을 하였고, 저도 대학에서 학과장을 지내며 학생상담 경험을 살려서 정성을 다하였습니다.

이렇게 또 6개월 정도 지나니, 청년들 숫자는 25명 정도가 되었고 이 중에 10명 정도가 주일학교 교사 자격증을 따겠다고 교육 담당 미국수녀원을 단체로 다니기 시작하였습니다. 제법 많은 숫자의 젊은 동양인들을 처음 접한 수녀원에서는 그들의 열정에 감동하여서, 본당 주일학교 학생들 전체 교육자료 무상 지원에 나섰습니다.

이렇게 계속 잘 되었으면 좋겠는데

주일학교 여름성경학교 시기가 처음 돌아왔습니다. 처음 하는 것이니 준비할 것이 많지요. 주중에도 나가서 준비하여 자정이 넘어서 집에 돌아오기 일쑤였습니다. 집에 돌아오다가 마켓 앞 자동신문 가판대에서 동전을 넣고 신문을 사려는데 갑자기 어두운 골목에서 남미계 강도 5명이 튀어나와서 저의 목에 번쩍 예리한 칼을 들이댔습니다. 절대 위기 목숨 위협 속에 모처럼 몇 개월 돈 모아 산 차하고, 지갑을 모두 털렸습니다. 그들은 도망가면서 저에게 몰매를 주어 치아 3개가 휘어 버리고 온몸이 피투성이가 되었지요.

미국이민 생활에서 첫 번째 죽을 뻔한 일이었습니다. 이렇게 힘든 상황에서 보험회사에 연락하니, 저의 계약 갱신 시기 그리고 유예날자도 보름 전에 끝났답니다. 제가 주일학교 준비하느라 정신을 놓은 대가였지요.

며칠 있다가 야외미사 사회가 제 책임이었는데, 못하게 되었나 했습니다. 사고 다음 날 치과에 갔더니 이가 다시 붙을 기회는 20%라고 이를 뽑자고 했는데, 저는 그 20%에 기대를 걸었습니다. 강제로 이를 밀어 집어넣으니, 말소리가 새던 것이 제 목소리가 나왔고요. 이 덕분에 미사 사회는 잘 마무리하고 책임 완수하였습니다. 이런 상황을 보고 청년들이 흔들리기 시작했습니다.

왜 나 같은 사람을 하느님은 보호 안 하시나?

이 질문에 저의 대답은 '교황님도 나보다 더한 테러를 당하시는데 나 같이 하찮은 이가 뭘 -'이라고 하였습니다. 당시 비슷한 시기, 1981년 교황 요한 바오로 2세가 전용 지프차를 타고 신자들 사이를 지나다가 총탄을 4발이나 맞고 쓰러진 상황을 말한 것이었습니다.

그때는 그냥 그렇게 말하였습니다.

그렇게 몇 년을 봉사하는 동안, 한 해도 빠지지 않고 청년들이 신학교에 가고, 수도원에도 들어갔습니다. 그렇게 시간이 흐르고 있는데, 김수환 추기경님께서 본당을 방문하셨습니다. 그때까지도 생활이 궁핍하고 삶이 퍽퍽하게 고단하였을 때인데, 추기경님이 오셔서 저의 노고를 개인적으로 위로하여 주었던 기억은 평생을 할 것입니다. 그리고는 얼마 안 있어 처음으로 한국 수녀원에서 수녀님들이 파견되어, 저의 수고가 조금은 덜어졌고요.

오래된 옛날이야기는 말하는 사람은 자기 이야기이니까 마구 하는데, 듣는 이 측에서는 전혀 관심이 없는 이야기이기 마련입니다.

솔선수범하려고 일부러 그런 것이 아니고, 그냥 그렇게 했는데, 결과가 좋았던 옛날이야기를 지루하게 해 보았습니다.

늙긴 늙었나 봅니다. 옛이야기나 구시렁거리며 하고….

왜 교회는 항상 갑 상태일까
왜 교회는 부자로 있어야 하나
왜 성직자는 노동을 안 할까
　-「예수 일생 반대 비성서적 3대 적폐」

로마 교황청의 자산은 바티칸 박물관, 은행 등의 자산을 제외하고도 40억 유로(약 5조 4,201억 원)라고 합니다. 전 세계의 성당, 외교공관 22만 개를 제외하고도 이탈리아 내에 4,051개, 해외에 1,120개 등 모두 5,171개 정도의 부동산을 가진 부동산 대재벌입니다. 이 5,171개의 부동산은 투자용 건물 및 토지입니다. 이탈리아 내의 부동산 60% 정도는 아파트, 주택도 있고, 상가까지 있지요. 교황청 직원들에게 대부분을 싼 가격에 임대하고 있다고는 합니다. 나머지 40%는 학교·병원·병원 등으로 쓰이고 있고요. 해외 부동산은 2013~2018년 런던 고급 부동산에만 3억 5,000만 유로(약 4,740억 원)를 투자했고요. 이런 방식투자는 파리·제네바·로잔 등에서도 이루어졌습니다.
　　　이 부동산을 다 팔아 소외된 이웃들에 나누어 주면
　　　　교회가 망할까요?
　성직자들이 가만히 앉아 책이나 보고 기도만 하지 말고 노동 현장에 나가 일하면　　성직자들이 망할까요?
　예수님은 부동산 재벌도 아니고, 땀범벅으로 노동했던 갑이 아닌 목수였습니다.　　**도대체 누구의 제자들입니까?**
　개신교의 '교회 재산은 하나님도 모른다.'라고 하지요. 조 단위 재산의 교회가 상당수인데 이 숫자가 파악이 안 된다고 합니다. 재정

불교는 어떻습니까? '절간의 돈은 부처님도 모른다.'라는 말이 재정 공개 폐쇄성을 말해 줍니다. 조계종만 보아도 제주도 절반 정도, 서울시보다 넓은 땅 2억 3,534만 평을 소유하고 있고요. 재정 공개하지 않습니다. 수입도, 지출도, 재산도 공개하지 않습니다. 피와 땀으로 찌들은 돈 중에서 힘겹게 쪼개어 세금을 내는 노동자들 앞에서 이들은 세금 한 푼 내지 않습니다. 국가로부터 혜택은 받고 반대급부는커녕 모든 이 위에 군림하는 종교단체는 모두 슈퍼 갑, 금수저들입니다.　　　　혁명은 바로 이곳에서 시작되어야　합니다.

　　　　혁명은 적폐 덩어리부터 시작　　　되는 것이고요.

　참으로 누가 보아도 종교기관의 기이한 모습이고 현상인데, 이에 대하여 혁명을 제기하는 사람도 없고, 반기를 드는 사람도 없습니다.　　　　부처님과 예수님은 혁명가이었는데 말이지요.

지글 지글 소리 내는 태양아래 노인 산책길
이름도 멋있는 Dragon Fly 파란 하늘 덮는데

노인 중얼 중얼거려 본다

나비처럼 아름다운 저 모습
드론이 몰아내는 그날까지
살아 있으면 안 될 것인데
　-「못 볼 것 더 보면 안 되는 나이」

　노인이 숨소리를 그르릉 그르릉거리며 언덕 산책길을 오르는데 머리 위에 잠자리들 떼가 빙빙 돌기 시작합니다. 고개를 올려 보니 시퍼런 하늘을 가릴 정도입니다. 몇 마리나 되려나 세어 보니, 셀 수가 없지요. 그 시력에 어찌 날아다니는 것을 셀 수가 있을까요? 대충 자기가 좋아하는 숫자 13 × 4 정도로 해 둡니다.

새 한두 마리가 주위에 가깝게 와서, 노는 것은 자주 보니 이상할 필요가 없지만, 잠자리 떼가 머리 위로 가깝게 돌아다니니 신기하기만 합니다. 내가 모기로 보이나? 이젠 잠자리도 나를 만만하게 보는구나. '끙 -'

동양에서의 Dragon은 성스러움의 상징이지만, 서양에서는 용을 사탄, 악마 정도로 보지요. 잠자리의 모습을 가까이 보면 무섭게 생겼습니다. 이빨도 날카롭고 발들도 겁나게 생겨서 서양에서는 잠자리를 Dragonfly로 이름을 붙였습니다. 하지만 동양에서의 잠자리는 아이들이 선호하는 곤충입니다. 유충 시절부터 많은 양의 모기를 잡아 먹어주니 인간에게도 좋은 일을 하고 있고요.

잠자리는 쥐라기 시대 화석에서 발견될 정도로 지구별에 오래전부터 있었습니다. 중국에서는 1억 년 전 잠자리 화석이 발견되었지요. 그 당시에는 지금보다 크기가 컸고요.

태양도 자기 소리가 있습니다. '지글 지글'

지글 소리를 끊이지 않고 내는 따가운 태양 아래, 하늘은 파랗고 머리 위에는 잠자리 떼들이 날아다녀 주고…. 더 바랄 것 없는 오후와 오전의 중간입니다. 그런데 갑자기 이런 생각이 들었습니다.

저 잠자리가 나는 창공 자리에 드론이 날아다닌다고 하지?

그것도 멀지 않은 시기 안에?

이 꼴 저 꼴 못 볼 것 많이 보아 온 나이지만 드론이

하늘을 차지하는 것만은 도저히 못 봐줄 것 같습니다.

땅 위에 기계음도 너무 벅차게 사람들의 시야를 가리고 청각에 고통을 주는데, 이젠 하늘까지 기계소음으로 인간의 눈앞에 어른거리

고 귀에 고문을 주기 전에

이 세상 모든 귀에 이   떠나기를 바래 봅니다.

해라 > 하자 > 내가 먼저
　-「종교와 정치는 두 머리 한 몸」

　종교기관하고 정치기관하고 닮은 점은 많지요. 갑질하는 것도 그렇고, 입으로만 떠드는 것도 그렇고요. 내로남불하는 것도 같습니다. 내 소득의 1/3 가량을 가져가고 해주는 것은 별로 없는 정치 주체나, 거기서 또 1/10을 내라고 강요하고 역시 반대급부를 별로 주지 못하는 종교주체나 '생태학적 측면'에서 똑같기만 합니다.

　또 있습니다. 그들이 말하는 것의 Category를 묶어 보면 항상 대중들에게 '해라'와 '하자'입니다. '해라'가 제일 많고요. 그 사람 다음으로는 '하자'입니다. '해라'나 '하자'에서 자기네들은 항상 뒤에서 뒷짐 지고 쳐다보기만 하고요.

　　　내가 먼저 하지.　하는 정치인이나 종교인 얼마나 될까요?
　두 머리에 한 몸인 동물은 징그럽고 거부감이 갈 것 같지만 그렇지도 않습니다.

　불교 경전에 나오는 공명조(共命鳥)라는 새가 있지요. 몸이 하나인데 머리가 두 개입니다. 극락에 사니까 예쁜 새이지요. 머리 하나는 '가루다', 다른 하나는 '우파가루다'라고…. 한 몸이지만 따로 다른 이름이 있지요. 두 머리는 밤과 낮을 나누어 잡니다. 그런데 문제가 생깁니다. 한쪽이 자는 동안 다른 한쪽이 맛있고 향기로운 열매를 먹는 것을 알아채고는 화가 나서 복수를 하게 되지요. 독을 먹으면 같은 배니까, 상대방이 죽을 것이라며 독을 먹고는 둘이 다 죽게 되었다는 이야기입니다. 공명지조(共命之鳥)'는 여기

274

서 유래되었고요. 그런데, 이것은 그냥 이야기이지 종교하고 정치는 서로 죽이지 않습니다.

선거철에 보시지요. 정치와 종교는 하나입니다.

절대로 상대방에게 독을 먹이지 않지요.

이들은 인류 초창기부터 한 몸 두 머리였습니다. 인류 초기 원시시대부터 조직적인 정치가 조성될 때부터, 종족의 수장 곁에는 '무당'이 있었지요. 샤머니즘(Shamanism) 시작입니다. 중세시절 암흑시대(Dark Ages) 천 년 동안 종교가 정치와 밀착되어 있었고요. '정교분리' 현상의 근대국가 건립이념이 무색하게 아직도 종교와 정치의 행태는 밀착되어 있고 서로 다른 몸도 아닙니다.

왜? 스승들처럼   애라 < 아자 < 내가 먼저

이렇게 못하는지 참 괴상하고 이해가 가지 않는 괴수들입니다. 종교단체는 어디를 가도 감동이 없습니다. 정치하는 사람 중에 누가 감명을 주나요? 묵묵히 내가 먼저 사랑하고, 용서하고, 봉사하고, 평화로운 모습의 발걸음과 손놀림을 보이지 않으면, 대중들은 따라오지 않습니다. 그저 등을 돌릴 뿐이지요.

사람들이 정치하는 사람을 보면 혐오합니다. 그러나

종교 지도자들에게는 그렇지 않지요.

그들의 행태는 거룩해 보이는 유니폼 장막(Cassock Curtain)에 가려져 있기 때문입니다. 보이지 않는 모습의 실제는 어떻습니까? 수많은 범죄자.

미국은 입을 다물지 못할 정도의 숫자이고요. 한국도 만만치 않습니다. 한국의 목사, 승려, 사제 등 성직자가 성 범죄·사기·폭행·상해·음주 운전·뺑소니·공금 횡령/유용한 혐의로 기소된 것만 매년 무려 5천 명이 넘습니다. 하루 약 14건의 성직자 범죄가 일어나고 있고요. 전문직 분류로는 부동의 1위를 차지하고 있습니다. 기소된 것보다 기소 안 된 것이 몇 배나 많을 것입니다. 왜냐하면, 성직자들의 죄는 원래 잘 드러나지 않는 구조 조직에 숨겨져 있습니다. 종교조직이 '외부에 알려지는 범죄'에 대하여 매우 민감하기 때문입니다. 겉으로 드러나고 있는 숫자만 한 해 5천 명, 하루 14건은 어떤 그림일까요?

한국 조폭 숫자가 약 5천 명이라고 하지요. 조폭이 일으키는 범죄는 매년 약 2천 되고요. 실제 구속 숫자는 약 200명 정도라고 합니다. 이런 단순 수치 비교만 해 보아도 [illegible] 이 됩니다.

여기다가 더 나쁜 상황이 있지요. 명백한 증거가 있음에도 불구하고, 신자 중에 거의 반 정도는 '무조건 성직자 편'입니다. 이 맹종 파들이 '정의와 공정'을 요구하는 사람들을 공격하며 성직자 범죄를 옹호/은폐하지요. 이렇게 해야 자기네 신이 자기를 '열렬한 신자' '진짜 찐 신자'라고 보아줄 것이라는 생각과 그래야 해당 종교단체에서 자기의 위치나 존재감을 굳건히 한다는 심리가 있기 때문입니다. 또한 자기네들이 맹종하여 어느 정도 위치를 확보했는데, 그 맹종의 결과가 무너지면 자기 현재 그리고 미래가 몰락한다고 생각하기 때문이기도 하고요. 잡범 성직자들은 이 심리를 십분 활용합니다. 자기네들은 뒤에 숨어서 나오지 않고 이들을 획책하고 교묘하게 조정하여서 '정의로운 신자'들을 공격하지요.

범죄자는 빠지고 신자들끼리 싸우는 형국

그 뒤에는 자기네 종단의 명예를 지키려는 종단 지도자들의 맹렬한 보호막까지 철판으로 펴집니다. **밀리면 죽는다. 다 같이 죽는다.** 라는 심리로.

그러니, 계속 같은 범죄가 일어나고 억울한 희생자는 계속 늘어나게 되는 것이지요. 특성상, 이들의 범죄는 가정파괴로 이어지고 있고요.

어떻게 해야 합니까? 이 세금도 한 푼 안 내고, 절대적 우월지위를 이용해 만행을 끊임없이 민초들에게 저지르는 이 악질 슈퍼 갑질 군(群)을 말이지요. 성직자들이 그들의 스승 뜻대로 사는 것하고, 범죄를 저지르며 사는 그것하고는 개인의 범죄이탈 여부 정도의 차원이 아닙니다. 그래서 이들 범죄에 대하여는 '인류 희망 말살'의 책임추궁 차원에서 - 성직자 범죄 가중 처벌법 제정, 재범 중범죄 신상 공개 및 공소시효 폐지, 성직자 범죄 방지/신고/처벌 시민 전담 단체 설립이 해결책입니다.

성직자들의 범죄는 특수성이 있지요. 그래서 폐쇄성 조직, 우월지위, 보호막 같은 특수 방패막을 치울 수 있는 전담 단체가 설립되어야 하고요. 이 단체의 재정은 국가에서 지원하고 그 재원은 종교기관에 과세하여서 충당되어야 합니다.

같은 범죄라도 '그 사회적 파급력'을 고려하여 형량을 대폭 늘리는 가중 처벌법이 제정되어야 이들에게 경각심을 줄 수가 있고요.

사람과 사람 갈라놓은
차고 강한 철로 만든 장막 있었고
높고 단단한 대나무 장막도 있었다

사람과 신을 갈라놓은 긴 긴 장막
걷히는 것 보고 죽을 수 있으려나
지금도 휘감겨지는
　-「수단 장막(Cassock Curtain)」

철의 장막(Iron curtain)과 죽의 장막(Bamboo Curtain)이라는

단어는 젊은이들에게는 생소할 것입니다. 냉전 시대에 많이 쓰였던 말이지요. 소비에트 연방과 중화인민공화국이, 뚫을 수 없는 장벽으로 그들 나라를 폐쇄하여 통치하고 있다고 해서 파생된 단어입니다. 공산국과 비공산국가가 단절됨을 잘 표현한 말이지요. 철의 장막이라는 말은 윈스턴 처칠에 의하여 유명해진 말이고요.

절대로 뚫려서 질 것 같지 않던 그 장막들도 어느 정도 시간이 지나며 서서히 걷힌 것이 사실입니다. 당근 – 완전히 걷힌 것은 아니지만요. 시간이 지나고, 시대가 지나고 과학발전이 저리도 선명한데도 전혀 걷히지 않는 것이 있지요.　　**종교 장막**　입니다.

거룩한 신과 선량하고 유순하며 복종적인 신자들 사이에 껴서 신으로 가까이 가지 못하게 하는 장벽.

수단 장벽, 가사 장벽, 칼라 장막　입니다.

수단(soutane, cassock)은 밑에까지 내려오는 옷(Vestis Talaris, Habitus Talaris : 이탈리아어/sottana 파생어 프랑스어/soutane)에서 유래하였습니다.

가사(袈裟)는 승려가 장삼 위 걸쳐 입는 법의(法衣)이지요. 산스크리트어의 'Kasaya' 음역어입니다. 원래는 분소의(糞掃衣)라고도 하여서, 수행자가 버려진 옷의 조각들을 모아 흙 또는 분뇨로 염색하여 입었었으나 이것이 웃따라상가(uttarāsaṅga), 안따르야사(antarvāsa), 상가띠(saṃghāti) 별로 화려한 색상과 옷감으로 변질하였지요.

개신교 성직자들이 목에 옷깃(칼라) 목장식을 하는 것을 성직 칼라(clerical collar/ Roman collar)라고 하지요. 18세기 때부터 시작되었는데, 19세기 후반부터는, 가톨릭에서 그 층층이 많은 권위의 복장도 모자라서 이것도 따라 하게 되었습니다.

수단장벽, 가사장벽, 칼라 장벽을 걷어 내야

예수님이 강림하시고 부처가 다시 삽니다.
그래야 그를 따르는 불쌍한 민초들이 살고요.

껌 씹자
딱 딱 소리 내어가며
한쪽 다리도 흔들어 가며

삶 씹자
짝 짝 소리 내어가며
황혼 저리 찬란하지 않나
 ─「껌 좀 못 씹어 본 이들이여」

껌을 씹자
잘근 잘근 씹어보자
혀 발림 단물 쏙 빠질 때까지

그걸 씹자
질겅 질겅 씹어보자
눈 발림 단물 싹 없어질 때까지

씹고 씹다
질겨서 더 못 씹어
정체 드러날 때까지 씹어보자
 ─「삶을 질기게 좀 씹어보자」

인류가 평온하지 않은 이유를 역사적으로 곰곰이 씹고 또 씹어 질경질경거리다가 보면 그 밑바닥에는 그 지겨운 이분법이 있습니다.

껌을 씹자
기분이 엿가락 같을 때는
그 일과 그 놈을 구겨 넣어

껌을 씹자
이빨 자국 위에 또 자국 내
짝짝 딱딱 소리 크게 내어

껌을 씹자
그리 씹어도 그대로 모습
찢어지고 닳지 않더라도
 ─「툇! 뱉어 버리자 껌」

껌을 씹자
너도 나도
아무데서나

껌을 씹자
연구하며
회의하며
 ─「넥타이 잘라버리고 껌을 씹자」

현대 사회는 경직된 분위기가 사회 전반에 검게 깔려 있습니다.
넥타이를 꼭 매어야 한다거나 어떤 Dress Code 같은, 경직된 복

280

장의 문제는 많이 개선되었으나, 사람들을 보면 근본적으로, 그 사람들 머리 위에 검은 구름이 있는 것이 보입니다.

더군다나, 나이가 들어서 황혼이 저리도 깊은데도 '그 살아왔던 업보' 때문에 검은 구름이 잔뜩 한 모습을 보면 안타깝습니다.

저희들이 젊었을 때는 '껌 좀 씹어 본 사람'은 그리 많지 않았습니다. 그럴 사회 분위기가 아니었지요. 낮에는 눈치 보며 열심히 일하고, 밤에는 정신을 집중하여서 학원, 야간 대학을 다니고, 주일에는 각종 종교기관에서 하루 종일 봉사하는 경직된 삶.

그쯤 했으면 되었습니다.

이젠 껌 좀 씹으시지요.

중앙아메리카 원주민이 치클을 씹는 것을 보고 이 치클에 향료와 감미료를 만들어 만든 껌은, 처음에 씹을 때는 달콤하지만 자꾸 씹어서 단물이 빠지게 되면 그 치클의 모든 빠빠겨ㄹㄷ여 .

세상의 일 그리고 세상의 사람들을 자세히 살펴보면, 처음에는 겉과 시작이 좋아 보입니다. 그렇게 보이지 않는 것은 이 세상에서 이미 도태의 길에서 쓰레기통 주위에 뒹굴기 때문에 존재가 거의 없지요. 그래서 겉이 좋아 보이는 사람과 일을 선택하게 되는데, 문제는 시간이 지나면서 '그 사람' '그 일'의 정체가 드러나지요 .

잘 씹으세요. 잘근잘근. 질겅질겅. 빨리 꾸준히 많이 씹어서 정체를 파악하고

그 정체 드러난 것이 '아니다 싶으면 바로 퉷! 뱉어 버리면 됩니다.'

계속 씹지 마세요. **껌은 또 많이 있습니다.**

껌 이야기가 나와서, 이야기가 옆길로 새는 것 같으셨겠네요. 다시 돌아갑니다. 그 지겨운 이분법

껌 씹는 것은 불량으로 보는 이분법

데카르트는 철학적 출발점이라며, 코기토 에르고 숨(Cogito, ergo sum : 나는 생각한다. 그러므로 나는 존재한다.)이라는 허무맹랑한 주장을 하였습니다. 그리고 '두 가지 이외에는 없다.'라면서 이분법을 주장하였고요. 마치 종교들 주장처럼 말이지요. 이 이분법은 세계를 둘로 쪼개어 대립적인 역사를 만들었습니다. 그 결과 과학이 시퍼런 빛을 저리 번득이고 있는데도, 인류는 아직도 서로 싸우면서 쪼개진 상태로 현재에 이르렀고요. 데카르트의 칙칙한 업적입니다.

이원론(二元論, dualism)은 선한 신과 악한 신의 투쟁, 즉 선과 악 기본의 싸움. 인간으로 치면 '형이상학적 이원론' 즉 영과 육의 내적인 싸움에 기초를 두고 있습니다. 이것을 바탕으로 하고 있으니, 당연히 종교, 정치, 사회, 문화 모든 방면에서 둘을 가르는 이분법적 사상에 휩싸여 온 것이 바로 인류 역사입니다. 흑백논리도 바로 이분법적 사고와 이원론에서 유래되었지요. 자기 그리고 자기네들과 반대되는 것은 무조건 인정하지도 않고 용서하지도 않을 정도의 원수로 봅니다.

절대 타협 불가

영원한 평행선

이런 분위기는 시간이 지나면서 개선은커녕 개악으로 치닫고 있습니다. 그 결과로 언제부터인지 모르게 우리 곁에는 '본문' 그리고 '네 편'만 존재합니다. 본문은 동지고 네 편은 적이고요, 내 생각은 무조건 옳은 선이고 너 그리고 너희들 생각은 무조건 틀리는 악이라 합니다. 이런 사회 분위기가 휩쓸어치며 치대다 보니, 진보·보수, 우파·좌파, 청년세대·기성세대(노인 세대), 고용자·노동자(부자·빈자) 둘로 나뉘고, 심지어는 젠더갈등인 여성·남성 이분법도 등장하게 되었습니다. 지역, 교육, 인종, 국경은 기본이고요.

독일의 철학자 게오르크 빌헬름 프리드리히 헤겔(Georg Wilhelm Friedrich Hegel)은 칸트의 이념과 현실의 이원론을 극복한 정반합(正反合) 변증법적 사고를 주장하였습니다. 제3의 해결책(合)을 찾아내야 한다는 것이지요. 그러나 실제로는 합이 다시 정이 되고, 이 정에 반대하는 세력으로 두 쪽이 나는 변종 새 이원론(Neo dualism)의 혼돈에 빠지게 됩니다. 결국 헤겔의 변증법도 이 분법적인 사고에 기초했기 때문입니다.

그래서 혁명만이 답이 됩니다.

그 혁명가가 바로 예수님입니다.

원수를 사랑하라! : Love Your Enemies

종교의 기원이나 역사를 보면, 한 마디로 내편, 네 편을 갈라놓고는 네 편은 무조건 원수 대열에 올리고, '원수를 미워하라.'입니다. 남과 남의 것, '남의 종교는 자기네들의 적'이었지요. 이에 대한 혁명!　　　　　뜨거운 희생의 혁명!

정치에 이원론이 짙게 채색되어 얼마나 많은 인류가 희생되었고 되고 있으며, 될 것입니까? 세계 각 나라는 서로 다투어 국방비를 증액을 하고 그 뒤세력인 무기산업업자들은 이를 부채질합니다.

그 막대한 국방비의 반이라도 UN 차원에서 모두 감액을 하고 이를 고통받는 하위 20%에게 가도록 하면 나라가 망할까요? 인류가 구원이 될까요?　　뜨거운 의식의 혁명!

말로만 하는 혁명이 아니고

맨 앞에서 모범으로 원수 사랑을 실천하는 혁명

죽음까지 마다치 않고 배반자, 원수를 실천적으로 뜨겁게 사랑한 인류 스승의 가르침 -　　　　이제 인류 앞에

이원성이 아닌, 다원성(다법적 사고)/중용/타협/조화/존중/배려/흑백 중간 회색 문화 육성. - 역지사지(易地思之 : 상대편과 처지를 바꾸어 생각함) 교육/종교권위 하향 정책/정치풍토 및 UN 개혁

이런 정책들에 인류문화/생명이 달려 있습니다.

이분법은 실패한 매캐한 사상입니다. 실패를 한 것이 확실하면 거기서 벗어나야지요. 그리고 혁명적 횃불을 들어, 이미 제시된 해법으로 무소의 뿔처럼 나아가야 합니다.

모든 것을 감싸고 포용하며 초월 하는 것이 진정한 혁명

팔은 나가는데
발도 나가는데
몸이 낀다
머리 낀다

나가면 저리도 자유로운데
한 평 남짓한 철창 감옥에
　－「남의 시선이라는 감옥」

교도소(矯導所; Prison)는 교화소(教化所), 감옥(監獄), 감방이라고도 불립니다. 원래 이름 형무소(刑務所)가 구치소(拘置所)로 바뀌었다가 교도소가 되었고요. 범죄인이 자기의 형량대로 복역하는 장소입니다. 자기가 어떤 형을 받아서 무슨 교도소에 얼마나 오래 있는지 아는 사람은　감옥에 있는 사람이　아닙니다.
　자기가 교도소 같은 곳에 갇혀 자유롭지 못한 것을 모르는 사람은　보이지 않는 창살에 갇힌 사람　이고요.
남의 시선을 의식하고 사는 사람은
그 시선만큼의 창살
있는 감옥에서　갇혀 있는 것입니다.
타인으로부터 자유　질긴 － 화두입니다.

몸이 굶어 죽지 않으려면
밥을 먹고 국도 먹어야만

밥은 빈 그릇에 담기고
국도 비어야 담겨지는데
　－「마음에 행복 담기려면」

비워져야 채워질 것 아닌가
욕심 집착으로 꽉 채워놓고
평온 행복 채워지길 바라니
　－「마음그릇」

그릇 크기가 종지이면
종지만큼 담기고
대접만큼 넓다고 하면
그만큼 담기니
　－「네 마음에 담긴 것」

비워라
비워라
무조건 비워라

채워지면 비우고
채워질 만하면 또
　－「지혜로 채우려면」

편안하였으면 하는데 불안하다
안 아파야 하는데 아파 누웠고
이루어져야 하는데 그렇지 않다
고난 피해가야 하는데 덮쳐버리고
합격해야 하는데 이번에도 아니며
좀 쉬고 싶은데 쉴 수 없는 상황
　－「살아 있다는 확실한 증거」

긴장 초조 불안 낙망 고민 억울 분함 갈등
매일 이것들 연속인데 어찌 행복하려는지
　－「이 상황에서도 행복 추구하는 동물」

긴장, 초조, 불안, 낙망, 고민, 억울, 분함, 갈등들이 덮치지 않는
날이 하루라도 있는지…. 이런 상황 속에서도 끈질기게 행복과 평온
을 추구하는 인간은 도대체 어떤 동물인지….
　　이루어지지 않는 것에 대한 갈망의 원천은 무엇인지
　　고통과 고난이 없기를 포기할 만도 하건만 왜 미련을 두는지
　　살아 있다는 것은 고뇌 그 자체인데 왜 수긍하지 않는지

나는 괴롭다　　고로 살아있다.

정말 고통스럽다　　고로 사람이다.

허접스러운 뒷마당
무엇인가 아주 천천히 기어간다
기어가다 온 길을 다시 가질 않나

286

길을 잃었나 비틀 비틀 우왕 좌왕

그 위로 왠 낙엽

하나 툭 떨어지니 금세 동그랗게

말렸다가 다시 또 비비틀 비틀틀

어디서 와서 어디로 가나 비틀틀

　- 「공 벌레과 인간」

공벌레는 다지류(多肢類, Myriapoda), 다족류(多足類)가 아니지요. 절지동물(節肢動物, arthropod)이고요. 그중에서도 게 또는 가재 같은 갑각류입니다.

콩 벌레라고도 합니다. 어떤 외부의 물체가 건드리면 콩처럼 몸을 동그랗게 말아버립니다. 자기, 방어랍시고 하는 행태이지요. 겉모양이 '쥐를 만나면, 며느리가 시어머니를 만난 것처럼 꼼짝 못한다.'라고 하여 쥐며느리로 붙여진 쥐며느리하고 비슷하지만, 건드려 보면 그 차이를 알 수 있습니다. 이 까만 공 벌레가 새벽 뒷마당에 나간 노인의 발 옆을 지나갑니다. 이리저리. - 왔던 길을 또 가기도 하고, 옆으로, 위로, 아래로 그저 왔다 갔다 합니다. 우왕좌왕, 비틀 비틀거리며 제 갈 길을 모르는 것으로 보입니다.

자기는 가느라고 가는데 Off track

어렵게 기어가는 그 공벌레 위로 조그마한 이파리 하나가 가을도 아닌데, 툭 하고 떨어졌습니다. 공 벌레는 놀라서 잽싸게 자기 몸을 동그랗게 만듭니다. **최대안 자기방어를 아는데**

그 방어기제(防禦機制, defence mechanism)는

안마디로 가소로워 　보입니다.

조금 있다가, 이 공 벌레는 조금 전에는 그렇게나 놀라더니 아무 일도 없었다는 듯이 또 제 갈 길을 열심히 가기 시작합니다.

비틀 비틀, 우왕좌왕거리면서

이 모습이 얼마나 인간들 사는 모습과 그렇게 닮았는지요. 길을 간다고 가긴 가는데 그 길이 아니며, 자기 몸과 마음을 보호하느라 최선을 다하고 있는 것처럼 보이지만 그 또한 가소로운 하나의 짓거리이고, 그렇게나 위험에 몸과 마음을 움츠리고 덜덜 떨어 보았지만, 조금만 있으면 아무 일 없다는 듯이 또 같은 길을 비틀거리면서 우왕좌왕 걸어갑니다.

고대 그리스 철학자 아리스토텔레스는 '자연의 사다리(스칼라 나투라 : scala naturae)라는 개념을 창안했지요. 이 사다리의 아래에는 포유류, 조류, 어류, 곤충, 연체동물이 있고 맨 위에 있는 종(種)은 인간이라는 것입니다. 이 세상에서 제일 우수한 종이 인간이라는 이야기지요.

또 있습니다. 서양의 합리주의 기틀을 마련했다고 평가되는 르네 데카르트는 '나는 생각한다. 고로 존재한다.'라는 어리석은 주장을 한 것도 모자라서, 동물에게는 오감이 없다고 했으며 통증도, 감정도, 영혼도 당연히 없다고 했습니다. 이런 바보가 합리주의 철학자, 근대 수학의 아버지로 평가를 받는다는 것 자체가 인간이 얼마나 어리석은가를 보여주는 증거가 됩니다.

이 데카르트의 합리적이지 못한 합리주의 주장을 정면 반박한 생물학자이자 지질학자가 있지요. 찰스 로버트 다윈(Charles Robert Darwin)입니다. 다윈은 한마디로 '인간은 별것 아닌 동물의 일종'이라고 주장합니다.

인간이 만물의 영장(Man is the lord of all creation.)이라는 말은 인간을 오만하고 교만하게 만드는 말입니다. 영장(靈長)이라는 뜻은 영묘한 힘을 가진 우두머리라는 뜻인데 인간이 정말 영묘한 우두머리일까요? 그리고 인간 아닌 동물들은 어리석을까요? 라는 두

가지 질문을 해 봅니다.

그에 대한 답을 'Yes'로 하는 분은 기독교인이고

'No'라고 하는 분은 과학적 사고가 생활화된 분
이겠네요.

과학적 사고가 무엇일까요?

중성자 성질에 대한 이론적 규명과 파인만 도표(Feynman dia-gram) 고안자로 잘 알려진 미국 물리학자 리처드 필립스 파인만(Richard Phillips Feynman)은 '실험과 일치하지 않는 가설이나 추론의 가설은 틀렸다.'라고 합니다.

비타민 C의 분리 및 대량 추출에 성공한 헝가리의 생화학자 얼베르트 센트죄르지 얼베르트(Szent-Györgyi Albert)는 '모든 이가 한 곳을 보고 있지만, 아무도 생각하지 않는 곳에서 위대한 과학적 발견이 이루어진다.'라고 했고요.

컴퓨터를 인류의 작은 손안에 쥐어 준 스마트 폰, AI(인공지능), 무인 로봇, 자율주행차 등은 이미 우리 생활에 깊숙이 들어와 있거나, 곧 생활 그 자체가 될 것임에 의심하는 사람은 없습니다.

컴퓨터 칩이 장재된 이 첨단 발명들은 인류 전체를 '정보의 폭격' 중심부에 좌표 찍어 몰아넣고 마구 포격을 가하고 있습니다. 폭격당하고 있으면서도 그 사실을 눈치도 못 채게 하는 것도 이 컴퓨터 칩의 교활한 능력 중의 하나입니다.

지금, 지구촌의 사람들은 모두 한곳을 쳐다보고 있습니다. 기술과 과학의 눈으로 보기 때문에 그 한 곳에 가야 할 길이라고 자신을 하면서 '자기가 과학적 사고'를 가지고 있어서 행복하고 안전할 것이라고 확신합니다.

그러나 사람들의 삶의 질은 점점 떨어지고 인간과 인간관계는 더욱 기계적으로 차가워지고 있습니다. 게다가 무시무시한 지구 종말의 증조인 '기후변화의 산물 – 홍수, 산불, 토네이도, 된더위, 폭설, 극한 가뭄, 해양 산성화, 농업 수확량 감소, 난민 발생, 종의 멸종'을 실제로 목격하고 있습니다. 더 이상의 재난이 있을까 싶어질 정도인 '죽음의 바이러스의 창궐'로 수백만 사람이 죽어 가고 있는 것이 현실이고요. 지금이야말로, **과학적 사고의 탈을 쓴 비과학적 사고** 에서 벗어나야 인류가 생존할 수 있습니다. 우리를 에워싸고 있는 모든 정보에 대하여 '늘 의심하고, 다시 끊임없는 실험을 하여야 할 때'인 것입니다. 주위의 모든 것을 의심의 눈초리로 보시지요. 내가 지금

생각하고 있는 모든 문제

인류가 당면한 문제 나열해 보시지요.

넘치고도 넘치는 난제들.

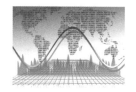

앞에 빅데이터가 무슨 소용이 있나요? 빅데이터는 숫자이지요.

모든 것을 숫자로 보는 인류 앞에 인류의 생존과 행복은 없습니다.

예리한 통찰력으로 숫자에서 탈출하여야 Survive할 수 있습니다.

종교적 사고만으로 또는 기도만으로 문제가 해결되면 얼마나 좋을까요? 그러나 현실은 어떻습니까? 종교도, 기도도 간절함 속에서 존재하는데, 해결되지 않는 문제는 그대로이고 변하는 것은 별로 없지요. 과학적 사고만으로 이해되지 않는 문제도 넘치는데 종교적 사고로도 접근 해결이 되질 않고, 오히려 이런저런 심각한 문제가 점점 늘어만 가고 있지 않습니까?

인류는 지금 최대의 위기를 맞이하고 있는데, 그 심각성조차 '정치적 논리'에 의하여 대중들이 호도(糊塗)되거나 오도(誤導)되고 있으니 지구별과 지구별 사람들의 현실과 미래가 암울하기만 합니다.

해결책으로 NST(Neo Scientific Thinking : 신 과학적 사고)가 필요합니다. 지금 인류가 가고 있는 첨단과학의 방향이 과연 인간의

행복이나 안전을 위한 길인가에 대한 심각한 고민을 UN 차원에서 하여야 합니다. 이 고민에 관한 중심 연구는 미국과 중국이 공동으로 하고, 해결책에 대한 실천도 공동으로 하여야 합니다.

지금 세계가 당면한 위협적인 위험 요소들은 대개가 중국과 미국에 의하여 발생하고 있기 때문입니다.

지구 온난화에 따른 여러 부작용과 전염병 창궐의 내부에는 두 나라가 큰 책임이 있습니다. 그 원인 제공에 따른 피해로 지구의 많은 사람이 희생되었고요. **두 나라는 따끔하게 책임을 져야** 합니다.

컴퓨터 칩에 근거한 첨단과학은, 중 장기적으로 인류를 위한 방향과 길이 새롭게 제시되어야 하고, 경제 패러다임을 재편하여야 합니다. 강자 독식으로 시장을 쥐고 흔들어 점점 거대하여지는 대기업의 횡포를 법제화하여 막아야 합니다. 지구 내 경제적 혜택이 소외된 나라들에 경제력이 전이되도록 하는 방안이 강구되어, '돈이 힘이 되는 문화'를 막아야 하고요.

경제 강대국의 생산기술이나, 자본력이 '최소의 비용으로 최대의 효과'를 추구한다는 '살벌한 파괴적 경제 논리'에서 벗어나, '지구 공동체 번영"이라는 차원에서 소외된 국가들에 이전되도록 하여야 합니다.

인간은 어리석습니다. 어리석은 동물이 과학적 사고를 한다면서 비과학적 사고로 대형 사고들을 치고 있으니 인류 전체가 비틀 비틀거립니다. 어리석은 동물이 만물의 영장이라고 자기 사는 집을 스스로 불태우는 짓들을 골라서 하고 있으면서도, 그러는 줄도 모르는 것이 현실이니 안타깝기만 합니다.

우리가 사는 집이 **두 채가 아니듯**
지구도 두 개가 아닙니다.

ONLY ONE

골라내자 골라내
탈탈 털어서

고르고 고르다 보면
알곡과 쭉정이는
골라지는데
   -「대강 털다가 인생 털리는 그대에게」

씨 발리자 씨
욕으로 듣지 말고
씨 발리자 씨

쭉정이를 알곡으로 알고
씨앗을 쭉정이로 믿어서
지금 너 그런 모습이니

씨 발리자 씨
   -「씨 발리자 씨」

까불러 보니

겉은 알 인대
속은 쭉정이라
   -「사람의 속 무게」

식물은 이 뜨거운 여름 내내 씨앗을 만들기 위해서 모든 노력을

292

합니다. 동물과는 달리, 식물은 종자라고도 불리는 씨앗으로 번식을 하기 때문입니다. 인간은 그 식물의 의향에 반하여, 그 씨앗을 알곡 양식으로 삼고요. 곡물을 수확하면, 수확된 곡류가 모두 알곡은 아닙니다. 그 중에게는 양식으로 먹을 수가 없는 쭉정이가 있기 마련이지요. **알곡아고 쭉정이는 무게가 다릅니다.**

겉은 같아 보이나 속이 다르다는 뜻 입니다.

아주 오랜 옛날 탈곡기가 없었을 때는 키버들을 이용해서 만든 '키'로 알곡과 쭉정이를 구분하였습니다. 키버들은 버드나무와 교목을 말하는데, 오랜 시간 한 민족의 민속 전통 농기구나 공예품의 재료로 쓰였지요. 광주리나 키는 모두 이 키버들의 껍질을 벗기어서 만들었습니다. 곡식의 알곡을 터는 홀태(벼훑이, 첨치, 천치 : 千齒, 그네)로 탈탈 털고 '키'로 또 탈탈 털어 알곡과 쭉정이를 분류하였지요.

홀태는 탈곡기가 등장하면서 사라졌습니다. 탈곡기가 처음 등장했을 때는 발로 밟아서 탈곡기를 돌렸지요. 둥근 탈곡기가 돌아갈 때 곡물이 곡물 대에서 떨어져 나갔고요. 이 기계화된 탈곡기를 보고 신기해했었는데 이마저 얼마 안 있어 모터로 돌아가는 탈곡기가 일반화되었던 기억이 납니다. 탈곡이 되면, 이 곡류를 풍구에 집어넣습니다. 풍구는 바람을 일으키는 기구인데 손잡이를 돌리면, 바람이 나와서 무거운 알곡은 아래로 떨어지어 거두게 되고, 쭉정이들은 바람에 날려 나가게 되어 있지요.

바람이 가른다
알곡과 쭉정이

바람의 시련 앞에 어깨 쭉 펴라
그대는 생명 양식 고르고 있으니
　-「바람 없이 어찌 생명」

이렇게 탈곡기나 탈곡기구로 탈탈 소리가 나게 털어서 풍구 등에 탈탈 날려 보던가, 물에 어느 정도 시간 불려 보면, 알갱이와 쭉정이 는 분류가 되었지요.　　**탈탈 털어보면, 본색이 드러납니다.**

겉은 같아 보이는
쭉정이와 알갱이

털어보던가
불려보던가
　-「사람도 탈탈 털면」

사람이 사람을 만나고 교류하면서, 이 탈곡 과정 같은 '검증'을 거 치지 않으면 쭉정이 같은 사람에게 다양한 종류의 손해를 입을 수 가 있습니다. 겉으로만 사람을 보는 이 세태이다가 보니, 사람들은 겉모양을 포장하기 위해서 큰 노력을 합니다. 이런 Pattern의 문화 에서 벗어나지 못하는 한, 인류는 끊임없이 쭉정이만 먹고 배앓이하 고, 병도 나고, 정신적 기아에서 탈출하지 못할 것입니다.

　이쯤 되면, 많은 분은
　　　"그렇지, 그 당시 그 사람을 더 털었어야 해!"
　　　"맞아, 그때 그 일을 더 털어보았어야 했었는데!" 하며
　　과거의 그 원한 맺힌 사람들의 얼굴과 일들을 떠올리시겠네요.
그러나, 아주 극소수의 분들은
　　　　사실은 남이나 그 일을 털기 전에
　　　"그렇지, 그 당시 나를 더 털었어야 했었어!"
　　　"맞아, 그때 그 일을 하는 나를 더 털어 보아야 했는데!"
　하면서, 그때 그 당시에　**탐욕, 조급, 울화, 교만, 집착의 외오리** 에

294

휩싸였던 자기 부끄러운 모습을 탈탈 텁니다.

사람은 자연 일부임으로 털려야 합니다.　　**털려야 살 수 있는 동물**

　　　　자기를 터는 사람은 알갱이 씨앗　　　　　　　이고

　　남이나 영양가 없는 일을 터는 사람은 쭉정이 나부랭이　입니다.

가런히 누워 있으면 디딤돌

하나라도 서서 있으면 걸림돌

　-「거친 강물 같은 세상에서는」

강물 넘실댄다　　　　stepping stone　　stumbling block

뒤쪽에선 산불 달려들어

피안으로 넘어가야 하고

누가 펼쳐놓았을까

가지런한 디딤돌

뒤뚱거리며 중간 가다가 한발 디딘 돌이 탁 서버린다

생명 앗아갈 걸림돌

　-「누가 디딤돌이고 무엇이 걸림돌인가」

나를 밟고 가시라

내 엎드려 있으리니

너를 빠지게 하리

네 앞 꼿꼿이 서서

　-「디딤돌 걸림돌 그걸 구별 못하니」

피안(彼岸)은 저쪽(彼) 언덕(岸)이라는 뜻이지요. 범어로 파라미타 (바라밀다)입니다. 저쪽은 깨달음, 열반, 부처, 해달, 절대 평온의 세계. 유토피아이고요. 반대말은 차안(此岸)입니다. 이쪽 언덕이라는 뜻입니다. 이쪽 언덕은 번뇌, 괴로움, 불신, 어리석을 중생의 세상. 현재 내가 있는 곳이고요. 도피안(到彼岸)은 바라밀다(波羅蜜多 paramita) 한문 번역입니다. 피안에 도착한 것을 말하고요. 바라밀다는 개인 삶의 목표이고 인류의 오랜 소망입니다.

그럼, 그 피안은 존재하는가?

나는 그 피안으로 가고 있는가?

이렇게 산다면 과연 피안에 도착할 수가 있는가?

피안으로 가는 곳에는 장애물이 있기 마련입니다. — 깊은 물. 나의 생명을 위협하는, 파도도 제법 있고 빠른 속도의 물을 건너야 피안에 도착합니다. 수영을 하는 것은 어느 정도 도움은 되지만, 물은 파도가 심하고 깊으며 길이도 제법 멀어서 피안에 도착하는데 절대 요소는 되지 못합니다.

이런 세상 상황에서 오로지 기댈 것은 '디딤돌'이지요. 내가 밟고 가도록 기꺼이 누워 줄, 디딤돌 같이 나를 받쳐줄 단단한

사람들. 일들.

　　디딤돌인 줄 알고 한 발 걸쳤더니
　　흘랑 뒤집혀 버린다
　　걸림돌로 보여 걷어차 버렸더니만
　　단단한 디딤돌이니
　　 -「그 안목이니」

이 세상 지금 내가 사는 현실의 삶이 고달프면

그리고 이 현실이 나아질 가능성이 없다는데 확신이 들면 어떻게 될까요? 당연히 다른 세계인 피안을 그리워하고 갈망하게 됩니다. 그 피안에는 괴로움이 없을 것이라는 희망이 절실하기 때문입니다. 설령, 그 피안이 죽은 후에 다다를 수 있는 곳이라고 하더라도요.

그 피안이 있든 아니면, 실제로는 존재하지 않던 지금 나에게 닥친 고난은 당장 해결해야 합니다. 나의 문제는 곧 내 가족의 문제인데, 그저 피안만을 그리워하며 이 문제해결을 등한시하게 되면, 피안은 사실 나중 일이고 지금 당장 내 가족이 괴롭습니다.

내가 당면한 문제의 핵심은 '걸림돌'입니다.

걸림돌이 걸림돌로 보이면
그게 걸림돌일까
걸림돌 디딤돌로 보이도록
교묘한 포장으로
　-「언제나 포장 안을 보라」

디딤돌을 걸림돌로 알고
걸림돌을 디딤돌로 아니
　-「쫑쫑쫑 땡땡땡」

얼마나 디딤돌을 디딤돌로 알아보고
얼마나 걸림돌을 걸림돌로 알아보나
　-「IQ보다 더 중요한」

사람의 지능이 높으면 문제가 없을까요?
IQ (Intelligence quotient)가 아무리 높아도 문제는 피해갈 수가

없습니다. 소용없습니다. 멘사 가입기준 IQ 148은 표준편차(Standard Deviation, SD) 15를 따르는 웩슬러(WAIS) 검사의 IQ 130과 같은 수치이지요. 인간 상위 2% 정도만 이 기준에 도달한다고 합니다. 그럼 이 2% 중에 얼마나 디딤돌을 디딤돌로 알아보고
걸림돌을 걸림돌로 알아볼까요?

걸림돌의 정체는 금세 드러나지 않습니다.

ㄷㄷㅎ 비끄ㄱ끼 ㅈ낸 얹ㄷ

나를 죽인 우에나 드러나는 것도 있습니다.

걸림돌은   **위장에 뛰어납니다.**   **교묘합니다.**

안전해 보이고 나를 살려 줄 것 같은 선안 모습   을 하고 있습니다.
quotient 뜻은 나눗셈의 몫, 결과를 말하지요. 예를 들어 10 ÷ 2의 몫은 5입니다. 이 Q로, 사람의 사고 능력 몫이 제대로 측정이 될까요?   IQ로 바라밀다가 될까요?

IQ 갖고는 절대로 바라밀다가 안 됩니다. 디딤돌 ÷ 걸림돌 수치가 되어야 합니다. 걸림돌을 알아보는 능력은 얼마나 걸림돌에 넘어져 보았는가 하는 직접경험 수치와 How to avoid 걸림돌 101 같은 학습효과 간접경험 수치

이 두 가지 요소가 복합 측정되어야 하고요. 그 측정 결과는 MEQ(Mind's eye quotient) 로 표시되어야 하겠지요.

모두 비워진 자리에 밝게 보이는

모두 감아버린 자리에 스며드는

통찰력, 투시력, 염력   MEQ

◑ 윤슬은 잔물결이 햇빛 또는 달빛이 비추어져서 반짝이는 것을 말합니다. 바다나 강가에 살랑 바람이 불고, 은은한 빛에 물결이 반짝반짝하는 것을 보노라면 나도/나의 삶도 저렇게 반

짝이고 있나? 하는 생각도 들게 됩니다.

참, 아름답구나! 하는 감탄과 함께 말이지요.

그대는 아는가
그대가 틈을 보일 때
가장 반짝인다는 것을

그대는 아는가
그대의 흠이 클수록
같이 아름답다는 것을

-「반짝이는 윤슬 그대」

나의 삶이 반짝인다는 것은 어떤 것일까요?

사람마다 생각과 행동 그리고 철학에 따라서 다 다르겠지만, 공통분모 측에서 보면 사람과의 원만한 관계가 될 것입니다.

인간관계만 좋아도 나의 삶은 반짝 반짝입니다.

반대로, 이 인간관계 하나만 잘 못 하고 다녀도

나의 삶은 너덜너덜합니다. 으앙.

그렇게 중요한 인간관계의 핵심은 겸손입니다.

겸손하여지려면, **틈을 보여야 합니다.**

빈틈없이 빡빡하기만 한 사람을 누가 좋아할까요?

흠을 보여야 합니다.

결점 없는 사람이 있기나 한가요? 그런데 자기는 흠이 없는 것처럼 말하고, 행동하고, 사고하는 주위에 누가 가까이하려 하겠습니까? 그러니 틈이 있어도 괜찮습니다. 흠이 많이 있어도 좋고요.

빛나는 흠 **찬란한 틈** 이 많아서

저녁노을 강가에 반짝이는 윤슬같이 아름다운 당신

어서 오세요   몇 분이시죠?

네 0.5 인입니다.   네? 무슨?

온전한 사람이 못 돼서요.   :)
　-「식당 선담(禪談)」

자기 하나 1인분이, 온전한 1인분이 된다는 자신은 어디서 나오는 것일까요? 자기가 꽉 차 있어서 자기가 온전한 자기라고 생각한다는 근거는 어디이고요?　**착각은 자유, 마음은 평화**　입니까?
수시로 남이 / 어떤 일이 나를 온전히 차지하고 있는데
　　　그러면, 그 순간 내가 없어지는데
내가 0.1도 없게 되는데 말이지요. 하루 통틀어서 내가 온전히 내가 되는 순간이 50%만 되어도 자기다운 것이 될 것입니다.
　　그러니 식당에 혼자 들어가 몇 분이신가요? 라는 질문에
　　"네. 0.5인입니다."라는 대답을 하는 자는
　　　제법 세상을 예리하고 즐겁게 보는 자입니다.
이런 대답하는 사람에게 혹시 "아 - 그러세요? 저는 0.3인데요."로 응수하는 사회라면 참으로 재미있고 즐거운 세상이 되겠네요.
식당에서 일하시는 분께 스트레스를 줄 수도 있으니, 속으로 상상만 하시고요.

춤을 추자
시퍼런 칼날 위에서
머리 풀고
소리 질러 막춤 추자

어차피 온몸 베어 나가는 세상
결국은 미쳐 버리고 마는 세상
　－「귀신같은 세상 무당 되어」

덩실 덩실 춤을 추자
장단 어긋나게 막춤을 추자

신발 옷 벗어 던지고
시퍼런 칼날 위에 더 덩실

아무튼 미쳐 버리고 말 세상
이리도 베이고 저리도 베여
　－「미친 세상 안 미치고 살려면」

핑핑 현기증 나는 현대에서 사람이 산다는 것이 어찌 보면 칼날 위에서 사는 것 같다는 생각이 듭니다.

조금만 움직여도 쓰윽 베이는

움직여도, 안 움직여도 베이는 이 세상살이

일 바에야 그냥 칼 위에서 춤이라도 추어야겠습니다. 춤이라는 것이 리듬이 있어야 하는데, 세상의 시끄러운 리듬에 어찌 박자 장단이 있겠습니까? 그저 엇박자가 제격인 막춤을 출 밖에요.

미친 세상에서 살아남는 방법은

미친 듯이 춤추며 하루하루

섬뜩한 칼날 위에서

두꺼운 책에서 칼만 골라 빼내어
사람들을 벗기어 칼날 위 세우는

두툼한 책에서 꽃만 골라 묶어서
사랑 평화 자비 부케 만들지 않고
    - 「유니폼 그대가 바로 무당」

Bible이나 불경 등, 모든 경전은 두껍습니다. 두껍다는 것은 그 안
에 내용이 엄청나다는 것을 뜻하지요. 완전한 원본이 소실된 상태에
서 여러 언어로 후대에 기록되다 보니, '완전하다.'라는 전제도 게재
되어 있지만, 얼마든지 '자기가 주장하려고 하는 내용'을 짜깁기가
가능합니다. 예를 들면

마태오 복음 10, 34—11,1

"내가 세상에 평화를 주러 왔다고 생각하지 마라. 평화가 아니라 칼을 주러 왔다. 나
는 아들이 아버지와 딸이 어머니와 며느리가 시어머니와 갈라서게 하려고 왔다. 집안
식구가 바로 원수가 된다.

아버지나 어머니를 나보다 더 사랑하는 사람은 나에게 합당하지 않다. 아들이나 딸
을 나보다 더 사랑하는 사람도 나에게 합당하지 않다.

누가복음 18:29 예수님께서 그들에게 말씀하셨다. "내가 진실로 너희에게 말한
다. 누구든지 하느님의 나라 때문에 집이나 아내, 형제나 부모나 자녀를 버린 사람은,
18:30 현세에서 여러 곱절로 되받을 것이고 내세에서는 영원한 생명을 받을 것이다."

이 구절을 강조한 성직자/종단이 얼마나 많습니까?

"예수를 따르려면 아내, 남편, 자식, 집 모두를 팽개치고 버려야 한
다. 그래야 그 대가로 천배 만 배 갚으시는 주님께서 그대를 천국에
서 상 받게 한다!" "믿습니까?"(이렇게 묻는데 누가 아니라고 대답
합니까?) "네 믿습니다."(옆에 사람 눈치도 있어서 질세라 큰소리

로) "믿으시면 아멘 하십시오."(단답형 강요 질문에 다른 대답 기회는 없지요.) " 아멘."(옆 사람에게 자기 신앙이 굳건하다며 - 큰 소리로) - 이렇게 성서 구절을 들이대며 강조하면, 반박 여지가 없어지게 됩니다. 더군다나 사람은 큰 소리로 어떤 말 반복을 하면

　　　　　　자기 최면, 자기 세뇌, 자기 상실이 됩니다.

아 악 아 악
보르륵 증발한다 증발한다
아 악 아 악
스르륵 녹여진다 녹여진다

똑같은 소리 계속 악 쓰면
-「지성 증발 자아 상실」

사람에게서 지성이 증발해 버리고, 자아가 무너져 버린 자리는 황무지. 아무것도 없게 됩니다. 그 휑한 자리에
　마이크 잡은 사람의 소리가 자리를 차지하여서
　　그 사람의 사상이 바로 내가 되버리고 맙니다.
성서에서 자기/자기 종단에 유리한 것을 강조하여 사람들을 세뇌하게 되면 그것이 　　　　　 바로 그 종단의 교리입니다.
　이 교리가 종주의 어깨를 올라타고 선량한 사람들을 호도합니다.
종주의 가르침아고 섞어서 말을 아니 - 교리가 종주 가르침아고 동격이 되는 기가막히는 상황 이 몇 천년 이어지고 있습니다.
째까 되며ㅎ　교리가 종주의 사랑 가르침보다 앞서고　있지요.
　사랑이 없으면 아무것도 아닙니다.
　부모를 공경하라. 자식을 사랑하라. 아웃을 사랑하라.

사랑이 제일 먼저라고 성서에 곳곳에 넘치게 쓰여 있는데도 교단 지도자들이 예수를 올라타고 머리를 흔들어 버립니다.
자기 종단존립에 필요한 성서의 구절들만을 골라 강조하면서 가정을 공중분해시킨 '가정 파괴 파렴치범'들이 얼마나 많습니까! 이 족속들이야말로 '인류의 적' '그리스도의 적'이자 구더기, 쓰레기 그리고 기생충들입니다. 경전의 기본 사상으로 돌아가야 합니다.
교단 지도자들은 이제 '사기행각'을 그만둘 때도 한참 지났습니다. 그 정도까지 밥그릇 키웠으면 이제 선량한 사람들 놓아두십시오.
종주의 가르침을 뒷순위로 하며 **자기네 교리를 강조하는 것은** '**무당 짓**' 입니다. 날 없는, 작두 위에서 겁을 주며 광란의 춤을 추는 '설익은 무당'에 휘둘리지 마세요.
그 사기행각에 휘말리며 삶 꼬일 정도로 여생 길지 않습니다.

◑ 새벽에 일어납니다. '노친네라 잠이 없어서 그러 쥐 - 몰 - ' 인 것 같기도 하지만, 일단은 나름대로 습관이 되어 있습니다.
습관이 된 그것만이 나의 삶 조각

새 ⇒ **새**로운 하루. 다시 오지 않을 이 귀중한 하루
　두 눈이 아니고, 먼저 한쪽 눈을 슬며시 떠보고 – 아 – 오늘 하루
벽 ⇒ **벽**을 칩니다.
동서남북에서 쳐들어오던 온갖 상념들에서 오늘도 철벽 방어를 위하여 벽을 높게 높게 쌓습니다. 그리고는 나머지 한쪽 눈도 뜨고는
아 – 감사하다

까맣다가 지쳐 하얗게 된 밤
한쪽 눈 슬며시 떠보면

새
새로운 하루 시작되는데

노인 나머지 눈뜨며 시작을
다시 오지 않을 하루를
벽
벽부터 높게 높게 친다

동쪽 벽 해 들지 않도록
서쪽 벽 달 들지 않도록
남 벽 과거 안 보이도록
북 벽 미래 안 보이도록
　　－「새벽의 의미」

동쪽에서 달려들던 적들은 해일지라도 못 들어오게
서쪽에서 덮쳐오던 원수들은 달일지라도 못 들어오게
남쪽에서, 북쪽에서 들어오는 그 많은 잡념 얼씬도 못 하게

높게 쌓아 올린 성벽은 오늘도 평온을 가져다줍니다.
벽을 쌓아 올리는 새벽은 새로운 하루를 위해 소중하기에 새벽에
일어납니다. 내일도 그렇게 할 것이고요. 모레도(살아 있다면)

◆ 사랑
　사랑하면 그냥 사랑이어야 하지요. 그런데 문제는 무엇이 첨가된
'가짜 사랑'이 있다는 것입니다. 이 '거짓/가짜 사랑'이 너무 많아
서 '진짜 사랑' '찐사랑'을 따로 분류하여야 할 지경이 되었습니다.

딱 딱 딱
씹다가 이마에 탁 붙이고
질겅질겅
씹다가 사랑 머리 붙이고

단물 빠지면
퉤 - 뱉어질
　-「껌딱지 사랑」

　나는 사랑을 하는데…. 그야말로 온 힘을 다하여 사랑하는데 왜 그 사랑을 받는 나의 자식, 나의 남편, 나의 아내, 지인들은 나에게 사랑을 주지 않을까?

　사람들이 잘못하는 것 중에 제일 큰 것은 바로 사랑에 대한 정의를 착각한다는 것이지요. 즉, 자기가 사랑하지 않고 있으면서 사랑하고 있다고 생각하고 행동한다는 것입니다.

　사랑에는 가짜 사랑 또는 함량 미달 사랑이 있습니다. 사랑의 탈을 쓴 엉터리 사랑입니다. 결국 사랑이 아니지요.

사랑 - 집착 = 진애(眞愛)

　사람들이 사랑에 목숨을 걸 정도로 노력하는데 사랑을 이루지 못하는 것은 '집착'을 하기 때문입니다. 이 집요한 껌딱지 같은 '집착'을 빼지 않고서는 사랑을 이룰 수가 없습니다.

　　사랑에서 집착을 빼지 않으면 '유통기간' 딱지가 붙게　됩니다.

　유통기간이 있는 사랑. 유통기간은 무엇인가요? 얼마간의 시간이 지나면 상하고 썩어서 그것이 오히려 독으로 변하는 것이지요. 사랑은 진리이니까 당연히 영원합니다. 불변하고요. 그런데 이 사랑이 시간이 지나면서 변절하고 상하고 썩는 것은 바로 진짜 사랑이

306

아니기 때문입니다.

　어떤　순수안 물질이나 사상에 무엇이 첨가되면 그것은 가짜　입니다.

　사랑에도 집착이 첨가되면, 그것은 이미 사랑이 아니고, 얼마 못 가 변절하고, 배반 되고, 진행이 오래되면 원수가 될 수도 있다는 것은 우리가 주위에서 흔하게 볼 수 있는 현상이고요.

　　　　집착하면 사랑은 깨집니다.

　집착하지 않는 사랑 하면 떠오르는 인물이 있지요. 당나라 시대에 너무 가난하여 산에서 나무를 베어 시장에 내다 팔아 겨우 먹고 살았던 사람입니다.

　　　　대한불교조계종의 선맥이 된 나무꾼 혜능대사.

　혜능은 어느 날 나무 땔감을 배달하여 주고 나오는데 그 손님이 글을 크게 소리 내어 읽는 것을 듣게 됩니다. 그 글은 금강경/금강반야경이었고 그 내용 중에 가슴에 화살처럼 박히는 것이 있었습니다. 사랑과 진리에 대한 그 내용 하나를, 즉시 깨닫고 알아듣는 언하대오(言下大悟)를 하고는, 발심하고 출가합니다.

　자기 스스로 깨달아 생사 애탈, 영원안 행복을 쟁취　그 내용은, - '당연히, 머무는 바 없이 그 마음이 난다(應無所住 而生其心)'

　이렇게 - '머무는 바 없이 마음을 내는 것'이 바로 진애입니다.

　'사랑은 아무 조건 없이 주고, 거기에 머물지도 않음'이 되는 것이지요.　　'집착 없는 사랑　을 베푸는 것이 진짜 사랑'이 됩니다.

누구나 새는 그냥 날개로 난다 한다
새가 날 때마다
　　　　몸통
　　　　꽁지깃
　　　　눈 입 귀머리

발 날개털 하나하나
바람 얼싸안고 절절하게 나는 것 보면서도
－「날아가려면 치열해야」

그대 머리는 두 개이다
하얗게 기뻤다가 까맣게 슬프고
뽀송하게 좋았다 축축하게 밉고
불길같이 화났다 강처럼 평화가
－「그대는 공명 조」

그대 마음속 기쁨과 슬픔은 하나입니다. 미움과 사랑도 하나이고요.
울화와 평화도 하나임을 보아야 합니다.
그것을 보면 비익조처럼 세상의 모든 이치를 다른 눈과 함께 볼
수 있고   이념, 사상, 신념, 종교가 다른 어떤 이도 끌어안아서
날아갈 수가 있습니다. 그것을 못 보면 공명 조처럼 남을 해치는 것
이 바로 나를 해치고   남을 욕하는 것이 바로 나에게 욕되며
남에게 독 먹이면 바로 나의 생명이 같이 죽고 말게 됩니다.

나는 왼쪽 눈만 있지요
그는 오른쪽 눈만 있고
둘이 같이하여야 제대로 보고요

나는 왼쪽 날개만 있고
그는 오른쪽 날개만 있어
역시 서로 안아야 날 수 있고요
－「우리는 비익조 홍익인간」

인간들이 한쪽 눈만 있고
한쪽 발 한 팔만 있어도
비익조처럼 날아다닐 텐데

두 눈 있어 앞 못 보고 넘어지고
두 발 있어 낭떠러지로 향해가고
두 팔 있어 쓰레기 끌어안고 사니
　　ー「하나도 제대로 못 하는 인간」

　비익조(比翼鳥)는 상상의 새입니다. 암수가 서로 눈 하나, 날개 하나씩 밖에 없어서 둘이 같이해야 제대로 볼 수도 있고, 날아다닐 수 있다는 새지요. 한쪽 날개 갖고는 균형을 잡을 수 없으니, 당연히 둘이서 같이 포옹하여야만, 날아갈 수가 있습니다.

　이 세상에는 비목어 과인 인간들 신화 되어 살아간다
　세상 밖에 살다가 허파가 퇴화하여 아가미로 숨 쉬고
　외눈박이 물고기처럼 다른 고기와 같이 보아야 보이는

　그렇게 외떨어진 섬 깊고도 깊은 심연에서만 살아가는
　　ー「비목어로 살아가는 이들 있다」

하얀 한쪽 날개와 까만 날개 한쪽 있는
신화의 천사
연리지 열매 먹고 이슬 마시며 살아가는
전설의 천사
깊은 심연 비목어

파랑 하늘 비익조
와 함께 살아가는
　　-「전설 속에 살고 싶다」

　연리지(連理枝 ; 이을 연連, 결 리理, 나뭇가지 지枝)는 두 나무가 성장하면서 서로 붙어 하나의 나무가 되어 버리는 현상을 말합니다. 이런 현상은 유사 종 식물을 접붙여 하나의 나무를 만드는 접붙이기에서 자주 볼 수가 있지요. 약간 개념이 다르기는 하지만 꺾꽂이도 연리지이고요.
　　연리지, 비목어, 비익조는 모두 상생, 협력, 수용의 상징입니다.
　　　　사람들이 가슴이 답답하다고 합니다.
　　　　숨이 쉬어지지 않게 갑갑할 정도라고도 하고요.
　흑백논리가 빵빵하게 부풀려져 곧 터지기 일보 직전인 현대 문명.
　탈출하고 싶습니다. 이 비릿한 비열의 이분법 사회에서.

　꿈에서라도 **신화로 날아다니는 숲의 비익조**
　　　　전설로 숨을 쉬는 심연 비목어　속의 태고로 가 봅니다.

바닷가 모래밭 깊게 박힌 발자국
내가 걸어온 길 내 삶의 모습들
　　-「파도 금세 지워버릴」

사람들 하는 일 발자국 새기는 일
바닷가 모래밭 자기 발바닥 모습
　　-「금세 파도에 지워지는」

하루도
일년도
여생도
반 넘게 꺾여 버린

조개 집 쪼개져 널린
그 시간 그곳
펴질 기미 전혀 안 보여

성질처럼 한쪽만 닳아버린 구두 내동댕이치고
세상 냄새 깊숙이 찌든 양말 돌돌 말린 채로 날려 버리며

걷는다 걷는다
그냥 걷는다
발바닥 따끔해지는데도

안 쫓아오는 그림자 억지로 끌다가 뒤돌아보니
치댄 삶이 걸어온 자국

저 자국은 무엇이었나
저 모래 같은 삶에 깊이 박혀 있는
　-「금세 파도에 쓸려나갈 자국」

두 손으로 긁어모은다
박박

모아진 것 쌓아 본다
탁탁

쏴아
한순간 쓸려 무너져

그래도 다시 또 다시
박박
탁탁
　－「모두 모래성 쌓기」

사람이 하는 일을 가만히 보고 있으면, Level이 있습니다. 이 Level의 장소를 바닷가로 설정해 보면,

Level 1 : 조개 주워 먹고 사는 '먹고 배설하는데 급급한' Level

Level 2 : 모래성도 성이랍시고 '열심히 쌓고, 그 다음 서서히 놀려는' Level

Level 3 : 백사장에 자기 발바닥 자국 남기려고 애쓰는 Level

Level 4 : 모두 부질없음을 깨닫고 파도를 타는 Level

　　　　　자기가 어느 Level에 있는지를 아는 사람은

'자기의 Level에서 탈출' 알 수도　　있고
'모든 Level' 에서 도망도 칠 수도　　있습니다.

안타깝게도 거의 모든 사람은 자기의 Level을 알지 못하고요.

금세 무너지고 말, 모래성을 쌓는 줄도 모르고 금세 흔적도 없어질 모래에, 발자국이나 남기려고 바동거리는 줄도 모르고.

그러니, 탈출 시도도 안 하고요.

츳츳   끌끌
이런 걸 봐도   저런 걸 봐도

혀가 저절로   한숨과 함께
　-「세상을 본다는 것은」

무심해 보여도, 절대 무심하지 않은 파도 앞에 - 자기에게는 대
단해 보이지만, 절대적으로 별로 인 알량한 자기 발자국을 내려고
　자기 Level을 모르고 '숨소리가 고르지 못한 사람들'의 행태를
　곁에서 길고 가느다란 시선으로 보고 있노라면,
　길지도 않은 짧은 혀가 완전 자동으로 '도르르 말렸다 펴졌다'를
반복합니다. 　　　늚늚　　　　륜륜

사람들
앞선 이 뒤꿈치만 보고 걷는다
때로는
그를 앞서 보지만 그 앞에는 또 다른 뒤꿈치가

인간들
앞 선이 가는 문으로 들어간다
때로는
좁은 문 들어가는 것 같이 보이지만 결국 넓은
　-「뒤꿈치와 좁은 문」

지금 내가 어떤가를 알려고
유명공연장 운동장 복잡한 지하철 찾는 이 있다

그 기나긴 줄에 마냥 서서
자기 차례 되면 그만 돌아 나오고 마는 그 현자
  -「긴 줄 서 있는 자기를 보는」

　출퇴근 시간에 전철역의 그 깊고 깊은 땅속을 줄을 서서 오르고 내
리고를 몇 번이나 반복하다가, 몇 줄이나 되는 긴 줄에 끼어서 기계
조립품처럼 밀려 그 좁은 공간에 몸을 '꾸역꾸역' 꾸겨 집어넣는 사
람들. 공연장, 영화관, 운동장 심지어는 산에 올라도 긴 줄 속에 끼
워져 있는 인간들.

삶이란 줄이다
줄 서서 줄에 들어가고
줄 서다 줄에서 쫓겨나며
줄 서는 척하다 사다리 줄 타고
그 줄 타며 올라가다 줄에서 떨어지곤
결국 관 줄에 묶여 줄줄이 땅속에 묻히니
  -「삶은 줄이다」

　그 줄에 자기가 서 있는 처참한 모습을 보는 사람은 현자입니다.
자기가 어떤 줄에 서서 어떤 모습과 행동을 하고 있는지를 정확히 볼
수 있는 각(覺)자. - 자기가 옳은 줄에 서 있는 줄 알고 있는 사람은
바보 멍청이들입니다. 자기는 그 줄이 구원의 줄인 줄 알고
　　　　　확신 같은 맹신　을 하는 우(愚)자.
　주위 교회에 다니는 사람들 보면, 모두 '주님, 주님, 아멘, 알렐루
야, 주님을 믿습니다.'를 외칩니다. 그러나 그들의 바람과는 정말 반
대로 그들은 천국에 이르지 못할 것입니다.

넓은 문으로 가는 줄에 서 있기 때문입니다.

교회의 문이 좁습니까? 교회의 문들은 한결같이 넓기만 합니다.

마태복음 7:13 -14 '너희는 좁은 문으로 들어가라. 멸망으로 이끄는 문은 넓고 길도 널찍하여 그리로 들어가는 자들이 많다. 생명으로 이끄는 문은 얼마나 좁고 또 그 길은 얼마나 비좁은지, 그리로 찾아드는 이들이 적다.'

7:21 '나에게 '주님, 주님!' 한다고 모두 하늘나라에 들어가는 것이 아니다. 하늘에 계신 내 아버지의 뜻을 실행하는 이라야 들어간다.'

들어가는 문도 넓고 나가는 문도 넓은 곳에 드나들면서 무슨 좁은 문?   좁은 문은 좁은 문을 드나들어야 더 좁은 문이 보이는 법입니다. 가난하고 곤경에 처한 이들이 드나드는 그 좁은 길, 그 좁은 문에서 서성이고 드나들어야 좁은 길, 좁은 문으로 들어갈 수가 있습니다. 하느님의 뜻은 무엇입니까? 에 대한 명확한 대답은 '넓은 길, 넓은 문에서는 그 뜻을 찾을 수가 없다,'입니다.

배고픔과 목마름, 외로움과 억울함. 추위와 더위에 지침. 병고와 사별이 있는 곳 입구에 좁은 길과 좁은 문이 있습니다. 바로 그 길, 그 문에서 하느님의 뜻을 스스로 깨달아야 천국에 들 수가 있지요.

짤못된 길을 선택하고 짤못된 문을 선택안 사람들.

프랑스의 장 폴 사르트르(Jean-Paul Sartre)는 무신론적 실존주의 사상의 대표 철학자이자 작가입니다. 그는 인생은 'B와 D 사이의 C이다.'라고 했지요. 'Life is Choice between Birth and Death'라는 것입니다. 삶이라는 것은 태어나서(birth) 죽을 때(death)까지이고, 이 B와 D 사이에 들어가는 갈 수 있는 것은 C 이외는 없는데이 C는 선택(Choice)이라는 것이고요.

인생을 탄생과 죽음 사이에서의 선택으로 본 것입니다.

아기는 태어나자마자 웁니다. 배고픔과 추위나 더위, 배변 등의 불편함을, '울음으로 표현하기'를 선택한 것이지요. 이를 시작으로 인

간은 자라면서 하루에도 수백 번 넘는 선택을 하여야 생명을 유지
할 수가 있습니다.

무엇을 마실까 무엇을 먹을까　　이것을 입을까 저것을 입을까
이것을 벗을까 저것을 벗을까　　이것을 말할까 말하지를 말까
이 사람 택할까 저 사람 택할까　　이 길을 갈까 저 길을 가볼까

장 폴 사르트르의 주장은 Fact입니다. 거의 모든 사람은 이렇게
끊임없는 선택에 대해 고민하다가 죽어 갑니다. －　　그래서 1%가
부족하게 됩니다. 이 Choice의 갈등에 묶여서, 허우적거림의 연속
에서 탈출하지 못하는 한, 해탈은 없습니다. 평온과 행복도 없고요.

99%의 허왕안 Choice　에 묶여서
1%의 중요안 Choice 를 못 합니다.

그저 먹고 마시고 입고 놀고 배설하는 데에 대한

Choice

Choice Choice

Choice Choice Choice Choice Choice

Choice Choice　Choice Choice Choice Choice

Choice Choice Choice　Choice Choice Choice Choice

이런 수많은 선택 앞에서 매 시간, 매일 눈을 굴리고 숨을 헐떡이
다가 보면 그리고 그런 많은 선택에 관한 결과들이, 서서히 또는 결
국, 나에게 허무와 실패 그리고 피곤과 고통을 안겨주게 됩니다.

이렇게 되면 다가오지 않는 것에 대한 두려움인 '불안'이 몰고 오
는 결정 장애, 햄릿증후군 그리고 강박증 같은 정신 장애 결과를 몰
고 오게 되고요.　그것이 나의 삶과 인격이 되고 마는 것이지요.

그저 소모적인 선택들　그러니 당연히
ㄱㄷ 더ㅏ끄ㅐ 아ㅑ동

이렇게 **작은 잘못된 선택들은 큰 잘못된 결과를 잉태하게 되는 것이** 자연의 이치입니다.

불교에도 문이 있습니다. '불이문(不二門)'이지요. 깨달음으로 들어가는 문입니다. 이 문을 들어가려면 갖추어야 할 조건이 있습니다. 차안(此岸: 속세의 땅)하고 피안(彼岸: 깨달음의 땅)이 하나여야 합니다. 내가 사는 세계와 깨달음의 세계가 둘이면 안 되는 것이지요. 이 '불이(不二)'의 문이 바로 좁은 문입니다.이 불이문은 하늘과 땅을 잇는 천국의 계단길입니다. 이 길은 아무리 경전과 성경을 읽고 암송해 보았자, 다가갈 수가 없습니다. 그 길과 그 시작과 끝에 있는 문들은 오로지 하느님의 뜻을 행동으로 옮기는 자에게 열려 있습니다. 하늘에 계신 하느님, 부처님 그리고 땅에서 사는 나의 지향이 서로 다르면 안 됩니다. 그 지향 즉 하느님, 부처님의 뜻과 나의 뜻이 서로 통해야만 하늘과 땅이 소통되는 것을 볼 수가 있는 것이지요.

이러한 **99%를 압도하는 1%의 진정한 뜻이 부족** 하여
기도가 하늘에 이르지 못합니다.

마치 1기압 하에서, 1℃의 온도가 부족한 99℃ 물 수증기가
하늘에 오르지 못하듯

저는 지금 Guns N' Roses가 Bob Dylan의 Knockin' on Heaven's Door를 음유하는 것을 들어가며 이 글을 쓰고 있습니다.

사람들이 프라이팬에 올려져
끓여진다
빨강 파랑 노랑 프라이팬들
달궈진다
나중에는 스스로 뛰어 올라가
끓여지고 또 끓여진다 팔팔

이 사람이 점점 쫄고
저 사람도 쫄아들고
   -「불 위에 팔팔 쫄며 살아가기」

산다는 것이 무엇일까? 에 대한 질문과 고민 그리고 해답은 잡다
할 정도로 많습니다. 그것에 대한, 그래도 어느 정도 그럴싸한 답을
유추하려면, 우선 나와 남이 살아가는 모습을 정확하게 보아야 하지
요.   사람들은 자기 자신을 달달 볶으며   살아갑니다.
           보글보글 쫄여가며   살아가고요.
이런 모습은 누가 자기를 프라이팬에 올려놓고 볶는다기보다는 자
기 스스로 그 여러 모양과 색깔로 된 프라이팬에 뛰어들어 들들 볶
여지기 마련이지요.
이렇게 볶여지고 쫄여지는 자기 자신을 볼 수 있는 사람은
        프라이팬과 냄비에서 도망쳐서 나올 수 있습니다.
그런데 이런 자기 자신을 보지 못하는 사람들은 어떻게 되나요?
      튀겨지고, 지져지고, 쪼려 지다가 숯덩이가 되고 맙니다.
츳츳   끌끌

머리 위 모래 주머니 매고 사는 A와
심장에 모래주머니 달고 사는 B가
새벽 만나 잠자리까지 같이 있다면

어떻게 될까
어떻게 될까
  -「나(AB)는 어떻게 될까」

모래주머니(사대(沙袋)), 샌드백(sandbag)을 몸에 차고 몸을 수련하는 장면은 필름이 지지직거리는 시대의 유물 정도 되지요. 그 시대에는 무협영화가 극장을 장악하였었는데, 무술을 수련하는 기간에 모래, 쇠, 납 같은 것을 팔, 다리에 차고 몸을 단련하는 장면이 단골로 등장하곤 했었습니다. 이런 무거운 것을 차고 수련하다가 이것을 풀게 되면, 몸이 움직이는 속도가 몇 배나 빨라지겠지요.

북한군이 이 모래주머니를 다리, 팔에 차는 것도 모자라, 조끼와 배낭으로 만들어 차고 훈련한다고 하여서, 남한 특수부대 그리고 해병대에서 일시적으로 따라 했다고 합니다. 무릎에 무리가 가고 피부병이 생겨서 그만두었다고 하고요.

모래주머니는 무거움과 버거움의 상징이지요. 이것을 머리에 이고 있는 것 같은 기분. 이것을 심장에 달고 있는 것과 같은 기분.

　　　　　이 기분을 새벽에 일어날 때부터 느끼는 사람
　　　　　이 괴로움을 밤 잠들 때까지 가지고 가는 사람

가라앉는다
　　어제도 빨려 들어갔는데
　　오늘도 계속 끌려 잠겨간다

가라앉는다
모래주머니 심장에 달고
끝이라는 게 있기나 한가

가라앉는다
큰 납덩이 머리에 이고
어디쯤이 진짜 바닥이려가
　－「가라앉음에 대하여」

이런 상태로 얼마나, 어디까지 가라앉게 될까요?

이 같은 경우를 계속 겪는 것이 같은 사람이며,

　　　　　그 사람이 바로 나라면 견딜 수 있을까요?

　　끝은 있더군요. 오래 살면서 직접 겪어 보니까 말이지요.

　　그 끝에서도 숨은 쉬어지더라고요. 숨만 쉬나요.

먹고 마시고 보아가면서, 그러다 보니 키득 키득 웃기까지 하고요.

　　아무리 힘들어도 뒤돌아보면 견딜 만합니다.

　　그러니 뒤돌아볼 수 있을 때까지만 견디면 되지요.

노인만큼 누렇게 된 책들 빼곡한 서재

주름 깊은 손 오늘도 아무 책이나 빼내고

역시 맨 뒤 십분지 일 정도부터 읽는 척한다

보이질 않으니 그저 줄쳐 놓은 글 위 눈동자 산책하듯

거칠어진 숨소리 불규칙한 심장 울림

그렇게 십분지 일밖에 안 되어도

- 「나머지는 찬란하다」　　　　（독서 묵상）

　　노인들은 이제 자기 삶이 얼마 남지 않은 것을 말이 아닌, 마음과 몸으로 깨달아야 합니다. 그것이 어떤 이는 1/10 또 어떤 이는 3/10 남는 등 모두 다르지요. 그 남은 시간이 5년이든, 15년이 되든, 30년이 되든 '그 기간이 얼마나 찬란해야 하는가.'를 심각하게 여기는 노인하고 그렇지 않은 노인하고는, 인생의 삶 그리고 삶의 질에서 어마 무시한 차이가 있게 됩니다.

　　삶의 나머지는 제발 - 기어코 - 찬란해야 합니다.　노인은 이 시간의 중요성을 항상 마음에 간직하기 위해서, 그동안 자기가 읽었던 책이 빼곡한 서재에서, 매일 책을 봅니다. 아무 책이나 손에 잡히는 데로 뽑아 듭니다. 그 나이에 무슨 책의 구절이 도움이 되겠습니까? 그러니 그저 주름진 오른쪽 손을 책 위로 주르르 긁다가 '탁' 걸리는 책을 뽑아서 읽는데 1/10 정도 뒤, 부분부터 읽어 나갑니다. 책에 마음이 잠시 머물렀던 곳에는 언제나 굵은 연필 줄이 그어있기 마련이지만, 이마저도 거기에 마음을 두지 않습니다.

그냥, 자기의 삶이 이 책의 1/10만큼밖에 남지 않음을 심각하게 묵상하기 위해서 책을 마지막 부분부터 읽어 나가는 것입니다.

이렇게 도를 닦는 방책으로 책을 읽는 동안, 노인의 평상시 불규칙한 심장박동과 거칠어진 숨소리는 고요하고 규칙적으로 됩니다.

이 노인의 마지막 여생은 찬란할 것입니다.

짧게 남은 시간이라며 지금 심각한 노인

막연이 오래 살 것이라고 아직도 정신 못 차리는 노인

이 두 부류의 삶은 확연히 차이가 나게 됩니다. 한 부류는 사랑합니다. 평온합니다. 용서하고 기뻐하고 모든 것을 내려놓고, 확고한 믿음 속에 흔들림이 전혀 없습니다. 눈 뜨는 것, 숨 쉬는 것, 입에서 나오고 들어가는 것, 귀에 들려오는 것이 모두 아름답습니다.

그래서 나중에 숨을 거두며 미소 짓습니다.

남은 미련이 작은 새 깃털만큼도 없기에.

또 한 부류는 아직도 미움이 있습니다. 제법 불안하고, 이런저런 걱정으로 아직도 잠을 잘 못 이룹니다. 자기의 믿음이 없어서 오전에는 이랬다가 오후에는 또 저렇게 되는 나날을 계속합니다. 눈가에 힘은 여전히 들어가 있고, 숨은 거칠며, 입에서 나오는 것은 탐욕의 그늘 자락. 그리고 먹는 것도 거칠기만 합니다. 주위에 같은 부류의 사람들만 있습니다. 당연히, 그 사람들로 인하여 귀로 들어오는 소리는 그냥 소음이고요.

그래서 죽을 때도 아쉬움에 편이 눈을 감지 못하게 되고요.
차가워진 온몸 핏줄에 납덩이 미련이 싸늘이 녹아 퍼져 있습니다.

바위가 바위끼리 박치기하다 생긴 것 있다 - 모래
하도 서로 오래 싸우다 보니 작은 돌 되고 - 모래
이 짠짠하고 쫀쫀한 모래들로 성을 쌓는다 - 인간
성 안에 있을 건 다 있다 탐욕 오만 시기들 - 인간
끊임 있으면 내가 파도냐 하며 파도 닥친다 - 사성 (沙城)
무너지고 또 무너져도 쌓는다 쌓는다 인간 - 사성
　　-「아담과 하와 모래성에서 탄생하다」

에덴동산에서의 아담과 하와(우리나라에서는 서양의 Eve를 하와로 번역)가 인류 탄생으로 되어 있습니다. 그런데 이들의 행동을 보면, 또 이들 후손들의 행위를 보면, 낙원의 대명사인 에덴 삶의 어떤 모습도 찾을 수가 없습니다. 에덴을 실제 있던 땅으로 보는 측에서는 메소포타미아와 페르시아만의 티그리스강과 유프라테스강 상류에 있었다고 주장하지만, 과학적 잣대로 보는 측에서는 에덴을 상징적 장소로만 보고 있지요. 어떤 주장이 맞던, 에덴은 낙원의 상징이 되어 왔습니다.

　　　　모든 근심과 걱정이 없는 파라다이스
　　　　　그런데 인류는 모두
　　　　각종 근심과 걱정의 땅에서 살아갑니다.
　신학적 해석의 당위성을 떠나서 Fact는,
　　　　'시작은 그랬었는데 지금은 이 지경'이지요.
행복의 DNA가 대대로 내려오며 진화는커녕, 퇴화하다가 결국은 소멸하였나? 아니면 창세기 저자 모세가 구전을 살짝 잘못 알아들어

서 그렇게 적었나? 구전의 사실은….   ∀

'아담과 하와는 둘이서, 와작 – 선악과 먹고는 에덴의 서쪽 바닷가로 쫓겨났다. 그들은 그 후에 땅에 배를 깔고 스르르 기는 기다란 뱀이 오지 못하도록, 매일 모래로 성을 쌓으며 전전긍긍하였다. 그러나 뱀은 꾸준히 바람과 파도를 불러들여 열심히 쌓은 모래성을 아작(我作; 자기 작품으로 만듦)내었고, 그 사이로 뱀은 여러 다른 모습으로, 두 부부가 교만하도록 유혹을 집요하게 하여 그들을 혼란하게 하였다. 그 유혹은 세 가지를 준다는 것이었다. 에덴 땅 북쪽 끝에는 날씨가 이곳 바닷가보다도 더 온화한 땅이 있는데 자기가 황금을 '이 – 이 따시- 만큼' 줄 터이니 그것을 갖고 가서 그곳 주인인 천사들에게 주어 땅을 사고, 그 땅에서 권세와 명예를 누리며 영원히 살라고 꼬드기는 것이었다. 물론 그 북쪽 땅은 얼음밖에 없는 땅이고, 한 번 가면 다시는 돌아오지 못하는 가시가 돋은 동토이었다.'

이렇게 모세가 적었으면, 좀 더 우리가 겪고 있는 고난을 Dramatic하게 해석이라도 하며 살아갈 수 있지 않을까? 라고 생각이 드는 것을 보면 확실히 세계적 수준의 자랑스러운 K‑Drama를 몇 편 본 후유증 정도 되겠습니다.

　　　　〈여기까지는 모세 창세기 시즌 1 내용 요약이었습니다.〉

바닷가에서 모래성을 쌓고 있는 아이들
벌써부터 따끔한 세상살이 연습하고 있다
　-「조기교육 현장」

꼼지락 꼼지락
발가락 사이로　　　　　　바시락 바시락
　　　　　　　　　　　　발바닥 밟히는

부서진 꿈 조각
비워지는 거품
* 모래알 밟으며

여름 하면 바다 생각이 나지요. 바다라 하면 파도가 그 단단한 바위들을 바수어 버려 만들어진 모래사장이 떠오릅니다. 바닷가를 걷는 것은 역시 맨발로 걸어야 제맛이지요. 낮에 걸으면 발바닥이 따끈합니다. 살짝 따갑지만 '뽀시식' 그 감촉은 잊을 수 없지요.

한발 한발 입에 씹히는 모래알 밭
남덩이 마음 움직여 본다
발가락 사이 여덟 공간 빠져나가는
허망한 꿈 탐욕의 거품들
─「모래밭 발가락 사이로」

모래를 밟으며 걷다 보면 마음이 편안해지는 것은, 아마도 그 오랜 시간을 내 몸을 거친 곳으로 움직여 주던 10개 발가락 8개 사이로 빠져서 나가 주는, 나의 욕심 거품 허망한 꿈 조각때문 일 것입니다.

∀

'에덴의 서쪽 바닷가에서 너무 고달픈 생활을 하는 아담과 하와.
그들은 먹고사는 문제를 스스로 해결하여야 하는 지경에 이르렀다. 그래서 선악과 씨앗을 소중히 받아다가 그것을 심어 선악과 농사를 짓기 시작하였다. 처음 하는 농사가 그런대로 잘 되어서 그럭저럭 잘 사는 모습을 보고는, 뱀 비스끄리한 그것이 가만히 있을 리가 없었다. 이 뱀비는 선악과 속으로 쏘옥 들어가서 선악과 벌레가되었다. 물론, 선악과 먹는 두 부부는 그것을 알아채지 못하였다. 그리고는 가해자 측에서는 당연하고, 피해자 측에서는 예기치 못했던 대형 사건이 또 터진다. 그들이 사는 땅 위로 해가 동쪽에서 떠서 서쪽으로 저물다가, 또 그 한입. '앙 – 와작' 농사지은 선악과 한 입에 그만, 해는 뜨지도 않고, 갑자기 아무 때나 나타났다가 그저 서쪽으로 지는 일몰만 하게 된 것이었다.

이 부부는 무서운 이 천지개벽의 현상을 농사에 대한 저주로 받아들이고는, 이번에는 생업을 전환하기로 하였다.

인류 최초의 어업 분야 종사.

바닷가의 생선들을 나포해서는 모래성을 두껍게 쌓아서 양식을 하기 시작한다. 대형 자연산 양식장은 약간이면서도 상당한 기간에는 그런대로 괜찮았다.   그러나 역시

또 뱀비가 가만히 있을 리가 없었다. 뱀비도 바람을 양식하기 시작한다. 그리고는 동시에 덤으로 파도도 양식을 한다. 파도 양식의 결과는 쓰나미로, 바람 양식의 결과는 토네이도가 되었다.

한번 당한 두 부부는 몇 겹의 모래성을 쌓아서 양식장을 보호했으니 이제는 안심할 수 있다며, 자기네들이 똑똑한 지성을 가졌다고 '키득키득' 한다. 그 모습을 숨어서 보는 뱀비는 '끼뜩끼뜩' 웃고 있었다.

드디어 D-Day이다. 토네이도, 쓰나미를 섞은 Version 한방에, 온 정성과 기도가 들어간 모래성은 '휘 – 익' 한순간에 흔적도 없이 박살이 나고 말게 된다.

아무튼 아무 때나 나타나는 해 서쪽으로 지긴 한다
하품 기지개가 일과인 아담과 하와 선악과 한입으로
에덴 비치 모래밭에서 모래성 노역에 내몰리고서는
탐욕 성 울화 성 교만 성 조급 성 집착 성 쌓아간다
바람 한큐 파도 한탕에 무너지는데도 어제 오늘 내일
  -「꼬인 DNA 땜시 우리도」

그런데 - 그렇게 허망하게 모든 것을 잃을 정도의 타격을 입었는데도 변한 것이 없게 된다. 인류 최초 부부는 이를 만회하고 말겠다며, 아내는 모래를 긁어모으고 남편은 쌓고 쌓으며 열심히 더 높고 두꺼운 모래성을 쌓기 시작하였다. 자기네들이 겪은 경험을 거울삼아서, 더 조심하며 견고하게 쌓아 올린 모래성이었지만, 역시 그 이후에도 파도, 바람 시즌 3, 4, 5 - 에 무너지는, 계속 같은 Pattern을 보여주고 말았다.　　　**쌓으면 무너지고 무너지면 또 쌓고**

　　　또 무너지고 무너진 사이로 뱀 변종은 이상한 모습으로 침입하고

그래서 그 후손인 우리도 그 지긋지긋하게 꼬인 DNA 서열 때문에, 할 수 없이　　　**아직도 모래성을 열심이 쌓고 또 쌓습니다.**

어쩌께 무너졌고, 오늘도 무너지고 있고, 내일도 무너질 그 모래성을 말이지요.

　　　〈여기까지는 모세 창세기 시즌 2 요약내용이었습니다.〉

텅텅텅텅
올라가고 싶은 꼭대기로 올려지기는 한다
스스스륵
잠시 머물던 곳에서 떨어지기 시작한다
화라라락
정신없이 겁나게 곤두박질치며 돌아간다
아아아악
잠시 오르다가도 더 빠르게 떨어지기만
　-「삶은 롤러코스터 타기」

가만있어도 매일 타지는 걸
일부러 타러 가 소리 지르는

이상한 나이가 있기는 하다
　–「젊음이라는 것이 있기는 하다」
　　(롤러코스터 타는 나이)

　롤러코스터의 처음 출발은, 모터가 체인을 이용하여 이끌어 줍니다. 사람들은 롤러코스터 박스에 앉아서 그 모터에 의한 쇠 바퀴의 굉음을 들어가며 심장이 두근거리게 됨을 즐기지요. 꼭대기까지 서서히 올라가기 때문에 올라가는 시간이 제법 됩니다. '텅텅텅텅' 거리는 쇳소리와 함께요.
　일단 산꼭대기 격인 기구의 정점에 올라가면 그때부터 하강을 시작하지요. 처음에는 천천히 내려가는데 이때 불안감이 엄습합니다. '아 – 떨어지는구나.' '아 – 드디어 곤두박질치는구나.' '아 – 다시 원점으로 돌릴 수 없구나.' 이런 생각도 오래 안 갑니다. 꼭대기 위치에너지가 최대가 되는 시점에서 이 에너지가 운동에너지로 바뀌면서 점점 빨라지기 때문입니다.

　　　　　세상이 거꾸로 보인다
　　　　　그것도 잠시
　　　　　　　　　이번엔 뒤 꼬인다
　　　　　일단 탄 사람은 모두
　　　　　악을 써댄다
　　　　　　　　　아무도 안 듣는데
　　–「내삶, 롤러코스터 돌 때 아무도 관심 없다」

　점점 속도가 빨라지는 것도 겁이 나는데, 이 기구가 최대 360도까지 회전합니다. 회전도 그냥 하는 것이 아니고, 오래된 기름에 튀긴 꽈배기처럼 야릇한 맛으로 비비 꼬이며 회전하고요.

내려오면서 속도에 의하여 높은 곳으로 또 올라가고, 다시 하강 반복합니다. 기구에 탄 사람들은 아찔하다며 '짐승 소리'를 지르지요.

원 밖으로 달아나려는 원심력이 구심력과 딱 맞기 때문에 '정비 불량 경우'를 제외하고는 탈선하지 않습니다. 그래도, 인간들은 불안하여 '악 –' 하고 소리를 지릅니다. 좋은 척, 즐기는 척, 강한 척하지만, 속으로는 아찔하기만 합니다.

회오리치는 롤러코스터 안 인간들

영혼까지 빨리면서
　　　　즐기는 척
　　　　좋은 척
　　　　강한 척

심장은 쫄깃하게 졸여 들고
모든 털 바싹 서 있으면서도
　－「소리라도 질러야 덜 무서운 삶」

인간이 살아가면서 아찔하고, 어질하고, 구역질이라는 일에 휘몰리게 되면, 어떤 사람은 아무 소리 안하고, 또 어떤 사람은 '고통스럽다.'라고 하소연하지요.　　　아무튼 자기감정을 꾹 누르고
　　자기들 삶을 똑 닮은 롤러코스터 타는 인간들　　보면
　　　'인간은 참 희한한 동물이구나.'　생각됩니다.

　　　　올라갈 때는 하늘 어디에 있냐는 듯
　　　　덜컹거리며 마음 구석 초조 불안한

떨어질 때는 죽을 것 같은 얼굴 표정
곤두박질 회전 칠 때 익숙한 외마디
-「익숙한 롤러코스터 삶」

저도 오십 대 중반, 그런대로 젊었을 때까지는
이렇게 희한한 동물이었고요.

아프면 아프다고
쓰라리면 쓰다고
어질하면 어질을
구역질나면 우액
아찔하면 그것을

토해내며
배설하며
-「침묵 응어리는 암 덩이」

아무 소리를 안 하고 혼자 삼키면 그것이 썩습니다. 썩은 것은 냄
새가 나지요. 고약한 암 덩이의 냄새. 생명에 종지부를 찍게 만드는
살인마.

당당히 아니다 싫다 말하면서 삽시다
마음에 담아있는 것 모두 다 썩습니다

담겨있고 뚜껑 닫은 것들은
모두 새까맣게 썩어 가는데
-「그릇 안도 마음 안도」

어떤 이가 자기 위한 위안으로 삼거나, 아니면 그냥 강한 척, 잘난 척이 몸에 배어서 '아니 – 오래 담겨 두면 발효가 되지 – '라고 한다 손 치더라도, 사실은 발효도 그 주체 측면에서 보면, 썩는 것입니다. 썩어서 다른 물질화 내지는 변형화되는 것이지요.

일단 썩으면 본인/본질은 변경/변질/소멸합니다. 그래서

1. 담아 두면 안 됩니다.
2. 뚜껑을 닫아 두면 안 되고요.

담아두지 맙시다

뚜껑닫지 맙시다

나 썩혀서 누구에게 주려고

나 발효시켜 누구 먹이려고

－「마이크 대고 나팔 불며 삽시다」

엄청난 일이면, 신뢰와 친밀을 갖춘 이에게 '토로(吐露)' 하시지요. 별일 아니면, 모든 이가 알 수 있도록 나 스스로 '확 – ' 까발리던 가요.

나 썩히 마음이 썩어 문드러지거나 썩에

남들은 나보다 더 고약한 일들 더 많이 하고 있고요.

남들은 내가 그 시시한 일 한 것 관심도 없답니다.

일단, 요새 쓰는 험한 말로, '까발리던가.' '토로(吐露)' 해 버리면,

시원합니다. 자유롭습니다.

자유롭다. 시원하다. 라는 표현의 감정은 행복의 횡경막

(橫膈膜; 가로막, thoracic diaphragm) 정도 됩니다.

아무생각 없는   고수 - Black Belt
부처가 들어 앉아 잇는   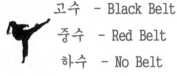 중수 - Red Belt
원수, 쓸데없는 생각 들어오는   하수 - No Belt
  -「그대 머리 벨트는」

몸을 수련하는 기술을 연마하는 무술은 여러 가지가 있습니다.

태권도, 택견, 검도, 합기도, 복싱, 유도, 특공무술, 킥복싱, 무에타이 주짓수, 우슈, 카포에라, 크라슈, 실랏린차, 씨름, 펜싱, 삼보, 아르니스 코로슈, 낙바부바, 가라데, 차눙술, 절권도, 사바트, 비엘보다우, 레스링, 격술. - 참, 많기도 하지요?

무술을 연마하고 그 실력이 어느 정도인가를 인증하는 것이 있지요.   증서와 함께 따라오는 Belt입니다.

태권도는 하얀 띠로 시작, 노랑, 파랑, 빨강, 검정의 5색뿐이지만 (수련생들을 위한 보라, 초록 등의 색을 끼워 넣기도 함) 유도는 16개의 벨트가 있지요. 등급으로 불리는 6개의 색 벨트와 블랙 벨트에 대해 10레벨의 각도를 두어 구분하고 있습니다. 한 단계에서 다른 윗 단계로 올라갈 때마다, 오랜 시간의 수련과 승급 심사를 거치고 있고요.

그런데 진작 몸을 지배하고 있는 마음의 수련에는, 이 단계의 기준이 없고 명확한 구분도 있지 않습니다.

멍 때리기 대회가 있습니다. 나름대로 마음을 측정하는 대회이지요. 멍때리기 전의 심장 박동 수, 혈압들을 측정하고, 멍때리는 시간이 지남에 따라 같은 신체 신호를 다시 측정하여 '얼마나 마음을 집중하고 있나'를 가름합니다. 하지만, 체계적/합리적/과학적으로 마음 수련을 측정하는 제도는 없는 상태입니다.

분명 마음의 수련에도 고수가 있고, 중수, 하수도 있습니다.

수시로 쓸데없는 생각이 들락거리는 마음 소유자는 하수이고요.

마음 한가운데 부처가 가부좌를 틀고 앉아 있거나 예수가 자애로운 모습으로 두 팔 벌리고 있으면 중수입니다. 그러면 고수는 어떤 마음을 가진 자를 말할까요? 고수는 마음속에 예수도 부처도 없고, 나 자신마저도 없는 텅 빈 상태를 유지 합니다.

하수는 아무 벨트도 매고 있지 않으니 도복이 바람이 불지도 않는데 너풀너풀 팔랑거립니다. 마음이 이리저리 흔들리며 너덜거리는 것이지요. 중수의 마음은 빨간 벨트를 매고 도복 매무새를 갖추고 있으면서, 스승이나 성인과 항상 함께합니다. 고수의 마음은 초기에는 까만 벨트가 매어져 있습니다. 하지만, 얼마 안 있어 그 벨트가 있는지 없는지…. 하다가 그 블랙 벨트가, 무지개가 되며 모든 것에서 자유롭게 됩니다. 도사가 되는 것이지요. 당연히, 이

항상 아는 자유로움

은 다른 사람에게 저절로 전달되게 됩니다. 그 근처에 있는 이도, 이 항상 하는 자유로움의 광명을 누리게 되고요.

누런 개 뒷마당에 똥 눈 뒤
전혀 없던 파리들 금세 달려들고

아침 작은 꽃잎 몸 열자마자
벌들 어느새 모여 주위 맴도는데
　-「그대 넷 중에 무엇이냐」

이 시에 등장하는 것은 넷입니다.

무엇 무엇일까요?　　　그렇지요.　　개똥, 파리
　　　　　　　　　　　　　　　　　꽃잎, 꿀벌　　　입니다.

집에서 키우는 코기를 데리고 뒷마당에 나가면, 강아지가 똥을 잔디 위에 살짝 누고서는 뒷발질합니다. 똥에서는 모락모락 김이 포시시식 나고요. 평상시에는 뒷마당에서 파리를 볼 수가 없는데, 어디에서 몰려드는지 똥 주위에는 순식간에 파리들이 모여듭니다. 까만 몸통에 파랑 약간 빨간색 날개를 퍼덕이면서 말이지요. 냄새를 맡고는 사방에서 몰려드는 것입니다.

자주 들르는 Botanic Garden에 일찍 가면 보이는 것이 있습니다. 햇빛이 꽃 수술 밑까지 깊숙이 파고들 때쯤 되면, 어디 있다가 모여드는지. 수십 마리의 벌들이 꽃잎 주위를 맴돕니다.

사람의 마음은 수시로 부는 바람보다 더 이리저리 흔들리는 존재이기 때문에 〈나 자신을 안다〉는 화두를 끊임없이 물어야 하는 것은 인간이 죽을 때까지 끌어안고 가야 할 업. 평생 과업입니다.

내가 어떤 인간인가를 아는 방법의 하나는

내 주위에 어떤 인간들이 있는가를 보는 것입니다.

돈은 있으나 인간성이라고는 찾아볼 수 없는 인간이라고 내가 맨날 욕하는 사람이 내 주위에 있나요? 권력과 명예욕만 좇는 벌레 같은 인간들이라고 얼굴을 찌푸리게 하는 사람들이 나의 〈친구〉라는 이름을 쓰고 나의 주위에 서성이나요?

〜〜〜 〜〜〜 〜〜 〜〜 〜〜 〜〜〜〜.

돈도 없고, 명예나 권력 따위는 얻을 힘도 없고, 관심도 없지만

만나면 그냥 좋은 ─ 아무 용건도 없이, 그냥 전화해도 편안한 그래서 만만한 사람들만 내 주위에 있다고 내가 너무 바보같이 사는 거 아닌가…. 하지는 않으시나요?

그럼 그대는 바로 꽃입니다.

파리들과 어울리지 마세요.

그대 영혼에서 점점 똥냄새 납니다.

꿀벌 나비들과 자주 가까이하세요.

　　　　　　더욱더 그대에게서 꽃향기가 나게 됩니다.

영　보이지　않는데
보이는　것들만　쫓아다니고

만져지지도　않는데
만져지는　것만　찾아다니니
　－「바보라는　것을　모르니」

바보들아　보지　좀　마라
멍청아　만지지　좀　말고
　－「바보야　바보야　너는　뭐하니」

오래 살다 보면 확신이 서는 것들이 있습니다.
정말 아름다운 것은 보이지 않는다. 참으로 소중한 것은 만져지지
않고. 눈으로 보여서 아름답다고 느끼는 것들은 곧 사라지고
　손으로 만져져 소중한 것들도 순식간에 꺼져 버리는데
사람들은 바보이기 때문에　　　　　너나 나나 모두 멍청이라서
무엇이나 만지려
이것저것 보려고　　　　　모든 삶을 탕진해 나갑니다.
보려는 눈을 닫고　　만지려는 손 펴서　　가슴에 얹어 보라

가슴에 느껴지는 것
바로 그것이 아름답고 소중한 것　－　이것을 잡고
　　　　　이것을 소중이 모시고.

334

오늘을 잘못 살면
또 하나 후회의 과거가 되며
또 하나 불안의 미래가 되는데
　-「끈질기게 오늘을 탕진하는 그대
　　과연 무엇이냐」

내일이 걱정되시나요?
어제 그이에게 한 말, 그제 그 사람에게 한 일이 후회되시나요?
지나간 것은 철저하게 사라진 것입니다.
다만 내 머릿속에 잔상으로 남겨져, 비디오처럼 나 스스로 계속 돌려볼 뿐입니다.　　그렇게 지속에서 비디오를 열심이 돌리다 보면,
　　　　　　실제로 비슷한 일이 또 미래에 나타납니다.
이 세상에는 보이지 않는 자력이라는 것이 존재하기 때문입니다.
**　비슷한 것끼리 끌어당기는 힘　-**
**　　　　　　자력: 그것은 우주생성의 기초적인 힘**

좋은 사람은 좋은 사람들을　　　좋은 말은 좋은 말을
환한 미소는 따스한 미소를　　　기쁜 눈길은 기쁨을
밝은 장면은 흔쾌한 장면을　　　맑은 정신은 해탈을
　　　　　　내일을 위해
오늘 좋은 기운을 끌어당기는 마음 자세를 계속하면
오늘이 행복합니다.　　　내일도 당연히 행복할 것이고요.
　-「지금 당장하여야 할」

　　　우리는 모두 우주의 한 부분이기 때문에
우주의 생성/ 번성/ 소멸의 법칙
　　　　　　에서 벗어날 수가 없습니다.

괴로운 과거를 변화시킬 수 있는
마법이 있지

미래도 불안하지 않게 잡아주는
마법 말이야
　　－「용서라는 매직」

이 세상에서 가치 있는 것은 얻기가 그리 쉽지 않습니다.
　　쉽게 얻을 수 있는 것들을 가만히 살펴보면
　　　　그렇게 값어치가 없고요.
사람이 갖추어야 할 덕목 중에 제일 어려운 것이 용서입니다.
　　진정한 용서를 하기가 참으로 쉽지 않고요.　　그렇기에
용서 하나만 잘하면 득도한 도사 되었다고 자부하셔도 됩니다.
　　　　다른 덕목은 용서와 함께 저절로 따라오고요.
　　　　온갖 마법을 부릴 수 있는 도사도 된답니다.
　　　　용서. 그거 용감하면 됩니다.
　　　　　그저 이 지그시 물고 그래 하자!
나를 살리고, 그를 살리기 위해 이거 한번 하자. 용서하고 말자!

내가 인생에서 배운 것은
하얗고 구부려져 배운 것은
이제야 느끼고 한탄하며 깨우친 것은

낮추는 것이 높아지는 것이고
비우는 것이 채우는 것이거늘
　　－「학교에서 가르치는 것은」

336

먼저 - 조금만 일찍 알았더라면

그 사람이 나에게 등을 보이지 않았을 것을

그 일이 그 순간에 틀어지지는 않았을 텐데

이런 일들을 되돌아보면서 가슴을 퍽퍽 치며 살아가는 것이 사람들의 일상입니다.

학교에서는 높아지라고만 가르치고 - 채우는 기술만 강조하지요.

학교에서 가르치는 사람들 자신도, 높아지려고 살고 있고

　　　　　　　채우려고만 하는 삶을 이어가고 있기 때문입니다.

교회요? 성서에서 * 겸손은 핵심 가르침 중의 하나입니다.

그래서 강단에 올라가 있는 분들도 낮아지라고 항상 말은 하지요.

하지만 그들은 낮지도 않고 낮아지려고도 하지 않습니다.

　　　그들의 종주인 예수님도 '겸손 왕'이었는데

　그들은 누구를 종주로 모시는지 　'입으로는 겸손, 실제 행동은 오만' 이면서 　　　　　　　평신도들에게 낮아지라 합니다.

　　　　이제부터라도

하얗게 되고, 구부러지고서부터라도 늦지는 않았습니다.

거꾸로 살아야 합니다. 　　　　낮추면 세상이 보입니다.

거꾸로 거꾸로. 　　　　비우면 삶이 채워집니다.

그래야 죽을 때 '그럴 걸''그러지 말걸'

재재두고도 엷이 　평안하게 됩니다.

*

욥기 5:11,22:29, 시편 10:17, 22:26,49:4,107:12,147:6, 신명기15:15

잠언 3:34, 11:2, 15:33,18:12,22:4, 29:23, 30:32 미카서 6:8, 스바니아서 2:3,

마태오복음1:5,11:29, 18:3, 20:26 요한복음 13:14 루가복음 14:10 빌립보서 2:3

에베소서 4:2 골로새서 2:18, 2:23, 3:12, 야고보서 4:6, 4:10 베드로전서 3:8, 5:5,

5:6, 로마서11:18, 12:10,12:16 사도행전 29:19, 57:15,

시를 쓸것인가
시로 살것인가
　-「시인에겐 이것만이 문제로다」

누구는 시를 열심히 쓴다
누군 시 되어 치열히 살고
　-「시인이여 시인이여 그대는」

　어느 시인이나 열심히 시를 씁니다. 여러 문학 공부방에서도 시인
되려는 사람들이 열심히 시를 씁니다. 신문에도 문학지에도 시인들
이 시를 써서　길고 길게 써서 기고를 합니다. 그런데 - 어떤 시인은
현대 시의 경향에 아랑곳하지 않고 사람들이 알아주거나 말거나 신
경 쓰지 않고 짧고 간결하게 시를 씁니다. 시와 삶은 짧고 간결하여
야 함을 알기 때문입니다.
　치열한 시인들은 -　그 짧은 시마저 자주 쓰기보다는
　얼마 되지도 않는 -　그 짧은 시
　　　　　그 자체가 되어 장렬하게 살기 위하여
　　　　시어 한자 한자 그 속에서 삽니다.
　시 자체가 되어 살아간다 - 항상 마음에 새기면서 살지요.
　절대 길지 않은 달랑달랑 여생 - 결코 허비할 수 없는 여생을,
DMA 속까지 느끼는 시인이 많이 늘어났으면 합니다.
　그렇게, 자신을 돌아보는 시인들이 늘어나 그 시인들의 삶을 보고
　　　　많은 이들이 따르고 - 그러다 보면
　　　　사람 사는 것이 그렇게 퍽퍽하지 않음을 알고
　　　　젊은이들이 희망에 차게 되는 세상이 되었으면 합니다.
　왜냐하면 -　지금, 많은 청년은 세상을 믿지 않고 있기 때문입니

338

다.　　　　　지구의 미래인 청년들이 말입니다.

날카로운 갈고리가 보이면
그게 낚시 바늘일까
혹 꿰였다 빠질 수 있다면
그게 낚시 바늘일까
─「평생 꿰이는 이유」

물고기는 입을 꿰고
인간은 코를 꿰나니
─「보이지 않는 낚시 바늘 앞에」

　낚시는 4만 년 전 구석기 시대 이전부터 인간의 생활과 밀접했었습니다. 이집트 무덤 벽화와 그림 그리고 파피루스 문서에 잘 그려져 있지요. 생선을 운반하고 이를 소금에 절이려고 손질하는 장면까지 묘사되어 있습니다. 물론, 이 기록 전에도 인간들은 간단한 낚시도구를 이용하여서 물고기를 잡아서 식량으로 이용하였습니다.

　낚시꾼들은 먹이가 많아서 물고기가 많은 장소, 바람의 방향 그리고 물고기의 습성들을 고려하여 장소를 선택하고 낚싯줄을 던졌습니다. 낚싯줄은 물고기가 끊어버리고 도망가지 않도록 단단한 재료를 사용하였고, 낚싯대도 부러지지 않는 재질을 찾아내었습니다. 낚시 바늘은 한번 물면 절대로 빠지지 않도록 고안되었고요. 낚시 바늘은 먹잇감 속에 교묘하게 숨겼지요. 물고기의 종류, 물 깊이, 바람 방향, 물 방향들을 고려하여서 봉돌(납덩이)과 찌(부표)의 크기를 선택하고, 찌가 제대로 서 있도록 무게를 조절하며 온갖 조심을 하면서 물고기를 잡기 위해 준비합니다.

하느님 죄충플네 ㅇ　　들도 똑같습니다.

낚시꾼보다 더 많은 준비　를 하지요.

당신을 낚아채서 잡아

외 쳐먹고

뼈까지 우려 매운탕 끓여 먹은 후

남은 것은 그냥 쓰레기통에 쳐넣으려고.

물지 말라

덥석

네 아가미 꿰인다

얼씬 말라

거기

네 옆구리 꿰인다

　-「낚시 바늘은 숨겨있다」

맛있어 보인다고

만만해 보인다고

허기가 심하다고

　-「덥석 물지 마라」

꿰인다

네 입

네 몸

　-「숨겨져 있기에 낚시 바늘」

반짝반짝거리며
먹잇감 탈 쓰고
살살살 움직인다

네 입 꿰어 낚아채
땅 위 내동댕이치려
　　ー「한번 꿰면 빠지지 않기에 낚시 바늘」

물기 전에
보고 또 보고
자세히 보라

물기 전에
건드려 보고
또 돌아보라

낚시 바늘은 속에 숨겨 있고
굽어져 빠져 나오지 못하니
　　ー「 인간이여 낚여져 죽지 않으려면」

물기 전에 고심해 보라
　　　　　　낚시꾼 얼마나 준비하는지
낚시꾼은 물고기 종류 낚시 장소 따라 바늘 크기를 선택하
여 단단히 매듭진다 물의 깊이 낚싯대 등도 고려하여
　찌와 봉돌 크기도 고르고 또 고른다 물에 장애물
이 있으면 앞 던지기 아니면 휘둘러 던지기

하여 기다리고 기다리다 찌가 움직이면 잽싸게
낚아채는데 한번 물면 빠지지 않는다 처절
하게 몸부림칠수록 다시 물로 못 돌아
가고 너의 생은 끝이 나리니
　－「물고기가 인간에게 주는 충고」

낚시꾼 무슨 생각하며 바늘 찌 봉돌 고를까
낚싯대 온 정성으로 휙 던지며 무얼 바랄까

너 낚아 머리치고 살 발라 회쳐먹고
너 남은 뼈 우려내 매운탕 끓여 먹고
그래도 남은 너 쓰레기통 쳐 넣으려
　－「물고기나 인간이나 조심 또 조심」

　그러니 무엇이 먹잇감으로 보이면 덥석 물지 마세요.
　물기 전에 보고 또 보고, 그래도 더 자세히 들여다보고, 건드려 보
고, 돌아가다가 다시 와서 또 건드려 보고, 무엇도 한번 던져 보면서
조심하여야 합니다. 특히 오욕에 휩싸이면 '낚시 바늘'이 전혀 안 보
이게 됩니다.　주위에 보면 너무 물고기 같은 사람들 이　많이 보
입니다.　　　　너무 안타깝습니다.　　　모든 것 잃는 것이.

　◐ 얼마나 자주 빨래하시나요? 우리 부모 세대는 이 빨래가
　　큰 행사였습니다. 지금같이 손가락 전부도 아니고, 두 개
만 '까딱' 움직이면 더운물과 찬물이 '주루룩 콸콸' 쏟아지고 세제를
푼 세탁기가 '윙 윙' 돌아가면서 빨래가 자동으로 되는 시대가 아니
었지요. 빨래하려면 빨래를 잔뜩 모아 두었다가 빨래 광주리/대야에

넣어 머리에 이고는 마을 개울가로 갔습니다. 한 손에는 빨래판, 빨랫방망이, 땔감에서 나온 시커먼 재 또는 양잿물이 들려 있었고요.

속내의
털어도 털어지지 않는 먼지
오늘 묻어온 땀 기름때
부끄러운 몸 붙어 있던

속마음
언제 빨았는지 기억도 없는
위선 허위로 찌들어진
뻔뻔한 영혼 붙어 있는

빨자 빨자
자주 빨자

양심 거품 풀고 방망이 퍽퍽 때려
맑은 축성물에 헹구고 또 헹궈내어
종횡무진 회오리 세풍 더 휘말리지 않도록
한줄 생명줄에 명상 집게로 꼭 집어 말리자
 ―「빨자 빨자 ― 몸도 마음도」

옛날에는 비누가 없었지요. 비누가 나온 후에는 귀하기만 했고요. 그래서 비누 역할을 대신하는 잿물을 만들어 세제로 썼습니다. 짚이나 풀을 태운, 완전히 연소한 하얗게 변한 재를 헝겊 위에 올려놓고 물을 붓고 내리면 재 속 미네랄, 특히 알칼리이온이 녹아 나오지요.

받은 물은 강한 알칼리성이 되고요. 즉 나트륨, 칼륨 등이 많이 있어 수산화칼륨(KOH)이나 수산화나트륨(NaOH)이 되어, 강한 알칼리 용액이 되는데, 이것이 바로 재의 물, 잿물입니다. 서양의 잿물이라는 뜻으로 양잿물이라고 했고요. 이것은 독성이 강해서 손으로 만지면 피부가 상할 정도였습니다.

빨래의 때를 빼는 것은 이렇게 상당한 노력을 하여야 했습니다. 지금 기계화된 시대에는 빨래가 쉬워졌지만, 그래도 일주일에 한 번은 빨래를 세제에 풀어서 돌리고 빨리면 꺼내어 건조기에 넣어서 또 돌리고, 그리고는 빨래를 종류별로 분류하여서 차곡차곡 개어서 옷장에 넣어야, 다음 주에 깨끗한 옷을 입을 수가 있습니다.

그럼　　　　　몸을 압도적으로 지배하고 있으며
　　　　　'실제적 나'인 마음을 위해서는 무엇을 하시는지요?
속내의보다 더 은밀한 속마음은 언제 빠셨나요?

그대 언제쯤 빨았었는가
그대 속내의보다 은밀한 속마음

일주일 전에는 빨았었나
위선 오욕 찌들은 뻔뻔한 그 영혼

투명 양심 거품들 풀어서
방망이치고 맑은 기도로 헹구어서

저리도 선명한 파란 하늘
묵상줄에 멸상 집게 잡아 말리고는
　　ㅡ「천사 되어 날아보자」

그대 이게 어떤 몸인데
허리 잘라 갑니까

처절히 견딘 겨울 넘겨
간신히 향 내었건만

그대 내일 변할 이 주어
하루 후 시들라고
 -「야생화는 꺾는 것이 아니다」

　　　　들판을 거닐다가　　석양이 찬란한 저녁에 들판을
거닐다가　　　　　　　야생화를 꺾는 사람을 보았습니다.
여기저기서　　　　　　야생화를 꺾어서 모아 꽃묶음을 손
에 가득 쥐고 있었습니다. 그　야생화들은 허리들이 꺾여 잘려서
처참하게　　　　　　　벌써 시들어 가는 모습이었습니다.
　　　　야생화는 꺾여서도 그리 빨리 지지는 않지요.
바람에 꺾여있는 꽃들을 보면 꺾여서도 제법 오랜 시간 동안 피
어 있습니다. 땅이든 꺾여 이들이 너무나 신앙인 꽃들.
　사막 지역의 야생화들은 그냥 핀 꽃들이 아닙니다.
　산과 들 그리고 강가와 바닷가에서 새벽이슬만으로 피어난 거룩
한 존재들입니다.

야생화 하나보다 못한 삶을 살아가는 손으로
온갖 고초를 겪고 피어난 숭고한 이들을 꺾다니요.
　사막 야생화들은 그냥 핀 꽃들이 아님을 아는 것
　내가 꽃이 되는 것입니다.

잘 아는 시인이 이메일로 물어 왔습니다.

'오늘 놀라운 일은 무엇이었는가? 오늘 감동하거나 인상 깊은 일은 무엇이었는가? 오늘 나에게 영감을 준 일은 무엇이었는가?'

그래서 나는 이렇게 답을 하여 주었습니다.

나 자신이고

당신 자신이겠지요.　라고요.

우리는 살면서 너무 많은 질문들을 합니다.

가만 놓아두어도 복잡한 것이 사람 삶 자체인데

잡다한 질문들을 하여 더욱 혼란케 합니다.

중요치 않은 질문들을 하다 보면, 참으로 중요한 질문을 못하면서 살게 됩니다.　매일 매일 놀라운 일이 어디 있습니까?

하루하루 감동하거나 인상 깊은 일이 이 나이에 어디 있겠습니까?

또한 어찌 어제도 없던 영감이 오늘 나에게 영감이 오겠습니까?

나보다도 나이가 적지만 그래도 '환장하게 갑자기 이 나이?'라는 '환갑'이 훨씬 넘은 시인인데…. 이런 질문을 하였습니다.

나 자신이 이렇게 살아 있다는 것이 놀라운 일이고

감동할 일이고 인상 깊은 일이고

당신 자신이 오늘 숨 쉬고 있는 그 자체가

충분히 영감을 주어

당신 스스로 대단한 일이 아니겠습니까….

질문에 관한 내용보다는

단순한 삶의 중요성

이 단순하게 느껴지는 화두입니다.

어디쯤인 것일까

내가 가려는 곳은 어디인가

여기서 그곳으로 가려면
어떤 길로 가야 하는가

이렇게 중요한 것 가르쳐 주는 곳
학교도 아니고
교회도 아니니
　-「그대의 GPS는 무엇인가」

　사람이 살아가면서 중요한 문제가 은근히 많은 것을 보면, 사람은 참으로 복잡하게 살아가는 존재임이 틀림없습니다.

　그 많은 문제 중에도 누구나 공감하며 중요시되는 문제는

　1. 나는 지금 어느 곳에 있는가?

　　　　　내가 있어야 하는 곳에 있는가?

　　　　　내가 있는 이곳은 가치가 있는 곳인가?

　　그래서, 이곳에서 많은 시간을 할애해도 되는가? 하는 문제

　2. 내가 가려고 하는 곳은 진정으로 내가 가고 싶어하는 곳인가?

　　　　　그곳은 내가 평생을 바쳐도 좋은 곳인가?

　　　내가 가진 것을 웬만큼 희생해서 그곳을 가면 보상/보람을 받는 곳인가?　　　　　　　　　　　　　　　　하는 문제

　3. 위의 두 문제에 같은 방식으로 사람을 대입하게 되면 고민은 더 깊어집니다.

　내가 지금 같이 하는 사람은 정말 내가 같이하여야 하는 사람인가?

　내가 모든 정성을 들여 평생 같이 해도 나중에 후회가 없을 사람인가? 이 사람은 내가 죽을 때도 내 곁에서 나와 뜻을 같이할 사람인가? 이런 질문들에 대하여, 내가 진심으로 바라는 사람과 원하는 것이 확고해지면, 가야 할 방향, 목적지가 정해지게 됩니다.

그럼 과연, 나는 이곳에서 나의 목적지까지 어떻게 가야 하는가?

어떤 길을 골라서 가야

1) 잘못된 길이 아니고

2) 멀리 돌아서 힘이 들지 않는 길, 즉 지름길이 되는가?

가 되겠지요.

삶에서 이 세 문제는 아무리 강조해도 지나치지 않은 화두입니다.

그런데, 오래 살면서 뒤를 돌아다보니, 이렇게 중요한 문제를 학교에서도 교회에서도, 명쾌하게 실질적인 해답과 방법을 가르쳐 주지 않았습니다.

1. 가르치는 사람들 스스로가 헤매고 있기 때문이고

2. 가르치는 책 속 내용이 실용적Practical/현대적/과학적이지 않기 때문입니다.

GPS라는 것이 있지요. 현대 생활에 매우 유용하게 쓰입니다. GPS(Global Positioning System)는 1970년대 군사 폭격의 정확률을 높이기 위해 개발되었습니다. 그런데 GPS는 1983년 탑승 인원 269명의 목숨을 앗아간 KAL 007 격추사고 이후에, 당시 미국 대통령 로널드 레이건이 민간용으로 사용을 허가하여, 비행기 사고를 줄이도록 허가함으로써 민간용으로도 사용되기 시작하였지요. GPS는 4개 이상의 GPS 위성에서 전파를 수신해서 사용자의 현재 위치를 알려주는 시스템인데, 이 위성에는 세슘이 들어있는 원자시계가 작동하고 있습니다. 이 시계는 십만 년 동안 1초 정도의 오차를 갖는 정도이기 때문에, 거리 = 시간 × 속도 공식에 의하여 거리가 파악되게 됩니다. 정확한 위치를 알게 되는 것이지요. 군사용의 경우는 위치오차 범위를 1cm까지 줄이는 것으로 되어 있습니다. 새파란 불이 튈 정도의 싸늘한 정확도이지요. GPS 이용도도 다양합니다. GPS를 장착한 신발 개발로 치매 환자, 어린이, 지인들의 위치

파악에 쓰일 수 있다고 하고요. 위험한 상어 출몰 위치, 애완동물들의 이동 경로 추적 등에 널리 쓰여진다고 합니다.

사람과 동물의 위치를 정확히 알려주는 GPS.

사람의 위치. - 그것은 무엇인가요?

인간이 지금 처해 있는 상황, 자기의 처지를 정확히 아는 것.

그것을 아는 사람이 얼마나 되겠습니까? 모르니까 그런 실수 덩어리 말들을 하고, 그렇게 실패 뭉치 행동하면서 살아가는 것이지요.

대개는 자기가 무슨 말을 하고 있으며 어떤 행동을 하고 있는지
조차도 모릅니다. 이것을 모르면,

그냥 여러 동물 종류의 하나로 살다가 삶을 마감하게 되고요.

사람답게 사는 길에 들어선 인간은　말에서 향기가 납니다.
행동하나 하나에서 꽃이 피고요.

사람이 자기의 GPS를 모르면 어떻게 될까요?　온갖 실수와 실패
그리고 시행착오로 비틀 비틀거리며 살게 되는 것이지요.

인간은 - 인생의 대부분을 무엇을 할까로 고민 고민하다가
　　　　무엇을 하며 살아가는데

인생의 나머지 대부분은 그 무엇을 한 것에 대하여 하루에도 몇 번
씩도 모자라서　꿈속에서도 후회하는 것이 호모 사피엔스의 적나라
한 GPS입니다.

별　보려　고개　들어　보았다
밤이　분명　캄캄하게　되었는데도
높은　산　올라도
별들　안　보이고

사람들　마음　깊이　어두워질수록

상심한 별들 사라져 가고
이제 아이들마저
별 볼일 없으니
　-「세상 별 볼일 없는 이유」

요사이 일부러 별을 보려는 사람이 얼마나 될까요?
세상은 밤늦게까지, 새벽 동트기까지 전깃불로 환하기만 하여서
밤은 있기나 합니까?
낮도 환하고　밤도 환안데　사람들 마음은 어둡기만 압니다.
고개를 들어도 별은 안 보인다고, 별 보려고 높은 산을 찾는
천연기념 인간문화재를 보신 적이 있나요?
　　　　지금의 산과 옛날의 산은 같지 않지요.
나무도 많이 자랐고, 산길도 달라지고 특히, 밤이 되어서 산속에
있다가 보면 옛날 산이 무척이나 그리워집니다.
　별빛 때문이지요. 옛날에는 조그마한 산에 올라도 별빛은 영롱하
게 반짝였습니다. 물론 별들의 개체 수도 엄청 많았습니다. 그러나
지금은 어떻습니까? 높은 산에 올라도 별들이 예전처럼 그렇게나 많
이 보이지는 않습니다.
　　　　순전히 공기의 청정관계 때문입니다.
　　　　(순전히 사람들 의식청정 때문이고요.)
　어렸을 때는 사람들이 정도 많았고, 의리도 있었지요. 누구나 가난
해서 너나 나나 가지고 있는 것도 별로 없었을 때인데, 서로 나누면
서 살았습니다. 그런데 지금은 너나 나나 가지고 있는 것들이 많은
데도, 서로 나누는 것들이 별로 없습니다.
별들이 별로 보이지 않으니
사람들이 별로 청정하지가　않습니다.

자주는 그러지 못한다고 하여도, 가끔이라도 고개 높이 들어, 밤하늘을 보시지요. 별들은, 그 반짝이는, 영롱하기만 한 별들은 어두워져야 보입니다.　　　　　　　　　어두울수록 반짝이고요,

세상 어두울수록 나의 삶이 반짝반짝 빛이 난다면

　　　　　　다른 사람들도 덩달아 같이 반짝반짝 빛이 나겠지요.

　　　　세상이 어두울수록 별이 위대해 보입니다.

삶이 답답할수록 마음에서 빛이 날 정도로 수련이 되어야 살아남을 수 있는　현대문명 속의 현대인들.

참 이상도 한 일이 하나 있지
너하고 나한테는 항상 말이야
생선가게 가서 나물 찾고
곡물가게 가서 채소 찾지

옛날에도 그랬고 지금도 그래
너하고 나에게는 늘 말이지
산에 올라 물고기 찾고
들에 나가 그물 던지지

정말 더 이상한 일은 말이지
그러면서도 그러는 줄 모르지
　-「어리석음 안다는 것은 이미 어리석지 않다는 것 앞에」

본인이 똑똑하다고 생각하는 사람은　어리석은 사람입니다.
자기가 아둔하다고 느끼는 사람은　　　현명한 사람입니다.

가방끈이 땅에 질질 끌릴 정도로 긴 사람들과 이름도 그럴싸한 SKY, Ivy league 학교를 나온 사람들이 하는 삶의 실수들 그리고 사회적 과오들을 보시지요.

저절로 '인간은 이 정도밖에 안 되는 존재'라는 데에 저절로 고개가 수그러집니다. 만사에 조심하게 되고요. 인간들이 자신들이 어리석다는 것을 알고 '겸손의 덕'을 속옷처럼 입고 다닌다면, 세상은 좀 더 숨쉬기가 편안하여질 것입니다.

모든 학교 특히, 명문이라고 불리는 학교에서는

인간의 어리석음   –   겸손의 덕

을 교육하는 데 중점을 두는 Curriculum을 개발하여야 합니다. 지금의 교육제도와 환경 아래서는 그저 어리석고 오만한 인간을 배출할 수밖에 없습니다.

그물에 걸리지 않는 파랑새처럼
낚시바늘 물지 않는 물고기처럼
산속 덫 걸리지 않는 짐승들처럼
말재간 하지 않으려는 시인처럼
　－「자유라는 파랑새처럼」

말 잘하는 사람이 있습니다. 글 잘 쓰는 사람도 있고요,
어떤 사람들은 말 잘하는 사람을 부러워합니다.
많은 사람이 글 잘 쓰는 이를 존경하기까지 하고요. 　하지만,
말 잘하고 글 잘 쓰는 사람들이 그들이 한 말과 글과는 다른 행동 심지어는 정반대의 행위들을 아무렇지도 않게 하면서 살아가는 모습을 주위에 쉽게 볼 수가 있습니다. 그들의 말과 글은 기름지게 번지르르합니다. 실제로는 까만 재가 풀썩거리고요. 　그런 것을 보면

혀에 신호가 갑니다.

낚시 바늘에   덫에   그물에 걸려
어우적거리고 있는 가련한 영혼들   입니다.

왜?

소중한 그리고 한정된 시간의 삶을 저렇게 탕진하면서 살까?

의아해하면서 그런 사람들을 향하여 길지도 않은 혀를 끌끌 차다가 갑자기 정신이 바짝 들었습니다.

혹시

나도 저런 부류 사람들의 한구석이라도 닮은 부분이 있지는 않은지 - 오싹하며 겨울도 아닌데 옷깃에 손이 갑니다.

미 서부 개척 역사 거울 로데오
길길이 숨 몰아쉬며
길길이 뛰어대는 소

소 껍질 장갑 끼고 온 힘 주어
올라타 고삐 쥐고
팔 초만 넘기면
　-「길길이 뛰는 마음잡기」

여성을 위한 문학을 '칙릿'이라고 하고(chick lit : 여자를 뜻하는 chick과 문학의 literature의 준말) 여성을 위한 영화를 '칙 플릭'(chick flick : 여자를 뜻하는 chick과 영화를 뜻하는 filck의 준말)이라고 하지요.

이 칙 플릭 '노트북'과 '디어 존' 및 '로단테의 밤' 등이 영화화

되어 더욱 유명해진 니콜라스 스팍스의 소설 The longest ride에 Rodeo가 나옵니다. 2015년에 만들어진 이 영화에는 클린트 이스트우드의 아들과 찰리 채플린의 손녀 그리고 존 휴스턴의 손자 등 세 명의 할리우드 전설의 자손들이 나와 동화 같은 이야기를 그려 나가지요. 스팍스의 소설은 모두 노스캐롤라이나가 배경이 되는데 여주인공인 미술 전공 4학년 소피아(브릿 로벗슨)는 유명 갤러리에 인턴 취업이 돼 새 생활 시작을 하려던 참에 Rodeo의 불 라이딩 대회를 구경 가게 됩니다. 거기서 잘생긴 청년 루크(스캇 이스트우드)를 만나게 되어 로맨스를 전개하고요.

이 영화에서 루크가 황소를 타는 장면이 자주 나옵니다.

실제로 Rdeo 경기장에 가보면, 경기의 종류가 다양합니다.

SADDLE BRONC RIDING : 야생마 안장 얹어 타는 경기.

TEAM ROPING : 팀을 이루어서

송아지의 목과 다리를 묶는 경기.

BAREBACK RIDING : 안장 없이 말에 거의 누워서

말을 타는 경기

STEER WRESTLING : 소 고삐를 잡고 소를 쓰러트리는 경기

TIE DOWN ROPING : 송아지 네 다리를 묶는 경기.

BULL RIDING : 성난 황소를 타고 8초를 견디는 경기인데 경기의 하이라이트입니다.

경기장에서 마음이 불편하였습니다. 서부 문화에 대한 호기심에 가보긴 했는데 저렇게 눈이 선한 짐승을, 더군다나 어린 송아지까지도 저렇게 학대해도 되는가 하는 생각 때문이었습니다. 그런 생각으로 머릿속에 헝클어져 있다가 Bull Riding을 보면서 8초라는 시간에 집중하여 보았지요.

선수들은 선량한 소들의 겉껍질로 만든 가죽 장갑을 끼고 고삐를

단단히 쥐고, 팔과 다리에 온 힘을 다해 길길이 뛰는 황소를 타는 데 8초를 버티어야 합니다. 그런데 그것이 그리 쉽지 않아 보였습니다.　　　마음을 다스리는 것이　　　　　마치
　　　황소를 다스리는 것과　　　　　같다

실제로 우리의 마음도 로데오의 Bull Riding처럼 8초도 못 버티고 이런저런 잡념에　　　　머릿속을 내어 줍니다.

　마음을 내어 주는 것이지요.　나를 내어 주는 것이고요.
　다른 생각이 들어오는 그 순간 내 마음과 나는 사라집니다.

어떻게 하여야 합니까? 우선, 길길이 날뛰는 소의 등에서 8초를 견디는 수련을 꾸준히 하다보면

8초가 80초가 되고 80초가 8분이 됩니다.

8분이 80분이 되는 날까지 수련을 즐겨 하다가 보면

황소 대신 구름을 타고 8시간을 날아다니는 날이 찾아옵니다.

신선이 되는 것이지요.　　　그때까지 꾸준한 수련이 필요합니다.
　　　　　　　Rodeo 선수들이 꾸준한 연습을 하듯이.

자카란다
한 달 사막 하늘 수놓다가

자카란다
아스팔트 시멘트 수놓다가

절명하는가
　－「시인 어찌 살라고」

남가주 전 지역을 덮고 있었던 보라색 자카란다가 땅 위에서

마지막 향기를 내쉽니다. 시인도 마지막 숨을 자카란다처럼 쉬어 봅니다.　　　　그들의 장렬한 장례식에 허름한 모자 벗고

가만히 눈을 감아 봅니다. 눈물이 절로 흐릅니다.

따끈한 도시 시멘트 아스팔트 위 보랏빛 저 꽃들과 함께 나의 향기가 지고 내가 지는 모습이 보이기 때문입니다.

2월 중순부터 시작하여 기상이변으로 5개월씩이나 이 산자락 저 산 구석에서 피어나던 유채꽃도 지고 말았는데 여름 마지막 저 꽃도 지고 말았으니　　　　　　　이 어찌하면 좋습니까.

그 모든 것
받아 주던
바다

높아졌구나
하늘 닿도록
　-「폭풍우가 왔다 갔구나
　　내가 없는 동안」

여행을 '상처가 희미해질 정도' 동안 다녀왔습니다.

떠난다는 그것은 돌아오겠다는 약속이지만

　　　　　　떠날 때는 돌아오지 않을 것처럼 떠납니다.

다녀오니, 바다가 – 모든 것을 받아 준다고 해서 이름 붙은 바다가 스윽 올라왔습니다. 높게 말이지요.

　　　　　　세상의 모든 더러운 쓰레기를 안고서.

실제로 비 온 뒤에는 바다가 높아 보입니다. 하늘과 닿았습니다.

분명히 찌든 나를 놓아두고 **나를 살리려**　　　　**내가 떠난 사이**

번번이 쓰레기 더미에 묶이어 미처 떠나지 못한 나의 마음 쪼가리
마저 폭풍우가 번개 천둥으로 뒤에 흔들어 놓고
　　　　　　깨끗하게 씻어 내려간 것이 틀림없습니다.

삵처럼 돌돌
하얗게 말린
가는 머리털

빗질 한번에
한 움큼씩
날리고 마니
　-「이젠 바람 불지도 않는데 나도 날아가나」

나이가 들어가며 남자에게 갑갑한 문제로 떠오르는 것이 어디
　한둘이겠습니까…. 그중에 유난히 신경이 써지는 것이 탈모 문제
입니다. 머리카락이 하얗게 되는 것은 물론이고 가늘어지고 이마저
빗질 한 번에 한 움큼씩 빠져서 나갑니다. 이런 식으로 나가면, 한 달
도 못 되어 완전 민둥 대머리가 되어야 정상인데, 그렇지 않은 것 보
면, 그래도 한쪽에서는 머리털이 나는 것이라고 '하모하모' 억지로
위로해 가며, 노년이라는 힘 빠지는 연대기에 살고 있지요.
　　　　　왜 머리털이 빠질까요?
　사람의 머리털은 약 5만 개~7만 개 정도가 된다고 합니다. 하루에
약 50개~70개 정도의 머리카락이 빠지는 것은 정상인데 이것이 100
개가 넘어가면 탈모로 본다고 하는데, 누가 머리카락이 빠지는 숫자
를 세고 이것이 백 개가 넘으니까 "아 - 나는 탈모구나, 곧 가발을 써
야 하겠구나" 이렇게 하겠습니까? 그저 거울을 볼 때마다 " 아 - 허

전하구나! 허전해 음... 음... 휑 - 하구나 – 휑 해 음 음" 이런 신음을 하면 탈모 증상이겠지요. 탈모의 원인은 한둘이 아닙니다. 남성 호르몬 문제, 유전적 요인 그리고 스트레스 등 다양한 원인이 있다고 알려져 있습니다.

탈모의 치료를 위해서는 비타민 부족을 일으키는 담배를 끊어야 하고, 카페인의 함량이 높은 커피는 혈압을 높이고 설탕은 두피 조직을 느슨하게 하여 모발을 잡고 있지 못하게 하니 줄여야 하고, 지방이 많고 맵고 짠 음식을 피해야 하는 것으로 되어 있습니다. 반면에 좋은 음식으로는 검은콩, 흑미, 검은깨, 호두, 검은깨가 꼽히고 있고요. 치료를 위해서 여러 방법이 동원되는데, 그중에 모발 이식은, 근본적인 문제가 해결되지 않으면, 다시 빠진다고 하네요.그럼 근본적인 문제는 무엇일까요? 건강한 신체 세포 유지 아닐까요?

스트레스 없는 건강안 삶.

탈모의 원인이 여럿이지만 제일 중요한 것이 '바람' '스트레스'입니다. 스트레스를 받아서 신체의 균형이 무너져, 그 결과로 신체의 이곳저곳이 타격을 받고 그 타격 후유증 중의 하나가 탈모일 것입니다.

그런데 나이가 들면서 바람을 맞지 않아도 머리털이 빠지는 것은 왜일까요? 그저 – . 내려놓고 버리는 하나의 자연스러운 자연 현상입니다. 늙어 가면서 빠지는 것이 머리털이든 기력이든 그저 마음 안 쓰는 것 –   그것이 바로 스트레스 관리 아니겠습니까?

참…. 제가 자꾸 머리 하지 않고 머리끝에 털을 붙이는 이유는

한국어로 머리하고 머리털 구분이 안 되어 있어서 가끔은 무서운 생각이 들기 때문입니다.

"머리 어떻게 잘라 드릴까요?" "머리 자른 지 얼마나 되셨나요?"

"우리 다 같이 머리 볶으러 안 갈래?" "어머, 너 어디서 머리 잘랐니?" 미국에서 한국어로 이런 소리를 멀리 건네 들으면 으스스 스트

레스 팍팍 받습니다.

꽃 다 진 유월
허술한 앞 뜰
게다가 뒤뜰도

반 조각 난 달
허접한 하늘
거기에다 땅도
　－「낮달 베고 자는 노인」

　　　　　아무것도 모르는 이
　　　　　낮달 보고
　　　　　쓸쓸하다 한다
너무나도 검은 밤
절뚝거리며
건너온 그림자

외줄 타는 마지막
외로운 오기
그래도 빛이다

아무렴 누구보다
찬란한 시간
소중한 빛이다
　－「노인과 낮달」

어쩌다가 한숨 쉬다가 딸꾹질하듯이 하늘을 올려다보면
대낮에 긴 탄식하다가 기침하듯이 하늘을 쳐다보면
뜬 물에 뜬 것 같은 미지근한 낮달이 보입니다.
모래알 그것도 까만 모래알 세듯 째깍거리는 초침 세며
아무도 보아주질 않기에 지루하게
    절 뚝 저 절 뚝
    질 질 지일 질 거리며 간신히 건너온 그 장한 낮달
어쩌면 저리도 깊고 푸른 강
    낭떠러지 강 위를 외줄 타고 건너온 노인네 닮았는지요….
하지만 대견하기만 한 여름 낮달입니다.
    유월이라고 꽃이 다 지는 것은 아니지요.
    유월이라고 달이 다 지는 것도 아니고요.
다만 노인의 뒤뜰 그리고 앞뜰의 꽃 종류가 꽃이 안 필 때라
    꽃이 안 피고 있을 뿐입니다
다만 노인이 뜰 위로 하늘을 올려다보니 달이 반쪽이 탁 나서
    하늘도 허름해 보일 분이고요.
이렇게 텅 빈 뜰과 황 빈 하늘
    하늘이나 땅이나 다 그저 그렇고 그렇게 보이면서
    이빨이 시리도록 외로울 때는 아무 생각 없이
    낮잠이나 자는 것이 좋겠지요.
선잠이니, 꿈도 낯설게 제법 생생해 줄 것이고요.
꿈속에는 꽃도 만발이고 하늘에 보름달도 있고 그 곁에 별들도 불
꽃놀이를 하고 있을 테니까요.
깨어 있을 때가 진짜 삶인가? 꿈일 때가 정말 삶인가?
양쪽 다 내가 다 만들어 가는 것입니다.
남이 등을 보여 답답할 때 일들이 안 풀려 갑갑할 때

낮달을 베개 삼아 옷을 모두 홀렁 벗고 낮잠이나 한 대 때려 보시
지요.   꿀맛은 저리 가라랍니다.

꼬르르륵   한 번
미끄덩   두 번
푸우욱   세 번
쿠쿡   네 번
스으윽   다섯 번
휘이잉   여섯 번
터더덕   일곱 번
　 －「살아 있다는 기적 앞에」

'공부하느라, 직장생활하느라, 아니면 사업하느라 죽을 고생했다.
군대에서 너무 힘들어 죽을 뻔했다….' 이런 누구나 겪는 경험담이
아니고 절체절명의 순간을 겪은 것을 세어보니, 숫자도 멋있게 럭키
세븐 일곱 번이나 됩니다.

한 번 –

열두 살 때 친구들하고 안양 유원지에서 고무 튜브를 타고 깊은
물에서 놀고 있는데, 누가 장난으로 튜브를 홀랑 뒤집히게 하였습
니다. 마냥 물을 벌컥벌컥 먹으면서 물속으로 빠져서 들어갔었지요.
수영을 할 줄 몰랐기에 거의 죽는 상황에서 고등학생쯤 되어 보이
는 사람에게 간신히 구해졌었습니다. – 죽었으면 신문 기사에 실렸
을 것입니다.

두 번 –

어렸을 때부터 산을 오르기를 좋아했었지요. 고등학교 2학년 때
비가 온 뒤, 도봉산 중간 정도에서, 밥을 하려고 이리저리 분주히 오

고 가다가 그만 바위 위에 이끼를 보지 못하고 밟고 말았습니다. '미끌' 넘어지어 바위 위를 온몸으로 한참이나 낭떠러지를 향하여 슝- 내려가게 되었습니다. 낭떠러지 바로 앞에서 조그만 나뭇가지를 보고 급하게 그것을 잡고 몸을 '회액- 빙그르르' 돌려서 간신히 살아 났습니다. 만약 바로 그곳에 나뭇가지가 없었으면 떨어져 온몸이 부스러졌었을 것입니다.   - 죽었으면 신문 기사에 실렸을 것입니다.

세 번-

고등학교 1학년 때 자전거를 타고 내리막길에서 속력을 내다가 '푹-' 파인 길 웅덩이에 자전거 바퀴가 튕기며 넘어져서 아스팔트 위에서 온몸으로 뒹굴었는데, 온몸이 피투성이가 된 것은 물론이고, 넘어져 있는 마지막 순간에 뒤쫓아 오던 택시가 바로 머리 옆으로 '쌔 앵-' 지나가서 치일 뻔하였습니다.

                     - 죽었으면 신문 기사에 실렸을 것입니다.

네 번-

미국 이민 초기에 K-town에서 주일학교 여름 캠프를 준비하고 자정에 집에 돌아오다가 K-town 마켓 앞 주위에서 7명 정도 되는 멕시칸 강도가 달려들어 목에 칼을 들이대었습니다. 순간 칼 때문에 목에 피가 났고요. 강도들은 지갑, 차를 뺏어 도망갔습니다. 떠나면서 구타를 하여 이가 세 개나 부러지고 온몸이 피투성이가 되었었습니다.   - 죽었으면 신문 기사에 실렸을 것입니다.

다섯 번 -

남미 여행 중 페루에서 마추픽추 올라가는 열차를 탔습니다. 주머니에 든 여권과 지갑을 모두 소매치기 쓰리(Pickpocket)를 맞았지요. 도망가는 쓰리꾼을 잡아서 폴리시아(Polícia)에게 넘겼으나, 그 열차에서 또 다른 쓰리꾼에게 다시 당하여, 무일푼에 신원이 없는 사람이 되고 말았습니다. 당시는 영주권자라 일주일에 한 번씩 미국

대사관에서 발급하는 임시 입국증을 받아 돌아올 수 있었는데, 이때 시내에서 총격 소요가 일어났습니다. 손 글씨로 택시라고 쓴 종이를 앞 유리창에 붙인 택시 아닌 택시를 간신히 타고 공항을 향하여 가는데, 공항 바로 앞에서 검문당하는 과정에서 택시 밖으로 끌려 내려져 두 손을 들고는 벽에 기대었습니다. 이 상황에서 저의 반항으로 나의 옆구리를 찌른 총구가 발포 직전까지 간 적이 있습니다.

　　　　　　　　　　　　– 죽었으면 신문 기사에 실렸을 것입니다.

　여섯 번 –

　미국과 멕시코의 국경을 따라서 국경도시들이 있습니다. 그중에서도 국경 장사로 유명한 곳이 몇 군데 있지요. 캘리포니아는 샌디에고와 마주한 티후하나, 아리조나는 노갈레스, 텍사스는 라 레도, 엘파소, 멕칼린입니다. 30대 후반에 이 국경무역 장사를 하였었지요. 캘리포니아에서도 장사하고 국경 장사까지 하려니, 비행기를 두 번씩 갈아타면서, 힘이 들긴 했어도 경제적 보람은 있었습니다.

　그런데, 이 멕시코 국경 장사는 가게의 목이 매우 중요합니다. 멕시코 사람들은 개미가 다니는 길만 다니듯이 한 발자국만 멀어도 그 발길이 뜸해지는 특성이 있지요. 이 가게 자리를 찾아다니느라, 또 멕시코 내의 경제 규모를 파악하느라 멕시코를 수시로 드나들었는데 그때 권총 강도를 만나, 총알을 피해서 간신히 차를 급하게 몰아 도망 나왔습니다.　　　– 죽었으면 신문 기사에 실렸을 것입니다.

　일곱 번–

　미국에서 비즈니스를 하면서, 한국에서 비즈니스를 확장하려고 사업을 벌였습니다. 1월 주말에 쉬려고 한라산 등반에 나섰는데, 준비가 부족하였습니다. 한라산 정상 부근에서 눈에 미끄러지면서, 바람에 날려 아래로 한참이나 굴러떨어졌었지요. 바람에 사람이 날아간다는 것을 실감하였었습니다. 나뭇가지에 걸렸다가 눈 위에 떨어지지 않았으면 숨을 거두었겠지요. ‒ 죽었으면 신문 기사에 실렸을 것입니다. ‒ 이렇게 일곱 번입니다. 그냥 '교통사고로 크게 다칠 뻔 하였다든지, 병치레로 엄청 아팠었다든지, 경제적으로 몹시 괴로웠다든지' 하는 것은 치지도 않고 절체절명의 순간만 행운의 7 숫자, 일곱 번이지요. 살아 있는 것이 신기합니다. 장하기도 하고, 아직도 '아찔'하기만 하고요. 그래서 가끔은 제 가슴에 손을 가로 얹고 쓰다 듬으면서 말하곤 합니다.   "수고했다" "그만하면 됐다"
                         "장하다"
　그러면 저 깊은 곳에서 뜨거운 기운이 올라옵니다.

　힐링의 뜨거운 포스입니다.슈퍼갑 군이 아닌 사람들은 숫자의 차이, 정도의 차이만 다를 뿐이지 너 나 없이 모두가 죽을 고비를 여러 번 넘기고 간신히 살아남으면서 비틀 비틀 아슬아슬하게 살아갑니다. 이런 죽을 고비를 넘겨 가며 죽을 고통을 이겨가며 살아가는 것이 당연한 것이 인생이지요.

　인간의 욕구 5단계 설로 유명한 아브라함 매슬로우는

　"트라우마와 비극은 위대한 인간이 자아실현으로 가기 위해 반드시 통과해야 하는 경험이다."라고 했는데, 사람이 이 어마무시한 일이 당연하게 가득한 세상에서 살아간다는 것 자체가 위대한 일이기 때문에 모든 사람 하나하나가 모두 위대하기만 합니다.

　　　　　　기적이 따로 없습니다.

　　‖: :‖
　　‒「음악 그리고 삶의 계곡」

　도돌이표는 한 번 더 연주하게 하는 표시입니다. 돌아가서 똑같이 하라는 지식이지요. 여러 가지가 있습니다. 도돌이표와 함께 숫자가 붙어있으면 여러 번 숫자대로 반복하여야 합니다. 다카포는 도돌이

표와 같은 기능이 있고요. D.C.기호가 있는 곳에서 처음으로 돌아가 반복을 하고는 다음 마디로 갑니다. D.C. al Fine

　D.C.하고 Fine이 같이 있으면 다카포까지 연주하고 처음으로 가서 Fine에서 끝냅니다.　표기된 마디를 한 번 반복할 때에는, bis 표시가 있습니다.

　그런 것이 삶에 있다면　　　　　　다시 돌아갈 수만 있다면

　그러나 다시 돌아갈 수가 있다고 하여도 똑같이 하고 싶지는 않지요. 그 만큼 과거에 자기가 한 일들은 후회막심이기만 합니다. 그러나 - 어쨌든 다시 돌아갈 수만 있다면 삶에 수지맞는 일이기는 하고요.　　　　　　하지만, 그런 일은 안 일어납니다.

　그래서 지금 이곳이 더욱 소중하기만 합니다.

　　　　　　훗날 지금을 돌아보며 땅을 치지 않기 위해서.

◈ 지나온 삶을 한번 돌아보시지요.

올해, 작년 그리고 지난 나의 한 해 한해. - 보이시나요?

나의 삶에서 이 쉼표가 얼마나 자주 있었는지

또 쉼표의 크기가 얼마나 큰지

그것이 바로 내 삶의 질 값입니다.

＇ ＇ ＇ ，，，，，，，

　그대 가슴에 이것이 얼마나 심어 있는가

　묻는다

　그대 숨소리, 발자국에 얼마나 이것 있나

　다시 묻는다

　-「., ?, !, ㅔ만 있는 그대에게 묻는다」

마냥 이어지는   ꞉‖ (도돌이표 : repeat close mark) 속에서
확신 없이 계속되는   ?   환경에서
강하게 주장되지만 진작 그 속에 중요한 것은 없는
                무의미한   !   사회에서
모든 것을 마무리하여 숫자로 표기되는
                        .   세상에서
                   ,   쉼표는 현대의 삶인 사막의 생명수입니다.
,를 자주 그리고 크고 굵게 만들어 자기 삶의 질을 높이는 사람이
자기 인생의 마침표까지 잘 찍는 사람이 되기도 하고요.

SNS 꺼 보면
신문 안 보면
TV 안 틀면

그대가 보이고
세상 보이는데
   ―「청개구리 DNA 인류」

세상을 알려고 신문을 열심히 읽고
외롭지 않으려고 집에 들어오자마자 TV를 틀어놓고
뒤지지 않으려, 왕따 당하지 않으려, 침대까지 스마트폰을 가지고
올라갑니다.   하지만 어쩌지요. 그렇게 열심히 할수록
  세상을 보는 눈은 자꾸 어두워지고, 그대 곁에 있는 아름다움을
볼 수 없게 되어 자꾸 걸려 넘어지고, 부딪치고, 부대끼게 됩니다.
  한번 해 보세요.   며칠만이라도 신문 읽지 않고, TV 가까이하지
않고, SNS 단절하여 보면

세상이 참으로 아름다운 것, 세상이 정말로 살만하다는 것을
알게 됩니다. 느끼게 됩니다.   그러면
그 며칠이 점점 길어지게 되고, 행복도 비례하여 점점 길어집니다.

물살 세상 같이 사나운 강
건너려 노 젓고 있는데
피안길 저기 보이고 있는데

눈 감기고 지친 몸 실은 배
내 몸속 큰 노 짓는 이
뒤집힐 엄한 방향으로 가누나
　－「그대를 젓는 자 누구냐」

물살이 제법 센
조그마한 무동력 나무배가 강 건너편을 향하여 가고 있습니다.
강 건너에 꽃이 피고 있기 때문입니다. 향기가 넘치고 있기 때문
입니다.　　　　　그곳이 그리 멀지 않게 가깝게 보여 힘내어서
노를 열심히 저어서 가고 있는데 그만, 배가 다른 곳으로 갑니다.

그럴수록 젖 먹던 힘이라도 끌어낼 것 같이 '웃쌰 웃쌰 웃쌰라 웃
쌰' 길지도 않은 목 양쪽으로 온 목, 동맥 줄 튀어나오게 소리치면서
어깨뼈에서 '삐그덕 삐그덕' 소리가 나오게 노를 저어 보지만
배는 꽃 피는 피안과는 점점 더 멀어지기만 합니다.
지치고 지쳐 진이 빠진 사공은 노 짓는 것을 포기하고
노를 완전히 놓아 버립니다. 그때입니다. 안 보이던 것이, 보이기
시작합니다.

누가 앉아 있습니다. 나 혼자인 줄 알았는데 말입니다.

섬뜩하지만 용기를 내어 다시 자세히 보니, 그 인간은 나보다 훨씬 더 큰 노를 그 인간의 두꺼운 팔뚝으로, 입가에 기분 싸하게 썩소를 지어가며   나와는 반대 방향으로 노를 힘차게 짓고 있습니다.

그것을 볼 줄 아는 사람만이

그 인간을, 그 노를 물에 확 밀어 빠트리고 다시 힘을 내어 저 강가로   꽃향기가 만발한 저 강가로 갈 수가 있습니다.

화팅!

올란도에 가면
그 천등 번개 난무하는
그곳에 가면

건물 기둥마다
번갯불 땅에 물어대는
뾰죽 있는데
    ―「내 머리 위 피뢰침」

플로리다 하면 떠오르는 것이 악어들이 우글거리는 늪지대 그리고 '라이트닝 스테이트(Lighting State)'라고 불리는 주답게 수시로 내려치는 벼락입니다. 허리케인 시즌이 시작되는 6월에 올란도를 간 적이 있습니다. 그곳에 머무는 동안 매일 벼락이 하늘을 쪼개고 있었지요.

하늘이 갈라지니 불꽃이 튀고, 한참 있다가는 하늘 구석이 부스러지는 소리가 땅까지 뒤집으려고 '으르렁 쿵쿵 꽈광'거립니다. 비도 그냥 오는 것이 아니라, 물동이로 물을 퍼서 쏟아붓듯이, 겁이 덜컥 덜컥 날 정도로 쏟아집니다.

벼락이 이렇게 많이 치니, 실제로 인명피해가 자주 나지요. 올랜도 그리고 탬파베이를 잇는 지역이 특히 벼락이 심한 것으로 되어 있습니다. 탬파 베이는 6월 한 달 동안 집계된 번개 수가 5만 개에 달한 적도 있을 정도이니까요. 플로리다에서 벼락에 의한 연평균 사망자는 10명, 부상자는 30명 정도 되는데 이중 대다수가 남자라고 합니다. 남자들은 날씨의 경고에 아랑곳하지 않고 자기가 하던 야외 활동이나 스포츠를 계속 강행하기 때문이라고 하지요. 날씨가 궂지도 않은데 마른하늘에 날벼락 치는 날도 있다고 하고요.

이 지역을 여행하다가 보면

건물 곳곳에 촘촘히 피뢰침을 설치한 것을 볼 수 있습니다.

벼락을 묻는 – 그 불벼락을 땅에 묻어 버리는 대단안 발명품.

사람 마음속을 들여다보면, 깊은 호흡을 하며, 그 깊은 속을 들여다 보면 플로리다보다 더 많은 벼락이 치고 있습니다. 천둥이 치고 있습니다.　　　그러니 뇌파가 잔잔할 날이 별로 없는 것이지요.

　　　어떻게 해야 합니까….

피뢰침을 설치하여야 합니다. 머리 정수리 부분에, 피뢰침을 설치하여 벼락을 마음 깊은 곳을 통해 발바닥 밑 땅속, 그곳에 묻어 버려야 합니다.

뾰족안
마음의 피뢰침은
예리안
마음의 감각입니다.

　　　　　내가 깨어 있는 첨예안 감각　　**말입니다.**
절대 쉬지 않는 바람에 밀려
끝 잘 안 보이는 아찔한 절벽에 서면

결코 한 순간도 끊이지 않는
파도 섬뜩한 손 타래짓 벼랑에 서면

보인다

느낀다

　-「절벽꽃 핀 심오한 이유」

절벽에 섰을 때만 피는 꽃이 있습니다.

벼랑에 몰렸을 때 향기 맡을 수 있는….

그러고 보면 벼랑에 서는 맛, 절벽에 급하게 몰린 맛

그것 없이 어찌 세상을 풍미하며 살았다고 할 수 있을까요.

그러니

절벽에 섰을 때, 벼랑에 몰렸을 때 몸 던지지 마세요. 몸 던지기 전,

발 – 평생 몸을 싣고 다녔지만 푸대접만 받았던 두 발을 보세요.

그 두 발 곁에는 꽃이 피어 있습니다.

향기 그윽한.　　**절벽 꽃들.**

벼랑에 몰렸기에, 절벽에 섰기에 찬란하게 핀 꽃들

그 꽃을 깊숙이 느끼게 되다 보면

숨 쉬고 있음　　살아 있음　　**"그거면 되잖아."**

라고 자신에게 말할 수 있게 됩니다.

그나마

꺾이어 내리 치달을 일 년

그렇게

짙어질 그늘마저 안타까울

　-「노인과 7월」

7월은 일 년이 꺾이기 시작하는 정점의 달입니다.

그래서 더 따끈해지는 달이었는지도 모르겠습니다.

나무 밑의 그림자가 더 짙어집니다. 그 그림자가 더 시원해 보이지요. 그 그림자 속에서 쉬고 싶습니다.

나이가 들수록 – 지나간 삶 속의 그림자 – 그 어둡던 그림자마저도

사랑스럽고 소중하고 안타깝고 그렇습니다.

그나마 희미해지는 것이 말이지요.

산속 시냇물이 맑아 보인다
내 마음이 맑아졌는가 보다
–「힐링 0626」

오랜만에 문인들 낄 산행 겸 야유회를 가졌습니다. 40여 명이 가기로 연락해 왔는데, 전날 갑자기 아프다고 한 분들만 열 분이 되어 서른두 명만 모임에 참석하였지요. 깊숙하게 신음하게 하는, 익숙한 여름 가뭄에 그 유명했던 Angeles Forest의 폭포가 '콸콸' 소리가 아니고 '조르르 조르르' 소리를 내고 있었습니다. 폭포가 불쌍해 보였지요. 32명 중에 4명만 한 시간 넘게 걸어 찾아간 폭포의 모습이었습니다. 4명을 제외한 인원은 모두 몸이 불편하여 급경사가 이어지는 산행 코스를 따라올 수가 없었고요.

나무숲도 있고 개울도 있는…. 사막 속의 산행.

바비큐를 하고 상추에 고추 된장, 간신히 모인 개울물에 담가 둔 수박과 맥주

J 시인은 이런 광경 보는 것이 십여 년 만이라 했고

L 소설가는 개울물에 발 담그고 담소를 나누어 본 것이 삼십여 년이라 했더니 K 수필가가 말을 받습니다. "우리 죽기 전에 마지막인 것 같아" 이 말이 끝나자 아무도 대꾸하지 못하였습니다.

글을 쓰는 사람들은 확실히 삶을 진지하게 사는가 봅니다. 미래를

확실히 내다 보고 현실을 직시하는 사람들.

백세시대라고 하지요. 그래서 자기가 백 살 정도까지 살 것으로 생각하는 사람의 막연한 삶하고 - 아니다. 통계가 말해준다. 90세까지 생존할 확률은 5%밖에 되지 않는다. 그러니 지금이 얼마나 소중한가. 하며 사는 사람의 차이가 무엇일까요?

자기의 삶이 그리 오래 가지 않을 것으로 생각하는 사람은

보는 것도 다르고　　먹는 것도 다르며

듣는 것도　　　　말하는 것도 다르게 됩니다.

물론, 생각하는 것 그리고 숨소리까지도요.

삶의 질이　　촘촘해　　집니다.

행복 밀도가　　찐해　　지고요.

통계는 75세까지 생존할 확률은 54%, 80세까지는 30%, 85세까지는 15%, 90세까지 생존할 확률은 5%라고 하지요. 학교 동창연락망에서 70살에서 80살을 가는 동안에 약 50% 정도가 줄어든다는 이야기를 선배들한테서 들은 적도 있고요.

문인들의 대화를 가만히 듣다가 개울 물속을 들여다보았습니다. 또, 저와 제가 서로 대화를 시작합니다.

"맑기도 하지?" "그렇네."

작기만 하고 안타까워 보이는 산의 속살. 개울물을 둘이 자세히 들여다봅니다. 수량이 얼마 되지 않지만, 맑기만 합니다. 한없이 맑기만 합니다. 생명처럼.

물이 맑은 것이 아니고

금세 나의 마음 그리고 저의 몸이 모두 맑아졌기 때문이지요.

물을 보면서 "물이 맑아서 보기 좋다" 하고 말할 수도 있지만

물이 맑은 것을 보면서 "마음이 깊숙이 맑아지는 것"을 볼 수 있는 것이　　　　　　'나와 저'는 참으로 감사하였습니다.

그 맑은 물을 마음에 각인시켜서 두고두고 마음 맑히고 싶을 때 떠올리자고,　　　　그리 많이 남지 않은 소중하기만 한 삶의 시간 — 죽을 때 후회가 조금도 없게 하자고. 나와 저는 약속하였습니다.

◑

산속 맑은 개울물을 오래간만에 보면서

자연은 참으로 우리가 태어난 곳이고, 우리가 당면한 갑갑한 문제들의 답을 주는 곳이구나 하는 깨달음이 새롭게 다시 다가옵니다.

인간의 몸은 한마디로 물통인 것 같습니다. 용기의 약 70%를 물로 채운 물통. 이 중에서 약 15%만 엎질러도 이상 증세가 나고 약간 더 많이 5%만 더 엎지르면 물통 자체가 깨어져 버리고 마는 물통.

수분의 약 20%만 잃어도 생명이 위험하다고 하지요. 50%가 아직도 몸속에 남아 있는데도 위험하다니….

산 흐르는 물길
부드럽기만 하구나

너의 본 모습은 H_2O라지
H_2O
나무에서 가르침 받고 모여 산에 흐르면 너 되고
H_2O
주위에서 차갑게 하면 딱딱하게 굳어져 얼음 되며
H_2O
누가 불길 뜨겁게 지르면 수증기로 하늘 올라가고
　　—「그대 속도 H_2O이건만」

지구 표면의 70%도 물입니다. 사람도 지구에서 태어났으니, 아마도 70%가 물이구나 하는 생각도 듭니다.

하나 둘 모며 서로 얼싸 안고 같이
가장 낮은 곳으로 흐르면 맑은 개울물이   되고
차갑기만 한 주위 사람들
그리고 그 보다 더 냉랭한 자기가   되면
돌 같은 얼음이   되며
진심으로 사랑하고 뜨겁게 삶을 이어 나간다면
하늘로 오르는 수증기가   되는 것이지요.

깊은 산속의 나무들의 이파리와 속삭이다가 보니 저의 30%마저도 물이 되어 100% H_2O가 되었습니다. 나무줄기를 스르르 타고 내려와 나무뿌리와 깊은 삶의 이야기를 오랫동안 나누다가 작별하고 나니 이런 생각이 듭니다.

나도 물
당신도 물

물 먹고
물로 보이고

둥근 그릇에 담기면 둥글게
찌그러진 용기면 찌그러진 대로

인간 변기 속 회오리로 돌려지던
쓰레기 하수구에서 휘말리며 흐르던

흐르다 막히면 돌아가고
그저 높은 데서 낮은 곳으로만

- 「우리는 물」

　그대가 지금은 얼음이고, 수증기이고, 개울물이던 언젠가는 하나로 모입니다. 모든 것을 받아 주어서 바다라는 그 바다에서 그저 낮아진 모습으로요. 사람은 결국은 다 거기서 거기인 물입니다. 그 물에 당연한 말이 있지요.

　　　　나 물 먹었어.　　내가 물로 보여?

　그렇게 물 먹으면 물 먹는 대로, 남이 물로 보면 계속 물로 보이며 살 정도의 경지가 되면

　　　　세상을 거슬러 올라가는 역류(逆流)도 없고
　　　　억지로 올라가다 곤두박질치는 분수(噴水)도 없게 되니

　흐르다가 절벽 낭떠러지에서 떨어져도 흐르고, 깊은 웅덩이에 곤두박질치면 그저 그 웅덩이의 밑바닥부터 채우고 다시 흐르며, 고약한 냄새 나는 하수구에 들어가게 되면 그저 쓰레기 끌어안고 역시 높은 데서 낮은 길로 계속 흐르게 됩니다.

　　　　물은 정화시킵니다. 세상의 모든 것을
　　　　물은 모두를 낮게 하라 합니다. 세상 만물에.

2% 부족하여 절벽 걸려 있구나
그대
1% 모자라서 날지 못하고 있고
자네
　- 「명상에서 멸상으로」

태양이 아직도 어슬렁거릴 때라면 보지 못했을 것입니다.
평소 걷던 산책 언덕길. 거미줄에 가파르게 매달린 나비 한 마리가

석양 어스름할 때라서 시력이 더욱 가물거리는 시인의 눈 망막에 맺혔지요. **살려달라는 절규.**

아직은 죽고 싶지 않다는 그 외마디에, 나무 본체에서 떨어진 지 오래되어 말라 버리고 만 제법 긴 누런 나뭇가지를 집어 들었습니다.

거미줄을 걷어 내고 나니 호랑나비가 파란 풀 위에 '풀석-' 떨어졌지요. 그런데 날지를 못합니다. 죽을 고비를 간신히 넘겼으니 바로 하늘로 도망가 주기를 바랐는데 그저 풀 바닥에서 '퍼덕퍼덕'거릴 뿐입니다. 아직도 거미줄이 날개를 칭칭 감고 있기 때문이었습니다.

작은 나뭇가지를 들어서 나비 날개에 걸린 거미줄을 제거하여 주는 동안 얼마나 조심하였는지 모릅니다.

혹시나 날개가 부러지지나 않을까….

그러나 그것은 우려일 뿐이었습니다. 거미줄을 제거하여 주는 동안 나비는 계속해서 날갯짓하였는데, 그 날개의 힘은 대단하여서 작은 나뭇가지 끝부분이 부러질 정도였습니다.

유약하게 하늘거리며 하늘 위로 조금 날아가다 가는, 이내 힘들어서 아래로 추락하는 듯 날고, 이리로 비틀거리고 비실. 가냘파서 억지로 날아다니는 듯한 나비는 약한 존재가 결코 아니었습니다.

힘찬 날개.

바람이 무섭게 창궐할 때는 바람 방향과 바람 세기를 이용할 수 있는 날개. 바람 한 줄기가 없을 때는 바람을 일부러 만들어서 날아갈 수 있는 날개. 그 힘찬 날개로 하늘을 나는 것이었습니다.

하늘을 날고 싶으면 바람을 탈 줄 알아야 합니다.

바람을 만들 줄 알아야 하고요.

2% 아니면 1%가 부족해서, 아직도 아니면 영원히 하늘을 날지 못하는 사람들.　생각의 찌꺼기가 조금이라도 남아서 고민하고

날지 못하는 분들은

명상보다 1% 깊은

생각을 멸하는 멸상(滅想)을 해야 살아남을 수 있지요.

그나마 달랑 여생만이라도 하늘을 날아다니면서요.

손길

힘 들어가 있다

눈길

더 힘주고 있고

세상

겁나는 곳이라고

삶은

무서운 것이라며

    -「수영/삶 기술 부족 溺死」

대 한민국에서 한 해 익사 사고로 목숨을 잃는 사람은 약 300명이 넘는다고 합니다. 남자가 물 사고의 90%를 차지하고 있으며, 젊은 사람이 대부분 익사 사고를 당하고 있습니다. 젊은 남자들의 과시욕, 모험 정신, 허세 영웅심 같은 것들로, 그렇게 물사고를 당한다고 합니다. 자기가 의도하지 않는 사망의 비율로 치자면, 교통사고 다음으로 물에 의한 사망이 크다고 하는데, 익사 사망은 결국은 질식사에 해당됩니다. 물이 기도로 들어가서 숨이 쉬어지지 않으므로 숨이 막혀 죽게 되는 것이지요.

    익사 사고의 절대 요인은 수영 기술 부족입니다.

수영은 힘을 빼고 하는 것이 기본입니다. 사람은 힘을 빼고 가슴에 공기를 불어 넣으면 자연히 물에서 뜨게 되어 있습니다.

물에 빠졌을 때 겁을 내면 안 되지요. 겁을 내고 당황하게 되면, 힘이 들어가게 돼고 물속으로 가라앉게 됩니다. 물에서 몸이 뜨게 되면, 노련하게 물의 흐름과 속도를 파악하고 물에서 빠져나와야 자기의 단 하나뿐인 생명을 구할 수가 있습니다.

우리가 사는 세상은 한 마디로 홍수입니다.

하루 한 시간 동안만 해도, 넘치고 또 넘치는 정보의 홍수, 거미줄보다 더 끈적하고 빠져나오기 힘든 인간관계의 홍수 그리고 소음과 매연, 온갖 먼지의 홍수.

그 홍수 속에서 살아남으려면 힘 빼고 살아야 합니다.

비우면 힘은 저절로 빠지게 되지요.

세상이 아무리 나를 겁주고 당황하게 만들어도, 까짓것 하며 쫄지 말고 당당히 담대하게 살아가야 합니다.

거기에 더하여 비틀거리지 않고 확실히 살아남으려면 노련한 삶의 기술이 필요합니다. 남이 가르쳐 주어 배운 기술은 내 기술이 못 되지요. 남에게 배웠더라도 그것을 바로 내가 깨우치고 내 기술로 응용이 되어야 내 것의/나만의 기술이 됩니다.

혹시 그대는 지금 - 눈에도 입에도 어깨에도 힘 '빡 빡' 주며 살아가고 있지는 않으신지요? 아침 눈 뜨고는 하얀 밤 베개에 머리 굴리기까지, 사는 게 좀 겁나지 않으셨나요?

아무래도 나는 다른 사람보다는 삶의 기술이 부족한지, 남들은 잘나가는데 나는 자꾸 처지고 있다고 생각하시지는 않는지요?

그대는 분명 지금 급류에 빨려 들어가고 있습니다.

물가에서 급류에 휘말리고 있는 나에게, 줄 달린 구명튜브를 '휘리릭' 던져주는 자는 〈아무〉도 아니고 〈누구〉도 아닙니다.

그는 바로〈나〉자신
오로지 그 안 사람 뿐   입니다.

구름 빠르게 지나간다
바람 세차구나

하루 빠르게 지나간다
파도 높겠구나
　-「삶이 보이는구나」

아침인데 밤 같은 날이기에 하늘을 올려다 보았습니다. 구름이 구름을 빠르게 쫓아갑니다.

앞선 구름과 뒷선 구름 중 누가 느리고 누가 빨라, 둘의 간격이 좁아질 것도 같은데 똑같은 간격을 두고 빠르게 지나갑니다.

옷을 안 여미어도 될 정도로 바람이 그렇게 차거나 심하지 않은데, 저 높은 곳에서는 살얼음 솟는 무슨 일이 일어나고 있는 모양입니다.

저렇게 많은 구름까지 거처를 어디로 도망가듯 바쁘게 옮겨야 하는 것을 보면 말이지요.

　　　　　　요즈음은 하늘의 별도 잘 안 보고
　　　　　　얼마간은 그 좋은 달도 떴했었고

하루하루를 꼬박꼬박 어느 곳에 저당을 잡히는지, 나의 삶이 빼앗겨 버리느라 하늘 보는 것을 잊고 말았지요. 그러다가/그렇게 땅만 보고 걷다가 돌부리도 없는데 발 스텝이 꼬이며 비틀하면서 자동으로 하늘을 보게 되고, 그렇게 하늘을 보는 것에 놀라서 한참이나 올려다보니 구름도 보이고 바람도 느껴지기는 합니다.

잠시라도요. - 삶의 파도가 더 높고 사나워지려는 것이 보입니다.

379

눈동자 눈가의 모습을 보면 안다
입 입가의 번지는 모양새
오르내리는 가슴을 보고도
　－「깨달은 자인지 몽매한 자인지」

　각자覺者 － 깨달은 사람의 모습은 어떤 것일까요. 눈동자를 비롯
한 눈가를 가만히 보면 그리고 입 언저리를 서서히 들여다보면 알 수
가 있습니다. 오랜 생의 고통으로 주름이 얼굴 모든 곳에 깊숙이 잡
혔다 하더라도 눈가/입가를
　가만히 천천히 들여다보면 깊은 삶의 품위는 느낄 수가 있지요.
　그리고
　들숨은 아니어도 기나긴 날숨의 길이로 움직이는 가슴을 보아도
확실히 알 수가 있습니다
**　　　지금 그대의 눈, 입, 가슴은 어떠하신지요?**

눈가 힘주고 전속으로 달렸다
하루 종일
그런데 시작한 새벽 그곳이다

다음 날도 다리 쥐나게 달렸다
밤늦도록
그런데 역시 어제 시작 그곳에

그러고 보니 작년도 그 전년도
그곳이고

또다시 그곳이고 항상 거기에
-「다람쥐 쳇바퀴 속 나」

다람쥐 쳇바퀴라는 말을 서양에서는 〈햄스터 휠; hamster wheel〉 이라고 하지요. 햄스터가 밤낮으로 바퀴를 굴리기 때문입니다. 다람쥐, 쥐, 햄스터들은 왜 이렇게 바퀴 굴리기를 좋아하는지/적은 바퀴보다는 큰 바퀴 굴리는 것을 좋아하는지는 모릅니다. 사람이 왜 쳇바퀴 같은 인생을 살아가며 왜 큰 것 – 더 큰 것, 많은 것 – 더 많은 것을 끊임없이 추구하는지 이해가 되지 않는 것과 마찬가지로요.

사람은 갓난아이일 때부터 한 살 정도까지는 그저 어머니 곁에만 있는 것으로 만족하였습니다. 그런데 돌이 지나며 걷기 시작하면 자기의 생활반경이 확대 팽창하기 시작합니다. 자기가 보는 것, 만지는 것, 가는 곳이 점점 늘어나면서 〈내가 가지고 싶은 것〉〈내가 먹고 마시고 싶은 것〉의 욕구를 늘려나가지요. 이러다가 뛰어 다니고 친구들을 만나기 시작하면 그때부터 인간 치명적인

불행의 쭈글쭈글 씨앗 〈비교〉를 하기 시작합니다.

이 비교라는 비수는 더 좋은 옷, 몸, 학교, 성적, 직업, 배우자, 집, 차 거기다가 더 많은 친구, 돈, 명예, 권력을 얻으려고 날카롭게 찔러댑니다. 이 과정에서 갖는 그것보다는 갖지 못하는 것이 늘어나게 되지요. 그러면 이 〈내가 가지지 못한 것〉을 채우려고 더 노력을 기울이게 됩니다. 그러면 행복할 것이라는 미신 때문입니다.

가지고 싶은 것을 가지게 되면
행복할 것이라는 믿음은 그야말로 미신　　　이지요.
사람은 어떤 것을 소유하면 그것에 대한 만족이 오래가지 못하도

록 DNA가 되어 있습니다. 무엇을 먹고 싶어서 그것을 먹으면 그 만족이 얼마나 오래 가던가요? 꼭 사고 싶어서 그것을 오래 기다려 사면 그 만족이 오래 가던가요? 정말 원하는 사람을 얻으면 그 설렘의 감정까지도 오래 갔었나요? 직장, 사업, 어떤 결과도 이룩하면 만족이 한참 동안 가던가요?

사람이 무엇을 이룩하면 금세 그 이룩한 것에 대하여

당적단계 〈당연하다고 느끼는 적응단계〉 가 찾아오게 되어 있지요.
산뜻한 신선함이 금세 떨어진다는 부수적 부작용도 동반되면서요.   이게 문제가 됩니다.

아무리 노력하고 발버둥을 쳐도 그 불행의 자리에서 벗어나지 못하는 모습.   **소유의 쳇바퀴**   입니다.

이 다람쥐/햄스터의 굴레이자 인간의 굴레에서 어떻게 벗어 날수가 있을까요?   먼저

내가 다람쥐/햄스터 꼴이라는 것을 느껴야 합니다.

안 + 못 느끼면 = 그대는 다람쥐/햄스터 그 자체입니다.

다음

소소/시시/수수한 것에 만족하고 행복해하는 수련을 꾸준히 하여야 합니다. 안 + 못 하면 = 역시 그대는 다람쥐/햄스터 되는 것이고요.   마지막으로

언제, 어디서나 어떤 경우에서나 초심을 유지하여야 합니다.   안 × 못하면 = 어쩌지요. 그대는 '다햄' 그 자체로 땅에 묻힐 겁니다.

우선, 내가 쳇바퀴에서 매일 헉헉거리며 돌고 또 돌며 그렇게 열심히 뛰어도 몇 스텝 앞으로는커녕, 한 스텝도 못 나간 바로 그 자리에서 맴맴 돌고 있는 가련하고도 처참한 자기 모습을 보아야 합니다. 영혼 이탈하여서 나의 영혼이 바로 쳇바퀴 속의 나 자신을 똑똑히 보

아야만 그 무서운 둥근 틀에서 벗어날 수가 있지요.

무엇을 소유하거나 환락을 통하여 얻은 것은 유통기간이 짧아서 얼마 못 가 상하고 썩어 버려서 또 크고 새롭게 신선해 보이는 다른 환락과 소유를 얻으려고 하지만, 이 역시 이 소유의 환상 굴레에서 벗어나지 못합니다.

무엇을 더 많이 가지려고 하지 말고, 내가 지금 가진 잔잔하고 쫀쫀해 보이는 그것들에 만족을 하고 그것들을/즉 소확행(소소한 것에 확실한 행복이 존재함)을

필쎄보링(Feelsavoring : 느끼고/ Feel + 음미/ Savor)하면서
감사하며 즐기는 삶의 태도가 참으로 중요하지요.

이 소확행의 순간에 집중하게 되면 이 소확행이 순간이 아니고 오래도록 머무는 효과가 나타납니다. 그렇게 오랫동안 느끼고 음미하도록 의도적으로 노력을 하면 실제로 내 머리 위에

무지개가 뜨고 폭죽이 터지고 축제의 음악이 퍼집니다.

인간은 항상 행복을 추구하면서도 쳇바퀴 속을 떠나지 못하는데 실제로 행복의 갈망을 해결할

물과 도토리는 굴레/창살 밖에 있습니다.

숨 멈추고
입 오므려 힘주어 빨아보면
지지직 빨간 불
숨 내몰며
긴 하얀 연기 세상 돌다가
사라지는 담뱃재
　 ―「남을 생각하며 산다는 것
　 　 내가 산화한다는 것」

신병훈련을 받으면서 강제로 피워야만 했던 담배 생각이 문득 났습니다. 담배 연기에 몸이 너무 격하게 반항하여서, 훈련소를 나오면서부터는 한 번도 담배를 가까이하지 않았습니다.

다른 사람이 나를 어떻게 생각할까를

생각하며 산다는 것은 담배를 피우는 것 과 같지요.

많은 사람이 행복하지 않은 이유 중의 하나가, 남을 의식하며 사는 것입니다. 내가 이런 말을 하면, 내가 이런 옷을 입으면, 내가 이런 직장, 이런 종교, 이런 사람들과 다니면, 이런 생각을 이야기하면….

남들이 어떻게 나를 생각할까?

남들은 나에 대하여 안중에도 없습니다.

내가 평상시 남들을 생각하지 않는 것에, 딱 그만큼 비례 해서요.

담배를 피우는 이유는 담배 연기를 마시고 기분이 좋아지기 위해서입니다. 그런데, 담배 연기에는 유해 물질 타르, 니코틴, 독극물 다이옥신과 40여 가지의 발암물질이 들어 있지요. 한마디로 독극물 고농도 칵테일이고요. 연기로 된 사약입니다.

내가 남을 유난히 의식하며 사는 것은 나의 존재 혼돈에서 옵니다.

인격적으로 모자라는 사람은 자아 형성이 결핍되게 되어 있는데, 이런 사람은 유난히 남이 나를 어떻게 생각할까에 휘말리며 살아갑니다. 마치 내가 하얀 담배 연기 속에 휘말리는 것처럼 말이지요. 연기 속, 자기 스스로 만든 다른 사람들의 눈초리는 내 마음속으로 들어와서, 하얀 연막 사약으로 즉각 효험을 나타내게 되지요.

담배를 피우며 살 것인가? 남을 의식하여 나를 없애며 살아갈 것인가? 아주 Simple한 1차원의 문제이고 다툼의 여지가 전혀 없는 명료한 문제인데도 잘 안 지키는 사람이 많은 것을 보면, 인간은 확실히 멍청한 동물이긴 합니다. 남을 생각한다는 것 = 담배 피우는 자해행위 = 연기 독극물 속 자아 소멸

빨려 들어가고 싶은 하늘 저 멀리로
비행기 석 대 아니 넉 대가 지나간다

어쩌면 저렇게 붙어서 날아들 갈까
곡예비행 연습하고들 있는 것인가

눈을 가늘게 반쯤 하여 쳐다보니
한 대다 한 대 자세히 올려다 보니
  -「하늘 정확히 보려면」

하늘의 이치를 알고 싶으면 하늘을 올려다 보아야지요.
  눈이 시리다 못해 그 속으로 '확-' 빨려 들어갔으면 딱 좋게, 시 퍼
런 하늘 저 멀리로 비행기가 지나갑니다. 석 대인지 다섯 대인지 붙
어서 갑니다. 한두 번 있는 일도 아니기에 눈을 반쯤 닫아 버리고 자
세히 보니 당연히 한 대이지요. 눈의 힘. 시력이 나빠지는지 오래되
었습니다. 몸에 특히 얼굴에 무엇을 걸치는 것이 싫어서 안경을 쓰
지 않으려 애를 씁니다. 잘 보이지 않는데도 말이지요.
  자세히 보려면 눈을 크게 뜨지 말고 눈을 감아야 합니다.
  반을 닫으면 그동안 눈을 다 뜨고 보지 못했던 반이 보이고요. 1/3
을 닫으면 안 보였던 1/3, 이 보입니다. 물론 다 닫으면 마음의 눈이
활짝 열리게 되어 세상의 이치 전부를 보게 되고요.
  하늘에 계신 분. 하늘에 날아다니는 것들.
  정확히 보고 싶으신지요. -   눈을 감는 만큼 보입니다.
  비행기는 멀리 사라지고 있는데, 요란한 기계음이 이제야 들려옵
니다.
  눈은 나빠졌지만, 귀는 그나마 조금은 밝은가 봅니다.

매미야 매미야

그게 그리 목 놓아 우는 거니 누굴 부르는 거니

매미야 매미야

허물 벗어 노래하는 거니 너무 비어서 웃는 거니

　－「매미 성자」

여름날 매미 소리는 대단합니다. 그 크고도 진한 소리를 내기 위해서 매미는 스스로 자기 몸의 반 이상을 비우도록 진화하였습니다. 첼로, 바이올린, 기타 같은 현악기가 나무의 속을 비워서 소리를 내는 것과 같습니다.

〈파브르 곤충기〉로 유명한 프랑스의 생물학자 장 앙리 파브르(Jean-Henri Fabre)는 매미가 우는 옆에서 축포대포를 쏘아 보았습니다. 그래도 매미의 소리는 그치지 않았던 것으로 보아서 매미는 자기의 청각을 끄고 켜는 스위치 같은 작용을 하는 신경 기관이 있다고 보았습니다. 매미가 우는 것은 아니지요. 구애하려고 소리를 내는 것이라고는 하는데,　　　　　　　**허물을 벗는 매미**

　　　　　　자기의 몸이 비어 있는 매미

　　　　그래서 내는 소리는 성자의 구도 경

　　＊ 매미 구도 경　　　일지도 모릅니다.

◗

집을 나설 때 사람들이 하는 것이 있습니다. 문을 열쇠로 잠그거나, 문이 자동으로 잠긴 다음에, 문을 흔들어 봅니다. 제대로 닫혔는지 확인하는 것이지요. 왜 확인할까요?

집 나선다.

열쇠로 걸어 잠그고

문 힘주어 흔들어 본다
도둑 들어 훔쳐 갈까 봐

그럼
　-「마음 도둑은」

　당연히, 도둑이 들어올까 봐 걱정하는 마음이 들어서 문 잠김을 몇 차례 확인하는 것입니다. 집에 값나가는 물건이 많을수록 도둑들 걱정을 더 하겠지요. 집에 집어 갈 것이 없으면, 도둑 드는 것을 그리 걱정하지 않을 것입니다. 자기가 비싸게 사 놓은 것이 많을수록 사람은 그 물건에 집착하는 면이 이중 삼중으로 칭칭 얽히게 됩니다.
　그런데, 아무리 비싼 물건보다도 몇십 배나 비싸고 더 소중한 것이 있습니다.　　　　　　　　　　　　사람의 마음.
　그 마음을 도둑맞는 경우가 있습니다. 하루에도 수십 번, 수백 번. 내가 미워하는 사람. 나의 아픈 기억들. 나의 불안한 미래라는 도둑들이 수시로 들어와서 나의 마음을 훔쳐 갑니다.

이 도적질을 막으려 얼마나 문단속하시나요?
도둑질당하고 있는 것을 아시기나 하는지요?

한 마리는 날개 달린 도마뱀
또 한 마리는 나는 수염 뱀

둘은 빨간 불 뿜어댄다
영악한 인간 머리 위로
　-「인간 역사라는 것이」

용용 죽겠지

예전에는 어린이들이 서로 "용용 죽겠지?"라는 말을 썼었습니다. 상대방을 약 올릴 때 썼었지요. 그리 악의는 없었던 것으로 기억됩니다. 그저 장난질이었지요.

용용이라는 말이 어디서 왔을까? 재미있는 어감에서 온 것이 아니고, 용용(龍龍)은 아닐까라는 생각이 들었습니다.

교통이 발달하지 않아, 서로 교류가 거의 없었던 동서양 시대에, 동양과 서양에서 모두 용에 대한 문화가 존재하였습니다.

동양의 용은 '길한 상징'이었습니다. '용안, 곤룡포, 좌청룡, 등용문, 개천에서 용이 난다.'라는 말만 보아도 그렇지요. 반면 서양에서의 용은 '악한 상징'이었습니다. 서양 판타지나 소설에서 보면, 돌성에 공주를 감금하고, 사람들에게 온갖 재앙을 내리는 이야기들이 많지요. 그것만 보아도 그렇습니다.

서양의 용 Dragon은 박쥐 모양의 날개가 달렸고요. 커다란 도마뱀 형상입니다. 동양의 용은 사슴뿔, 독수리 발, 돼지 코 모양에 긴 뱀처럼 생겼지요. 서양의 용은 불을 뿜습니다. 동물이 불을 뿜는 것이 가능할까요?

불을 뿜게 되면, 용의 내장과 입이 어떻게 될까요? BBQ가 따로 없지요. 불이 나오게 되는 몸의 생태학적 구조는 어떻게 되나요?

동양의 용은 날개도 없는데 날아다닙니다.

아무리, 사람들이 옛날의 공룡을 목격하고 이를 전설에 반영하였다고 해도, 항공학(aeronautics), 새 조류학(Bird ornithology) 개념에서 불가능한 일이지요.

이렇게 과학적으로 불가능한 동물을 상상해 놓고, 그 동물을 대상으로 '섬기거나' '무서워'했습니다. 이것이 인류의 문화, 역사의 큰 줄기를 하고 있고요.

공룡은 지구에서 약 6천 550만 년 전에 사라졌습니다. 인류의 최초 조상은 250만 년 전에서나 지구에 존재하였으니, 인간이 프테라노돈, 네미콜로프테루스, 알키오네 같은 날아다니는 익룡을 목격하였을 리는 없지요. 익룡을 보고 용이라고 했을 가능성이 없다는 것입니다. 아마도 공룡이나 익룡의 큰 화석을 보고는 상상했을 가능성은 있으나, 그렇다고 하여도 용은 어찌하였든 상상에서 나온 것입니다.

　당시에 동서양 모든 곳에서 인정되었던 것이

　　지금에 와서 보니 황당한 이야기에 불과하였습니다.

　그렇다면

　　지금 우리가 믿고 있고, 따르는 사상, 철학, 문화, 종교가

　　먼 훗날에 가서 보니 황당무계(荒唐無稽)할 수도 있겠지요.

　　지금 우리가 가치가 있다고 생각하는 것이 하찮은 것이고

　　진리라고 확신하는 것들이 허구인 것이 우리가 죽은 후에 과학적으로　　　　　증명된다면, 우리의 삶, 인생은 어떻게 될까요?

　　'용용 죽겠지'가 되는 것이지요.

**　　　그래서 의심해 보아야 합니다. 끊임없이 –**

**　　티끌만 한 의심도 없이 확신이 들 때까지.**

척 꽂힌다
송곳 이빨 서서히 들어가고
쭉 빨린다
빨간 체액 재빨리 빨려가다

휙 돌아가
빨린 것이 다시 빠는 자로서
　–「감정 흡혈귀에 빨리면」

서유럽에 비하여 비교적 기독교 영향이 덜한 동유럽에서는 미신이 많습니다. 유령, 늑대 인간, 마녀 그리고 피를 빨아먹는 흡혈귀입니다. 구약 레위기 7장 26~27절에는 새와 짐승의 피를 마시는 사람은 겨레로부터 추방하라는 신(야훼)의 명령이 나오지요. 이슬람교도 구약성경을 쓰니 역시 피에 대한 금기가 있고요.

그 금기에 관하여 이야기가 전해져 내려오는 성이 있습니다.

동유럽 루마니아 중부 아르제슈주 쿠르데아르제슈 시, 산 숲속에 빨간 지붕의 이름다운, 브란(Bran) 성입니다.

세계의 모든 연령층이 알고 있는 드라큘라 성. 1897년 브램 스토커의 공포 소설 드라큘라 백작(Count Dracula)에 나오지요. 무시무시하고 으스스할 것 같은데 성의 내부나 외부 모두 아름답기만 합니다. 한 폭의 그림 같은 곳입니다.

내부의 고문 도구나 전쟁 무기들을 제외하고는 말이지요.

드라큘라는 오래전 루마니아 지방에서 없어진 이야기가 아닙니다. 그 흡혈귀는 꾸준히 명맥을 이어오다가 시간이 지나갈수록 더욱 왕성히 번창하고 있습니다.   주위를 살펴보시지요.

사람들의 피를 뽑아 말리는 일이 얼마나 자주 일어납니까.

빨리는 자는 자기의 피가 빨리는 줄도 모르고 그냥 빨리는 것을 방관만 합니다. 그리고 정신이 돌아오면 자기의 피가 빨린 것에 대하여 대단히 화가 나지요. 그래서 그 화풀이로 다른 이에게 보복하던가, 다른 화를 만들어서, 불을 뿜어 내든가 합니다.

사람의 신체, 피가 빨리는 것도 피해가 심하지만, 감정적으로 피가 빨리게 되면 그 폐해는 더 심각하여서, 사람의 인성을 파괴하고 사람다움을 잊어버리게 합니다.

한낱 동물로, 흡혈귀로 전락하게 되는 것이지요.

흡혈귀의 젼이.

흡혈귀에 물리어 피를 빨리면 자기도 흡혈귀가 되어
다른 이들의 피를 빨게 됩니다.

주위를 냉철하게 살펴보시지요. 어떠한 단체의 인맥에서 벗어나
는 사람을 왕따시키고, 사람들 사이를 좌파, 우파로 가르는 데 혈안
이 되어 있는 인간들은 흡혈귀 과입니다. 사람에게 죄책감이나 열등
감을 획책하는 부류도 흡혈귀 과이고요. 인간의 감정을 휘둘러 감아
치고, 자신의 조정 하에 두려는 자도 드라큘라 과입니다.

흡혈귀에게서 피를 빨리지 않으려 도망가는 사람이 잘 안 보입니
다. 오히려, 드라큘라 주변에 어슬렁거리는 사람이 점점 늘어 갑니
다.　　　자기 피가 '쭈욱 – 쭉 –' 빨리고 있는지도 모르는 사람들.
갑자기 목덜미가 서늘해집니다.

십자가 걸려 있는 곳
그곳에도 안 보이고

목탁 누여져 있는 곳
그 공간에서도 없는
　-「영성」

종교의 시작은 어디서 생겨났을까
예수는 어디서 첫 걸음 하였고
부처의 등은 누가 떠밀었을까
　-「사람들의 목마름」

종교는 교회나　　　사찰이나　　　사원을 위해 만들어졌다라
고 믿을 만큼 현대의 종교 모습은 조직이고, 건물이고, 제도입니다.

그것만으로도 인류의 평화에 도움이 별로 안 되는데, 배타적이기 까지 합니다.

영성이 있어야 종교인데, 영성의 한 모퉁이도 볼 수 없게 세 속적이기만 합니다. 인간은 끊임없이 '나는 누구인가?' '나는 이렇게 살아도 되는가?' '나는 어디서 왔고 어디로 가고 있는 것일까?' '이것의 이유는?' 등의 질문을 던지고 여기에 대한 답을 찾아가는 존재인데, 이 과정이 바로 영성이지요. 이런 영성은 찾아볼 수 없고, 그저 〈기복 신앙 추구〉로 사람들을 현혹하고만 있습니다.

게다가 반 창시자적이고, 고립 배타적입니다. 스승의 가르침을 실천하는 모습, 스승을 빛내는 모습보다는 스승을 욕보이고 있는 모습이 더욱 많이 보입니다. 자기네 교단이 아니면, 일단 이단이고, 사이비입니다. 자기네 잣대로 재니 이름만 다르면 무조건 막무가내로 몰아내려 합니다.

물리적 힘으로 종교가 몰아내지나요? 과거에 소유 무기 차이로 인하여 그런 적이 있었지만, 현대 〈무기 소유 평등화 시기〉에 들어와서는 절대로 무력으로 타 종교를 밀어낼 수는 없습니다. 무력을 동원하여서 상대방 사람의 일부는 없앨 수는 있겠지만 이념과 사상 그리고 믿음을 없애는 것은 그야말로 〈불가능〉입니다.

왜 역사적으로도 '증명된 불가능을 가능한 것처럼 왜곡'하고 획책하나요? 조직의 결속력을 다지기 위해서입니다. 자기 밥그릇 사수를 위하여 피를 내어 줄 것을 획책하고 있는 것이 〈종교 무력 갈등〉입니다.   종교는 공존하여야 합니다.

　　너도 옳고 나도 옳고
　　너도 틀리고 나도 틀릴 수 있다
　　　　　　가 정답이고 정의 입니다.

예를 들면, 기독교도가 힌두교도를 보면, 이해가 안 됩니다.

　　나는 진쪽이고 너는 가짜이고　　나는 살고 너는 죽어야 하고
　　　　　　　　갖고는 절대로 해결이 안 납니다.

　　그래서 한 마디로

　　기독교 같은 불자

　　불자 같은 크리스챤　　이 해답입니다.

　　　　성서를 공부하는 불자

　　　　불경을 믿어주는 크리스챤

　　　　꾸란을 같이 암송하는 불자와 기독교인

이 인류의 평화이고 행복입니다. 날씨가 더우니까 또 뜨거운 생각
이 듭니다.　　우선, 각 종교의 최고 지도자들이 분기별로 모여서
　　　　　　성서, 불경, 쿠란의 좋은 점만을 부각하여 암송하고
　　　　　　마호메트, 석가모니, 예수, 야훼를 존경하는
　　　　　　(세계 평화 염원 전쟁 종식)대회를 각 종교의 발상지와
　　　　　　세계 주요 도시를 순회하면서 개최하면 평화 정착 분
위기가 급격히 자리잡겠지요. 그리고 나선, 이 모임의 성격/목적은
그들 스승의 뜻대로 〈소외된 인류 구원〉이 되어 고통 중에 있는 사
람들을 집중하여 지원하여야 합니다.

　　종교는 사람들에게 과거에는 희망이고 구원이었지요. 그러나
　　냉정한 빛 과학의 현대에서는 점점 기피의 대상이 되고 있습니다.
　　젊은이들은 이제 점점 종교에서 멀어지고 있는 것이 통계로 보이
는데도 아직도 종교 지도자들은 뱀의 껍질을 벗지 못하고 있습니다.

　　몸 덩이 보다 강한 쇠　　　쇳덩이 부딪히는 소리
　　작은 몸 찢겨 나가서　　　쇠처럼 강한 몸 생겨
　　-「근육(筋肉) 그리고 심근(心筋)은」

사람 몸의 거의 반은 뼈이고, 나머지 반 정도는 근육이라고 볼 수 있습니다. 내장에 있는 여러 기관도 수축과 이완을 반복하여 운동이 일어나는, 근육인 셈이지요. 근육의 큰 역할은 힘을 내는 일입니다. 그래서 근육을 힘살이라고도 칭하고요.

사람은 움직이는 동물인데, 근육이 없으면 생명을 유지할 수가 없습니다. 사람 인체 골격근을 분류하여 보면, 어디 부분을 한 부분으로 보느냐에 따라 다르지만 약 640개가 있습니다. 인체가 좌우대칭이니 320쌍의 근육이 있는 셈입니다.

근육은 근육에 무리한 힘을 가하여 작은 상처를 낼 때 생기지요. 그래서 몸보다 훨씬 강한 쇳덩어리를 이용하여 몸에 작은 상처들을 냅니다. 운동 쇳덩이 기구들이 서로 땡땡 부딪히는 소리를 들어가면서 근육단련을 합니다. 근육 상처에 대한 휴식은 대략 24시간에서 72시간이 필요하지요. 근육은 휴식할 때 생겨나기 때문입니다. 근육이 움직이는 것은 화학에너지가 기계 에너지로 바뀌는 것이기 때문에 에너지가 필요하고요. 고열량 고지방이 아닌 고단백질, 채소, 견과류, 과일, 적정량의 탄수화물 섭취를 하여 영양 보충을 잘하여 주고, 충분한 수면과 물을 잘 섭취하여야 근육이 잘 형성되게 됩니다. 에너지를 쓴 후에는 휴식이 필요하지요. 따라서, 운동 후 휴식을 위하여 신체 부위별로 돌아가면서 강한 운동을 해야 근육생성이 쉽게 됩니다. 이렇게 근육이 만들어지는 것은 과학적으로 증명이 되어 있습니다. 어떻게 하여야 근육을 유지한다는 Manual도 있고요.

마음에도 근육이 있습니다. 바로 심근(心筋)입니다. **몸의 근육은 640개인데 심근은 굵게 하나입니다.** 여러 갈래가 영향을 미치는 것이 아니고 단 하나이기 때문에 심근에 타격이 가면, 심장도 멈출 수 있고 생명도 위험에 처해질 수 있게 됩니다. 반면에 심근이 강하면 몸 전체를 행복하게 통제할 수가 있고요.

이렇게 생명과 행복에 결정적 역할을 하는 심근을 위해서는 어떠한 노력을 하고 계시는지요? 매일 수시로

강도 높은 명상과 묵상을 아여야 나를 살리는 심근 이 생깁니다.

몸짱의 벗은 몸매를 보면 사람들은 감탄하지요.

그러면서 반응은 둘로 갈립니다.

나도 저렇게 되고 싶다

저렇게 되기까지 얼마나 노력하였을까.

주위에 심근이 강한 사람들을 보신 적이 있으시지요? 도사 같은 사람들.　　　 그들을 보시면서 어떤 생각을 하셨나요?

나도 저런 흔들리지 않는 사람이 되고 싶다.

저렇게 되려면 어떤 노력하여야 할까?

＊ 사각을 찢어내는 강한 결심

＊ 온갖 명상방법으로 영양을 취하고

＊ 세상일에서 멀어져 자연 속에서 자기만의 휴식 시간을 자주 갖는 것.

그렇습니다. 심근을 강하게 하는 것에도 운동이 필요합니다.

그 운동의 이름은 NR(Neo-Résistance)입니다. 신 저항운동.

기존의 세계질서에 대한 저항. 기존의 내 사고에 대한 대항. 자리잡혀 있는 모든 개념에서의 탈출.

이 운동으로 성격을 ‘NR형’ 인간으로 개조하여야 합니다. 혁명적으로 개조를 해야 하는 것이, 기존의 방법으로는 절대로 되지 않았었고, 앞으로도 안 될 것이기 때문입니다.

운동의 구체적 방법은

1. 궁리하는 습관을 들이기.

기존의 생각에서 조금 더 의심하고, 깊이 사고하는 것을 ‘궁리(窮理)’라고 해 보겠습니다. 원래 궁리는 정확한 지식을 통하여 이치를

외적 수양법으로 닦는 것이고, 거경(居敬)은 마음과 몸을 잘 닦는 내적 수양법이지만, 많이 알려져 있으면서 쓰이고 있는 궁리라는 단어를 선택하였습니다.

궁리는 확고한 지식을 바탕으로 지혜를 가져다줍니다. 순간순간 닥치는 인생의 모든 문제를 정확히 넓고 깊게 분석하여서 최상의 지혜를 창출해 내는 능력이 키워 지지요. '수수께끼' '불가의 선문답' 같이 끊임없이 질문을 깊이 더 깊이 해 보는 것입니다.

예를 들면, 늦가을에 개미가 한 마리 바쁘게 기어갑니다. 정말 빠릅니다. 저런 조그만 다리로 저 정도 속도이면 참으로 빠른 것이지요. 계속 봅니다. 그러다가 질문을 던집니다. '어디로 가는 것일까?' '왜 저리 바쁜 것이지?' '이 개미의 바쁜 걸음은 제 목표로 제대로 가고 있는 것일까?' 개미는 도대체 무엇이지?'라는 〈이게 무엇일까?〉에 집중하다가 보면 개미가 바쁘게 보이는 것은 개미가 바쁜 것이 아니고, 내 마음이 바쁜 것이고, 왜 내가 바빠야만 하였는지도 보이게 됩니다. 비틀거리며 바쁜 걸음의 나 자신도 보이게 되고요. 내가 어떤 인간인가를 알게 되는 기적이 일어나게 됩니다. '나는 누구인가?' '내 마음을 움직이는 자는 나인가? 다른 무엇인가?'까지 보게 되는 것이지요. 내가 진정하고 싶은 것. 내가 제일 잘하는 것. 내가 행복한 길까지 보입니다.

기존에 보이던 것은 안 보이게 되고, 안 보이던 것들이 보이기 시작합니다.   이것이 바로 지혜입니다.

2. 멸상의 생활화.

곰곰 궁리가 어느 정도 궤도에 오르면, 생각이 줄어들게 됩니다. 번잡한 행동도 줄어들게 됩니다. TV 나 SNS에 대하여도 '이것을 내가 왜 보아야만 하지?' 하면서 디지털 중독에서도 벗어나게 됩니다.

즉,   가치가 있는 것과 무가치한 것이 분류   가 되는 것이지요. 쓸데없는 그것들이 정리됩니다. 그동안 끌려다니던 환상도 안개 걷히 듯 사라지지요. 그렇게 마음속의 쓰레기들을 청소해 나가다 보면 맑은 정신만이 남게 되면서 사각이 멸하게 되고 생각까지 사라지게 됩니다.   이런 과정을 거쳐

   궁리를 계속하다 보면 어느덧 자기 무릎을 '탁-' 치게 됩니다. 이 과정을 거듭하면 어떻게 될까요? 그렇습니다. '마음의 근육'이 생깁니다. 생각하는 근육, 궁리하는 근육이 생깁니다. 이 근육이 커질수록 우리의 안목이 더 깊고 넓어지고요. 삶에서 마주치는 온갖 문제들을 근육의 힘으로 지혜롭게 헤쳐 나가게 됩니다.

   착 달라붙어 피가 빨린다
   누구에게나 언젠가는 덮쳐오는
   사고 질병 실패 실직 가족사망

   슬픔 좌절로 피 빨리지만
   최악 절벽에서 떨어지지 않고
   아직 살아 있다는 것만이라도
     -「거머리를 뗀다는 것은」

거머리(leech)는 흡혈동물이지요. 습한 강, 바다 등에 살아 갑니다. 약 300종이나 됩니다. 피를 빠는 방법도 다양하고요. 마치 인간에게 닥치는 불행도 이렇게 다양하게 종류도 많아서 다채롭게 피를 빨리고, 피를 말리며 살아갑니다.

   인간은 피 빨리며 사는 존재입니다. 찰거머리 같은 사고와 불행이 착 달라붙어서 피를 빨아먹지요.   그러나 어찌합니까.

   인간은 그저 그렇게 불완전하고 불안전하게 살아가도록 DNA가 꼬여

있는걸요. 이렇게 불행할 것을 인정하고 받아들이면 세상의 거머리 불행이 서서히 도망을 갑니다.

'절대로 나는 완전하고, 안전하며, 항상 행복할 거야'라고 할수록 거머리는 한 마음맥흥드 째흐며 떨어지지 않게 됩니다.

> 세상같이 까만 아스팔트 위
> 개미들 꼬리 이어 기어간다
>
> 세상같이 따가운 동네길 위
> 길 고양이 살살금 걸어간다
>
> 어디로 가는 것일까
> 왜 무엇들을 위해서
> ―「인간 동물이면서 슬쩍 동물 아닌 것처럼」

모든 동물은 자기 마음과 몸속에 새겨지어 있는 DNA의 프로그램 대로 살아갑니다. 동물은 그저 자기 보호와 생식 번성에만 골몰하도록 DNA가 배열되어 있지요. 그리고 인간은 여기에 더하여, 고민하도록 DNA가 꼬여 배열되어 있습니다.

사람들의 고민은 어디서 올까요? 동물 본연의 생리적 욕구, 자기와 자기 가족의 안전 욕구, 소속 및 애정 욕구에 더하여 존경 욕구, 자아실현 욕구가 실현되지 않았을 가능성에 대한 불안에서 옵니다. 자기 자신이 자신을 초월하는 욕구까지 더하고 '만사 돈 환산 개념 사회현상'까지 심화하여 인간 고민은 더욱 깊어져만 갑니다.

주위에 이런 여러 욕구가 충족되지 않은 사람들을 직접 목격하게 되면, 이 간접경험이 나의 직접경험으로 전이 될까 봐 전전긍긍, 걱정합니다. 거기에다가 인간은 자신이 반드시 죽는다는 걸 미리 알고 있어서 고민합니다. 잘못 먹으면, 몸이 어디 조금만 아파도 죽음의 그림자가 드리웁니다. 죽을까 봐 겁이 나는 것이지요.

일가친척, 친구, 지인에게 죽음이 닥치면 더욱 불안해합니다. 이렇게 인간은 이런저런 이유로 인하여, 항상 불안해합니다. 그리고 이것에서 벗어나서 행복하여지려고 노력하지만, 행복한 순간보다는 불안하고 걱정되며 번민이 감싸는 일이 훨씬 많다고 느끼며 살아갑니다.

이렇게 평온하지 않은 삶이 바로 종교의 영성(靈性 : Spirituality)하고 바로 연결이 됩니다. 진정한 인간 행복에 대한 갈망. 이렇게 궁극적 갈망에 대한 해답의 영성을 제시한 것이 바로 예수, 석가모니, 무함마트 이기 때문입니다. 그런데 영성은 사원, 사찰, 교회에서 사라진 지 오래되었습니다.

그 콘크리트 속 건물에 바글거리는 인간들 누구도 종주 비슷한 사람을 찾을 수가 없습니다. 그곳에서는 종주의 거룩하신 가르침이 아직도 입에서 가슴으로 내려오지 못하고 있고요. 지금같이 하면
가슴에서 손으로까지는 영원이 못 갈 것 입니다.
내손에서 다른 이의 손과 가슴으로도

영성이 없는 종교는 그냥 Business입니다. 소외된 이웃들도 내는
세금을 그들은 안 푼 안 내는 이상아기만 안 Business 단체
그러니 당연히 그 비즈니스의 우두머리는 목사, 신부, 스님이 아니고 CEO 회장/사장/지점장이고요. 그 밑의 수도자, 권사, 장로, 전도사, 집사 등은 그저 팀장, 부장, 차장, 과장, 대리로 불려야 정상입니다. 물론, 그들 업무에 따라서 영업부장, 재정 부장, 총무과장 등으로 불려야 논리적이고요.

드디어
하늘 뜻이 땅에

그렇게
전달 안 되더니
　-「번쩍 번갯불 치다」

　　　인류가 무엇일까? 인간은 무엇일까?
　생각의 접근 방법에 따라서 다양한 대답이 나올 수 있겠지요. 인간은 참으로 복잡한 존재임에 의문을 제기하기가 쉽지 않지요. 나 자신을 보아도 그렇고 주위의 다른 사람을 보아도 그렇습니다. 매우 복잡하게 생각하지 않고 간단하게, "인간은 두 손을 모으는 존재다."라고 정의를 내어 봅니다. 사람이 살아가는데 금수저에다가 다이아몬드를 박은 자가 아닌 다음에야, 사는 것이 절대로 녹록하지 않습니다. 나의 고난, 병, 사고도 감당하기가 힘이 드는데, 나의 식구, 친척, 친구, 지인의 같은 문제도 감당해 나아가야 하니 숨이 당연히 거칠게 됩니다.

숨길이 갈라진다
숨의 결이 찢어진다
할 수 있는 것이라곤
무릎 꺾고 두 손 모아서
　-「인간 굴레」

　인간이기에, 인간의 굴레이기에, 두 무릎을 꺾고, 머리 조아리고, 두 손 꽉 잡아서 빌고 또 빕니다. 기도합니다.

그런데 응답이 없습니다.   나한테도   저들한테도
그래서 여기저기 알아보니 대답은 항상 없었다고 합니다.
가끔은 어쩌다 이루어지기도 하지만, 그래도 항상 이랍니다.
땅하고 하늘은 원래 연결이 안 되는 것 아니냐며.
그래도 할 것이라고는 이것밖에 없어 빌고 또 빈답니다.
그런데 갑자기   멀쩡했던 대낮 하늘이 어두워지더니
땅과 하늘이 드디어 연결됩니다.   불이 번쩍.
벼락이 칩니다.   어이쿠.   빠바박.
Stereo Sound까지 연결이 되네요.

소나기 물방울에도
번갯불 무지개에도
찬바람 파도 속에도
깊숙이 자세히 보면

너에겐 없고 싶어하는
 -「그림자」

자세히 보면, 숨길 멈추고 아주 깊게 자세히 보면

무서워 보이는, 소낙비 한 방울.   번쩍하는 번갯불.   칼날 시
퍼런 바람.   파란 혀 넘실대는 파도.   아름다워 보이기만 하는 7
색 무지개도.
그림자가 있습니다.
무엇보다도 그림자가 짙게 있으면서, 그림자가 없기를 바라고
그림자가 없는 척하는 인간들 포함해서 말이지요.

위 이 잉
돌 돌 돌 - 조금 있다가
땡
냉철하던 것이 부글부글
단단히 예쁜 것이 파팡
 -「전자레인지 속 머리」

전자레인지는 고주파 가열 오븐입니다. 마이크로웨이브 오븐(mi-crowave oven)이 정확한 명칭입니다. 극초단파 오븐은 극초단파 전장(電場) 중의 분자가 심하게 진동될 때 발열되는 것을 이용하여, 빠른 시간에 고르게 가열하는 주방 기구이지요.

1940년 영국 버밍햄대학에서 극초단파(microwave) 에너지를 발생시키는 마그네트론을 발명하였는데, 거리를 정밀 측정하여 레이더 성능을 높이는 데 쓰였습니다. 5년 뒤에 미국 레이더 제작사 연구원이 마그네트론 옆에서 우연히 초콜릿 바가 금세 녹는 것을 보고는 팝콘 옥수수를 이용하여 출력을 높였더니 팝콘이 되는 것을 보고는, 연구 끝에 1954년에 세계 최초의 전자레인지인 레이더레인지 (Radarange)를 발명하게 됩니다. 전파를 이용한 음식물의 가열 원리를 유전가열(dielectric heating)이라고 하는데, 파장이 짧은 전파는 가열하려는 식품의 속까지 침투하고 물 분자 회전 때문에 뜨거운 열이 발생하므로, 짧은 시간 내에 식품 깊은 부분에까지 골고루 가열하게 됩니다.   현대인들은 간편한 것을 원합니다.
                          빠른 것을 추구하고요.

이런 요구에 정확히 부응하는 주방 기구가 바로 이 마이크로웨이브 오븐입니다. 이 오븐에 팝콘을 집어넣고 꺼내 보면, 놀랍기까지 합니다. 조금 전까지 그렇게나 단단하였던 옥수수 씨앗이 완전 변형

체로 터져 버려서 나옵니다. 싸늘하게 식은 음식 재료들도 불과 1분
도 안 되어서 펄펄 끓게 되지요. 그 모습을 보고 있노라면

    몇십 초만에 부글거리는 사람 머릿속

    잠깐 사이에 터져 버리는 인간 마음속   이 보입니다.

세상일들이, 주위 사람들이 나를 괴롭힐 때는 소리를 떠올려 보
시지요.

    덜커덩   (오븐 문 여는 소리)

   탁   (닫는 소리)

   삐비빅 빅 (시간 조절하고 스위치 누르는 소리)

   위이잉 돌 돌 돌 (오븐 돌아가는 소리)

   땡   (오븐 작동 멈추는 소리)

오븐에 내 머리, 내 마음이 들어가 있다고 생각해 보시지요.   덜
커덩, 탁, 삐비비 빅, 위이잉 돌돌돌, 땡

오븐에서 나오는 내 마음, 내 머리를 상상해 보시지요.

  자 – 이제   넣고 싶지 않으시지요?

   돌아가기 전에 내 머리, 내 마음을 꺼내

   산으로, 바다로, 강으로, 들판으로!

  빠른 걸음 멈추고

  굽은 허리 숙이어

  들꽃 향기 맡으면

  내가 나비 되는데

   –「그러라고 꽃에서는 향기가 나건만」

빠르게 걸으면 빠르게 걷는 주위로 많은 것이 있기는 한데, 그것
들이 눈 망막을 지나서 그 사람 다음부터는 연결이 되질 않습니다.

꽃이 피었는지   나비가 나는지   낙엽이 지는지   눈이 오
려는지   걸음만 조금 천천이 걸으면

세상이 조금 더 보입니다.

모든 것 조금 천천이 하면

삶의 이치 더 잘 보이고요.   느슨한 걸음걸이 하면
꼿꼿하려고 노력하며 살아온 대로, 뻣뻣하게 굳어 버리고 만 허리
를   내가 원하는 만큼 깊이 숙일 수 있습니다.

허리 숙이고   고개 숙이면
그때야 들꽃은 자기의 이야기/향기를 나비/나에게 선사합니다.
그리고 자기의 마음/향을 맡은 이에게만 들꽃은 이야기합니다.

이제야 나비가 되셨네요.

그대에게 향기를 주려고 오래 기다렸지요.

나비는 향기에, 행복에 취하여 날아갑니다.
그 오랜 시절 동안 네, 다섯 번 탈골을 하고

답답하게 갇혀 매달려 있었던 시절을 뒤로 하고….

이제 알게 되지요

왜 꽃은 향기를 내는지

왜 나는 나비가 되어야 하는지

금계국 꽃잎 둘 까만 짐승 똥 위에 박혀 있네
꽃에서 똥 냄새 날까
똥에서 꽃향기가 날까
　－「매우 심각한 문제」

북가주 여름 들녘에 많이 피는 꽃이 있습니다. 금계국(golden wave flower). 워낙 광활한 땅에 이 노란 꽃 금계국이 피어서 코스모스처럼 한들거리고 있으니, 세상이 노랗게 어지러울 지경입니다.

황홀함. 그 자체이지요.

노란 들판을 휘파람을 불며 거닐고 있는데, 멀쩡한 날씨에 바람이 휘익 불었습니다. 마침 질 때가 되어서 진 꽃잎 두 개가 '휘리릭' 날리더니 하루 정도 됨직한 야생동물의 똥 위에 떨어졌습니다.

똥도 야생이고 꽃도 야생인데,

꽃에서 똥에서 냄새 날까?   똥에서 꽃향기가 날까?

사람은 야생이 아니지만 마찬가지입니다.

똥 같은 환경에서 꽃향기를 피우며 살 것인가.

꽃 같은 사람이 똥 동네에서 구린내가 되어 죽어갈 것인가.

정말 심각한 와두입니다.

여름 한 달 된 강아지 노인 옆에서 졸다 떨어본다
혹시 노인이 되는 꿈을 꾸다가 놀라 경기 든 것일까?
둘 다 목이 몹시 탄다
─「개꿈이나 노인 꿈이나」

인간이 꿈을 꾼다는 것은 증명할 필요가 없지요. 거의 모든 사람이 자면서 자주 꿈을 꾸는 것을 직접 경험하고 있고요. 과학적으로는 급속 안구 운동(REM : Rapid eye movement)을 통하여 꿈꾸는 것이 증명됩니다. 그런데 이 REM을 개도 한다는 것이 확인되면서 개를 비롯한 동물도 꿈을 꾼다고 추정하고 있습니다.

1900년에 지크문트 프로이트(Sigmund Freud)는 그날 있었던 일이나, 잠든 상태에서의 몸 상태 그리고 마음속에 내재한 갈등으로 꿈이 생긴다고 보았습니다.

그런데 실제로 꿈을 꾼 뒤에 이 내용을 기억해 보면, 프로이트의 이론에 틀린 부분이 있다는 것을 알 수가 있습니다. 물론, 꿈의 많은 부분이 프로이트의 주장 안에서 이루어지고 있지만, 상당 부분은 서로 연결 고리가 없는 내용으로도 꿈에서 보입니다.

이런 황당한 내용의 꿈을 꾸고 나면, 그야말로 "개꿈을 꾸었네."라고 하게 됩니다. 이런 꿈은 과거의 공포, 분노, 죄책감, 현실도피 내용도 아니고 그렇다고 뇌 문제, 호르몬 분비 체계 문제(아세틸콜린·세로토닌·노르에피네프린·히포크레틴)도 아니며, 치매나 파킨슨병도 아니고 혈압약, 면역력 문제, 비만이나 수면 장애도 아닌 상태에서 꾸어지게 되기 때문에, 꿈의 뿌리에 대하여 큰 의심을 하게 됩니다.

건강한 사람은 하루에 4~5번 정도의 꿈을 꾸는 것이 정상이라고 합니다. 꿈을 꾸는 렘수면의 비중은 15~25% 정도가 좋다고 하고요. 꿈을 못 꾸게 하면, 건강에 지장이 있는 것으로 되어 있습니다.

꿈을 꾸고 나서 깨면 무슨 꿈을 꾸었는지 잘 생각이 나질 않습니다. 그러나 꿈을 꾸다가 살짝 깬 상태에서 그 꿈을 기억해 보면 생생합니다. 그리고 그 꿈을 분석까지 할 수가 있게 되고요.

권력, 돈, 명예 앞에서 꼬리를 살살 흔들며 개가 되어 있는 꿈을 꾸게 되면, 너무도 황망하지요. 그러나 그 꿈을 꾸게 된 배경을 잘 들여다 보면 자기가 어떻게 살아왔으며 어떤 인간인지를 아는 데 도움이 됩니다. 어떤 꿈은 너무나도 Real하여서 이것이 진정한 삶이고, 꿈이 깨어진 상태의 세상이 오히려 가상의 세상같이도 느껴집니다.

너무도 힘든 현실이 나의 목을 졸라올 때는 차라리 꿈에서 본 그 세상에서 잠이 깨지 않았으면 좋겠다는 생각도 들 것입니다.

실제 세상과 가상의 세계.

매트릭스는 가상과 실재를 연관시키는 개념이지요. 장자의 (莊子) 내편 제물론(齊物論)에 나오는 매트릭스 개념은 호접몽(胡蝶夢) 이야기를 떠올리게 합니다.

어느 날 장자가 제자를 불러 한 이야기입니다. 장자가 어젯밤 꿈에 나비가 되었다고 이야기합니다. '호랑나비로서 날개 펄럭이며 꽃 사이를 즐겁게 날아다녔는데, 너무도 좋아서 자기가 자기인지도 잊어버렸고, 꿈에서 깨고 보니 자기는 나비가 아니었다. 꿈에서 나비가 되었을 때는 자기가 자기인지도 몰랐고 꿈에서 깨어나 보니 확실히 자기인데 그렇다면 지금의 나는 정말 나일까. 아니면 꿈에서 나비가 내가 되었을까. 지금의 나는 과연 진정한 나일까. 아니면 나비가 나로 변한 것일까."

이 이야기는 장자의 만물제동(萬物齊同—가치로 볼 때, 모든 만물은 똑같다) 사상에서 나온 것이고 장자가 주장한 제물론의 핵심입니다. 세상의 모든 것은 이것과 저것으로 구분된다고 합니다. 하지만, 내가 보면 이것이더라도, 저쪽에서 보자 치면 이것이 저것이 되고 저것이 이것이 되고 맙니다. 옳음과 그릇됨도 그렇고, 가능하나 불가능 심지어는 삶과 죽음도 그러할 것이기 때문에 어디에도 속박되지 말고 자연에 순응해야 한다는 것이지요.

옹졸하거나 어디 한쪽에 치우친 생각의 틀에서 빠져나오지 못하는 현대인이 자유롭게 되는 데에 핵심이 되는 사상입니다.

사람이 인위적으로 만들어 낸 사회적 집단생활 태도나 문화생활을 배척하고 자연으로 돌아가 있는 그대로 자유로운 삶을 추구하는 무위자연(無爲自然)의 삶이야말로 파라다이스 그 자체 아니겠습니까.

태어난 지 한 달밖에 안 되는 강아지가 여름날 나무 그늘 밑에서 하품하고 그러더니 그냥 졸기 시작합니다. 그러다가 스르르 눈을 감고 잠이 들었지만 자다가 갑자기 몸을 푸르르 떨었습니다.

강아지는 아마도 꿈을 꾸었겠지요. 자기가 자기의 주인인 노인이 되는 꿈을. 지금 이 모습을 보는 노인도 조금 전 졸았습니다. 뒤로 고개가 꺾이기도 했고 강아지처럼 자다가 부르르 떨기까지 합니다.

노인은 어쩌면 강아지가 되어 돈, 명예, 권력 앞에 꼬리 흔드는 젊은 날의 자기를 꿈에서 또 보았던 모양입니다. 놀랍게도, 강아지도 이 험한 모습을 같이 보았습니다.

노인도 강아지도 꿈을 깬 뒤, 목이 타는지 물부터 찾습니다.

초여름 소나기 방울
개구리 눈을 때리네
맞은 눈망울을 잠시
감아 보았다 떠보니
　–「세상이 바뀌었네」

초여름 소나기는 시원하기만 합니다. 소리가 일품이지요. '쏴–아' 합니다. 상스러워지기 시작하는 나뭇잎에 떨어지는 빗방울은 '투둑 투두둑' 합니다. 그 빗방울이 나무 밑에 있던 개구리 눈알에 맞았습니다. 사람 같았으면 두 눈을 감았겠지요. 개구리가 한눈을 감는 그 시간. 사람으로 치면 두 눈을 감았다가 뜨는 그 기간.

세상은 그대로가 아닙니다. 정지해 있는 것은 아무것도 없습니다. 다 변했습니다.　　조금 변한 것도 있고, 많이 변해 가는 것도 있고.

그렇다면　　　자연인 인간도 자연이 변한 만큼은 변해 있어야 자연인이라고 할 수가 있겠지요.

　　　지금,　　　무엇이

　　　어떤 면에서　　　얼만큼　　변화하고 계시는지요?

왜 애 앵 공습경보
그 자리 피해본다
왜 앵앵 이차 경보
피할 곳 안 보이고
　—「그냥 올해도 물려가며」

'야 —' 여름입니다. 그러나 모기 때문에 여름을 싫어하는 사람도 있지요. 모기의 종류는 약 3,500종이나 된다고 합니다. 1억 7천만 년 전 정도에 지구에 생성되었다고 하지요. 연구 방법에 따라 다르지만, 길게 잡아 주어도 인류가 230~250만 년 전에 지구상에 나타난 것과 비교하더라도 모기가 인간보다 한참 앞서고 있습니다. 다른 생물들은 지구 역사와 함께 멸종을 몇 번이나 하는데도, 모기는 바퀴벌레와 함께 잘 견디면서 질기고 강한 생명력을 증명하고 있으니 만만하게 볼 존재가 절대 아니지요.

모기는 사람을 연간 73만 명 정도나 죽이고 있습니다. 사람이 사람을 죽이는 숫자가 약 48만 명 정도인 것을 생각하면, 가히 인류의 적 1등이지요.(현재는 그 1등 자리가 Virus이긴 합니다.)

유난히 모기에 잘 물리는 사람이 있습니다.

모기는 왜 사람을 구분해서 빨대를 꽂을까요? 시각이 나쁜 모기들은 피에 지방농도가 많은 피 또는 땀에서 나오는 젖산 냄새를 찾아다닙니다. 20m 밖에서도 피와 땀 냄새를 맡는다고 하지요.

모기가 앵— 거려서 잡으려고 맨눈으로 쫓다 보면 어느 정도 가다가 갑자기 사라져 버립니다. 인간의 눈, 안구 회전 속도보다 모기가 순간적으로 회전하는 속도가 빠르기 때문입니다.

모기에 안 물리려면, 땀 흘린 후 잘 씻어야 합니다. 모기의 후각 사냥 범위에서 벗어나야 하고요. 그 다음에는 선풍기 바람 앞으로 피신하여야 합니다.

모기의 몸무게는 2~3mg 정도이고, 비행 속도는 빨라야 시속 2.4km 정도인데 선풍기 풍속은 보통은 모기의 10배는 되기 때문에 선풍기 바람 앞에 물리적으로 접근을 할 수가 없습니다.

그래도 모기는 피하기가 쉽지 않습니다. 선풍기 바람, 모기장으로 피한다든지, 몸을 청결하게 한다든지 하여서 조금은 피할 수가 있지만, 귀찮기만 한 존재입니다.

모기에게 물렸을 때 사람들의 반응은 두 가지입니다.

1. 아 - 가려워. 참을 수 없어. 긁으니깐 더 부어오르고 피까지 나네.(짜증 짜증)

2. 물렸네. 허허, 피 Donation했네. 냄새 피운 내가 잘못이지.(담담 담담)　　　작은 모기에 대처하는 모습 하나만 보아도 그 사람의 삶의 태도가 파악됩니다.

이 세상 살다가 보면, 여름뿐만 아니고, 겨울, 봄, 가을에도 **모기 같은 인간에게 찔려서** 피부가 벌겋게 되고, 가렵고, 심하면 생명까지 잃을 수 있습니다.　　　　　　물리면

1. 괴로움은 물론이고, 자기 스스로 스트레스를 만들어 아픔을 가중시키는 사람

2. 물린 이유를 파악하고 다시는 당하지 않는 방법을 생각하며 숨을 가다듬는 사람　　　두 종류의 사람이 있습니다. 이렇게, **행복과 불행은 간단하게 구분이 됩니다.**

썩은 오렌지 하늘에 걸렸다
부패한 주황색 땅까지 잡어 삼킨다
매년 가주 산에 인간 불 놓더니 이젠 하늘이 그 짓 한다

세상 물정을 모르는 노인
하던 대로 맨 얼굴에 산책 나갔다
폐부까지 안 지워지는 잿더미 차곡차곡 쌓이는 줄 모르니

확실히 살아간다는 것은 간단한 거다
무식하면 죽어간다
현명하면 살아남고
　-「간단한 명제」

매년 캘리포니아에는 산불이 납니다. 아주 드물게 등산객이 실수하기도 하고, 방화범들이 산에 불을 놓기도 하지만, 대개는 자연발화입니다. 늦여름 이른 가을 몇 달이나 비가 오지 않아 대지는 말라 있을 때로 말라서 산이 온통 누렇습니다. 매우 건조한 기후로 뜨거운 기온의 대지에, 나무와 나무가 부딪힙니다. '부시식' 불꽃이 튀고, 마른 섶에 불이 붙습니다. 원시인들이 불을 놓을 때 나무를 비벼대는 것처럼 마른 가지와 마른 가지가 불을 만듭니다. 산불이 번지기 좋을 환경이 조성되는 것이지요. 이때, 강한 바람이 불어옵니다.
　북가주에서는 디아블로 바람(Diablo winds), 남가주는 산타아나 바람(Santa Ana winds)이 돌풍을 동반하여 강하게 불을 번지게 합니다. 실제로 이 불을 가까이 본 적이 있습니다. 차를 타고 프리웨이를 달리는데, 불덩어리가 고속도로 이쪽에서 저쪽으로 '번쩍번쩍' 날아다닙니다.
　지구 온난화 때문이기도 하고, 산간 지역까지 개발된 택지조성으로 숲이 소실된 후 산불이 일어나 많은 주택이 타 버리고 있습니다. 매년 이렇게 산불 피해 보도가 나오다 보니, 산불 소식에 둔감해지기까지 합니다.

노인이 아침에 일어나서, 하늘을 보니, 오렌지색입니다. 해가 뜨기는 했는데. 해인지 달인지 잘 모르겠고, 그냥 썩어 가는 오렌지 하나가 하늘에 덩그러니 걸려 있는 것 같습니다. 그 썩은 오렌지 물이 하늘도 땅도 온통 주황색으로 물들이고 있습니다.

노인은 그냥 평상시 하던 대로 산책하러 나가서 심호흡도 하고 그럽니다. 그런데 저녁 뉴스를 잠시 들어보니, 대기 상태가 Very Unhealthy로 나오면서 밖에 나가면 안 되고 특히 노인에게는 치명적일 수 있다고 경고합니다. TV에서 의사가 하는 말이 "미세먼지는 1급 발암물질이고, 재가 폐에 쌓인다."라고 하면서요.

노인은 정신이 번쩍 듭니다. 폐에 쌓인 재나 미세먼지가 염증이 된다는 이야기를 처음 들어 본 것입니다. 나이가 그 지경이 되었는데 이런 것도 모르다니. 아무리 평상시에는 대기오염에 대한 걱정이나 경고를 접하지 못하였다 하더라도.

이 나이에.

오죽하면 세계보건기구(WHO) 산하 국제암연구소(IARC)에서 미세먼지 중 일부를 1급 발암물질로 지정했을까.

탈모, 피부질환, 중이염, 결막염, 비염, 호흡기 질환, 혈액순환 장애, 치매, 뇌졸중, 만성염증, 폐암, 신경질환, 생식기 질환, 부정맥, 뇌 질환 등 모든 병에 직접적인 원인이 된다는 것입니다. 물론 사망에 이르게 하기도 하고요.

살아간다는 것은 어쩌면 복잡하지 않고 간단한 명제입니다.

마ᄀᄒᄋᄐ ᄒ애ᄋᄒᄐᆯ 대ᄀᄁᄁ ᄱᄀᄀᄂ .

현명하게 사색하고 행동하면 이 난세에도 살아남는 것이고요.

인생은 과학입니다.

▲

매주 수요일 아침이면 비슷한 시간에 가드너 아저씨 두 분이 옵니다. 처음에는 나무나 풀을 정리하는 기계음, 곧이어 잔디를 깎는 기계 소리. 마지막으로 기계로 바람을 일으켜서 흩어진 잔풀들을 날려 버리는 소리. 대개 40분 정도 걸리는데, 이 요란한 기계 소리가 날 동안은, 머리가 거의 정지 상태입니다. 그렇게 정신을 내어주다가 드디어 일이 끝나고, 갈퀴로 '쓱 쓰 스 슥' 모아 놓은 Green Waste 들을 주워 담는 소리. 이 작은 소리가 정겹게 들리고는 바로 아름다운 정적과 평화가 한꺼번에 찾아 줍니다.

아 ---

위 잉 잉
부르르르
뷔이이잉
40분 공중분해되는 수요일

쓰스스슥
마지막 낙엽 긁어대는 소리

드디어 가드너 가버린 평화
　-「머릿속 소음」

　사람이 살다가 보면, 이런 저런 모임에 소속이 되게 됩니다. 어떤 때는 타의에 의하여 끌려 들어가는 것처럼 보이지만, 사실은 이러나 저러나 자기 스스로 원하여서 모임에 참여하는 것이지요.
　많은 사람 속에서 마음에 있는 말과 없는 말을 마구 Cocktail하여 떠들다가 그들과 헤어져 집에 돌아올 때는 긴 한숨부터 나옵니다. 그리고는

ㅇㅏ − − −   명와
여러 사람과 떠들면서 나의 정신을 내어주는 것은
바로 시끄러운 기계음에 나를 송두리째 던져주는 것

제 이름은 소갈딱지입니다
성은 밴댕이이고요
체구도 작은데 속 내장은 더욱 적습니다
한 성질해서 죽을 일만 골라서 한답니다
　 −「자기를 아는 놀라운」

겉이 밖이 반짝거린다
가뜩이나 작은 것이
속은 뒤집어도 좁기만
성질로 스스로 죽는
　 −「밴댕이 인간」

　밴댕이는 피라미보다도 작은 물고기입니다. 겉은 반짝반짝거립니다. 영어로 big eyed herring 또는 scold sardine이라고 불리지요. 큰 눈의 청어라는 뜻입니다.

　소갈딱지는 내장, 쓸개를 말한다고 하지요. 밴댕이의 작은 체구에 걸맞게 내장이 작은 것이 아니고, 다른 물고기 몸체/내장에 비례해 작은 내장을 갖고 있습니다.

　이 밴댕이는 그물에 걸려 올라오는 도중에 스스로 목숨을 거둡니다. 화가 불화산처럼 치미는 자기 성격을 잠시도 못 이기는 것입니다. 　　　　　　이런 사람들 주위에 자주 봅니다.

　작은 인격에 속은 뒤집어 보아도 좁기만 하고 화까지 가득한 사람.

414

그런데 그런 사람을 보면서

남이 봐서 내가 그런 밴댕이 소갈딱지면 어떡하지?'라는 생각. 살짝 스쳐갑니다.

밴댕이가 고래 보더니
소갈딱지 열 배 되었다

고래 밴댕이와 지내니
등으로 숨 못 쉬게 되고
　－「명상의 변화」

명상을 하게 되면, 밴댕이 소갈딱지의 마음이 고래같이 한없이 커지게 됩니다. 마음의 용적이 크게 되면 무엇이든지 담아낼 수가 있지요. 마음이 넓으면 너그럽기만 하게 됩니다.

　　　　이것도 받아들이고 저것도 웃으며 받아들이게 되지요.

반면에 수련으로 마음이 커졌다가도, 밴댕이와 같은 사람이나 밴댕이 소갈딱지 같은 일에 접하게 되면, 아무리 신화의 고래라고 하더라도 등으로 숨을 쉴 수가 없게 됩니다.

밴댕이들은 밴댕이들끼리 살게 놓아두어야 합니다.

밴댕이 소갈딱지 갖고 따지는 일에 얼씬도 말아야 하고요.

요사이는 진공청소기에 밀려서 보기가 쉽지 않은 것이 있지요. 싸리 빗자루입니다. 옛날에는 학교에서 청소할 때 나무 빗자루를 많이 썼습니다. 그래서 당시 아이들은 나무 빗자루가 익숙합니다. 이런 빗자루에 괴담이 있었습니다.

자라다 잘려 말려진 빗자루

비구니 손에 잡혀
쓸어내고 쓸어내다

몽당 되어

처음 눕히니 와불 된다
내일 불쏘시개 되기 전
　　-「몽당 빗자루 일생」

'누가 문을 두들기어 나가보니, 아무도 없고 피 묻은 빗자루가 누
워 있더라.'
'빗자루에 피를 묻히면 밤에 빗자루가 걸어간다.' 등의 괴담.
　그래서 아이들은 비가 와서 컴컴한 날에는 빗자루를 무서워했었지
요. 혹시나 하면서요. 마냥 순진했던 아이들입니다.
　빗자루는 주로 싸리나무의 싸리대를 통째로 묶어서 만들었지요.
　나무는 더 자랄 수 있었는데 잘려서 꽁꽁 묶여, 절의 비구니 손에
쥐어졌습니다. 스님은
　　　　　어제도 쓸었는데
　　　　　오늘도 쓸어낸다
　　보기엔 아무것도 없는데
　　어제 쓸어낸 자국 말고는
　　　　　쓸어내고 쓸어내니
　　　　　내 마음 쓸려나가
　　　　-「관세음보살」

416

매일 하루도 쉬지 않고, 절간 곳곳을 쓸어냅니다. 수도자 절약 살림에 무슨 쓰레기가 많겠습니까. 수행하니 풀풀 먼지도 별로 없을 터인데 쓸어내고 쓸어냅니다.그렇게 그제 쓸어낸 자국 말고는 없는 곳을 어제 쓸어내었고 또 그 자국을 오늘 또 쓸어내니

어찌 성불하지 않겠습니까.

성불하려
끌려 나간다

닳아져 갈수록
길어지는
　-「절 빗자루 그림자」

매일 쓸어대니 빗자루 크기는 점점 작아집니다. 닳아지는 몽당빗자루는 결국 더 이상 쓸모가 없게 되나 봅니다.

일년 된 싸리나무 빗자루
절간 구석 매일 쓸더니
몽당 되어 내일 다비식
사리 제법 나올 것 같네
　-「몽당 빗자루보다 못한」

곧 자기 대신 쓰려고 묶여 끌려온, 길고 새로운 빗자루 곁에 잠시 누여집니다. 평생 처음 누워 봅니다. 몽당빗자루는 누운 채로 성불하였습니다. 부처 된 이후, 내일 다비식을 치르게 됩니다. 사리까지 나오겠습니다.

겉이 무슨 소용일까
바람에 부러질 밖이

사 년이나 뿌리만 뿌리만
사십 년이나 마음 뿌리만

육 일만에 하늘 오르고
육 주만에 하늘 가리니
　－「사람 그리고 모소대나무」

대나무는 쑥쑥 자라는 나무의 상징입니다. 하루에 1m나 자라기도 하지요. 그런데 4년 가까이 키워도 3cm 정도밖에 안 되는 대나무가 있습니다. 중국의 동쪽 끝 그리고 대만에서 주로 자라며, 모죽(毛竹)이라고도 불리는 〈모소대나무〉입니다. 이 모소대나무는 5년 동안 거의 자라지 않다가, 6년째 되는 날부터, 하루에 30cm 정도 매일 자랍니다. 계속 지켜보고 있으면 자라는 것이 눈에 보일 정도가 되겠지요. 이렇게 6주간 자라는데 그 높이가 15m 이상 자라게 됩니다. 이런 대나무들이 모였으니 금세 대나무 숲이 되지요. 대나무가 굵은 것은 사람 한 아름 정도까지 합니다.

　오랜 시간을 젊은이들하고 생활하다가 보니, 성장이 모소대나무 같은 청년들을 보게 됩니다. 중고등학교 그리고 대학교에서는, 학교 성적이나 특기 기준으로 보면 별로 두각을 나타내지 못했는데, 오랜만에 만나보면, 사회에서 큰 역할을 하는 청년들 말이지요.

　학교에서 좋은 성적을 내고 좋은 대학을 나왔으나 사회에서 별로 적응도 못 하고 퇴보하는 청년들을 보면, 이 모소대나무와 같은 인성과 실력이야말로 본인은 물론이고 사회, 인류를 위한 바람직한 상이지 않나 싶습니다. 모소대나무는 5년 동안 무엇을 하고 있었을까요. 겉으로나 밖으로는 보이지 않지만, 그 오랜 시간을 뿌리 뻗는데에 집중했습니다. 가로 새로 두루두루 수백 미터의 뿌리를 내어가며 주위의 동료 대나무 뿌리와 같이 연결한다고 합니다.

아이들을 억지로 빨리 키우려고 하지 마시지요. 콩나물처럼 빨리 크다가 뿌리까지 썩어 버리고 맙니다. **늦는 것 같아도,**
겉으로 잘 안 보여도 뿌리를 깊게 내도록 살펴주시지요.

실제로 주위를 자세히 살펴보면, 모소대나무 같은 사람들이 제법 됩니다. 이런 사람들이 더욱 많아지게 되면, 세상은 환하게 밝아질 것입니다.

십 리 대나무
숲 걷다 보니
키가 대나무
마음은 백 리
 -「태화강 십리대숲」

울산에 가면 태화 강변에 큰 대나무 숲이 있습니다. 그 주위의 경관과 함께, 장관을 이루고 있지요. 대나무 숲의 폭은 20~30m 정도이고요, 그 길이가 십 리(약 4km)라고 하지요. 이것을 100리로 키운다는 계획도 있다고 하니 기대가 됩니다.

담양 영산강 강가에 있는 죽녹원과 함께, 대나무가 환상을 이루는 곳입니다. 이렇게 대나무 숲을 한참 생각을 끊으며 걷다가 보면,

내 키가 대나무처럼 높아지고
마음은 십 리나 되게 넓어지는 것을 느끼게 됩니다.

가다가
아닌 것 같아 돌아가고
하다가
그러면 안 되니 멈추는
  -「멈출 수 있는 나이일 때」

추측을 넘어선 예감. 즉시 생각 드는 직감이 잘 작동되는 나이가
있지요.   젊은이들에게는 다소 어려운 일입니다.
늙은 사람에 비해서 머릿속에 적정한 Data가 없기 때문입니다.
이 Data가 자기 스스로 겪은 고난을 바탕으로 한 정보이고 이것
이 많이 축적되었다면, 이것은 노련한 미래 예측으로 이어집니다.
       아 - 이건 이렇게 될 것이다.
       아 - 이건 그만두어야 하겠다.
              라는 미래사건에 대한 확신.
노인이 된다는 것은 무엇을 하다가 정지할 수가 있다는 것이고
       누구와 지내다가도 그만 돌아설 수가 있다는 것입니다.
젊은이들은 정지하여야 하는 상황인데도 계속 전진합니다. 그러
니 피해가 더 커지지요. 그리고, 이 사람과는 인연을 그 정도만 하여
야 하는데도 계속 끌려갑니다. 당연히 손해는 당사자에게 복구하기
힘들 정도로 돌아갑니다.

       U - Turn, Stop을 잘하는 노인들
       브레이크를 잘 못 잡는 청년들
그런데   **U - Turn, Stop을 잘 못 아는 노인들**
       브레이크를 잘 잡는 청년들   도 있습니다.
       이 차이는 삶의 질을 결정적으로 좌우합니다.

이게 밤인지 낮인지 수상한 시간
하늘은 회검색 구름이 나무 위
가득히 널려 해 떠야 할 방향으로
마구 빠르게 덜컥 겁나게 몰려간다
해 뜨지 못하도록 덮치러 가나 보다
　　－「바람은 태양도 덮쳐 버린다」

일기예보에는 맑겠다고 했습니다. 그런데 새벽에 일어나 보니 이
것이 아침인지 저녁인지 구분이 안 됩니다. 하늘이 온통 구름이 덮
여 있는데 이 구름이 나무 꼭대기 얼마 안 높게 위치해서 마구 동쪽
으로 빠르게 몰려갑니다. 이 많은 구름이 한꺼번에 매우 빠른 속도
로 지나가니 무섭다는 생각이 듭니다.

저 많은 구름은 어디로 가고 있는 것일까? 해 뜨는 꼴을 못 보겠다
는 심산인가? 인간 모두가 두 손 모으고 쳐다보는 저 태양을 꼭 침몰
시키고야 말겠다는 것인가? 하늘을, 세상을 메워버린 저 많은 구름
도 몰고 가는 것은 무엇인가?

저 수상하게 음산한 구름의 뒤 배경도, 결국은 바람이란 말인가?

바람의 정체는 정말 잔인하기만 하다

ㄲ 어ㅏㄹㅑ듀째

금메달. 대한민국
대한민국 대통령은 수상을 위하여 단상으로 올라오시기를 바랍니
다.　　　　　　　　　금메달. 대한민국
연속 수상하시게 된 한국 대통령은 다시 한 번 올라오시면 고맙겠
습니다.　　　　　은메달. 대한민국　　　　　　　아 － 그랜드
슬램 될 뻔했습니다. 한국 대통령 또 올라오셔야 하겠습니다.

421

자살률.

불행지수.

불출산률.

-「창피를 모르는 대통령」

'The president has no shame'

매년 통계가 나올 때마다 얼굴이 자체 발광하여 벌겋습니다. 매년
국제대회가 열립니다. 그 자리의 국제사회자가 호명합니다. 금메달.
대한민국. '와 - 와 -' 대한민국 대통령님께서는 수상을 위하여 앞
으로 나와 주시기 바랍니다.

대통령은 누구입니까? 국민에게 행복을 주어야 하는 사람입니다.
행복을 현재 주지 못하고 있으면, 최소한 희망이라도 주어야 하는
사람입니다. 그런데 이런 사람이 감각이 없습니다. 현재 얼마나 국
민이 불행한 줄 모릅니다. 얼마나 정책을 잘못 세우고 정치를 못 하
였으면　　　　　OECD 국가 중 자살률 1등

출산율은 꼴등

행복 지수는 하위권에서 **매년 벗어나질 못합니다.**

교통사고 사망자 수, 어린이 안전사고 사망률과 부패인식지수는
매년 조금씩 개선되고는 있지만 급격하게 좋아지질 못하고 있으니
역시 상위권에 머물고 있습니다.

하루에 40명 가까이 즉 35분마다 한 명씩 자살합니다. 청년들이
오죽하면 결혼을 기피하고 아기를 안 가지려 할까요? 아이들이 줄
어들고, 없어지는 나라에 무슨 미래와 희망이 있을까요? 국민이 행
복감을 못 느끼고 불행하다며 하루하루 힘들게 사는 나라가 된 것
에 대하여 누가 책임이 있을 것이며 이의 해결은 누가 해야 할까요?

이게 나라냐?

네가 무슨 대통령이냐? 라고 국민이 성토하고 있습니다.

　매년 1월 대통령이 연두교서 하기 전에 이 통계를 모든 국민 앞에서 공표하고, 국민대표 33인이 보는 앞에서, 대통령은 국민 총대표의 메달을 수여받아야 합니다. 대통령 뒤에는 종교대표들이 모두 모여서 배열하고, 32인의 국민대표들이 대통령에게 수여하는 같은 금메달, 은메달을, 이들에게 수여하여야 합니다. 수여하는 동안에 애국가와 아리랑이 연주되면 분위기도 나겠네요.

　　　　상장의 내용은 〈금메달 대한민국 대통령〉

　"귀하는 지난 202x 년, 1년 동안 국민이 불행하도록 불철주야 노력하였습니다. 그리하여 국민은 '사느니 죽는 것이 낫겠다.'라며 목숨을 끊어 세계자살률 1위를 기록하는 위업을 달성하였습니다. 또한, 청년들이 미래를 불안해하여 결혼을 기피하고 아기를 낳지 않으려는 불출산율에도 1위를 하도록 하셨고, 아울러 불행지수도 하위권에 머물도록 하셨으므로 이에 합당한 상장과 메달을 수여합니다.

　　　　　　대한민국 국민 대표

　　　　상장의 내용은 〈금메달 대한민국 종교 지도자〉

　귀하는 국민에게 모범과 희망을 주어야 하는 종교 지도자로서의 임무를 망각하였습니다. 따라서 (이하 상기와 같은 내용 동문) 같은 업적을 이루셨기에 이에 합당한 상장과 메달을 수여합니다.

　　　　　　대한민국 국민 대표

앞에 나서는 사람들이 창피를 모릅니다.

자기네 책임인 줄을 모릅니다.

정권이 바뀌고 또 바뀌어도 모두 다 같은 과 인간들.

이 통계를 급격하게 개선할 정책과 자신이 없는 사람은 대통령에 나서면 안 되고요.

종교 지도자들도 그들의 지위에서 물러나야 합니다.

"나를 뽑아 주면, 이런 정책으로 국민을 행복하게 하여 주겠다." 하여서 대통령으로 뽑아 주면 자기가 제시한 정책을 지키기는커녕, 매년 금메달 은메달은 계속 따옵니다. 일 년은 긴 시간입니다. 충분히 좋은 정책으로 국민에게 행복과 희망의 Vision을 보여 줄 수 있는 기간이지요. 이 일 년 동안 아무 성과 없이 또 금, 은메달을 따는 대통령은 능력이 없는 사람입니다. 3, 4년 더 맡긴다고 금메달이 동메달 안 되고, 은메달이 노메달이 안 됩니다. 이런 사람을 쳐다보는 국민은 남은 임기 3, 4년 동안 엄청난 스트레스를 단체로 받게 됩니다. 그저 전 국민이 금은 메달 위, 목 메달을 메고 다니게 되는 것이지요.

이 목 메달이 얼마나 섬뜩한 사양인지도 모르는 대통령과 종교 지도자들

종교 지도자도 마찬가지입니다. 예수, 부처, 알라의 가르침 실천으로 사랑과 자비를 실현하여, 사회 곳곳에 소외된 자들을 돌보는 직접적인 성과를 내지 못하는 종교 지도자들은 그만두어야 합니다.

이상적인 나라 그리고 행복한 국민을 추구한다면, 대통령과 종교 지도자들에게 임기를 확실하게 주면 안 됩니다. 매년이 〈메달 기념식〉을 하여서 개선이 획기적으로 되지 않으면, 임기에 상관없이 물러나게 하여야 합니다.

왜 문제해결을 못해온 제도를 계속 고집하나요?

이런 식으로 실패를 수십 년을 해 오며 속았는데 개선을 안 합니다. 능력 있는 대통령과 지도자는 임기에 상관없이, 계속 일 시키고 존경하면 되고요. 멍청한 대통령과 지도자는 수시 온라인 선거로 바꾸어야 합니다. 보궐선거는 정책을 보고 뽑으면 되고요. 부처님 하느님 가르침을 실천 못하는 종교 최고 지도자도 수시로 교체되는 제도가 정립되어야 합니다.

그래야 살 만하지요   – 자살 안 합니다.

그래야 희망이 있지요   – 결혼하여 아이도 많이 갖습니다.

그래야 행복나라이지요 – 존경받는 대한민국이 됩니다.

이런 되지도 않을 상상을 하는 것 보면, 확실히 늙긴 늙었습니다.

그런데 어쩌지요? 가끔 이런 망상이 이루어지는 상상을 하고 있으면, 기분이라도 좋아집니다.

청년대표들이 대통령과 종교 지도자 가면을 쓴 이들에게 각종 메달을 주는 수여식을 매년 정기적으로 하고 언론은 대대적으로 보도하는 방법은 실현 가능성이 있겠네요. 실현 가능성이 있는 것을 상상하는 것은 더욱 기분이 좋아집니다.

● 미국도 다르지 않습니다. 매년 4만 4,300명 정도가 총기 사고로 죽어 갑니다. 매일 121명이 죽고, 한 시간에 5명씩 총기 사고로 죽어가는 'The Killing fields'가 미국의 민낯인데도 총기 규제는 그저 구호뿐이고 사고 날 때마다 대통령, 부통령이 사고 현장에 가서 사진 찍고만 옵니다. 정치인들마다 총기 규제를 외치는데 총기 사상 숫자는 점점 늘어가기만 합니다. '미국! 이게 나라냐?'라는 말이 저절로 나오는 무시무시/무지한 국가이지요.

샛파랗던   잿빛이던
하늘에서 떨어지는 것은 아름답다

빗방울은 더러운 것 씻어 버리고
하얀 눈 지저분한 것 덮어 버리며
천둥 번개 비양심 겁이라도 주니
  -「떨어지고 떨어져도 그대로이니」

하늘에서 내려오는 것들은 모두 아름답기만 합니다. 그 하늘 자체가 청명하게 파랗던가, 아니면 우리 마음 같이 생겨 보기 싫은 잿빛이던가 상관없이 말이지요.

비가 안 온다면 어떻게 될 것인가? 생명의 종말이지요. 빗방울 없이는 인류는 태어나지도 않았고 존재할 수도 없습니다. 날씨가 추워지면 빗방울의 변종인 눈, 우박, 진눈깨비, 싸락눈, 가루눈이 옵니다. 어차피 녹으면 지저분해지지만, 눈이 내리는 동안만이라도 세상의 온갖 부, 비, 불자 들어가는 더러운 단어는 다 덮어줍니다. 그 순간도 없다면 얼마나 삶이 퍽퍽해질까요. 그리고, 천둥과 번개는 비양심이 양심인 걸로 살아가는 낯 자체가 Iron Man인 인간들에게 잠시나마라도 경고합니다. "네 이놈." "네가 그러고도 사람이냐?" "네가 그 짓을 하고도 멀쩡할 것 같으냐?" '우르르 번쩌적 꽝 꽝' 겁을 주어서 조금이라도 뉘우치라고 하늘에서 냅다 섬광과 괴성을 내려줍니다.

그래서 어쩌라고.

하늘에서 아무리 빗방울, 눈, 천둥과 번개를 내려주어도
세상은 막무가내로 그대로입니다.

◐

인류는 불과 같이해왔습니다. 제일 오래된 인류의 불 사용 흔적은 약 150만 년 전 남아프리카, 스왈시크란스 동굴 그리고 140만 년 전 동아프리카의 케냐의 체소완자 유적으로 남아 있습니다.

426

참으로 자연스러운 춤
　　사람 홀리는 춤
　　정신 빼리는 춤

이다지 뜨겁게 타오르는
　　결국 재로 만드는
　　마음 평온 이끄는
　－「모닥불 꽃」

허리가 왼쪽으로 씰룩
어깨가 위쪽으로 으쓱
조는 듯하다가 번쩍 치솟고

춤춘다
어두움 끌어안고
춤춘다
번뇌 살라버리며
　－「불꽃 춤」

인류는 번개와 운석이 땅에 떨어질 때, 화산이 폭발할 때, 그리고 산이나 들에 자연발화로 나무가 덤불에 불이 붙은 것을 호기심을 갖게 됩니다. 불이 났을 때 인간의 체온을 따스하게 해 주는 기분 좋음을 먼저 느꼈을 것이고요. 그리고 호기심이 발동했을 것입니다. 불에 검게 탄 동물과 나무의 뿌리를 보고는 툭툭 쳐 보았겠지요. 재를 털어내고는 냄새를 먼저 맡아 보았을 것입니다. 후각은 식욕을 돋우지요. 당연히 먹어 보고 싶은 마음이 발동하면서 주저주저하였겠지요. 그동안 날것만 먹어 왔었으니까요. 그 무리 중에 제일 용감한 자가 먼저 먹어 보고는 AAAA ㅏ   하고 얼굴이 매우 행복해 보였을 것입니다. 더 많이 빨리 먹었겠지요. 그러고도 한참이나 아니면 그다음 날도 안 죽은 것을 보고는 모든 무리가 불맛을 느꼈을 것입니다.

'불맛' 이것이 바로 인류의 조상 탄생

'인간과 DNA가 95% 이상이 겹치는 원숭이 과에서 불맛을 본 어떤 종이 불맛을 통한 많은 영양분을 취하여 두뇌 발달하면서 진화 과정에 불을 질렀을 것이다.'라는 추측.

그중에 침팬지는 인간과 DNA 유사성이 98.8%에 달하고 자아에 대한 것도 갖추고 있으므로 이 침팬지 과가 더 인류조항에 가까울 것이다. 이 시기는 약 600만 년 전이었을 것이라는 추측.

호기심과 추측은 과학적 발상의 기본입니다. 물론, 종교적 관점에서 보면, 그저 신의 선물로 되어 있으니 간단하게 믿는 종교의 책 내용대로 받아들이면 되고요.

종교적 사고가 좋으면 그렇게 하면 되고
과학적 생각에 마음이 가면 그러면 되니
제발 서로 '나만 옳으니 너는 악마' 이러며 상대방을 괴롭히는
단세포 사고방식으로 살지 않았으면 합니다.

과학적 사고로 다시 돌아오면, 인류의 조상은 이 귀한 '불맛'을 항상 보존하고 싶어하게 되었을 것입니다. 그래서 불을 부싯돌을 이용하거나 나무를 비벼서 직접 만들게 되지요. 사냥감 몰이로 숲에 불을 놓기도 하고 이 장소에 농사를 지을 생각도 하게 되었겠지요. 이렇게 구석기, 중석기, 신석기, 농경 청동기, 철기 시대를 거치면서, 불은 종교 숭배의 대상까지 됩니다. 영국의 록 밴드 퀸의 프레디 머큐리의 종교인 조로아스터교(Zoroastrianism: 배화교-拜火敎)는 물

과 함께 불을 중요시하지요.

이렇게 불은 인간의 생명 유지 그리고 종교에까지, 매우 깊은 관계를 맺고 있습니다. 이것이 바로 인간과 불의 연관이고, 불이 없는 인류는 존재하지 않습니다.

불은 온도에 따라 불꽃의 색이 다르지요. 빨간색, 주황색, 백색, 청백색 순으로 각기 다른 온도를 갖고 있는데, 어떤 불꽃이나 보고 있으면 마음이 차분해집니다. 사람에 따라 어떤 사람은 바다를 보고 있으면, 강을 보고 있으면, 산을 보고 있으면 마음이 평온해지듯이 말이지요.

특히, 장작이 타고 있는 모습을 보고 있노라면 멍이 때려집니다. 다른 잡념이 들어오질 않습니다.

온갖 상념이 마음에 들어오다가 불길에 타버려서인가? 아니면, 연란한 불꽃의 춤에 빨려 들어가기 때문인가

어찌하였든, 정신 집중에 확실한 효과가 있어서 뒷마당에 가끔 모닥불을 피웁니다. 모닥불 피우고 치우기가 번거롭다고 생각될 때는 초 심지 끝에 불을 올립니다. 모닥불 꽃만큼 화려하지는 않지만, 촛불 나름대로 꽃불이 아름답기만 하지요.

기도할 때 촛불을 켜고 하는
　　　이유가 되기도 합니다.　– 종교적 사고
불꽃을 보고 있으면, 잡념이 불꽃의 화력에 그 자리에서 타 버리고
　　　마음이 평온해지는 것은 왜일까요?
인류의 조상이 불에서 시작하였기 때문이라는 호기심과 추측.
　　　　　　　– 과학적 사고

앙상한 뼈만 무심하지 않게 드러난
겨울 복숭아나무 그늘에서는
무슨 대화가 오고 갔을까

서로 찌를 수밖에 없는 성애의 땅
그늘마저 덜덜 떨어야 하는
그들 사이에서 무슨 일이
　－「기다리지 않아도 오는 봄 이야기」

분홍 하양 저리 많은 겹들
복사 꽃
이 수십 겹 안 무엇 있을까
　－「복사꽃 보는 내 안에는 무엇이」

바람은 저리도 심심한 표정으로
저렇게 피느라 심각한 얼굴인
복사꽃들 아무렇지도 않게
잔혹한 땅 위 내쳐버려
　－「세상 돌아가는 소리」

하양 분홍 저 겹겹이 꽃잎
한 겹 두 겹 어떻게
만들어졌는지 생각해 보시라

조그마한 일에도 흔들리며
비틀거리는 그대여

복사꽃잎 곰곰이 들여다 보시라
　-「복사꽃 얼마나 떨며 피었는지」

복사꽃

지난겨울 너무 추웠다고
한 겹
재작년도 그리 외로워
한 겹

그렇게 한 겹 한 겹
　-「복사꽃은 어찌 저리 아찔한가」

복사꽃 하양 잎과 분홍 잎

얼어버린 구름 그늘
칼날 선명한 성애
일 년 끌고 온
복사꽃 잎들

한줄 바람에
저리 되다니
　-「복사꽃 낙화 그리고 인간 삶」

복사꽃들
저리 많은 겹

하나하나 만들며
무슨 바람 있어 왔을까
　-「나에게 진정한 바람은 무엇 있었을까」

복숭아 껍질은 그렇게 벗겨졌다
연하게
뜨거운 해의 화살 그리 맞더니만

빨간 뺨 가진 그이도 벗겨졌다
연하게
모진 바람 칼날에 그리 베이더니
　-「연한 그 사람 영혼은 그리 벗겨졌다」

바람 올라타고 저리도 당당하게
멀리 멀리 사라져 가는 복사꽃잎
저들이 잔인한 땅 위 닿았을 때
하늘에서는 무슨 생각하고 있을까
　-「하늘은 언제나 아무 생각이 없다」

꽃봉오리 때는 붉기만 하다가
피어나면서는 분홍색이다가
활짝 피어나선 끝 하얀 복사꽃
　-「그대는 하얗지도 붉지도 발갛지도」

저리도 몇 겹으로
끝 하얀 드레스 입고

속은 빨간 마음으로
향기를 빚어내는
복사꽃 보시는가
　－「그대는 무슨 마음으로 향기가 나기를」

바람 한 줄기 그림자도 없건만
스스로 저리도 잔인하기만 한
땅 위로 찬란히 흩어지는
저 복사꽃 잎들 보시라
　－「진정한 찬란함이 무엇인지 모르는 그대에게」

그랬다
우리는
밤에 불 끄고 복숭아를 한입 두입
벌레가 먹었더라도 달기만 하라고
그랬다
우리는
밤을 낮으로 늘려가며 땀 흘렸다
나 기계여도 좋으니 꽃만 피라고
　－「독한 생각으로 우리는 그랬다」

연한 껍질 벗겨내면
짓물러 터진 살이 흘러내렸다
독하지 못한 내 살점
누구 한마디에 발려지듯이
　－「복숭아 살점처럼 내 마음은 발려졌었다」

전정 적화 적과를 거칠 때마다
복숭아나무는 자지러지게 울었다
그걸 보는 농부는 음흉하게 웃어대었고

하루 오만 가지 주렁대는 생각
인간들은 솎아 낼 엄두 못하며
실하게 열린 게 없다는 넋두리만 하며
　　－「솎아내지 못하면 속아서 살게 된다」

하나만 남겨두고 봉지 씌운다
그 많은 꽃들도 훑어 버리고

그 예쁜 파란 아가들도

실한 결심 하나만 달랑 남겨
눈 들어오는 것 모두 씌운다

그 안에서 무슨 일이
　　－「복숭아/인간 씌운 봉지 안에서 무슨 일이」

인간 다리에는 네 개의 복숭아 있다
달콤한 과즙 어디 가고 뼈만 남았을까

다른 과일도 아니고 왜 복숭아일까
그 뼈 없이는 한 발자국도 못 가는데
　　－「발목에 복숭아 열린 이유」

왜 복숭아 향기 넘치는 무릉도원(武陵桃源)
복사꽃들 아찔한 그곳 도원결의(桃園結義)
         가 있었을까
    -「복숭아는 그런 것이다」

그 많은 파란 아가 복숭아 솎아내고
홀로 간신히 살아남아서
봉지에 숨어 숨 고르며
무슨 기도를 할까
   -「누런 봉지 속 그는 무슨 기도를 하고 있을까」

농부의 손
거칠기만 하여라
무섭기만 하여라

그 많은
꽃 훑어 내버리고
파란 복숭아들도
    -「농부의 손 나의 손」

                 그 이 시에서는 복사꽃 향기가 없다
                   복숭아 단맛도 없고
                    -「솎아내지 못한 시어들」

복사꽃은 떨어지기도 전에
농부 손에서 훑어져 땅에 버려진다

그 많은 파란아가 복숭아들
익어가기도 전에 솎아져 버려지고
  ─「실해지고 싶은가
      그대 삶에서」

서투른 농부는 어차피 땅에 떨어질 복사꽃을 남겨두고
모두 훑어 버린다
서투른 인간은 어차피 땅에 버려질 그것 붙잡고서
귀한 것 버리는데
  ─「서투름과 어차피」

저 어리숙한 애송이 파란 복숭아
단물이 들어가면

점점 커져 갈수록 부끄럽다 붉게
물들어 가는 것은
  ─「부끄러움을 모르는 그대」

    복사나무는 그렇게 모두를 붙들고 같이 가고 싶어했다
        작은 가지들에 달린 그 많은 꽃들
        꽃 지고 달린 수많은 아가 복숭아

    인간은 그 거친 손으로 차가운 기계로 모두 훑어냈다
        크고 실한 것들만 살아남으라면서
        큰 상실감 속 내년 기다려 보지만
      ─「복사나무는 매년 속아 넘어간다 누구처럼」

애송이 파란 복숭아
실해 질수록 단물 들어가며 붉어지며
애송이 푸른 인간들
나이 들수록 단물 빠져가며 누래지니
　ー「복숭아 한 알보다 못한」

향기 그윽한 복숭아 접시에 담아보면
고향 심곡 리 흰 작은 손짓 가까워진다

단물 잔뜩 오른 복숭아 껍질 벗겨내면
고향 소사 까만 얼굴 그 애가 걸어오고
　ー「복숭아 속 고향」

하늘 해도 걸쭉해진 설익은 밤
아직도 살아남은 달 백도 하나

마음 조도 지금껏 허룩한 새벽
언제까지 내 곁에 있어주려나
　ー「유일한 위로 복숭아 한 알」

대야에 담긴 한 접 복숭아
네 형제 배 불리더니

그 백 개 복숭아 무엇일까
남미 북미로 흩어지니
　ー「한 접씩 매번 먹더니」

다라이 아찔하게 쌓인 복숭아 한 접
집에서 구두 솔에 잔털 털리니
네 형제가 가렵고 개 두 마리도 재채기

집안 구석구석 휘감아 도는 도 향기
이웃집에 골고루 매번 나누어
먹는 중간에 껍질 물러지지는 않았으니
　－「나누면 같이 맛있어진다」

그 애는 왼쪽 뺨이 잘 익은 복숭아였고
두 손은 복숭아 껍질 같았지

그 옆 있던 애는 까칠한 복숭아털이었고
마음이 복숭아씨앗 같았지만
　－「그때로 돌아갈 수 있다면」

우리는 불을 껐다
그리고 숨을 멈추고는 앙 – 물었다

복숭아 한 알을

한쪽 기운 책상 위
복숭아에서 기어 나오는 애벌레 보고

목소리 좋아진다며
　－「복숭아는 불 끄고 먹어야 한다」

아이들 손에서는 언제나 복숭아 냄새가 났다
아이들 챙겨주는 엄마 손에서도

여름으로 가는 바쁜 걸음에 무슨 향기가 날까
멀어지고 만 이국 사막 노마드
　-「그리운 복숭아 향기는 멀리 미국까지」

아무리 슬퍼도 복숭아 한 입 베어물면
상처가 아물어 갔다

그때는

조금 울적해 복숭아 두 입 먹어보아도
상처는 덧나간다

지금은
　-「그때는 그리고 지금은」

허름한 집 뒷마당을 지키고 있어주는
복숭아나무는 행복하다
열매는 다람쥐 새가 다 가지고 가고
사람 얼씬하지 않는다
열매가 떨어진 후에는 그저 평안히
그늘만 길게 키우면서
내년을 기다린다 또 평화롭기만 할
　-「길게 그늘만 키우며 기다리다 보면」

그 애는 복숭아 베어 물 때마다
눈동자에 깊은 슬픔이 고여 차 갔다
사막 노마드 상처 세월이 닦아가며
흔적들이 희미해지는 것 같았어도
　　－「어린 시절로 돌아가면」

고향의 달빛은 무겁다
별빛은 더욱 묵직하고

설익은 복숭아 물어도
결코 가벼워지지 않는
　　－「어릴 적 고향은 무겁다」

고향이 그립다며 할 말이 많아버리면
입은 닫혀 버린다

복사꽃 향기 아이들 노래 소리 들려
귀도 닫혀 버리고
　　－「소사가 언제나 또렷이 보인다」

복사꽃 못 보고 봄이 왔다 그때 한 말은 거짓말이었다
복숭아 한 입 베어 물지 않고 여름이라 한 그 말까지도

복숭아나무 이파리 혼절하는 단풍 보지 않고 가을이라
모두 벗어버리고 그늘만 키울 때 겨울이라 한 그 말도
　　－「서러워 거짓말만 하며 살아왔다」

복사꽃에 꽂히는 햇살이 뒤틀리고 있었다
복사꽃 내려앉는 달빛 부스러지고 있었고
복사꽃 어슬거리던 바람 녹아져 버리면서
　　-「복사꽃은 이정도로」

하얀 복사꽃 진다
속은 발가스럼한 복사꽃잎

바람 불지 않는데
저리 무심히 어디로 가는가
　　-「복사꽃잎은 가슴속으로 진다」

잘 익은 복숭아 한 입 무니
그 곳에서 그 아이가 걸어 나왔다
향기 맡으며 또 한 입 무니
다른 아이들도 손잡고 뛰어 나왔고
　　-「매년 복숭아를 베어 문다는 것은」

　　　　　그리도 작은 아이의 다 헤진 신발 속에
　　　　　복숭아 꽃잎 쌓여간다
　　　　　바람이 불지도 않는데

　　　　　이다지도 커버린 노인 헌 구두 속에도
　　　　　복숭아 꽃잎 쌓여간다
　　　　　먼 이국의 꿈속에서
　　　　　-「신발 속 복숭아 꽃잎은 시들지 않는다」

복사꽃잎 하나 떨어지자
망설이던 그 이도 같이 떨어진다

복사꽃잎 둘 셋 날아가자
옷 다 벗어버리고 그도 날아갔다
  -「복사꽃 사람」

　　　　　　복사꽃잎 떨어져 날기 시작하자
　　　　　　조용히 내리던 새벽 이슬비마저
　　　　　　숨죽이면서 가만히 합장하는데
　　　　　　　-「쉿~ 복사꽃잎 지신다」

겨울 간신히 견디고
복사꽃잎 피어간다
피는가 했는데 지고
진 상처자리 열매가
단풍 저리 버겁기만
길어가는 언 그림자
  -「복사나무와 인간 사는 게 별로 다르지 않은데」

　　　　　을 복숭아
　　　　　B 복숭아
　　　　　개 복숭아를 보면
　　　　　가슴이 뜨거워진다
　　　　　　-「나를 보면 뜨거워진다」

복숭아 이파리 많기도 해라
그리 촘촘히 붙어 무슨 이야기

복숭아 향기 달기만 하여라
붉게 단물 차가는 열매 이야기

　-「그대 가지에는 무엇이 붙어 있어서 맨날 그런 이야
　기를」

　복숭아의 우리말은 '복셩'입니다. 복숭아꽃을 의미하는 '복셩花'가 열매까지 뜻하게 되면서 발음까지 복숭아로 불리게 되었습니다. 화석이 발견된 것이 최초를 의미하는 것은 아니지만, 제일 오래된 복숭아 화석(기원전 6천 년)은 중국 윈난성 중부 쿤밍에서 발견되었고요. 지금으로부터 약 3천 년 전부터 재배된 것으로 되어 있습니다. 복숭아는 중국에서 대략 2,800년 전에 실크로드를 타고 지금의 이란(페르시아)으로 전해지고 여기서 유럽 전역에 퍼지고 멀리 있는 바다를 건너서 미국으로 건너간 것으로 되어 있습니다.

　봄 과일 꽃들은 추운 겨울을 지내고 온 힘을 다해서 꽃을 피웁니다. 이파리를 내기에는 역부족이라 꽃부터 피우지요. 복숭아나무도 그렇습니다. 이파리보다는 꽃이 먼저 핍니다. 나무가 대략 3년 정도 되면 꽃이 진 자리에 열매를 맺기 시작하고요. 품종에 따라서 6월부터 9월 하순까지 수확이 이루어집니다. 어렸을 때, 소사에서는 백도, 황도, 청도 복숭아 등 다양한 색깔, 크기의 복숭아를 접했었는데 지금은 그렇게 다양하게 재배가 되는 것 같지는 않더군요.

　복숭아의 껍질은 얇아서 껍질을 벗기어 먹기가 좋지만, 보관하기가 수월하지 않지요. 겉에 털이 없는 천도는 껍질이 매끈거리지만, 털이 있는 백도 그리고 황도는 털이 있습니다. 그 털 때문에 알레르기 반응을 일으키는 일도 있어서 털을 털어내고 먹어야 하고요.

오래된 동양화에서 복숭아 그림을 제법 볼 수 있지요. 그만큼 동양인들에게 사랑받는 과일이고요. 도원결의의 유비 관우 장비는 복사나무 그늘에서 뜻을 같이하였습니다. 이상향을 뜻하는 무릉도원(武陵桃源)도 복사꽃이 만발한 계곡이지요. 이렇게 여러 오랜 전설이 수군거리는 복사나무들이 집 앞, 뒤, 옆에 빼곡하였던 소소하고 수수한 소사에서 태어나고 유년 생활을 보냈다는 것은 참으로 행운 중에서 행운이었습니다. 아직도, 꿈속에서라도 복사꽃, 복숭아 향기가 그윽하니까요.

복숭아는 꽃눈을 따주는 적뢰 작업, 꽃 핀 후 꽃을 솎아 주는 적화 작업, 열매를 솎아 주는 적과 작업을 거칩니다. 복사나무가 원하는 바가 아니지만, 인간들은 자기네들 편의를 위해서 이런 모진 작업을 하지요. 그래도 복사나무는 올해도 그 많은 꽃을 피우고, 예쁜 아가 복숭아를 만들어 내는 일에만 전력을 다합니다.

사람들은 하는 일이 너무 많습니다. 당연히 '꽃도 별로 안 피던가, 아예 안 피던가.'이고요. '열매도 조금은 맺을 것 같기도 하다가 결국 따지고 보면 하나도 못 맺고'를 꾸준히 반복하지요.

행복 타령만 열심히 해 가면서요,

◑

천주교에서는 자기의 죄를 고백하는 〈고해성사〉를 하기 전에 고백의 기도를 하며 자기 통회를 합니다. 또한 미사 개회식에도 오른손으로 왼쪽 가슴을 살살 치며 통회의 기도를 하고요.

메아 쿨파
메아 쿨파
메아 맥시마 쿨파

네 탓이요

네 탓이요

네 큰 탓이로소이다

　-「완벽한 번역」

〈메아 쿨파, 메아 쿨파, 메아 맥시마 쿨파 : Mea culpa, mea culpa. meamaxima culpa 내 탓이오, 내 탓이오, 내 큰 탓이옵니다.〉 그런데, 사람들은 자기 가슴을 살살 문지르듯이 치면서 머릿속으로는 남의 가슴을 부서지도록 탕탕 세게 치고 있지요.

　내가 지금 이런 지경이 된 것은 누구 때문이다.

　　이렇게 아픈 것은 그 인간 때문이다.

　나의 성질은 원래 이렇지 않았는데 이 지경이 된 것은 내 남편/아내/애들 때문. 내 또래보다 주름도 많고 머리털도 하얗고 빠진 것은 역시 아내/남편/애들 때문. 내가 공부 못하는 것은 머리 나쁜 엄마/아빠 때문. 내가 삼류인 것은 삼류인 아빠/엄마/가문 때문. 내가 거기에 투자하여 망한 것은 마귀가 꼬였기 때문이다. 서로 사랑하지 않는 것은 저 이단 교회/이단 종교 때문이다. 사회가 시끄러운 것은 오로지 저 뼈까지 빨간 빨강/DNA가 파란, 파란색 당 때문.

　　　여기서 철저이 자기는 제외됩니다.

　교회의 현실이 이 지경인 것은 -

　세계의 기아가 아직 해결되고 있지 않은 것은 -

　　　'오로지 내 탓이오.'라고 가슴을 치는

　　　　성직자가 얼마나 될까요?

　교회에 걸린 수많은 소송. 돈이 없어 소송도 못 하는 모래만큼 많은 신자에게 - '정말 나의 탓이오.'라고 가슴을 두드리는

　　　　추기경, 대주교, 주교가 얼마나 될까요?

있다면, 많다면 지금 교회의 모습은 이렇지 않고 세계의 기아는 벌써 해결되고 교회 내 정의도 실현되었을 것입니다.

가톨릭의 거양성체(擧揚聖體 : Elevatio)는 미사 중에 빵과 포도주가 축성되어 성스럽게 성체와 성혈로 변화된 것을 들어 올려, 신자들이 쳐다보고 경배할 수 있도록 하는 성스러운 미사의 절정 부분입니다. 이 거양성체 예식 전에 미사를 집전하는 모든 성직자에게 권하고 싶습니다. 미사의 거룩한 순간에 〈신자들에게 고개를 들어 경배하기를 권하기〉 전에 먼저 자기 자신의 죄와 과실, 태만에 대하여 깊은 성찰을 잠시 한 후에

가슴을 소리가 날 정도로 치며 〈Mea culpa, mea culpa. meamaxima culpa ; 내 탓이오, 내 탓이오, 내 큰 탓입니다〉 하였으면 합니다. 제의에 마이크가 달렸으니, 가슴을 치는 소리는 신자들에게 잘 전달될 것입니다. 그리고 "이 세상이, 이 교회가 예수 그리스도 가르침처럼 되지 않는 것은, 이 사제가 그런 삶을 살지 않고 있기 때문이옵니다."라고 하십시오. 그리고 무릎을 한참 꿇으십시오. 미사 집전 성직자들이 진심으로 아파하며 "탕 탕" 가슴 치는 소리를 듣고, 뉘우치는 사제들의 경문을 듣고, 신자들은 무슨 생각과 행동을 할지를 한 번 곰곰이 신중히 고려해 보기를 권합니다.

ꓒꓶꓱ/Шꓰꓠꓳꓲꓮꓲ ꓱꓒ⍊ꓩꓲꓒ ꓳꓭꓮꓯꓲꓜꓓ .

* 평신도들도 그저　　남 가슴만 치면서　　살고 있지 않습니까.

* 이 평신도라는 단어도 갑질 단어입니다. 차등과 차별의 비종교적 단어. 약자 무시와 계급제도 그리고 성직자 중심의 교회를 상징하는 단어. 우리를 교회의 부속물 정도로 취급하는 단어. 1950년대 가톨릭 신학자 핸드릭 그래머, 반 룰러, 이반 콩가르가 '평신도 신학'에서 주장한 이후에 그 부작용에 대하여 단 한 번도 심각하게 고려해 보지 않은 단어 - 이것만 보아도 얼마나 교회가 우리에게 고압적이고 권위 추구적인가를 보여주는 증거임. 성도라고 바뀌어야 합니다.

■지금 두 손에 쥐게 나도록 '꽈악, 꽉' 쥐고 있는 것
                    - 그거 아무것도 아닙니다.
시방 팔 잡고 바짓가랑이까지 잡고 매달리고 있는 사람
                    - 그거 아무것도 아니고.
방금 좋아서 죽을 정도로 멋져 보이는 사람
                    - 그거 아무것도 아닙니다.
들판에 꽃 몇 번 피고 산에 낙엽 몇 번 지고 나면
                    - 아무것도 아닙니다.
지금 현대 문명의 상징, 폼 나게 번쩍 이는 모든 것들
                    - 그거 아무것도 아닙니다.
착시로, 해가 떠오르다가 그냥 몰락해 버리고,
        달 지다가 다시 거꾸로 떠올라도
    -「모두가 아무것도 아닙니다.」

이 세상에는 아무인 것은 하나도 없는
그야말로 바야흐로 조금 지나보면

지금 쥐고 있는 것   매달리고 있는 사람
                        아무것도 아니다
달 떠오르고   해 넘어가면
                        아무것도 아니다
지금 번쩍이는 것   좋아 보이는 사람
                        아무것도 아니다
낙엽 몇 번 지고 꽃 서너 번 피면   아무것인 것 없게
                        아무것도 아니다
    -「정말 아무것도 아니다」

아무것도 아닙니다.　　　정말 아무것도 아닙니다.

아무것도 아닌 것들이

인간들이

아무것인 듯 당신과 나　　우리를

혼돈과 착각에서 빠져나오지 못하게 하고 있습니다.

잿빛 하늘 아래

푸른 땅덩이 위

아무것도 아니다

파도 높아봤자

바람 세어봤자

아무것도 아니다

아무것은 없는

　-「희미한 세상살이」

보이는 것이 모두 타다 갑자기 확 꺼진 잿더미가 된다면, 푸른 하늘이 무슨 의미가 있을까? 내가 흙색의 얼굴이 된다면, 땅덩어리가 푸르게 보일 리가 있을까? 하늘 위에 땅 밑에 무엇이 있는들 그것이 '아무것'이 될까?

칼날 세운 바람과, 토하고 더 이상 토할 것이 없는 데도 역 구역질 나게 하는 파도가 높아본들, 이미 오래전에 기진맥진해 버린 나에게 그 사람들이 '아무나'가 될까?

또렷한 것은 1도 없는 희미한 세상의 모든 것에 '아무것, 아무나'가 없는데 맥박은 왜 아직도 '투각 투각' 튀어나오고 있을까?

네가 괴로운 것은
네가 불안한 것은
네가 화나는 것은

사람 세상도 아닌
오로지 하나 이유
－「마음의 장난 때문」

살아가는 것이 짜증이 납니다. 화도 부글부글 나니 열나고 괴롭기만 합니다. 아침에도 그랬고, 점심때도 그랬으니 오후 내내 그럴 것이고 잠자기 전까지 이 찝찝함은 계속될 것입니다. 그러니 불안합니다. 세상은 내 위주가 아닙니다. 마치 철도 같습니다. 철로 길의 오른쪽 레일은 항상 오른쪽으로 왼쪽 레일은 계속 왼쪽으로 가서 두 철로는 서로 만나지 않습니다. 이렇게 세상사는 내가 보는 관점에서, 이치에 맞지 않게 떨어져서만 달려갑니다. 모든 것이 불합리하게 보이지요. 좌파가 보면, 우파는 악마입니다. 우파는 좌파를 보면 사탄 그 자체이고요. 그러나 어쩌지요? 세상은 언제나 지금 이 모습대로 이루어져 왔기에 앞으로도 계속 그럴 것입니다.

세상은 바뀌지 않습니다. 아니, 내가 바뀌는 수밖에 없지요.

다른 방법이 없습니다.

지옥 같은 사람들에 둘러싸여 살더라도, 내 마음을 천국에 갖다가 놓으면 세상은 천국이고, 천국 같은 환경에 살더라도 마음이 불편하면 삶 자체가 지옥 불입니다.

세상의 모든 일이

결국은 마음이 위두르고 마음이 장난질 치는 것입니다.

자신 스스로가 위말리고 장난질 치게 만들고 있고요.

세상 사는 것이 짜증으로 참담해지는 것은 오로지
　　　　　　　　　자기 마음의 휘둘림, 장난 때문입니다.

　　ME라고 쓰고
　　　거울 보고 돌려보면
　　　WE 뜻 되는데
　　　-「교회에는 거울이 없다」

거울은 자기를 비추는 역할을 합니다. 교회가 자기를 보지를 못
합니다. **먼지 자욱안 뿌연 그것도 깨진 거울 안 장 보다 못안 교외.**

　　눈이 다섯 개
　　코가 두세 개
　　입은 서넉 자
　　귀는 마귀 귀

　　깨진 거울로 보는
　　　-「교회에는 깨진 거울만」

　　　깨진 거울로 자기를 보신 적이 있으신가요?
　깨진 거울로 자기 자신을 보면, 자기 자신의 모습을 정확히 알 수
가 없습니다. 요즈음은 드문 일이지만, 예전에는 이 깨진 유리가 제
법 있었습니다. 집에도 깨진 거울에 테이프를 붙여서 그냥 보는 경
우도 흔했고, 길에 걸어가다가도 상점 등에 깨진 거울을 그냥 버리지
않고 걸어 두는 경우도 어렵지 않게 목격되는 시절이었지요.
　그 깨어진 거울로 사물을 보면, 제대로 사물이 보이지 않습니다.

450

사람이 보면 더욱 그 모습이 사납지요. 눈이 몇 개고, 코도 잘라져 보이고, 입도 길며, 귀는 위아래가 분리되어 있다면 이것은 괴물입니다.   교회는 자기의 지금 모습을 제대로 보지 못하고 있습니다.

그런데 아무런 자정의 모습은 보이지 않고 점점 더 요상하게 되어 갑니다.   **교회에 걸려 있는 거울은 다 깨진 거울입니다.**

그저 자기들만을 위해 존재하는 교회.

거기다 남 탓 안 하는 사람들.   나에게서 벗어나지 못하는 교회.

예수는 가난한 사람들 그리고 우리들의 신이었는데.

갑갑합니다. 답답합니다.

보 보오글

보글 보글

부글 부글

팔팔 팔팔

시꺼멓게 타기 전에

불 줄이기 꺼버리기

　－「마음 끓어 타기 전에」

찌개와 탕은 부글부글 끓어야 제맛이지요. 섭씨 100도 이상을 끓이게 되면 국물 속 아미노산과 당이 혼합되어 고기와 같은, 새로운 구수한 맛을 내기 때문입니다. 이런 현상은 1912년 프랑스의 화학자 루이 카미유 마이야르(Louis Camille Maillard)에 의해 발견되어, 마이야르 반응(Maillard reaction)이라고 합니다.

섬뜩한 파란 불에 얹어 놓은 찌개를 가만히 쳐다봅니다.

451

불이 강해서인지 몇 분 안 되었는데 끓는 모습입니다. 처음에는 여기저기서 거품이 '오르다 꺼지다.' 반복합니다. 보 오 글. 그러다가 냄비 곳곳에서 균등하게 보글보글. 그리고는 거품이 커집니다. 부글부글. 나중에는 거품의 소리가 요란해집니다. 팔팔 끓기 시작합니다. 그것을 놓아두고 방치하다가 보면 냄비가 타기 시작하지요. 냄비가 타는 것은 순식간입니다. 물기가 바닥에서 사라졌기 때문에 한번 타기 시작하면 금세 냄비 바닥이 새까맣게 되고 말지요. 시간이 아주 늦어 버리면 냄비를 닦을 수 없게 되어 그만 아까운 냄비를 버려야 합니다.　　　　마음도 냄비와 같습니다.
　　　보글, 부글 부글, 팔팔 끓기 전
　　　까맣게 타서 못 써버리기 전에
　　　불을 줄이던지. 꺼버리던지

와를 줄이던지, 꺼버리던지　　하여야 합니다.
마음이 시커멍게 끄슬려 버려지기 전에

어디서 물렸는지 모르겠다
코 옆 벌겋다
며칠 가겠지

얼굴 많은 부분 멀쩡한데
물린 부분에
며칠 몰린다
　　－「모기에 물리던 사람에 물리건」

아침에 일어나 거울을 보니, 코 옆이 벌겋습니다. 모기에 물렸는지 아니면 다른 벌레에 물렸는지 알 수가 없고, 당연히 어디서 물렸는지도 모르겠습니다. 어제 당하고 온 것을 잘 때는 몰랐는데 이것이 아침에 부어올랐는지 아니면 이것이 새벽에 물렸는지, 아침 깰 무렵에 물렸는지….이렇게 물린 것 자체에 온통 신경이 가서 이런저런 생각이 끊이지 않습니다. 이런 찜찜한 기분은 당분간 갈 것입니다. 가려움이 가실 때까지 심하다가 차츰 잊어버리지만, 거울을 들여다볼 때마다 또 이런 기분은 도지지요.

얼굴 전체에서 물려서 벌겋게 된 부분은 1/5,000도 안 될 것입니다. 나머지 4,999/5,000은 멀쩡하지요. 그런데 아무 문제가 없는 99.9998%보다, 지금 잠시 문제가 있는 + 며칠 있으면 없어질 0.0002%에 온갖 신경을 씁니다.

감사와 행복도 이와 같습니다.

지금 내가 누리고 있는 생명 하나만으로도 감사할 것은 99%가 넘습니다. 그런데, 어차피 해결되고 말 불편함에 하루 전체 + 며칠을 망가트립니다.   사람들의 말, 표정, 글 하나로 기분이 나빠서

몇 시간 + 종일 + 며칠을 고민합니다.

얼마나 비생산적 + 비과학적   인지요.

인생은 과학이어야   합니다.

공이 날아온다   돌이 날아온다
나를 향하여   나를 향하여
피하든지   피하든지
받든지   맞던지
  -「삶 그리고 피구(避球)와 석구(石球)」

공을 갖고 하는 경기 중에 사람을 Target으로 하는 경기는 하나입니다. 농구, 야구, 골프, 축구, 미식축구, 수구, 럭비, 탁구, 테니스, 라켓볼, 스쿼시, 비치발리볼, 족구, 핸드볼, 당구, 소프트 볼, 볼링 등 이렇게 많은 구기 종목 중에 딱 하나입니다. 배구도 공격하여 몸에 맞는 경우가 있지만 사람을 직접 목표로 하지는 않습니다. 사람이 맞으면 반칙이 되어 여러 종류의 벌칙과 제재를 당하지요. 그런데 피구(避球, Dodgeball)는 사람이 Target, 이됩니다. 두 팀으로 나누어 상대방 선수를 맞히는 경기이지요. 미국의 매사추세츠주 홀리오크에 있는 YMCA 체육부장인 윌리엄 모건(William Morgan)이 1895년에 시작하였습니다. Line 안에 최종적으로 많이 남아 있는 선수의 수가 그 경기의 승리를 가늠합니다.

상대방이 공을 던져 맞으면, 퇴장하여야 합니다.

내가 경기에서 살아남으려면

던져진 공을 피아던지   받아 버리던지

둘 중의 하나입니다.

사람이 살아가는 모습을 잘 표현한 스포츠라, 이 경기를 하다 보면 씁쓸하기만 합니다. 특히 머리를 세게 맞으면 그 안 좋은 기분이 은근히 오래 갑니다.

실제 삶에서는 둥그렇고 부드러운 공을 맞지 않습니다. 공 대신,

맞으면 피가 나고 멍이 드는

세게 맞으면 목숨을 잃게 되는

뾰족하게 모가 난 돌로 맞게 됩니다.

그렇게 모가 난 돌에 맞지 않으려면 머리를 .

낮추시지요

앞이 위험해 보이면

엎드리시지요
일 수월하지 않으면

낮은 포복
높은 포복
응용 포복
 -「낮추고 기면 보이는 것들」

사람 사는 것이 전쟁이요. 살아가는 곳이 전쟁터라고 합니다. 뼈마
디 여기저기서 딸그락 소리가 나도록, 오래 살아 본 사람들은 이 말
을 잘 이해하지요.   총알이 앞에서 날아오면 어떡해야 하나요?

우선 잽싸게 엎드려야 합니다. 엎디는 것을 포복이라고 하지요. 포
복을 한 후에도 앞으로 전진은 해야 합니다. - 그것이 삶입니다.
군대 갔다 온 사람들은 모두 아는 포복에는, 세 가지 종류가 있습
니다. 지형과 움직임에 따라서 나뉘지요. 낮은 포복은 몸을 완전히
엎드려서 앞으로 나가기 때문에 이동속도가 늦습니다. 몸을 숨길만
한, 은 엄폐물이 없으면 사용되는 방법입니다. 높은 포복은 두 양손
을 이용해서 상체를 들고 속도감 있게 엉금엉금 기어가는 포복입니
다. 은 엄폐물이 어느 정도 나를 가려 줄 때 이용되고요. 응용 포복
은 한 손과 한 다리만을 이용해서 움직이는데 한 손과 한 다리가 자
유로워서 들고 갈 무기나 짐이 있을 때 또는 부상 전우를 움직일 때
사용됩니다. 이 이외에 철조망을 통과할 때 하는 〈드러누워 통과〉
도 있습니다. 앞을 보지 못하여 전진 방향을 정확히 파악하지를 못
하고, 위에 철조망 등의 장애물이 있으나 속도감 있게 빨리 통과해
야 할 때 쓰입니다. 포복은 쉽지 않습니다. 오래 하다 보면 지면에 닿

455

는 부분의 피부가 벗겨지는 상처를 입게 됩니다. 당연히 아프고 피도 날 수 있습니다. 하지만, **오래 훈련하다가 보면 굳은살이 생겨서 아무리 기어도 상처를 입지 않게 되지요.** 낮게 엎디는 것이 힘들 것 같지만, 하다가 보면 인이 박혀서 편해지는 날이 옵니다.

앞에서 날아오는 것이라고는 총알

보이는 것은 포탄의 파편

같은 날이 이어지고 있다면

낮게 엎디어야 합니다. 납작 수그리시지요.

그래도 살아가야 하니, 전진해야 하니, - 포복으로 움직이시고요.

그러면 보입니다. 살길이 보입니다.

내 생명을 살릴 곳에 다다르게 됩니다.

◑

노인은 자주.　　　　　　　자주라고 해봐야 매일은 아니고.

바닷가를 오늘도 어슬렁거려 줍니다. 그래도 아직 살아 있기는 하니까. 바다 위 모래 위에 잘 안 나타나는 뜬금 하얀 나비 한 마리가 노인에게 묻습니다.　　　　거기 손가락으로 무엇을 쓰시나요?

나 가끔 여기 오는데요. 올 때마다 무엇을 쓰고 계시던데 무슨 문자 같기도 하고…. 그림 같기도 하고?

왜 그렇게 자주 바닷가

어슬렁거리느냐

하얀 나비가 물었다

모래알 같은 날들 버리고

모래알만큼 행복 느끼려

모래알과 모래알 비교 질투했으니

행복 날개 달아서 펠리컨으로 날고 싶어

모두가 사라지고 만 그 텅 빈 바다 백사장
대답 들어줄 나비마저 섬으로 날아가 버려
  -「노인과 모래알」

노인이 나비가 하는 말을 잘 못 들었는지 아무 대답이 없습니다.
나비는 같은 말을 노인 귀에 가까이 가서 또 묻습니다.
  나, 여기 꽃도 없고 하여 가끔 쉬러 오는데 올 때마다 당신을 본답
니다.   무엇인가를 그리고 있는 그대를.   합니다.
            노인은   나야. 뭐.
한참을 머뭇거리다가 대답해야 하나.
                  하다가 – 무슨 이유라…. 하다가
  자기가 오는 이유를 이제야 깨달은 듯/생각나는 듯 고개를 들고
입을 열려고 하다가 입을 다물고 맙니다. 갑자기 곧 비를 뿌리려는
검정 하늘이 쳐다보였기 때문입니다. 구겨진 하늘을 보더니 큰 숨을
내가 쉬는데 그 긴 한숨이 바닷바람보다도 세게 불어서 나비는 노인
바로 앞에 있다가, 어쩜 뒤집혀서 멀리 날아가 버릴 뻔하였습니다.

  나야. 뭐. 가 아니고 이유가 있었습니다. 확실한 이유. 이유를 알고
서 그런 것은 아니었는데, 왜 그가 거기서 그렇게 고개를 숙이고 어
슬렁거렸는지를   **물음 하나로 깨닫게 되는 것**   이지요.
  그래. 나비야. 내가 여기 자주 오는 이유는…. 하는데 나비는 저 멀
리 섬으로 날아가 버린 뒤였습니다. 노인이 한숨을 한 번 더 쉬면 날
개가 부러질 수도 있고, 비가 쏟아지면 나비가 돌아가야만 하는 저
기쯤 보이는 파란 섬에 못 돌아갈 것 같기 때문이었지요.

노인은 모래알같이 많은 날을, 아무 생명력 없는 모래알처럼 지내왔습니다.　　　　　　노인은 행복이

　　　모래알처럼 많아야 하는 줄 알고

　　　모래알만큼 이것도 갖고 저것도 이루어 가면서 살아왔지만

　　　이것은 저것은 더 많은 저것들 이것들을 이루고 가지라고

하나밖에 없는 목을 틈이 날 때나 안 날 때나 스스로 졸라 주었습니다. 다른 이들이 가진 행복이라는 것들을 보며 시기하고 질시하며 모래알과 모래알을, 눈 뜨면서부터 눈 감은 후에서도 비교하였지요.

　노인은 촐망거리며 날아다니는 갈매기들보다는 멋지게 폼 짱나게 장엄하게 날아 다니는 펠리컨 떼에 섞여 날고 싶었습니다.

　　　　　노인은 모래알 모래 알

　　　　행복 알 행복 알

하면서 모래알을 두 손에 잔뜩 쥐어 봅니다. 모래알은 노인의 손에 잠시 머물다가 손가락 사이로 금세 모두 빠져서 나갔습니다. 다시 두 손으로 더 힘주어서 모래알을 쥐어 보았지만 역시 모래알들은 얼마 못 가서 다시 두 손에서 사라지고 말았지요.　노인은 미소 짓습니다. 그 순간 노인은 등 뒤가 근질거려 참을 수가 없었습니다.

　　　　행복해야 해

　　　　행복하게 살아야 해

　행복하게 살아야 한다는 족쇄. 그 안 보이던 것이 보이더니 노인 발에서 철커덕 풀리며, 노인에게서 펠리컨보다 더 큰 날개가 돋아나기 시작하였습니다.　　　　　자유의 날개.

　노인의 발이 모래밭에서 서서히 두둥실 뜨기 시작하더니 아주 높이 솟아오르며 모래사장이 한눈에 들어오기 시작합니다. 이제야 자기가 아무 생각 없이 그려온 부호들이 어떤 글씨들의 앞 글자 상징이었음을 알게 됩니다.

그동안 노인이 손으로 쓴 글씨의 앞글자들

P P P H W

Wealth   Honor   Power   People   Possession

노인이 P P P H W 의 한자를 쓰면, 바닷물이 들어오면서 글씨가 씻겨 나가고 없어집니다. 그러면 그 자리에 모래알들이 파이면서

Wealth   Honor   Power   People   Possession 글자들이 저절로 점점 크게 새겨집니다. 이 글자들 위로 오글 오글거리며 개미처럼 몰려다니는 것들이 있었지요. 하늘에 높이 올라와서 잘 안 보였지만, 어느 순간 갑자기 눈이 밝아지면서

그것이 무엇인지 자세히 보였습니다. 사람들이었습니다.

모래글씨들 위로 사람들이 개미떼처럼 줄을 서서 헉헉 뛰어가는 모습. 이 글씨들 끝에는 거대한 모래 무덤 유사(流沙)가 있어서 날개를 갖지 못하는 많은 사람을 차례로 삼켜버리고 있었습니다.

- 시 단 동화 끝 -

맴맴맴 사람이 운다
맴맴맴 십칠 년 땅속 있다가 나온 사람이

맴맴맴 죽기로 운다
맴맴맴 한 달밖에 안 됐는데 가야 한다고
   -「이런 사람 어디 하나 둘이랴」

어렸을 때 여름, 개구리 울음소리, 매미 소리가 그립습니다. 볼 것도 들을 것도 마땅치 않았던 시절에 에어컨커녕 선풍기도 없으니 그저 부채질 하면서 땀만 주룩주룩 흘리고 있었던 여름에, 개구리, 매미의 소리는 교향악처럼 듣기 좋았지요. 매미나 개구리 소리 때문

에 잠을 못 잔다는 친구들은 없었습니다.

옛날에는 매미가 머리의 줄이 갓끈 모양을 하고 있어서 문(文), 나무의 수액만을 취하니 청(淸), 사람이 먹는 곡식을 축내지 않으니 염(廉), 사는 집이 따로 없으니 검(儉), 계절에 어긋남이 없이 꼭 오고 가는 믿음 주는 신(信)의 다섯 가지 덕(五德)을 갖고 있다고 표현되었고요. 매미는 한 달 땅 밖으로 나와서 수컷은 암컷과 짝짓기하고 죽고, 암컷은 알을 낳고 죽습니다. 그러기 위해서 땅속에서, 많게는 17년을 지내지요.

이런 매미 같은 삶을 하는 젊은이들을 보셨나요? 17년 이상을 공부하고, 운동, 예능을 준비하고 한 달은커녕 단 한 순간도 뜻을 못 이루는 젊은이들. 사회가 젊은이들에게 희망을 주지 못하는 사회는 그 나라의 GDP가 얼마고, 세계 몇 위의 교역국이고, OECD 국가 중 몇째이고. 이런 너저분한 통계가 다 필요 없습니다. **오죽하면,** 젊은이들이 결혼하지 않고, 애들을 낳으려 하지 않겠습니까?

젊은이들은 나라의 미래 그 자체입니다.

미래희망이 OECD 국가 중 꼴찌가 된 지 오래이고요. 이에 대한 근본적인 해결책을 이해 못합니다. 나라를 '살기좋은 사회' '행복한 나라' '아이들에게 기쁨과 희망을 주는 나라' 만들기에 전념하여야 하는데 '돈'으로 인구절벽문제를 해결하려고 하니 답답하기만 합니다.   매미의 소리가 한층 더 크게 들리는 듯합니다.
        한숨도 '후-----' 하고 나오면서요.

어두울수록 더 반짝이는 것
하늘에는 별
땅에는 사람

오래 볼수록 더 반짝이는 것
높은 곳에 별
바로 옆 그대
　-「어둠 속 빛나는 그대 그리고 별」

어두워질수록
어려워질수록
더 빛을 내는
　-「사람은 별」

　여름이 한참 익어서 잠이 안 올 때는 시골의 이모님 댁에 매년 가서 지내다가 왔었습니다. 초등학교 때 내내 그랬지요. 저녁을, 갓 따온 과일과 채소들로 맛있게 먹고 이모님 댁 누나와 같이 툇마루에 앉아서 하늘을 볼 때마다, 그야말로 평온과 감동 그 자체였습니다.
　　　　서울지역보다도 한 3배 정도는 많은 별.
　우 - 와 - 하늘에서 방금이라도, 쏟아져 내려올 것 같이 많은 별은 황홀할 정도로 아름다웠습니다. 가끔 별똥이 선을 그으며 떨어질 때는 넋이 나갈 지경이었지요. 여치를 비롯한 여러 풀벌레가 즉석 전원 교향곡을 연주하여 주고 더위를 식혀주는 실바람이 불어주었고요. 당시에 작은 가슴이 벅차올랐던 그 기억이, 이 지경의 나이가 되었는데도 생생하기만 합니다. 반짝이는 별들을 한참 보시지요.
　어두울수록, 오래 볼수록, 자세이 볼수록 반짝임 이 더해집니다.
　사람도 그렇습니다. 가까이 있는 사람을 자세히 보시지요.
　어려울수록, 안참 볼수록, 가까이 볼수록 반짝임 이 점점 더합니다.
별들과 사람은 어두울수록,
　　어려울수록 더 반짝이는 찬란한 존재 입니다.

Smart
스마트 = 어벙벙
Intelligence
지능 = 어리버리

스마트하지 않은
지능적이지 않은
그것들 앞에
  -「스마트와 지능의 늪」

스마트 폰, 스마트 워치, 스마트 TV 앞에
인간은 절대로 스마트해지지 않고 AI 앞에
인류는 결코 지적이거나 현명하지 않건만   사람들은
그 인간 파괴 괴물 개발에만 열광하는데
  -「절대 스마트하지 않은 인류」

작은 사각에 머리 숙여 경의 표하고
기계덩이 앞 자신 통째로 내어 주며
  -「신흥종교(AISm) 탄생」

노란 아이들 파란 청년들
빨간 여자들 누런 노인들
머리 조아려 경배하고 찬미하네
자기 팔 목 머리까지 내어주며
  -「고개 꺾인 현대인」

아이들도, 청년들도, 그런대로 어느 정도는 철이 들은 노인들도 다 같은 모습입니다. 스마트 폰에 고개를 떨어뜨려 경배하고 있습니다. 그것도 모자라 스마트 워치, 스마트 TV에 고개 고정하고 삽니다. 종일 그런 모습을 고정하여, 변하지 않고 살아갑니다. 현재도 이 모양인데, 모든 기기를 더욱더 스마트하게 만든다고 골몰을 하니, 인류의 고개는 이런 모습으로 확실히 '두 둑 -' 굳어질 것입니다.

그것도 모자라 인공지능 AI (artificial intelligence)는 컴퓨터 프로그램으로 사람의 학습 능력, 지각 능력, 추론, 언어영역까지 급속하게 장악하여 나가고 있습니다. 인간은 간단한 계산이나 언어, 이해 문제도 스스로 해결하지 못하는 지능이 되어가고 있고요.

ᛁᚾᛖᚷ ᛋᛂᛘᛣ ᛁᚾᛁᚷᚾ ᛁᚾᛖᚷ ᛒᛂᛣᛖᚾ ᛋᛂᚾᚷ ᛘᛖᛞ   하고 있습니다.

호모 사피엔스는 고개가 꺾여 퇴화에 올인   하고 있습니다.

늙어 가는 여름 끝자락입니다. 찬바람도 아침저녁으로 불어오고요. 여름 가는 것이 서운할 필요가 없지만, 그냥 서운한 척하면서 장작을 모아서 뒷마당에서 모닥불을 피워 보았습니다.

　　긴 것 같은 여름 가는 게 서운하여
　　모닥불 피웠네

　불나방 모여드네
　얼른 물 부어 불 꺼버리고 말았네
　　-「누구에겐 생명이 달린 일들이란」

그런데, 금세 하루살이들, 나방들이 모여드는 것입니다. 그냥 놓아두면, 그들은 하루 살러 나온 이 세상을 하루의 반도 못 살고, 나방들은 날아다니지도 못하고 불덩이가 되고 말 것이기에 서둘러 물을 부어서 불을 끄고 말았습니다.

> 모닥불 함부로 피우지 마시라
> 그대는 재미 삼아서 하지만
> 달려들어 온 나방 하루살이들
> 날리는 재 돼 버리고 마니
> ―「그대 재미로 재가 된 사람들」

어떤 사람에게는 작은 일이 상대방에게는 목숨이 달린 일이 어찌 한둘이겠습니까. 무심코 한 말. 그냥 넋 놓고 해본 일, 재미 삼아 해본 짓이 다른 사람에게는 치명적인 아픔이 된다는 것을 왜 모르시나요.? 목숨까지 내어 줄 아픔이 되기도 하고요.

현대인들은 애나 어른이나 경솔하기만 합니다.

집이 오래되고 낡아서 어떤 나무나 다 반세기 넘어 70, 80년 넘은 나무들만 있습니다. 키들이 크지요. 이른 봄에서부터 늦은 여름까지 온갖 꽃으로 향기 그윽하게 하여 주고, 다람쥐 새들이 모두 가져가는 복숭아, 대추, 감, 포도, 사과, 아보카도도 선물하여 주는 나무들입니다. 그런데 그중에 꽃도 안 피고, 아무 열매도 안 맺는 나무가 있습니다. 그래도 잎이 무성하여서 보기 참 좋았습니다.

여름인데도, 하늘이 수상하더니 결국 밤을 찢어 버리고 창틀을 들어낼 듯이, 밤새 바람이 앞뜰에 뒤뜰에 들락거리며 침범하였지요. 결국 그 모진 바람은, 그 잎이 무성한 나무의 가지를 땅에 닿도록 하여 놓고 가버렸습니다. 세워 보려고 노력하였으나 소용이 없었지요.

가지를 친다
어젯밤 찢고 덮친 바람에 흰 반세기 넘은 나무
가지 쳐 낸다
위로만 자라던 나무 땅에 닿더니 일어나질 못해
가지 자른다
꽃도 못 피우고 열매도 없었지만 푸르름 좋았던

가지 친 후
나무는 슬펐나 보다 너무나도 괴로웠었나 보다
한 달 후쯤
나무는 푸르름 대신 누런 막대기 되어 죽음으로
　-「생각은 가지를 치면 죽어버린다」

　그래서 가지를 치기 시작하였습니다. 힘이 드니, 며칠에 한 번씩 가지를 잘라 내고 본체를 번듯하게 하여 놓았습니다.
　그런데 나무가 너무도 아팠나 봅니다. 얼마나 아팠으면 살 의욕을 잃었을까요. 나무는 그만 한 달 정도 되더니 나무가 아니고 그냥 막대기가 되고 말았습니다. 얼마나 미안하고 안쓰러웠는지 모릅니다.
　하지만, 나무는 그런 모진 나를 원망하긴커녕 묵상 선물까지 하고 떠났습니다. 　가지를 치면 본체가 죽고 만다. 　사각의 가지를 쳐내기 시작하면 그 지긋지긋한 사각의 본체를 죽일 수 있다.
　　　나무는 정말 아낌없이 주는 그리스도 닮은 존재입니다.
　　　　생명을 내어주고 생명을 살리는.

날아가다가 탕 소리 들리더니 쇳조각 파고들었다
숨쉴 수 없는 아픔과 함께 땅에 떨어져 퍼덕이다

기억 생각 숨소리 심장박동 보기 듣기 지저귐 모두
정지된 후 피부만 남기고 피 살 눈까지 발려 나가고
속 우레간 채워지고 방부제 플라스틱 눈동자 끼워져
　　－「나 지금 박제 인생 아닐까」

산장 벽 걸린 사슴 보네
산맥 같은 긴 뿔 그대로
강가 서성이던 눈 그대로
살아 있는 듯 죽어 버린
　－「박제된 나를 보네」

뼈 발리고 피 빨리며 살 내장 모두 저며 나가고 두 눈까지 뽑
혀서 겉 피부만 남겨지고 플라스틱 눈 박혀 벽에 걸리는
것만이 박제(Taxidermy)가 아닙니다.

나의 의사는 무시되고 나의 조그마한 자유마저도 송두리째 박탈당
하여 남의 생각과 지시대로만 움직여지는 삶도 박제이고요.

현대 문명에 사람이기를 포기당하여 기계의 한 부속품으로 살아가
는 나의 일상도 박제 신세와 다름없지요.

미국 이민 초기에, 살기 위해서 하기 싫은 일을, 그야말로 입가에
도배 풀칠하기 위해서 억지로 하였습니다. 대학 강단에서 학생들을
가르쳤다는 자존심은 이미 내동댕이, 패대기쳐 버린 지 오래된 상태
이건만, 하루 3가지 직업을 매일 하면서 서서히 박제되어 가고 있는
나의 모습을 볼 수 있었습니다.

그 힘든 난관은 다시는, 그만이어야 하는데, 40대 초반, 중반에 두
번이나 내 몸에 무엇이 남았던지 다시 박제되는 절차를 밟아야 했었
지요. 사기를 크게 당하고(이것은 Controllable factor였고요.) 국

가 경제위기(이것은 Uncontrollable factor이었지요)에 치명타를 '파바박' 맞았던 것입니다.

이런 험악한 상황이 아니라도, 일하면서, 사람을 만나면서

정말 하기 싫은 일인데 꼭 하여야 하는 처지고, 이 사람과 참으로 만나기 싫은데 이 사람과 같은 부류의 여러 사람을 만나서 이야기도 하고 밥도 같이 먹어야 하고, 시간을 같이하여야 되는 입장이라면 ㄸㄸㅎ 햐ㅌ럐ㅎ ㄷㅔ ㅉ 입니다. 내가 박제가 되지 않기 위해서는 깨어 있어야 합니다. 내가 박제로 벽에 걸리지 않으려면 자유를 목숨처럼 소중하게 여겨야 하고요.

그래야 내가 숨을/그 소중한 숨을 크게 쉬면서 살아갈 수가 있습니다. **자유는 그냥 얻어지는 것이 아닙니다.**
용감한 자에게만 쥐어지는 쟁취물입니다.

푹 – 찌르는 소리다
쑥 – 찔리는 소리고
푹 쑥 쑥 푹 쑥 푹 푹
On & Off line, Everywhere
　–「어마무시한 현대인으로 살아가기」

On line이나 Off line이나 무시무시합니다.

On line에서는 어떤 사람을 묻어 버리는 것이 몇 분 안 걸립니다. 게임은 또 어떻습니까. 온통 피 튀기고 꺾고 부러트리고 죽여 버리는 일로 도배되었습니다. Off line에서는 총성만 안 들리지 총 칼이 소리 없이 휘둘리기는 마찬가지입니다. 나를 찌르는 칼이 훅 들어오기에 약간 찔리고 도망치려고 돌아서는데 돌아서자마자 다른 이의 칼이 나의 옆구리에 '후 욱 –' 깊숙이 들어옵니다.

어찌 보면 이 아니고 정말로 보면, 현대인으로 태어나서 '여기저기 찔리고 찌르며 살아가지 않겠다.'라는 것은 현대문명을 탈출하지 않는 한 불가능으로 보입니다.

화욜
화요일 횃불 해 훅 꺼지고 난 후
피식 피식 미소 짓는 이가 있다

검은 바퀴 달린 회색 쓰레기통
매주 길거리에 내어 놓는 그날

뚜껑
하루 된 것 이틀 일주일 된 것
썩고 썩은 것 뒤섞여 더 썩고

악취 막아 놓은 뚜껑 열어놓고
깊이 숨 들이마셔야지 잊히는
  -「그래야 잊혀지고 그래야 살아지고」

사람에게는 누구나 잊고 싶지만 끈질기게 잊히지 않는 일이 있기 마련입니다.
그 일이 인간이던, 사건이던, 이 악마는 하루에도 몇십 백 수천 수만 번씩도 모자라서 꿈에서까지도 이 끔찍한 일을 들먹이며 사람의 피와 살을 말리고 바이러스가 먹어가듯 마음을 까맣게 만들어 버립니다.   언제까지요?

이 악마의 지배에서 벗어나지 못하면 사람은 자유로울 수도 없고 행복할 수도 없지요. 꿈에도 잊히지 않는 이 일/인간/사건이 사람을 피폐하게 만들고 사람을 불행하게 만들며, 비틀비틀 몹시도 비틀거리게 만듭니다. 이런 것들이 정신 의과의 단골 메뉴이기도 하고, 종교상담의 기본재료이기도 한데 아무리 종교적으로나 의학적인 Approach를 잘한다고 해도 치료가 쉽지 않습니다.

꿈자리마다 나타나서 괴롭히는 뿌리 깊은 이 원수가 오늘 밤 내일 밤 그리고 다시는 나타나지 않게 참초제근(慘草除根)하는, 바로 이거다 하는 하나의 방법이 잘 안 보인다는 것입니다. 이렇게도 해 보고 저렇게도 해 보았는데도 안 되던 한 노인이 좋은 묵상 방법을 고안하고는 미소를 짓는 시입니다.

화요일. 하필이면 일주일 내내 화가 나다가 더 이상 참을 수 없게 될 즈음인 화요일. 그 화를 치밀게 하는 화요일을 달구던 화가 넘치는 횃불 해가 꼴깍하고 넘어갈 때쯤 노인은 쓰레기통을 길거리에 내놓습니다. 수요일 새벽에 쓰레기 차량이 와서 차에 달린 기다란 로봇 팔로 쓰레기통을 집어 들고 차량 컨테이너에 집어넣어서 쓰레기를 거둬 가기 때문입니다.

노인은 그중에 음식 쓰레기통을 내어놓고 뚜껑을 엽니다.

그리고는 일주일 내내, 하루 이틀 쌓이고 쌓이면서 자기네들끼리 서로 끌어안고 더 썩어 가는 음식쓰레기의 냄새도 깊이 들이마시고, 비닐 속에서 마구 썩어 가는 그 징그럽고도 더럽기 짝이 없는 쓰레기를 머리 숙여 자세히 들여다봅니다. 그 모습이 바로 자기의 머리 속에서 썩어 가고 악취를 풍기는 인간/사건이라는 것을 Real하게 묵상하는 것이지요.

　　　그러면서　　　입가에 야릇한 미소　　　　　를 짓습니다.
　자기는　　　이제 더 이상 괴롭힘을 당하지 않는다　고.

내 마음은 물론이고 내 몸까지 썩게 만드는 저 쓰레기 인간, 사건들을 싹 비워 버리는 찬란한 예식을 거행하면서요. 이렇게 해도 일주일 되면, 또 썩어지는 부분이 보이더라도

　　노인은 이제 완전한 경지에 오른 것이 확실합니다.

　　일주일마다 미소를　　　꼬박꼬박　　　짓고 있기 때문입니다.

◑ 화요일 밤에는 쓰레기통을 내놓습니다.

　　나를 살리려 희생된 세상 온갖 물질들이 마지막을 고하며 이름을 일제히 바꾸어 버립니다. 쓰레기로. 세상 인간이 제일 혐오하는 이름. 인간 자기네들이 그렇게 만들어 놓고, 모난 돌 던지며 경멸하는 이름.　　　　　　　쓰레기.

　　쿨럭거리는 심장 뇌파 살리려
　　희생제물 된 여러 가지 고마운 이름
　　쌀 감자 배추 토마토 당근 파
　　자기들 이름 바꾸어 버리는 날이다
　　　-「쓰레기로」

　　수요일　　　수요일인가 보다
　　또　　　　　수요일
　　어제가 또 화요일이었던 거야

　　어제 분명
　　회색 통에는 시간 지날수록 썩는 것들을
　　청색 통에는 다시 녹여 쓰는 안 썩는 것
　　녹색 통에는 이파리 가지 잘려져 나간 것

470

이렇게 세 통 끌어다 길 앞에 놓았겠구나

또   수요일
덜커덩 덜커덩
무거운 쇳덩이 트럭 매연 뿜으며
시끄럽기만 하다

또   수요일
이중창문 닫아 본다   나 살리려 문 닫아 본다
                    별로 안 남은 삶 살리려고
   ㅡ「수요일 또 수요일이다」

쌀 감자 배추 토마토 당근 파
이 아름답고 경이로우며 각기 다른 깊은 향기 가진 이들을
순식간에 썩은 하나의 냄새로
둔갑시키는 놀라운 재주를 가진 동물이 만물의 영장이라지
   ㅡ「쓰레기 인간」

쓰레기통은 크기가 다 다릅니다. 억지로 잘린 잔디와 바람으로 부러진 나뭇가지들이 버려진 녹색 통이 제일 크고요. 신문이나 물병 이렇게 다시 쓰일 수 있는 것들을 담은 감색 통이 그 다음. 셋 중에 제일 냄새가 나는 것들을 담은 음식 찌꺼기 통, 회색 통이 제일 작지요. 그제 이 통들을 덜덜거리며 내놓았던 것 같은데 또 불같은 화요일이 되어 또 '돌돌', 밑에 붙은 바퀴 소리를 듣습니다. 고약한 악취와 벌레들이 들끓는 더러운 음식쓰레기. 자연으로 돌아가는 쓰레기. 재활용되어서 다시 다른 모습으로 돌아오는 쓰레기.

쓰레기도 이렇게 나누어집니다.   인간도 마찬가지 아닐까요?

어떤 쓰레기는 때를 알아, 떨어지고 낮추어 발효되어 다시 세상을 살리고/어떤 쓰레기는 자기의 모습을 갈아엎어서 다른 모습으로 부활하고/어떤 쓰레기는 그저 서로 엉키고 부패하여 고약한 끝 모습 보이고 사라집니다.

깨끗하기만 한 인간이라고 자부하는 사람일수록 오히려 더 쓰레기일 수 있습니다. 주위의 가까운 사람들에게 배신당하고 실망을 크게 하다가 보면 조금 과장은 되지만 인간은 다 쓰레기 같은 존재가 아닐까 하는 생각도 듭니다. 그렇게 모두 아름답고 향기로운 것들을 며칠 만에 썩은 냄새로 만드는 놀라운 동물이 바로 인간이기 때문에 그런가요?

수요일 - 물로 씻어 내는 水요일 아침. 쓰레기통을 나르는 트럭도 세 종류입니다. 다 크기도 크고 브레이크 밟는 소리, 통 올리고 내리는 소리. 떠나는 소리. 매연은 또 얼마나 나는지요. 시끄럽고 매캐하고 그렇습니다. 쓰레기 차답지요. 수요일 아침에는 문을 열었다가 이 소란한 소리가 나면 얼른 이중으로 된 방의 창들을 닫아 버립니다.   조용합니다. 견딜 만하고요.

사람이 살아 있다는 것은 시끄러운 일이 있다는 것이기도 합니다.
마음의 창을 닫아 버리기는 어렵지 않은 일.

이것을 못 하여 세상 소음/쓰레기에 휩싸여 쓰레기 되는 사람들이 제법 많답니다.

진절머리 내고   넌덜머리 내야
그곳 발길 돌리고   저곳 맘길 돌려서
머리 살리고   생명 살리고
 -「머리 살리기 나 살리기」

진저리나는 것, 넌더리 나는 것을 세게 말하고 속되게 말할 때 진절머리 난다, 넌덜머리 난다고 하지요. 몹시 싫은, 너무나 싫은, 정말 싫은 것을 표현할 때 표현하는 말들인데, 넌덜머리는 생각일 경우, 진절머리는 몸 행동일 경우입니다.

넌덜머리와 진절머리의 차이를 조상님들이 알고 그러셨는지 그냥 그렇게 은율 상 만드셨는지, 머리로 끝나는 것이 흥미롭습니다.

거의 모든 사람은 참으로 싫은 사람/일에 대한 기억들, 느낌들로부터 머리를 점령당하게 되면 괴로워합니다. 그저 힘들어합니다. 그냥 피곤해 합니다. 그러면서 잠도 설치고, 당연히 머리 아파하면서도 또 그 나쁜 상황에 자기 머리를 내어 주는 것을, 반복에 반복하면서 살아갑니다. 하지만, 현명한 소수의 사람은 힘들고 싫은 사람들/사건들에 대하여   넌덜머리에다가 진절머리를 냅니다.

그 사람, 그 사건에 대하여 지긋지긋하여 몸까지 떨어가며 이를 갈아가면서 정말 정말 싫어해 봅니다. 그렇게 되면, 그 사람/사건이 지금 얼마나 나의 머리에 타격을 주고 있는가를 절실하게 느끼게 되지요. 나의 머리에 결정타를 쉴 수 없이 날리고 있는 이 심각한 상황에서 정말 탈출하고 싶은 욕망이 진정으로 생기면서 생명의 위험까지 느껴 봅니다.   탈출하기 위해섭니다.

그 너더찝껄(너덜거리면서 더럽고 찝찝하면서도 껄끄러운)한 기분으로 또 가려는 발길을 매몰차게 돌리고, 머리를 살리고 생명을 살리는 길로 들어가지 않는 사람들은 사망의 고속도로로 깜빡이를 '깜바박 빡'키고 진입을 하는 것이 됩니다.

머리를 살려야 내가 살게 됩니다.

스스로 외로움 택한 코요테는

어제도 오늘도 달뜨지 않는다고   울지 않는다

하늘이 쪼개지는 천둥소리에도
빗방울 쏟아붓는 그런 날에도   울지 않는다

속 시끄러운 이들 볼 때는 외로워
보이지만 절대로 외롭지 않은
물리다 떨어지다 쫓기다 찢긴
상처 아물지 오래건만 핥고 있는
    -「늙은 코요테는 아직도 상처를 핥는데」

미국 사람들은 '카요리'라고 발음하는 코요테는 남가주 지역
에서 흔히 볼 수 있는 맹수입니다. 개과인 코요테는 우는
소리가 늑대와 비슷하나 자세히 들어 보면 늑대보다 더욱 〈생활형
처절 울부짖음〉입니다. 이 들의 짧은 탄식 긴 하소연을 듣고 있노라
면 참으로 힘든 이민자들의 몸부림 소리같이 들립니다.

집 앞 산길에서 이 코요테를 가까이 본 적이 있습니다. 자기의 발
을 핥고 있었지요. 내가 가까운 거리에 있었는데도 아랑곳하지 않
고 핥는 데만 열중하고 있었습니다. '야 - 이런 녀석도 나를 사람 취
급하지 않는구나 -' 이런 생각과 '아- 많이 다쳤구나 -' 하는 생각이
왔다 갔다를 반복하고 있었는데 코요테는 한참이나 하던 같은 동작
을 갑자기 멈췄습니다. 상처가 매우 아픈가 걱정해 주었더니 이 녀
석은 벌떡 일어나서 부상은 무슨…. 하듯 그냥 뒤태를 보이며 걸어
가기 시작했지요. 가는 녀석은 다리를 저는 것도 아니고 불편해 보
이지도 않고 멀쩡하였습니다.

제법 안 보일 때까지 쳐다보다가 이렇게 생각하기로 하였습니다.
"아마도, 오래전에 어디에서 떨어졌든지 누구에게 물렸든지 큰 상
처가 있었나 보다. 그 상처를 그저 잊지 않기 위해서 저 녀석은 시간

날 때마다 그것을 기억해서 다시는 같은 실수를 하지 않으려고 저랬었나 보다." 이렇게요.

　　　　　상처를 자주 핥는 이는 행복하다
　　　　　다시 당하지 않으리
　　　　　　-「상처는 낫지 않아도」

　다른 **아마도**는 〈저 녀석은 절대로 울지 않는 녀석일 것〉이라는 생각도 들었습니다. 하늘이 쪼개져 폭포 소나기 그칠 것 같지 않은 날에도 울지 않고 남들이 보기에는 처량할 정도로 외로워 보이지만 절대로/전혀 외롭지 않은　　　당당한 자유수(獸)임이 틀림없다　는 생각까지 들자 입가에 미소가 빙그레 돌았습니다.

넋이 나가고 싶다
어제 그림이 오늘 똑같이 되는 앞에

정말 멍하고 싶다
아무도 그 아무도 사람같이 안 보여

꽃잎 떨어지는 것 보고
해 침몰되는 것 보면서
내 넋이 있거나 말거나 멍하고 싶다
　-「넋 나가고 싶다」

넋이 무엇일까요? 라고 묻는 것은 멍한 일입니다.
영혼, 얼, 혼(魂), 혼령(魂靈), 혼백(魂魄)과 같은 뜻이라고 모두 이해하고 있지요. 넋 하면 떠오르는 것은 단심가(丹心歌)입니다. 정몽주는 죽음이라는 절대적 권력 앞에서도 당당하기만 합니다. 〈백골이 진토 되어 넋이야 있고 없고 임 향한 일편단심 가실 줄이 있으랴.〉

넋은 사람의 몸을 자유롭게 나가고 들어옵니다. 정수리로 출입을 하는 것 같기도 하고, 입이나 눈 그리고 코를 통하여 그런 것 같기도 합니다. 어쩌면 몸의 아무 데서나 들락거릴 수도 있지요. 그렇다면 몸은 문도 없는 그저 고깃덩어리인지도 모릅니다.

육신을 지배하면서 자유롭게 출입하는 영, 혼, 넋은 인간의 핵심이자 중심 그리고 존재 그 자체인데,

객체인 몸이 너무 힘이 들어서 넋, 혼을 지키기가 벅찹니다.

매일 똑같이 펼쳐지는 동영상 앞에서 어이가 없습니다. 말도 안 되는 일이 아무렇지도 않게 매일 일어나고 있으며, 사람의 양심을 가진 인간 보는 것은, 천연기념물 보는 것보다 더 힘이 듭니다. 사람이 사람으로 안 보입니다. 이럴 때는 그저 바람이 이리저리 나뭇잎 희롱하는 것, 사람들 모두를 빡세게 달구던 태양이 드디어 침몰하는 것이나 보면서 넋이 나가고 싶습니다.

넋이 있거나 말거나 그거 별거 아닙니다.

넋이 훅 나가면 얼마나 행복한 줄 아십니까.

얼 나간 것이 얼마나 기쁨인 줄 아시냐고요.

얼이 '우우욱' 나가주어

물끄러미 멍하니 아무거나 안 보는 그 상태 극락정토입니다.

Great Basin Desert는 미국 최대의 사막입니다. 켈리포니아, 네바다, 유타, 오래건, 와이오밍, 아이다호에 걸쳐 있습니다. 위치가 북쪽이기 때문에 밤에는 추운 곳이지요.

사하라 사막은 한반도의 45배, 아라비아 사막은 11배, 고비 사막

은 7배, 칼라할리사막은 3.5배, 파타고니아 사막은 3배, 그레이트 빅토리아 사막은 3배, 시리아 사막은 2.5배, 그레이트베이슨 사막은 2.3배의 크기를 갖고 있습니다. 얼마나 넓은 지역인지 짐작이 어려운 곳들이지요.

사막에는 무엇이 없는 듯하지만, 사실은 무엇이 있습니다.

사람 사는 것이 참으로 삭막하지만, 사실은 의미가 있듯이

아무것도 볼 것 없는 걸 보러 가는 곳
황량한 마음 갖고 황량함 보러 가는 곳
따끔한 세상인심들 확인차 가 보는 곳
나 정말 모래알 정도라는 것 느끼는 곳
어느 곳에 나 목 마르다는 것 아는 곳
내 곁 누가 없다는 것 느끼게 하는 곳
가도 가도 같은 모양 세상살이 같은 곳
너무 뜨거워 언어 증발되어 버리는 곳
지금 외 앞 뒤 보는 것 소용없다는 곳
길이 없어 그냥 걸어야 하는 무서운 곳
　－「사막에서 진리」

유일신의 기독교, 이슬람교, 유대교의 발생지는 사막입니다. 기온이 높고, 밤과 낮의 일교차도 크며 물도 귀하고 농사도 쉽지 않은 척박한 땅이지요. 이런 사막 지역에서 사람들은 서로 단결하여서 자연과 싸워야 했습니다. 현대인들은 문명의 혜택으로 풍요롭게 살아가는 것 같지만, 사실 그 삶을 들여다 보면 사막에서 사는 것과 다름없습니다. 자연과 싸우는 대신, 자연보다도 더 큰 의미를 가진, 자기 자신과 처절하게 싸워야 합니다.

자기 자신과 싸워서 이기지 못하면
자기 증발이 되어 버리고 마는 싸움
진정한 사람에 목말라 하고 군중 속에 있어도 외로우며
길로 다니는 것 같지만 길을 잃고 헤매는 사람들 넘치고
황량한 곳에 있는 것조차 모르니 더 황폐하기만 한 사람들

왜 애 앵
사이렌 경보소리
탁 타 닥
내 팔 때려보았자
이미 뽑을 것 뽑고 지나간 뒤

이불 덮어쓰고 이마만 내어놓으니
이마에도 활화산 심어놓고 갔구나

남들이 열심히 살려 몸 살려놓으면
너는 그냥 놀다가 빨대만 들이대니

몸집도 작은 놈이 참으로 못됐구나
조물주 왜 만들었을까 궁금하기만
    ―「모기 I」

빨간 피 빨리지 않으려
매캐한 연기도 피워보고
벌건 가려움 피하려고
대공 그물망 속 도망치고

478

그래도 뼛 속까지 독침
끝까지 쫓아다니는 빨대
-「모기 II」

여름을 귀찮게 하는 것 중에 대표는 모기이기에 다시 한번 생각
해 봅니다. 모기 한 마리가 집안에 들어오면 식구들이 며칠을 고생
하지요. 야행성이 강하고 잘 숨어다니니, 모기를 잡기가 여간 어려
운 것이 아니고요.

현재 모기의 모습은 4,500만 년 전 화석에서 발견되었습니다. 그
때 살아 있을 때 뽑아 먹었던 피도 몸 속에 그대로 있는 채였지요.

모기의 수컷은 피를 먹지 않고 꽃의 꿀을 먹습니다. 사람에게 해를
끼치는 것은 암컷이지요. 인간의 몸에 빨대를 꽂고 피를 뽑아 먹고
말라리아, 뎅기열, 황열병, 지카 바이러스 같은 무서운 전염병을 인
간에게 옮기는 것은 물론이고, 사람들에게 공포감까지 주는 것이 모
기입니다. 사람을 포함한 동물은 열심히 먹이를 찾아 먹고, 노력하
여서 생명의 피를 만들어서 몸 곳곳에 보냅니다. 그런데 모기는 아무
것도 안 하고 가만히 있다가 몰래 숨어들어서 상대방이 모르게 슬쩍
몸에 빨대를 '콕' 꽂아서 피만 쏘옥 뽑아냅니다. 그리고는 그 자리에
자기의 발자취를 남깁니다. **뻘건 상처. 무서운 병.**

모기는 움직이는 것이 - 노출이 잘 안 됩니다. 그래서 우리는 모
기가 가까이 오는 것을 모르지요. 모기는 우리가 먹잇감임을 냄새로
잘 알아차리고요.   우리는 스스로 먹잇감임을 모릅니다.

제법 오랜 시간 피가 뽑히고 있는데도 모릅니다. 도망간 후에나 알
아차립니다. 이미 늦었다고 억울해해도 소용없습니다. 가렵고 병들
고 손해가 심각한데도요.

모기의 행태를 가만히 생각해 보면, 인간도 이런 부류가 있는 것

을 알 수가 있습니다. 슬슬 놀다가 열심히 일한 사람의 피만 빨아먹는 흡혈충, 기생충 부류의 사람 누구입니까? 주위를 둘러보시지요. 그런 계층의 인간들은 놀랍게도 나하고 가까운 곳에 있는데 우리는 그것을 모르고 있습니다. 적어도, 이런 행태를 가지고 있는 인간 부류 근처에 가는 것은 피해야 합니다.

너무 달려들면, 겉에서는 보이나 속으로는 못 들어오는 모기장 같은 도피처로 피하고 내 주위에 매캐한 연기를 만들어 옛날 모기향 효과도 피워야 합니다.

◑　살다가 보면, '내가 지뢰밭에 들어와 있구나.'라는 생각이 절실합니다. 한 발 사람에게 디뎌보았는데 그 사람이 발목 지뢰입니다. ooops 놀라서 다른 사람에게 도움 내지는 위로받으려 다른 발 대며 보았더니, 발목만 자르는 발목 지뢰가 아니라 나의 목숨을 한순간에 앗아가 버리는 살상 지뢰이고 말았습니다. 사람 사는 것이 어쩌면, 어찌 어찌하며/이리 아슬아슬하게 살아가는 것이지요.

어차피/아무래도/그래봤자
인간은 걷는/걸어야 하는

한발 내딛고 또 다른 발 내디디며 걸어가다가
한발 뻗어 땅에 내리는 순간
어라/얼씨구 발목을 자르는 지뢰를 밟았고
흠칫 아찔 놀라 한발 덜덜 못 움직이고
다른 발 주춤 디뎠는데 그마저
그만 몸 산산 날아갈 살상지뢰 밟고
　－「어찌 어찌 살다 보니 지뢰밭」

두 발을 지뢰에 얹어 놓은 사람을 누가 구해 준답니까? 아무도 안 구해 줍니다. 내가 나를 구하는 수밖에 없는데 다행히도 진짜 지뢰가 아니니 엄살 피우지 말고 내가 스스로 나의 발길을 돌리면 됩니다. 앞으로는 지뢰밭 근처에 얼씬도 하지 마시고요.

　진짜 지뢰가 아직도 전국 곳곳에 매설되어 있다고 하지요. 매설 경고 표지가 되어 있다고 합니다. 하지만, 눈에 보이지 않는 삶의 지뢰는 매설 경고 표시가 되어 있지 않습니다. 다만, 주위에 삶의 선배들이 어떻게 해서 지뢰를 밟았는지를 보고 조심하는 수밖에는 없는데….

　누가 보아도, 지뢰가 여기도 저기도 많이 묻혀 있는 그 살벌한 밭에
　　　　　　무슨 매력이 있는지,　　　　무슨 향기가 나는지,
　　　　　　　　　　　　　　　　　　무슨 노다지 있는지,
　그 곳에 서성이는 사람이 여기도 보이고 저기도 보입니다.
　혹시 그대가 그중에 한 사람이지는 않겠지요.

검은 옷자락 사이 숨긴 칼
섬광으로 하늘 땅 가른다
구름 속 자객

천둥 빗방울도 없이 불 날
수없이 휘둘려지고 있는데
산을 오르다니
　-「마른하늘에 날벼락」

　북가주에 여행 중이었습니다. 가까운 곳에서 불이 번쩍합니다. 놀라서 차를 급히 세웠습니다. 벼락입니다. 뉴스에서 들었던 마른하늘

481

에 날벼락(A BOLT OUT OF THE BLUE)이었습니다. 천둥이나 빗방울은 없습니다. 그저 벼락만 땅을 내려칩니다. 하나 둘이 아니고, 수십 개의 날벼락이 떨어집니다. 캘리포니아 중·북부 지역에 떨어진 이 벼락들은 서울 전체 면적의 9배에 달하는 140만 에이커의 산림에 불을 놓았습니다. 엄청난 피해입니다. 열흘 넘게 하늘이 재로 오염이 되어서 밖으로 나갈 수 없을 정도였지요.

한국도 한 해 평균 12만 8천 회 정도의 낙뢰가 있다고 합니다. 산을 오르다가 벼락을 맞고 사망하거나, 산에서 떨어져 중상을 입는 경우가 종종 발생한다고 하지요.

> 섬광 정수리 위 번쩍이는데
> 눈썹도 안 놀라고
> 눈동자도 절대 흔들지 않는
> -「번개 타는 노인」

하늘에서 땅을 연결하는 번갯불이 바로 머리 위에서 '번쩍 쾅광'하는데도 전혀 반응이 없는 노인의 종류는 두 가지이겠지요. 하나는 '살아가는 것이 시큰둥'한 경우이고 다른 하나는 '도사 경지'입니다.

하늘을 우러러보고, 땅을 쳐다보면서 사는 것이 인간 삶의 모습인데. 이 하늘과 땅이 불로써 연결되는 바로 그 순간. 얼마나 놀랄 일인지요. 비라도 쏟아져 주면 이해의 수준이 되는데 전혀 비는 오지 않고 그냥 날벼락만 칩니다.

그러니, '이거, 어떻게 되는 거 아냐?' 겁도 덜컥 나게 됩니다.

이렇게 훨훨 타는 불의 날이 난무하는 날. 옷깃을 여미기는커녕, 하늘과 가까이 더 높이 오르려고 산을 오르는 것은 위험하지요.

이런 날벼락이 나의 삶에 떨어지는 일이, 종종 있는 것이 정상일 정도인 것이 사람 살아가는 일이긴 합니다. 날벼락이 칠 때는 번개보다 빠른 판단이 필요합니다.

　　　　　벼락이 정상이 아니거든요
　　　　기민하게 안전한 곳으로 피해야 하고요

　벼락이 정상이 아닌데, 나 자신도 정상이 아니게 행동하면 벼락은 바로 나의 정수리로 향하게 된다는 것을 아는 이는 이미 '말과 행실'에서 도사 경지입니다.

◑ 우리에게는 아침마다 새로운 하루가 배달됩니다. 그 하루 옆에는 하얀 화폭이 하나 같이 배달이 되고요. 이 화폭에 어떤 도구로 어떤 모양을 어떤 색채들을 써서 그릴 것인가는 전적으로 나에게 달려 있습니다. 어느 누가 매일 또 같은 그림만 그리는 사람의 그림을 잘 그렸다고 할까요. 나 자신에게 물어보아도, 내 그림의 예술 가치를 따지는 것을 떠나서, 시큰둥 쳐다보기도 싫을 것입니다.

　　　　매일 아침 배달되는 신문지 옆
　　　　하얀 화폭 하나 같이 놓여진다
　　　오늘도 어제 같은 그림만 그려
　　　어느 누가 그림 잘 그렸다 할까

　　　　매일 아침 배달되는 우유 옆에
　　　　나 그려야 하는 도화지 놓인다

　　누구는 하루 종일 꽃 그리고
　　난 남 그리는 모습만 그리니
　　　─「오늘 어떤 그림을 그리고 있는지 물으시라」

어떤 사람은 다른 사람이 그리는 그림만 매일 열심히 보는 사람도
있답니다.   오늘 어떤 그림을 그리고 계신지요.

구 생명출현시대는 고생대 중생대 신생대로 나눈다고 하지
과학적으로 틀리거나 맞거나 관심 없는 이론

내 생명출현 시대 구분은
따귀 맞던 시대 걷어차이는 시대 패대기쳐지는 시대만이
과학적 고찰될 것이거늘
　-「Coooool한 나의 시대」

지구 생성은 과학적으로 45억 년쯤으로 보고 있고요. 30억 년 전
쯤에 지구상에 최초의 생명이 출현한 것으로 보고 있습니다. 생명이
출현한 뒤부터의 지구의 연대는 생물 발달한 단계에 따라 5억 8천
만 년 전부터 2억 5천1백만 년 전까지의 지질 시대 고생대(古生代,
Paleozoic Era), 약 2억 5,220만 년 전부터 6,600만 년 전까지 약
1억 8,000만 년 정도 지속되고 중국, 한국, 일본 땅이 맞붙어 있었
던 중생대(中生代, Mesozoic Era), 약 6,600만 년 전부터 현재까지
신생대(新生代, Cenozoic Era)로 나뉩니다.
　그럼 cool 보다 더 쿨한, 나의 coooool 한 시대는 어떻게 나눌까
요? '아무튼 먹고 살아야 한다.'를 가훈으로 삼고 나이 들수록 따귀
맞은 횟수가 많아지기만 했던 대한민국 건설의　　'싸대기 시대'
　나의 권리와 자유는 어디에다가 처박아 두었는지 기억도 나지 않
고 달려왔건만 여기저기서 걷어차여 할 수 없이 밀려나고 만
　　　　　　　　　　　　　　　　　　　　　'걷어차인 시대'
　밀려나서 조용히 있는데도 가까운 사람들에게서도 내동댕이쳐지

로 나뉩니다. 네오 사회학적으로요.

　　　　지극히 씁쓸한 네오 과학적 시대 구분 방법이지요.

나는 당신이 좋다
하늘과 닿은 산꼭대기 올라 내려가지 않고
다시 보이는 더 높은 울퉁불퉁 구불구불 길 오르고
또 오르다 산길처럼 주글주글 주름지고 만 당신이 좋다

나는 당신이 좋다
더 오를 수 없을 쯤 끊긴 길섶에
쓰러진 야생화가 되고 만 당신이 그렇게 좋기만 하다
　ー「산맥이 되고 만 내가 좋다」

신은 누구에게나 하늘과 닿은 산봉우리를 보여준다
헉헉대며 오른 누구에게나 신은 더 높은
산봉우리를 또 보여준다

보여주고 또 보여주고
오르고 또 오르고

그렇게 누구에게나 끼리는
산봉우리만 오르다 산맥이 되고 마는데
그 산맥 꼭대기길이 끊어지는 낭떠러지에는
지폐 불 그슬린 플라스틱 꽃이 만발하고 있다
　ー「산맥 속 속기만 한 내가 싫다」

여기 당신과 내가 있습니다.

산봉우리만 허겁대며 오르고 또 오르다 산 같이 된 　**당신이 좋고요.**

　　구불구불 울퉁불퉁한 얼굴 되고만 당신 같은 　**나도 좋습니다.**

그렇게 산만 오르다 보니 많은 산이 모인

　　산맥이 되고 만 당신의 삶이 가여워서 　　**싫고요.**

　　소비 경제 산맥 낭떠러지에서 **돈의 열기에 퇴색**되고 만 플라
스틱 야생화들 무더기인 무덤가에 쓰러져 있는 당신 그리고 쓰러질
나의 가련한 삶 　　　　　　　　　　　　　**너무 싫습니다.**

　그 일로

　그 말로

　그 인간으로

가슴이 먹먹 하다가 급기야

심장이 파르르 떨길래

창문을 활짝 열어 버렸다

열자마자 매연이 화악 들어왔다

　-「살려주세요 피할 곳이 없어요」

사람들의 가슴이 답답한 것은 그 사람. 그 말 한마디. 그 일 때문입
니다. 정치, 경제, 사회, 문화, 종교 그런 일 때문에 가슴이 억눌리고
있는데 가까운 그 사람 그리고 주위의 거친 말 때문에 가슴을 더욱
먹먹해하며 살아갑니다. 가슴이 답답할 때는 창문을 바로 '후다닥,
스윽' 열어젖히기 마련이지요. 시원하고 상쾌한 공기를 기대하고 창
문을 급하게 확 열었는데, 미세먼지와 매연이 환상적 비율로 잘 칵테

일된 매캐한 공기가, 활짝 열어본 두 콧구멍으로 '화악' 들어옵니다. 게다가 바로, 고급 외제 스포츠카가 눈에 잘 안 잡히게 빨리 지나가며 매연을 뿜어대길래 자동적으로 문을 잽싸게 닫아 버리고 속으로 소리칩니다. 젠장 다들여 답해 답다 쬬쯩여 .

누구 발길에 걷어차여 강물에 빠졌다
누가 동아줄을 던져주어서 붙잡았다
밧줄은 썩은 줄이었고 나는 물길 속으로
누가는 누구였고 그 누구는 수십 명이고
  ─「나를 살리는 것은 나뿐」

누가 나를 걷어차서 나는 급류 강물에 내동댕이쳐졌습니다. 그 누구는 내가 가깝게 아는 사람일 수도 있고, 모르는 사람일 수도 있습니다. 물에 쓸려나가는데 앞쪽에서 누가 구명 밧줄을 던져줍니다. 당연히 급하게 앞뒤 안 재고 잡았습니다.

그런데 그 밧줄은 썩어 버린 줄이었지요. 그 밧줄을 내려준 사람은 무슨 이유로 그랬는지는 전혀 중요하지 않습니다. 왜냐하면

살다 보니 나에게 **썩어 버린 밧줄을 내려준 사람이**

하나 둘이 아니었기 때문입니다.

밧줄의 의미는 구해 준다는 것. 생명이 위협을 받으면 생명을 구해 주고 해결책이 급박하면 해결책을 제시해 준다는 것.

길이 안 보일 때는, 그럴듯하지만 실질적인 길은 못 되는 그런 길이 아니고 확실한 GPS를 제공하여 주어야 그것을 밧줄이라고 할 수 있습니다. 살아온 길을 돌아보면 나를 구해 주는 실질적인 밧줄은 별로 없었습니다.   실제로 살아가면서 중요한 것은

    1. 내가 남에게 걷어차이지 않게 절대로 조심하여야 하고

2. 위험한 급류 근처에 가지를 말아야 하며
3. 나를 구하는 것은 남이 아니고 나 스스로인 것임을 깨닫고 나의 수영 실력을 꾸준히 연마하여 내 힘으로 물길에서 살아 나오는 것 - 이렇게 세 가지입니다.

찌지지지 직
오른쪽으로 돌려 본다
삐비비비 용
왼쪽으로 또 돌려 본다

아무것도 잡히지 않으니
　-「행복 주파수」

아무리 주파수가 남실댄다 해도
아무리 SNS 변종 넘실댄다 해도
　-「내가 주파수 안 맞추면」

전파는 파도와 같은 모양이지요. 1초 동안에 진동하는 수를 주파수라고 하고요. 진동하는 수가 1초 동안에 1번 진동하는 단위를 1Hz(헤르츠)로 합니다. 전파의 속도는 빛의 속도와 똑같습니다. 1초에 지구를 일곱 바퀴 반, 300,000km를 돌지요.

전자파를 주파수 순으로 펼쳐놓은 것이 '주파수 스펙트럼'인데 무선통신에 사용되는 주파수 범위는 3,000GHz(3THz)까지입니다. 라디오 방송, 단파통신, TV 방송, 자동차 전화, 위성통신 별로 범위가 다르고요. 통신의 범위가 넓지 않은 옛날에는 라디오 듣는 것이

유일한 방송 수단이었습니다. 라디오를 들으려면 좌우로 버튼을 돌려서 주파수를 맞추어야 라디오 소리를 들을 수 있었습니다. 주파수가 안 맞으면, '지지지직 삐용 삐용 -' 잡음이 들렸습니다. 잡음도 안 잡히면 아무 소리도 안 들렸었고요.

현대인들은 너무 많은 소리에 노출되어 있습니다. 그 소리가 내 머리에 여과 없이 마구 물밀듯이 들어와서 정신을 익사시켜 버립니다. 흙탕물에요.

넘쳐나는 SNS의 정보에 현대인들은 숨을 제대로 못 쉬고 있습니다. 아가미가 덤으로 필요할 지경이지요.

헉 헉

　　　　그대 숨이 거칠군요

후 후

　　　나도 호흡 벅차고요

　-「현대인에게는 아가미가 더 필요하다」

실제로는 아가미가 생길 리가 없으니 -

　　　내가 주파수를 조정해야 합니다.

　　　내가 주파수를 차단해야 합니다.

새벽　　　　뿌연 창 너머

　　　　비오고 있는데

위성

　　　일기 예보는

　　　오늘 흐리단다

　-「아직은 좋은 깜깜이」

살만한 세대인가 아직은

컴컴한 하루처럼 컴컴한 밤에는 그저 밖이 컴컴하였습니다. 고국 여름 날씨처럼 후덥지근 한여름 같았고요. 창문을 활짝 열고 보이지도 않는 밖을 내다보았지요. 새들은 지금쯤 무엇을 하고 있을까?

꽃들에는 지금 무슨 일들이 일어나고 있을까? 땅을 기었던 개미들, 이름 모를 그 작은 벌레들은 또 무엇 하고 지낼까?

왜 깜깜한 밤에는 이런 것들이 더 궁금하여질까요.

그런 생각을 하다가 하얀 커튼으로 깜깜한 밤을 막아내고, 잠자리에 들었습니다. 새벽에는 꼭 나를 흔들어 깨우는 이가 있습니다. 그가 누군지는 나만 압니다. 습관에 묶이어 일어나서 하얀 커튼을 옆으로 밀었더니…. 비가 소리도 없이 솔솔 오고 있었습니다.

미국 생활, 사막 생활. 노마드 생활 38년 만에 처음 일어나는 일입니다. 7월 말인데, 비가 옵니다. 3월부터 11월까지는 비를 구경조차 못 하는 지역에서 말입니다. 솔솔 오던 비가 갑자기 쏴아 합니다.

이렇게 삭막한, 보면 볼수록 답답하기만 한 하늘을 여러 조각 내버리는 번갯불들.

어제 내내 세상에 떠돌던 온갖 잡스러운 시끄러운 소리가 잠들 때까지는 물론이고 꿈속에서도 달팽이관을 돌돌 돌면서 머물렀었는데, 그 소음들을 한순간에 몰아서 잠재우는 멋있는 천둥 교향곡. Tropical 장소에서만 구경하였던 장대비. 이렇게 시작되어준 '쏴아 - - '는 이틀 동안이나, 그렇게 멋진 여름 향연을 즐기도록 하여 주었습니다.

문우 시인들이 비가 오는 사진을 보내고, 비디오를 보내며 시를 보내왔습니다. 서로 시를 보내고 받는 동안, 빗소리는 한없이 우리 마음에 힐링을 가져다 주었지요.

490

저는 비가 그친 후 찍은 바닷가 일몰 사진과 함께 단톡방을 나가며
이렇게 보내 주었습니다.

일몰 가까운가
번개 다녀갔고

바람이 좋구나
천둥 다녀가니
　―「석양이 이렇게 좋은데 일출만 찾다니」

번개가 다녀간 후 일몰이 아름답기만 하구나. 그대들 같은 넉넉한
석양이 좋네요. 천둥소리도 이미 떠나갔습니다. 그러니 바람도 그
지긋지긋한 바람도 좋기만 하네요. 역시 석양 같은 나와 당신들이
있어 세상 살아가는 것이 견딜 만하네요.

여름이란다
다들 덥다고 하는 걸 보니

한 방향으로
개미 우르르 다닌 걸 보니

까맣고 까만
짐 진 짐 안 진 개미 떼들
　―「혼자 거꾸로 가는 개미 하나 누구냐」

여인들은 더 이상 올라갈 수가 도저히 없는 데까지 올라간 짧은 바

지를 입고 다니고 남자들도 다리에 숭숭 난 털을 그대로 들어낸 쌍둥
바지를 입고 다니는 것을 보면 확실히 날씨가 덥긴 더운 모양입니다.

건물마다 냉방 시설이 있지만, 그 건물 사이를 이동할 때, 그 잠시
도 못 참아 부채를 자기 성질 도수만큼 '파다다 닥' 흔들어 대고 있
고요.   이렇게 더울 때마다

하늘은 그렇다 치고   땅은 어떻게 되는가?

하면서 지열이 '화아끈' 올라오는 땅을 보면

영락없이   개미들이 한 방향으로 우르르 몰려다닙니다.

그렇게 발걸음 들이빠른 것을 보면 여섯 다리를 땅에 댈 수 없
을 정도로 세상 땅이 뜨거운가 봅니다.

그냥 다니는 것도 힘들 텐데, 하얀 옷도 아니고 검은 옷을 입고 다
니는 개미들. 짐을 입으로 물고 다니는 개미들. 어떤 개미들은 그냥
앞의 개미 뒤만 쫓아 다닙니다. 바글거리면서요. 그런데 한 마리가
무리에서 떨어져 홀로 멀리 갑니다.

뜨거운 세상을 떠나 자유를 찾아서

개미들 행태를 보면,   어쩜 인간들하고 똑같은지요.
개미 속에 나를 보는 사람은 개미가 아닙니다. 당연히,

못 보는 인간은 개미이고요.

까맣다면 모를까
하이얀 파도 더미 밀려 올려진 포식자
여태껏
잘 견디어 낸
상어의 꿈마저

모래보다 더 잘게 부시나
 ―「파도는 상어마저 모래로」

492

안개가 슬쩍 낀 해안가를 걸어 보았습니다.

남가주의 해안은 어디를 가나 미역이 널려 있지요. 한국과 같이 비릿한 냄새가 나기는 마찬가지입니다. 미역은 한국, 중국, 일본 바다의 낮은 수온 지역에서 자연 서식하였다고 합니다. 당나라 때 서견이라는 사람 중심으로 지은 백과사전 같은 초학기에 '고래가 새끼를 낳은 후에 미역을 스스로 뜯어 먹고 산후상처 치료를 하는 것을 보고, 고려 사람들이 사람들 산모에게 미역을 먹인다.'라고 기록하였다고 하지요. 그래서 산후선약(産後仙藥) 또는 '첫국밥'이라고 합니다. 산모에게 주는 미역은 길고 넓은 것을 쓰고, 이 미역을 살 때는 값을 깎지 않는다고 하고요. 이런 미역이 해안가에 파도에 밀려 끝도 없이 널려져 있습니다. 자연산 미역에 자연산 건조법으로 미역을 공짜로 생산하고 있는데, 주워서 가지고 가는 사람은 보이지 않습니다. 밀려오는 파도와 미역을 보아가면서, 어슬렁어슬렁 걷고 있는데, 좋지 않은 노인의 눈 망막에 확- 하고 맺히는 것이 있습니다.

상어 – 바다의 상위 포식자 상어입니다.

상어의 상징인 지느러미가 죽어서도 하늘을 향하고 있습니다.

상어는 고생대부터 지금까지 진화하였다고 하여서, 살아있는 화석으로 알려져 왔지만 사실은 그렇지 않지요. 상어의 순 한국말은 '두루치'입니다. 한자로는 사어(鯊魚)로서, 음운 변화를 거쳐 상어로 되었습니다. 바다의 포획자라고도 불리며, 인간을 잡아먹는 무서운 물고기로 알려져 있습니다. 하지만 사람을 가장 많이 죽이는 생명체의 1위는 모기이지요. 모기는 연간 725,000명의 사람을 죽이고 있으며, 2위는 인간 425,000명입니다. 인간에게는 인간이 그렇게 무서운 존재입니다. 3위와 4위는 각각 뱀, 개이며 그 사람 다음 순위는 체체파리, 침 노린재, 민물 달팽이, 회충, 촌충, 악어, 하마, 코끼리, 사자가 뒤를 잇고 있습니다. 인간에게 상어가 위협적인 존재가 될 그것으로 생각하지만, 사실은 연간 1억 마리 상어를 죽이고 있는 인간이, 상어에게 무서운 존재이지요.

인간에게 두 번째로 위협적인 존재는　　　　인간입니다.

상어에게 위협적인 존재도　　　　인간이고요.

인간은 이렇게 무서운 존재이기에, 어쩌면 가까이하면 안 되는 개체일 수도 있습니다. 사람이 살아가며, 겁나고, 두렵고, 큰 손해를 입는 것은 가까이 아는 사람으로부터인 것만을 보아도 그렇지 않습니까? 사기를 당하는 것도, 시기를, 미움을, 모함받아 나를 나락으로 떨어트리는 것도 곰곰이 생각해 보면 나와 가까웠던 사람들, 또는 나와 가까운 사람으로부터 소개받은 인간들입니다. 그런데, 사회생활을 잘하려면 많은 사람을 사귀어야 한다고 사회 선배로부터 가르침인지, 그르침인지를 받고, 그것이 맞는가 보다 하며

반짝거리는 것 같은 것
쓰레기로 분명 보이는 것
촘촘 쇠망에 올려놓고는
누렇게 된 시간 흔들대면
　－「세월이란 체에 가르침과 그르
침을 걸러보면」

'가능한 많은 사람과 인연 얽히기'를 하며 살아갑니다.

사람을 많이 사귀면, 상어의 이중 구조 이빨보다도 더 무서운 상처를 받아가며 살 확률도 높아지게 됩니다. 젊었을 때는 상처 복원력도 빠르고, 아무리 힘들어도 그 사람 다음 날 일어나면 개운할 정도로 팔팔한 기운이 넘치지만, 나이가 들면, 피부를 눌러도 올라오는 속도가 전혀 안 보이는 것처럼 늦어지기 마련입니다. 그러니, 나

494

이가 들어갈수록, 사람들 만나는 것도 소수의 사람을 깊이 사귀면서 지내는 것이

생명 연장 상   영혼 보호 상   그리고

젊어서 많이 받아온 상처들에서 보상하는 차원상 좋지 않겠습니까?

백사장에 숨쉬기와 심장박동을 멈추고 파리 떼들에게 몸을 내어 주고 있는 저 상어의 지느러미를 보며, 제자들에게 상어 사진을 보내 주었더니, 반나절 만에 답변들이 돌아왔습니다.

"불쌍하네요.ㅠㅠ"가 주류이고요.

답신 중에서 제일 마음에 드는 것은

"상어가 왜 죽었나요?"였습니다.

상어를 죽인 것이 누구일까요? 자살한 상어일 수도 있지요.

파도가 잔인하게 밀어내어 죽여 버렸다고 생각해 보았습니다.

저 무시무시하게 너울거리는

한시도 − 멈추지 않고 달려들고 또 달려드는 파도.

평생을 나에게도 그랬던.

그래서 상어에게 시 한 편을 봉헌하였습니다. 그리고는 상어에게 봉헌된 시를 제자들에게 다시 보내 주었더니, 아무도 답장이 없었습니다. 시가 시시해서일 수도 있고, 〈사실 **시의 어원은 시시한 글** 이라고 믿고 있지요〉 시의 내용에 공감해서일 수도 있지만,

아마도가 아니고, 분명히 '무슨 뜻을 담고 있는 시'인지가 애매모호했기 때문이라고 생각해 버렸습니다.

상어는 분명 꿈이 있었습니다. 가끔 바다 위로 나와 보면, 파란 하늘을 나는 갈매기를 보고 부러워했지요. 자기도 갈매기처럼 하얀 모습으로 파란 하늘을 나는 꿈. 상어는 파도가 하얀 거품을 물고 오길래, 파도하고 친하면 하얗게 될 것이라 믿었습니다. 그래서 계속 파도 위 **거품을 타기 시작했고요.**

파도는 심술을 부리려고 태어난 마귀 사촌 사돈입니다. 사람들 타

고 다니는 배 홀랑 뒤집어 버리는 일, 평화로운 마을을 순식간에 '확
–' 넘실넘실 덮쳐서 사람들 죽여 버리는 일등은 이제 하도 해서 재미
가 없을 지경이지요. 이런 차에, 물에서 헤엄치고 다니는 상어를 골
탕 먹이는 신상이 생기니 얼마나 신이 나겠습니까. 파도는 상어를 살
살 꼬드깁니다. '맞아, 조금만 더, 조금만 더.' '너는 할 수 있어.' '목표
가 저기 보이잖아.'

상어는 결국 파도가 밀어붙여서, 모래 위로 올라오게 됩니다.
바닷가 모래 위로 올라온 것은 모두 부서지게 되어 있습니다.
모래 자체도 그 단단한 바윗덩어리가 파도에 잘린 것이거든요.
라는 뜻이 살짝 스며든 시였고요.

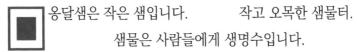 옹달샘은 작은 샘입니다.　　　　작고 오목한 샘물터.
　　　　　　　　　　　　샘물은 사람들에게 생명수입니다.

지금이야 쇠로 만들어진 수도꼭지를 틀면 물이 시원하게 쏟아지지
만, 옛날에는 지하수가 흐르는 곳을 찾아서 그 물을 끌어올리기 위하
여 땅을 파야 했습니다. 그 지하수는 수맥 탐사자 다우저(Dowser)
가 다우징(Dowsing)이라는 과정으로 찾아냅니다. 수맥 탐사 역사
의 시작은 고인돌 같은 데에 흔적이 있는 것으로 보아 길게는 3만 년
전쯤으로도 보고 있지요.

왜 거기서 멈출까　　　　　조금만 왼쪽으로
　　　　　　　　　　　　조금만 더 깊게

왜 샘물 안 나올까　　　　아닌 곳 서성이며
　　　　　　　　　　　　여기 또 아니라고
　　－「옹달샘 손짓 행복 손길」

사람은 물이 없으면 살 수가 없기에 물을 찾는 것은 인류에게 생존의 기본을 찾는 매우 중요한 일이었고요. 시골에서 이 물을 찾는 과정을 지켜본 기억이 납니다. 땅을 파고 들어가다가 물이 안 나오면 다른 곳을 파기 시작합니다. 그러다가 물이 흘러나올 기색이 없으면, 또 다른 곳을 파 내려가야 하고요.

물을 퍼내어 쓴 뒤에 가 보면 물이 또 차 있어야 하는 옹달샘. 이러한 생명수를 넘치지도 모자라지도 않게 항상 머무는 옹달샘을 찾는 일.

어떤 사람에게는 많은 사람이 따릅니다.

어떤 사람은 하는 일마다 다 잘 되고요.   반면에

어떤 사람은 아무리 노력을 하여도 사람들이 싫어합니다.

어떤 사람은 하는 일마다 실패하여 주위를 안타깝게 하고요.

누구는 항상 좋은 Idea를 내고

누구는 참신한 Idea가 없습니다.

차이는 도대체 어디에 있을까요?

　　　　타고난 재주. －　　　　그런 경우는 드물게 보았습니다.

　　　　오히려 진정성. －　　　　이런 경우가 더욱 많이 보입니다.

**　　　　　　무엇을 하던**

**　　　누구를 만나던　　진정성 하나로 대하십시오.**

세상이 변하는 모습을 보게 되실 것입니다.

　　　　내 주위가 변하는 모습 말이지요.

진정성만 있다면 무엇이든지 이루어 나갈 수 있습니다.

지금 현대에는 이곳을 둘러보아도　　　　저곳을 서성여 보아도

　　　　진정성을 찾기가 힘들기 때문입니다.

그러기에 오로지 자나 깨나　　　진정성을 내 목숨같이 하여야 합

497

니다. 반대로 진정성이 없는 일. 진정성이 없는 사람은

바닷가에 열심히 쌓은 모래성이 파도 한 번에 쓸려 무너지듯이

지금 그대 곁에 있는 자가 누구든 지금 그대가 움켜쥐고 있는 것이 돈이든 명예이든, 권력이든 그대를 떠나갈 것입니다.

한 번 떠나간 것은 다시는 돌아오지 않고요.

진정성이 있는 사람은 넘어져도 다시 일어나서 재기하는 모습을 많이 보았습니다. 진정성이 없는 사람이 넘어지면 다시는 일어나기가 어려움을 명심하여야 합니다.

항상 위태위태하게 삶을 질질 끌면서 살게 되고요.

진정성 100%인 사람

바로 옹달샘인 사람

혼자 걷는 길은
충만함 있고
둘이 걷는 길은
위안이 있지

소란스런 길가 피하고
고단한 길섶 멀리하면
–「노인 편안한 길」

노인이 되어서도 외로움을 타는 사람이 있습니다.

인간이니 당연한가요? 노인이 더 외로움을 많이 느끼지.…. 라고 생각하는 사람이 대부분입니다.

하지만, 나이가 들수록 혼자 충만하여야 합니다.

둘이 걸으면 위안도 있고 외로움이 덜하겠지만

노인들은 누구나 곧 혼자가 됩니다.
　　　시끄럽고 어수선하기만 했던 지나온 길 - 그리고
　　　뽀얀 먼지 날려 길섶까지 누렇던 그 험한 길을 멀리하고
쾌적한 길을 걷다가 편안한 마지막을 맞이하려면
　　　　　혼자　　　홀로
　　　　　　걷는　　　그 길이
마치 오래된 신발을 신고 있는 듯한 기분이어야 합니다.
　　　　　편안하고
　　　　　평온하게

꼭지 톡 따면
코를 통하여 온 몸에 퍼지는 향기

얇은 껍질 위
칼을 갖다 대니 잘 들어가지 않네

억지로 힘 줄까
날 세워 볼까

이러한 것도
또
망설여 보네

　 -「얇은 토마토 껍데기 마음 자르기」

토마토가 과일일까? 채소일까?
식물학에서는 과일로 보고 있지요.

1887년 미국에서는 관세가 문제가 되었었습니다. 채소에만 세금을 물리고 과일에는 그렇지 않은 관세법이 있었는데 토마토가 중요한 논쟁거리가 되었지요. 1893년 미연방 대법원은 "토마토가 후식으로는 쓰이지 않는다."라며 토마토를 채소로 판결하였습니다.

하지만 한국에서는 식사 때 황금사과라고도 불리는 이 뽀모도로(이탈리아어 pomodoro)를 식사 때 먹지 않고 별도로 먹기 때문에 채소보다는 과일로 인식하고 있습니다.

토마토는 16세기경에 마야와 남부 멕시코 지대에서 재배되었다는 기록이 있습니다. 토마토가 선악과일 것이라고 믿었던 크리스천들은 거의 150년간이나 먹기를 꺼렸다고 합니다. 이 토마토가 에덴동산이라고 믿어졌던 남아메리카가 원산지인데다가 모양도 그럴싸하여서 그렇게 했다고 하지요. 17세기에 들어와서야 사람들에게 많이 식용으로 전파되었는데, 이탈리아 사람들이 이 토마토를 소스로 개발하여 여러 요리에 기본재료로 쓰기 시작하면서 소비가 늘게 되었습니다.

토마토에는 몸에 좋은 여러 성분이 들어가 있다고 알려져 있습니다. 산성화된 혈액을 중화하는 작용이 있다고 알려진 칼슘, 칼륨, 나트륨, 마그네슘 등이 풍부하고 비타민 A, C는 물론 비타민 H와 P가 포함되어 있지요. 위액의 분비를 촉진시키는 구연산, 호박산, 주석산, 사과산들의 유기산이 함유되어 있고요. 특히, 토마토가 붉게 보이게 하는 리코펜 성분은 항산화 작용이 강하다고 합니다.

노화나 암의 원인 중의 하나로 지목된 과도한 독성의 활성산소가 만들어지지 않도록 한다고 하지요. 이렇게 몸에도 좋다고 하니 먹는 면도 있지만, 토마토의 향기가 좋아서 토마토를 즐겨 먹고 있습니다. 그냥 놓아두면 향기는 별로 안 나지만 꼭지를 툭하고 떼어내면 고유의 안정된 향기가 온몸을 감싸 줍니다.

요리를 위하여 칼을 토마토 위에 얹었는데 잘 썰어지지가 않습니다. 얇은 껍질에 무서운 칼이 들어가지를 못하는 것이지요.
칼날도   얇은 껍질 하나도 자르지 못하게 될 때가 있구나.
수련으로 닦은, 칼보다 날카로운 마음도
얇디얇은 잡념 하나를   때로는 자르지 못하듯이
　　　힘을 주어 자르다가 어쩌면 손을 다칠 것인가?
　　　칼을 다시 갈아 부드럽게 자를 것인가?
그것 하나도 잠시는 생각해 보아야 할 정도로 마음 하나 잡아
붙들어 두는 것이 그리 쉬워 보이지 않아 구도자들은 고민합니다.
그래서 '꾸준한 수련'이 필수입니다. 궤도에 오르기 전까지는.

아담이 어느 날 물었다
바람을 왜 만드셨냐고

하느님 대답이 없었다
그날도 그 다음날에도

아담 질문 지쳐갈 때야
긴 한숨으로 대답하시길

만든 적 없는데
　－「바람은 스스로 만드는 것」

성 서를 보면 구약 1장이 천지 창조 이야기이지요.
　　　하늘과 땅 위에 빛이 창조되고, 어둠이 생기어 빛이 낮
이라고 칭해지고, 어둠은 밤이라고 이름이 붙여집니다. 저녁 아침이

생기고, 물 가운데 궁창이 생겨서, 하늘이 되고, 하늘 아래 있는 물은 한곳으로 모여, 바다가 되지요. 땅에는 푸른 싹이 돋아 온갖 풀과 열매를 맺는 나무가 됩니다. 해와 달 그리고 별도 만드셨지요. 물에는 물고기, 하늘에는 새들, 용들, 집짐승, 들짐승, 그리고 땅을 기는 동물, 인간도 만드십니다. 이렇게 엿샛날 동안 천지 창조는 이루어지고, 하느님은 이에 만족하시며 칠일 째는 창세기 2장 초반으로 넘어가며 쉬셨다고 되어 있지요.

인간이 창조되고, 인간의 시초 아담은, 삶의 고통을 이것저것 겪게 됩니다. 이러면서 아담은 물었을 것입니다. 아담의 후예 우리가 걸핏하면 하늘을 보며 아니 하늘을 째려보며 묻듯이 말이지요.

"하느님, 나의 하느님, 왜 바람을 만드셨나요?"
"왜 그 바람은 나에게 유독 긴 창의 날, 날 선 칼날 같은가요?"
"왜 그 바람은 쉬지도 않고, 그렇게 나를 덮치나요?
"하느님, 나의 하느님, 왜 바람을 만드셨나요?"

하느님 대답은 없지요.
대답을 들은 사람은 없습니다.
바람을 만든 적이 없으시니까요.
바람은 인간 스스로 자기가 만드는 것입니다.

1. 급하게
2. 화날 때
3. 교만할 때
4. 탐욕 속에서
5. 집착 속에서

스스로 바람을 창조하는 것이지요.

가시가 촘촘히 박힌 바람의 창조자 인간.
자기가 만들어 놓고 자기가 만든지도 모르는 어리석은 사람들.

무척 넓은데 엄청 좁다
제법 작은데 정말 넓다
 -「미국과 한국」

고국을 여행하면 어디를 가도 볼것과 먹거리가 가득하기만 합니다. 재미가 있지요. 미국을 여행하면 넓기는 엄청 넓은데 또 보고 또 또 보고 할 것이 없습니다. 그래서 재미가 없습니다. 재미없는 천국, 재미있는 지옥이라는 표현도 있기는 하지만,
    '재미있는 천국'이 대한민국 조국의 모습입니다.

5월이 지나고 6월이 며칠 있으면 시작되는데
    조석으로 찹니다. 날씨가 이러니, 오전 오후 밤 새벽 밤 내내 마음이 찹니다. 나이가 들면 엄살이 심해지기는 하지만요.

오월 말인데
춥다네요
아침저녁으로

                    춥다면서도
                    아궁이에
                    짚 안 넣으며
살아갈수록

외롭다네요
새벽 밤 내내

외롭다면서도
마음 속에
군불 안 지펴
  -「사랑은 자기가 지피는 것」

나이가 들면 사랑하기가 얼마나 힘듭니까.
그래도, 날씨가 이렇게 싸늘해도

어렸을 때 – 고향의 그 아궁이를 생각하며 불을 지펴야 합니다.

         자기 방 아궁이 불은 자기가 지피는 것이지
           남이 지펴 주는 것이 아니지요.

바싹 말라가는 등을 따스하게 해 주는 것은 역시
군불을 지펴 데우는 아궁이 불이 제격입니다.

세계기후 변화를 세계 모든 인류가 피부로
                      뼛속 깊이 느끼고 있습니다.
         세계 모든 곳에 팽배안 이상기우

사람 인심 변화를, 살아 있는 이들이
                 모두 하얀 입김 속에 절감하고 있고요.
         지구촌 구석구석 자욱안 이상인심

- 지혜서 -

몹시 비틀거리는 그대에게

– a 시인의 시 묵상 에세이집
ⓒa 시인, 2024

초판 1쇄 | 2024년 3월 28일

지 은 이 | a 시인
펴 낸 곳 | 시와정신
주   소 | (34445) 대전광역시 대덕구 대전로1019번길 28-7

전   화 | (042) 320-7845
전   송 | 0504-018-1010
홈페이지 | www.siwajeongsin.com
전자우편 | siwajeongsin@hanmail.net

공 급 처 | (주)북센 (031) 955-6777

ISBN 979-11-89282-62-2   04810
ISBN 979-11-89282-61-5(세트)

값 16,000원

· 이 책의 판권은 a 시인과 시와정신에 있습니다.
· 지은이와 협약에 의하여 인지를 생략합니다.
· 잘못된 책은 바꿔드립니다.